La memoria

1073

DELLO STESSO AUTORE
in questa collana

Pista nera
La costola di Adamo
Non è stagione
Era di maggio
Cinque indagini romane per Rocco Shiavone
7-7-2007
La giostra dei criceti

nella collana «Il divano»

Sull'orlo del precipizio

Antonio Manzini

Pulvis et umbra

Sellerio editore
Palermo

e-mail: info@sellerio.it
www.sellerio.it

Questo volume è stato stampato su carta Palatina prodotta dalle Cartiere di Fabriano con materie prime provenienti da gestione forestale sostenibile.

Manzini, Antonio <1964>

Pulvis et umbra / Antonio Manzini. - Palermo: Sellerio, 2017.
(La memoria ; 1073)
EAN 978-88-389-3682-1
853.914 CDD-23 SBN Pal0300247

CIP - *Biblioteca centrale della Regione siciliana «Alberto Bombace»*

Pulvis et umbra

Quando un solo cane si mette ad abbaiare a un'ombra, diecimila cani ne fanno una realtà.

CIORAN

Domenica

Le luci della sera erano calate da una mezz'ora e l'aria era fresca e piacevole. Qualche ritardatario con passo affrettato rientrava a casa. Lui invece se ne stava lì, fermo, sul marciapiede di via Brean. Non si decideva. Bastava solo attraversare e suonare il citofono, il resto sarebbe venuto da sé. Eppure quel piccolo passo non riusciva a farlo. Le mani nelle tasche, continuava a stropicciare il foglietto di carta con l'indirizzo: via Brean 12, Studio Emme.

Cosa lo bloccava? Chi gli aveva inchiodato le scarpe sul marciapiede?

«Ciao amigo, vuoi?».

Una voce lo fece voltare. Un africano carico di roba incellofanata gli offriva un pacco di calzini filo di Scozia.

«Come stai? Dieci euro, amigo...». E allungò la mano libera, Marco come un automa gliela strinse.

«Allora vuoi? Dieci euro!».

Marco fece no con la testa.

«Mi dai qualche spicio? Pe' caffè?».

Marco fece sì con la testa ma rimase con le mani in tasca, immobile, una sentinella con una consegna precisa, un palo della luce in mezzo alla strada. Il nero aspettava e lo guardava, poi sorrise coi suoi denti bianchi e scosse la testa un paio di volte.

«Amigo, dai spici?» ripeté.

Lento Marco tirò fuori il portafogli. Dentro c'erano due banconote da 50 e una da 10. Prese quella da 10 euro e gliel'allungò. Il venditore senza fiatare acchiappò i soldi e in cambio mollò i calzini che Marco afferrò senza guardare.

«Ciao amigo...» e con passo dinoccolato se ne andò.

Marco tornò a guardare il civico 12. Un palazzo in cortina di due piani con un portone di vetro e ferro battuto, niente portiere, il citofono sul lato destro.

Che ore sono? si chiese.

Le otto e un quarto. Qual era l'orario? Dalle 15 alle 21 o dalle 15 alle 20? Magari era già andata via. Tirò fuori il cellulare e richiamò il numero che aveva fatto alle 10 del mattino. Attese fin quando rispose la segreteria. «Ciao... me chiamo Sonya... mi trovi a via Brean, che traversa di via Monte Grivola. Vieni... sono bela, calda latina e porto quinta de seno. Sono qui sempre ad aspettare per fare cose che a te ti piacciono... vuoi le coccole? Vuoi fare amore muy lungo? Doppia penetrazione? Ho pure sorpresa per te. Tutto quello che vuoi... ambiente relassado y pulito... vieni oggi domenica dalle quindici a ventuno a via Brean 12 e suona citofono Studio Emme... Emme come Milano... ciao belo te espero!».

Era ancora in tempo. Ma lo stomaco continuava a sprofondare e le gambe a restare lì dov'erano. Forse perché la scena se l'era immaginata tante volte. Lei che lo aspettava in guêpière e calze nere fumé. Solo le mutandine, niente reggiseno. I capezzoli scuri sotto la trasparenza della vestaglia, mentre ondeggiava verso di lui sui tacchi vertiginosi che picchiavano sul pavimento. La bocca carnosa, gli occhi socchiusi, i capelli neri e sciolti, un profumo di fiori e pane caldo. Lo invitava a sedersi sul letto, lo baciava, lo spogliava, lo cavalcava per ore sbattendogli sul viso i seni enormi. Ma dentro di sé, in un angolo della coscienza, sapeva benissimo che per scoparsi una come Sophia Loren in *Ieri oggi e domani* ci voleva ben altro di un annuncio su *Gradisca, incontri on line!* Chissà cosa ci avrebbe trovato allo Studio Emme di via Brean. C'era una foto sulla pagina, ma era poi veritiera? Mostrava una donna in mutande e reggiseno, col viso nascosto. E quella frase: sorpresa per te, era la cosa che più lo eccitava.

Marco non ce la faceva più. A 52 anni suonati, sposato da 25 e con tre figli, non praticava più da due anni. Barbara aveva chiuso il rubinetto, aveva decretato l'embargo da quando caldane e sbalzi di umore avevano preso il posto dei sorrisi e delle carezze. Non era più interessata al sesso, a lui invece andava come ai tempi del liceo. Due anni a digiuno, se si esclude una mezza fellatio che una rappresentante di rubinetterie di Grosseto gli aveva praticato nove mesi prima al convegno delle caldaie a Firenze mentre, ubriaco come una pigna, cantava «We are the champions!» in piazza della Signoria. Neanche si ricordava il nome della tipa, e non fu niente di eccezionale. E comunque prima di comporre il numero di Sonya ci aveva pensato per settimane. Era sempre lì lì per farlo, telefonino in mano, ma poi rinunciava. La notte sognava quell'incontro, e la mattina si svegliava con un'erezione talmente dolorosa che doveva correre in bagno a calmarla prima di colazione.

Doveva scopare.

Al negozio i due colleghi, Giorgio e Andrea, non facevano che parlare di amanti, mogli insaziabili, signore divorziate sempre disponibili. Lui si limitava a sorridere e a pensare a Barbara che aveva abbandonato da tempo sottovesti e intimo coordinato per pigiamoni con gli orsetti o magliettacce ormai scolorite della sua rivendita di termoidraulica. Via le scarpe coi tacchi per fare posto a ballerine sformate o a infradito casalinghe, il parrucchiere un ricordo lontano. Marco aveva provato ad affrontare la situazione, ma era come discutere con un muro. Inutile anche la puntatina alle terme di Pré-Saint-Didier, sperando che l'acqua calda e i massaggi avrebbero risvegliato in sua moglie, almeno per una notte, un po' di sana voglia. Invece quella alle nove e mezza già dormiva. E a nulla erano valsi i regali che le aveva fatto l'ultimo Natale. Barbara aveva riportato calze, reggicalze in pizzo e sottoveste al negozio e in cambio aveva preferito un bell'accappatoio giallo per Ginevra, la figlia più piccola, e una coppia di asciugamani blu. La frustrazione aumentava con la voglia, Marco non sapeva più dove sbattere la testa. Ecco perché ora si trovava lì, sul marciapiede, a guardare attonito il civico di una che per cento euro gli avrebbe dato una mezz'ora di pelle, profumo e parole sussurrate nelle orecchie.

Ne ho il diritto, pensava. Ne ho bisogno. Cazzo, mica sono morto!

E allora cosa lo faceva restare lì impalato?

La paura.

Paura che si portava dietro da quando aveva preso quella decisione. Paura di stringere il corpo nudo di un'estranea, di sentirne l'odore, e soprattutto paura che qualcuno lo vedesse. Aosta non era New York. In quel palazzo non conosceva nessuno, ma lui aveva un negozio, i clienti entravano e uscivano. E se avesse suonato allo Studio Emme e proprio mentre la tipa gracchiava «Vieni dentro belo te aspetavo calda y pronta» una madre coi figlioletti fosse uscita dal palazzo? Una figura di merda colossale. E se un vicino avesse strizzato gli occhi come a dire «ma io questo lo conosco. Che ci fa qui? Non ha un negozio di sanitari?». Le voci girano, si sa. E in meno di tre giorni tutti l'avrebbero saputo. Compresa sua moglie. E quel che è peggio Ginevra. Al liceo l'avrebbero presa in giro per anni cantandole dietro «Tuo padre è un puttaniere, tuo padre è un puttaniere!». Come guardare sua figlia negli occhi? Ci avrebbe più parlato? Già i rapporti con l'adolescente erano difficili, se uno ci aggiungeva quel peso da 30 tonnellate era la fine.

Perché non aveva scelto una prostituta in un'altra città? Magari a Torino?

Ci aveva pensato. Ma come giustificare alla moglie il viaggio a Torino? Per fare un'installazione? Non era mai successo in tanti anni di onorata carriera di negoziante. Barbara ci avrebbe impiegato venti minuti a scoprire la bugia. C'era da farsi alleati i due soci, chiedere che gli reggessero il gioco, ma allora il tradimento sarebbe diventato di dominio pubblico, o comunque se non pubblico, dominio di Giorgio e Andrea. E non gli piaceva l'idea che i suoi soci sapessero che a casa andava male, tanto che aveva bisogno di un'amante. Conoscevano Barbara da vent'anni. Era una mancanza di rispetto, uno sputare in faccia a Barbara, e questo non lo sopportava. Era una brava moglie, una brava madre, ma lui doveva scopare. Il cervello piccolo, che gli uomini hanno in mezzo alle gambe, non sentiva più ragioni. «Cosce seni chiappa, culo cosce seni labbra!» questi erano i messaggi che mandava, il leitmotiv degli ultimi due anni, e il cervello grande, che i maschi come tutti i mammiferi hanno nel cranio, aveva resistito. Ma la goccia cinese aveva scavato un solco che era diventato un ruscello, poi il letto di un fiume. Ormai non poteva più guardare la televisione, aprire una rivista, osservare il viavai delle donne per il corso che il cervello piccolo urlava il suo bisogno. «Cosce seni chiappa, culo cosce seni labbra!».

Basta, si disse. Vado. Un uomo all'angolo con il suo cagnolino al guinzaglio sembrava aspettasse che quello facesse i suoi bisogni. A Marco invece pareva che lo stesse fissando. Sicuro si stava chiedendo: cosa ci fa quello lì in piedi da venti minuti? Chi è? Cosa vuole? Cosa cerca da queste parti? E se l'uomo col cane avesse chiamato il commissariato? «Polizia! C'è un tipo strano in piedi da mezz'ora davanti alla Cassa di Risparmio, venite a dare un'occhiata!». L'avrebbero portato in questura e lì per cavarsela avrebbe dovuto dire la verità: «Commissario, non mi fidavo ad attraversare la strada e citofonare a Sonya muy caliente che mi aspettava».

L'ansia gli tolse i chiodi dalle suole delle scarpe, squagliò il silicone dalle giunture e spinse Marco ad attraversare la strada e finalmente arrivò davanti al civico 12. Buttò un occhio nell'androne attraverso i vetri. Nessuno. Nessuno sul marciapiede. L'uomo col cane era sparito. Sul citofono lo Studio Emme era l'interno 3.

Dai, ora o mai più, pensò. Allungò il dito. Suonò.

La luce a tempo si accese e Marco vide un ragazzo scendere le scale e avvicinarsi al portone. Teneva a tracolla una borsa sportiva.

Eccola lì... la figura di merda! si disse.

Il tizio s'era fermato a controllare la cassetta della posta. L'aveva aperta senza chiave per prelevare la corrispondenza.

Basta! Stava rischiando troppo.

Si allontanò di poco e si acquattò dietro una rientranza del palazzo. Il ragazzo uscì dal portone e se ne andò di fretta senza degnarlo di uno sguardo. Marco si infilò veloce come un ratto nell'androne delle scale spingendo il portone che non si era ancora chiuso. Fu una mossa impulsiva.

Non avrebbe dovuto farla.

Era tramontata la luna, la notte era a metà. Aosta dormiva. Non una luce, non un rumore. Solo il richiamo lontano di qualche uccello notturno. Dalla finestra aperta un profumo dolce di erba e terra bagnata penetrava nella stanza avvolgendo i mobili. E Rocco steso sul letto era sveglio, una mano sotto la testa l'altra poggiata sul fianco di Lupa. Eppure era stanco. Quel silenzio e quegli odori lo tenevano desto, gli ricordavano che l'estate stava arrivando. Chiuse gli occhi e cercò in mezzo a quei profumi qualcosa che lo riportasse indietro. Ce n'era uno pungente di cui non conosceva l'origine. Forse aghi di pino, o forse qualche fiore su un davanzale del dirimpettaio, ma gli arrivarono subito i ricordi di un'estate di mille anni prima. Una pineta, in Calabria, e lui aveva neanche 15 anni. Aveva preso il treno insieme a Brizio con gli zaini carichi e una tenda militare comprata a via Sannio. Un viaggio scomodo lungo una quaresima per arrivare in piena notte in riva al mare, in un campeggio di cui non ricordava il nome. Montarono la tenda sotto le stelle, ridendo e cercando di attutire i rumori del martello sui picchetti avvolgendoci intorno una maglietta. Da una roulotte carica di tedeschi un urlo aveva lacerato la notte: *Scheisse!* Si erano fermati per infilarsi nella canadese che al buio sembrava una discarica. La mattina dopo aprendo la zip con il sole già alto e bollente videro i campeggiatori che passavano lì davanti e guardando il loro accampamento ridevano a crepapelle. Avevano montato la tenda in discesa. Tutta storta, il telo floscio e gli zaini semiaperti con la roba sparsa sul terreno. Era la prima vacanza che faceva lontano da Roma. E conobbe Beote. Beote era bella. Veniva da un paese della Norvegia, talmente a nord che nei mesi invernali vedevano il sole sì e no a mezzogiorno. Fecero l'amore in riva al mare, e Rocco la ricordava come una delle esperienze più dolorose della sua vita. «Non sai Lupa, una cosa tremenda...» disse al cane che tirò su un orecchio per ascoltare. «No, perché io l'amore non l'avevo mai fatto. Cioè sì, ma roba leggera, vabbè, mi hai capito. E allora non è che fossi proprio pratico. Sapevo più o meno, ecco. Più o meno. Così lei si stende sulla spiaggia e io mi metto sopra. Lupa mia, non capivo più niente, mi girava la testa, il mare la luna la spiaggia. Ecco, la spiaggia. Mo' devi tenere a mente una cosa importante, in quel posto in Calabria la spiaggia era fatta di sassolini. Allora io comincio, la bacio e a un certo punto lei lo prende in mano e lo indirizza. Io mi sono sentito un coglione, Lupa, proprio un coglione. Volevo fare da me. Così le ho spostato la mano, mannaggia alla miseria». Si mise a ridere. «Mamma mia che è successo. Io mi strusciavo, spingevo, premevo, e un dolore...! Un dolore che non puoi capire! E insistevo, pigiavo, strofinavo fino a che non ho più resistito, mi bruciava tutto. Al buio mi sono alzato quasi urlando e sai che ho fatto? Sai che ha fatto 'sto cretino? Mi sono buttato a mare per cercare un po' di frescura, io avevo le fiamme là sotto! E certo, s'era tutto abraso, manco l'avessi scartavetrato. Pieno di tagli e mi vado a buttare in mare, capisci? Beote rideva a crepapelle. Che figura di merda, Lupa mia, che figura di merda... avevo lisciato il bersaglio, praticamente mi sono scopato la sabbia».

Una brezza leggera, quasi una carezza lo fece rabbrividire. E sorrise. Sapeva chi la mandava. «Dormo un po'. Buonanotte Mari'...» e chiuse gli occhi.

Non aveva preso il loden. A giugno bastava un maglione leggero, niente più pantaloni di velluto. Dell'inverno ormai passato restavano solo le Clarks, sedicesimo paio in dieci mesi. Lupa saltava felice cercando di mordere il guinzaglio.

«Piano amore piccolo, piano, mo' scendiamo!».

Imboccò le scale. Al terzo gradino sentì una porta sul pianerottolo che si apriva. «Dove va, al lavoro?».

Tornò indietro. Gabriele, il vicino adolescente, era sull'uscio. La faccia da sonno, una maglietta nera con un teschio stampato e i calzoncini da basket lunghi al ginocchio. Ai piedi due scarpe da corsa sformate.

«Sveglio a quest'ora, Gabrie'?».

«Già...».

«E non hai messo la musica. Bravo, cominci a imparare. Stammi bene».

«Va già al lavoro?».

«No. A fare colazione».

«A quest'ora il bar è chiuso».

«Ettore apre fra poco».

«Ma non la fa mai a casa?».

«Cosa?».

«La colazione?».
«No, Gabriele, a casa faccio altro...».
«Cioè?».
«I cazzi miei. Ora mi dici che vuoi?».
Il ragazzo alzò le spalle. «Ho poche speranze, ma ci devo provare lo stesso. Ho un'interrogazione finale in latino. Se vado bene forse con qualche debito passo l'anno, se invece non ce la faccio...».
«Cosa che vedo assai probabile...» sottolineò Rocco.
«Ecco, se non ce la faccio mi bocciano in tronco».
Lupa s'era messa a odorare le scarpe del ragazzo.
«E lo so, sono cose che succedono. Andiamo Lupa!».
«Lei ha fatto il liceo classico?».
Rocco risalì un gradino e guardò Gabriele negli occhi. «Cosa stai cercando di dirmi?».
«Niente. Magari mi poteva dare una mano».
Il vicequestore sospirò. «Sono passati tanti anni, mi ricordo poco o niente».
«Basta che tiene aperto il libro e mi fa le domande!» propose Gabriele con gli occhi sgranati dall'eccitazione.
«Quando?».
«Ora».
«Tua sorella, ora vado al bar».
«Ma io poi devo andare a scuola!».
Rocco sbuffò alzando gli occhi al cielo.
«La prego, venga, tanto mamma non c'è, è a Milano».
«A che ora hai l'interrogazione?».
«Alle 10».
«Ma porc...». Rocco sbatté un piede a terra. «E non potevi venire ieri sera? Vabbè, entri alla seconda.

Allora adesso vado al bar. Tu ti prepari, ti lavi, ti vesti da persona normale e non da lobotomizzato e la lezione l'andiamo a fare in questura. Va bene?».

«Benissimo!».

Seduto a via Croix de Ville fumava e osservava Lupa gironzolare muso a terra fra le vetrine dei negozi chiusi. In strada non c'era nessuno, a parte un camioncino che con due spazzoloni ripuliva il marciapiede. Con un fischio richiamò il cane e si incamminò verso piazza Chanoux. Il dolore sotto il piede sinistro sembrava dargli finalmente tregua. La tallonite dovuta sicuramente all'uso smodato e insistente delle Clarks, per un caso fortuito sembrava sparita.

«Possiamo?» gridò entrando. Ettore era dietro il bancone. Davanti a lui una donna sulla quarantina stava facendo colazione.

«Prego, prego, buongiorno».

Il vicequestore e Lupa entrarono. La cucciola si andò a nascondere sotto il primo tavolino. «Un caffè ristretto e un bel cornetto».

«Brioche» lo corresse Ettore.

«Cornetto» insistette Rocco. La donna non si era voltata. Continuava a mangiare guardando dritto davanti a sé. Indossava un tailleur pesca e aveva un bel profilo. I capelli pettinati, due orecchini di perle, aveva lasciato l'impronta del rossetto sulla tazza del cappuccino. A Rocco non sfuggì lo sguardo d'intesa che Ettore gli lanciò mentre pressava il caffè nel braccetto.

«Che c'è?».

«Lei».

«Cosa?».

«Sapessi chi è...».

Il dialogo fra i due maschi era avvenuto nel totale silenzio, solo uno scambio di sguardi e cenni del viso. La donna però aveva seguito quegli ammiccamenti dallo specchio enorme carico di bottiglie alle spalle del barman. «Sì, io la conosco, lei ancora no» disse. «So che lei viene sempre qui per la colazione e volevo farle una sorpresa...».

«Se lei sa chi sono, perché non mi dice il suo nome?».

La donna si prese tutto il tempo per finire il cappuccino. Poi posò la tazza, si pulì le mani con un tovagliolino e finalmente si voltò verso Rocco. Aveva gli occhi scuri impreziositi da un filo di eyeliner.

«Mi chiamo Sandra Buccellato» e allungò la mano.

A Rocco tornò su la pizza della sera prima. Sandra Buccellato, la giornalista ex moglie del questore che per mesi gli aveva dato il pilotto dalle pagine del quotidiano. In ogni articolo che scriveva trovava il modo di calunniare lui e la questura per l'omicidio di Adele nel suo vecchio appartamento a rue Piave. Accusava le forze di polizia di voler insabbiare la cosa, con illazioni e maldicenze affliggeva i comportamenti di Rocco. Ora che il nome di Enzo Baiocchi, l'assassino della povera Adele, era uscito alla luce del sole, aveva cambiato tono e gli articoli da colpi di sciabola erano diventati incenso profumato.

«Immagino lei abbia letto i miei pezzi...».

Ettore poggiò la tazzina e la brioche davanti a Rocco.

«Sì» rispose il poliziotto.

«Forse sono stata un po' dura?».

Rocco addentò il cornetto. «I giornali hanno questo di bello. Li puoi usare per raccogliere la cacca dei canarini nelle gabbiette, d'inverno aiutano ad accendere il camino, se uno ce l'ha. Oppure ci si possono avvolgere gli oggetti fragili in vista di un trasloco».

«È così che li ha usati?».

«No, il mio è stato un trasloco leggero». E bevve il caffè. «Ciao Ettore» lasciò un po' di monete sul bancone e si avviò verso l'uscita. «E grazie per la bellissima sorpresa».

«So che non le sono simpatica, ma faccio il mio mestiere».

Rocco fischiò a Lupa che scattò da sotto il tavolino e si infilò nella porta a vetri che il vicequestore teneva aperta. «A me i giornalisti piacciono. Sono gli scassacazzi che detesto con tutto me stesso».

«C'è la libertà di parola in questo paese, non lo sapeva?».

Rocco ancora sull'uscio sbuffò. «È vero. Anche quella di offendere e calunniare? Allora non me ne vorrà se ne approfitto anche io: vada a fare in culo, signora Buccellato. Con permesso» e finalmente chiuse la porta. Ettore rise sotto i baffi, la giornalista con le labbra strette aprì la borsa. «Quanto le devo?».

«Pagato, signora».

I corridoi della questura sembravano deserti. Rocco, Lupa e Gabriele avanzavano nel silenzio più assoluto.

Il ragazzo s'era messo dei jeans larghissimi, una felpa di qualche gruppo musicale e in testa un cappellino da baseball con scritto «Born to raise hell!» dal quale uscivano i capelli lunghi e bisognosi di shampoo.

«È scuro qui, mica tanto bello».

«È una questura Gabrie', mica un hotel».

Arrivarono davanti alla stanza di Rocco. «Eccoci qui». Il cartello con le rotture di coglioni era ancora appeso lì fuori. Il vicequestore sentì il bisogno di aggiungerne una. Prese la penna attaccata a un chiodo che penzolava con uno spago, idea dell'agente Pierron che l'aveva lasciata lì per ogni evenienza, e all'ottavo livello scrisse: *Le sorprese.* Qualsiasi sorpresa per Rocco era una rottura di palle immensa. Buona o cattiva che fosse, perché la sorpresa era un deragliamento, un ostacolo improvviso davanti alla regolarità della noia esistenziale, un imprevisto che lo costringeva a reagire, a rispondere, a prendere una decisione. E sapeva anche che una sorpresa non arriva mai da sola. Ci ripensò, infatti, e la cancellò dall'ottavo grado per promuoverla direttamente al nono. «Alziamo il livello, Lupa» disse al cane aprendo la porta dell'ufficio.

«Il livello di cosa?» chiese Gabriele.

«Di tutto ciò che mi dà fastidio e rende la mia vita un incubo. Si parte dal sesto livello, e si arriva al decimo, dominato da una sola rottura di coglioni: il caso da risolvere».

Il ragazzo leggeva e sorrideva. «Radio Maria, le comunioni, i battesimi, i matrimoni, i tabaccai chiusi, la sabbia nelle vongole... lei ha aggiunto le sorprese? Perché?».

«La sorpresa è un uovo di pasqua, mio giovane amico, portatrice sana di altre rotture di coglioni. E se prosegui a fare domande metto il tuo nome direttamente al livello numero nove». Finalmente il vicequestore e il cane entrarono nella stanza. Lupa scodinzolò, Rocco invece restò congelato. «Che cazzo...?».

La stanza era vuota. Sparita la scrivania, sparito l'armadietto, sparita la poltrona di pelle. «Che succede qui?».

«L'hanno licenziata?» chiese Gabriele che stringeva il libro sotto il braccio mentre Lupa si aggirava sperduta nell'ufficio spoglio e senza mobili.

«Ma porca... Pierron! Pierron!» urlò, ma a rispondere fu solo l'eco della sua voce.

«Shto io!» la voce stridula di D'Intino gli fece l'effetto del trapano di un dentista. La presenza dell'agente chiarì una volta per tutte che le rotture di scatole per Rocco non erano terminate lì.

«Che succede?».

L'agente apparve nel corridoio. «Mi scusi dotto'» si bloccò a guardare Gabriele. «Chi è questo? L'ha arrestato?».

«D'Intino, dove sono i miei mobili? La mia scrivania?».

«Ha sentito la novità?».

«No, D'Intino, non l'ho sentita».

«Sì, del gabinetto?».

Rocco poggiò le mani sui fianchi. «Quale gabinetto, D'Intino?».

«Aspe', si chiama gabinetto provinciale di una cosa

che poi finisce con un'altra parola che mo' non mi ricordo».

Il vicequestore alzò gli occhi al cielo. «Cosa stai cercando di dirmi?».

«Ci sta il gabinetto provinciale, no? Che allora gli serve una stanza».

Schiavone con lo sguardo cercò disperatamente un altro agente, Italo oppure Antonio Scipioni, insomma qualcuno che potesse dargli una mano a tradurre l'agente abruzzese, ma i corridoi restavano deserti. Gabriele lo guardava a bocca aperta.

«Non ti capisco, D'Intino, e tempo da perdere non ne ho. Adesso fai una cosa, vattene in un ufficio, ripensa a quello che volevi dirmi, scrivitelo su un foglietto e poi quando ci rivediamo me lo leggi. Sai scrivere, no?».

«Freghete se so scrivere. Io alle medie facevo i temi! Comunque dotto', mo' ci cambiano il piano. Cioè no, il piano resta questo, ci cambiano l'ufficio. Cioè, non ci cambiano l'ufficio, lo cambiano solo a lei».

Rocco lo scansò con il braccio e cominciò a salire le scale. «Zitto D'Intino, non capisco e non voglio capire».

«Perché?».

Il vicequestore si fermò a metà scala. «Perché per capirti devo entrare nella tua testa, e non è un posto bello da frequentare. Quindi fai come ti ho detto, mettiti seduto e scrivi il messaggio. Tu Gabriele aspettami qui, pare sia sparito il mio ufficio». Dopo due gradini urlò: «C'è nessuno in questo cazzo di questura?» e salì al piano superiore.

D'Intino restò accanto al ragazzo. «Tu chi sei?».

«Il vicino».
«E perché sei qui?».
«Ripassiamo latino».
«Lo vuoi ripassa' co' me?».
«Escluderei».

Alla fine della prima rampa Rocco incrociò l'agente Casella che affannato stava portando una decina di faldoni. «Case', che è successo al mio ufficio?».
«Ah, sì. Aspetti» poggiò le cartelle sulla fotocopiatrice e si asciugò la fronte. «No, però questa cosa deve essere chiara» disse a bassa voce, stava parlando a se stesso. «Io non posso fare lavori pesanti, guarda, ho già il fiatone».
«Soprattutto non hai un buon odore, Casella. Che cazzo, lavati la mattina».
«È la caldaia. S'è rotta da due giorni, non riesco a ripararla».
«E ricomprala».
«Sto andando in giro, cerco un affare. Ci sarebbero le Ferroli che non sono niente male, anche se una Vaillant o una Beretta...».
«Casella!» urlò Rocco che stava lì ad aspettare. «Il mio ufficio!».
«Signorsì. Allora arriva il gabinetto provinciale della polizia scientifica».
«E?».
«Il che significa che ci sarà un nuovo sostituto e un nuovo ufficio che il questore ha deciso doveva essere il suo».

«Il mio? E io dove vado?».

«Sempre a piano terra, ma alla stanza dall'altra parte del corridoio, dopo la rampetta di scale. Vuole che l'accompagno?».

«Chi ha spostato i miei mobili?» gridò. Pensava al suo cassetto chiuso a chiave con dentro il sacco di maria nuovo che gli aveva venduto Brizio a Roma.

«Io e Deruta. Ma siamo stati attenti, dotto'... allora l'accompagno?».

«No! C'è il questore?».

«Il questore a quest'ora in questura non c'è» e si fece una risata da solo. «Si ricorda Totò?».

Rocco non gli rispose e ridiscese le scale. Trovò Gabriele e D'Intino ancora sull'attenti davanti alla porta del suo ex ufficio. «D'Intino, ora tu riprendi tutti i mobili miei e li rimetti nella mia stanza».

«Ma lu questore ha detto...».

«Non me ne frega un cazzo del questore! Fai come ti dico!».

«Posso aspettare Deruta?» guardò l'orologio. «Quello mo' torna dal panificio di sua moglie. Io da solo non ce la faccio a sposta' li mobili, dotto'».

«Gabriele, con me! Lupa, andiamo!».

Si incamminò per il corridoio. «Dove va dottore?».

«Me ne vado per i cazzi miei, D'Intino!» e voltò l'angolo del corridoio.

«Dottor Schiavone, ma che succede?» gli chiese Gabriele che gli trotterellava accanto per tenere il passo.

«M'hanno cambiato ufficio. Io odio i cambiamenti!».

«Senta, mi dispiace, ma io alla seconda ora devo entrare... non è che...».

«Gabrie', stiamo andando in una stanza a fare lezione, va bene?» e spalancò la porta dell'ufficio degli agenti. C'era solo il giovane napoletano, Miniero, di cui Schiavone non ricordava mai il nome. «Tu, Vomero! Esci dalla stanza, mi serve!».

Quello senza aprire bocca si alzò di scatto e si precipitò fuori. Mentre Lupa si sistemava accanto alla finestra, Rocco prese una sedia e la avvicinò al tavolo. «Siediti Gabriele e dammi il libro».

Il ragazzo obbedì.

«Cominciamo! E vedi di rispondere bene che mi girano a trottola!».

«È la musica, la musica ribelle». Gianandrea correva canticchiando la canzone di Finardi che ascoltava negli auricolari. Non era il fiato, il problema erano i muscoli delle gambe. Pasta frolla. Polpacci e quadricipiti già urlavano dopo neanche venti minuti di corsa. Ogni tanto sentiva tirare qualcosa dalle parti dell'inguine. Due mesi di fermo per la cuffia dei rotatori li stava pagando cari. Il campo sportivo di Charvensod alla sua destra doveva ancora aspettare. Gli mancavano i suoi ragazzi, gli mancava il campo, la sfida, il sudore, lo spogliatoio, gli odori delle pomate, delle docce, ma finché non tornava in forma non sarebbe potuto rientrare ad allenarli. Erano finiti terzi in campionato, un ottimo risultato se si pensa che all'inizio avevano esordito con tre sconfitte di fila. E comunque andavano meglio della prima squadra che giocava in promozione e aveva chiuso l'anno in sedicesima posizione. «Che ti dice di uscire e di metterti a lottare...». Era sempre stato così per Gianandrea, da quando era nato 40 anni prima. Mettersi a lottare. Non ricordava un momento della sua vita in cui per ottenere un risultato, anche mediocre, non avesse dovuto combattere con tutte le sue forze. A scuola, sul campo di calcio, con la prima moglie, con la seconda e con i due figli maschi. Gli altri sembravano superare ostacoli con una facilità impressionante, lui invece no. Già far capire che il suo nome si scriveva con una enne e non con due. E il cognome era anche peggio. Appena usciva dalla Valle doveva fare lo spelling, che gli italiani già in Piemonte non lo capivano. Marguerettaz. Diventava Margherittà, o Marchettaz o Margarinaz. Il suo corpo poi, un problema perenne. Aveva subito tre operazioni alla gamba destra, due alla sinistra. S'era rotto clavicola, setto nasale, gomito e due incisivi. Una costellazione di fratture e incidenti che avevano minato la sua carriera di calciatore e lo avevano costretto a passare metà del suo tempo dentro gli ospedali o nei centri fisioterapici. Ma ora non mollava. «Che ti dice di uscire e di metterti a lottare...» suggeriva ancora Finardi, ed eccolo ancora lì a 40 anni suonati a recuperare l'ennesimo ricovero per poter ritornare in campo, dai suoi ragazzi, a lottare. Si voltò verso la Dora che scorreva alla sua destra. I raggi del sole si riflettevano sull'acqua e sulla piccola rapida che schiumava a pochi metri da lui. Sulla riva, c'era un mucchietto di stracci colorati. Rallentò il passo. Non era un cencio, erano un paio di jeans corti, una camicia a fiorellini rossa dalla quale spuntavano la testa immersa sotto l'acqua e le braccia protese in avanti.

Nessuno nuota nella Dora.

«E le strofe languide di tutti quei cantanti...» si strappò gli auricolari dalle orecchie. «Ma che...?» superò la staccionata e cominciò a scendere verso il greto del fiume. Non sentiva più il sudore, l'inguine non tirava più. Solo il cuore nelle orecchie. Per poco non prese una storta su una buca nel terreno. Poi arrivò sulla riva. L'acqua in mezzo alle pietre cominciò a filtrare nelle scarpe da corsa. Il corpo era lì, a pochi metri da lui, a faccia in giù.

«Ero ers ert...».

«Ma che stai a di', Gabriele! Indicativo imperfetto di sum! Ma quale ero ers... forza dai. Eram eras erat... poi?».

Gabriele deglutì: «Erasmus...».

«Erasmus?».

«Prima persona plurale, no?».

«Eramus, che erasmus!».

«Ah! Eramus, erastis».

«Eratis, poi?».

Gabriele si morse le labbra.

«Dai ce la puoi fare... terza persona plurale, eramus, eratis...?».

«Errant?» buttò lì il ragazzo.

«Ma vaffanculo, Gabriele!». Rocco gettò via il libro di grammatica latina. «Non sai una mazza. Errant! Ma dimmi tu, sei di un'ignoranza allucinante. Erant, che errant! Ma perché hai fatto il classico?».

«Mamma dice che apre la testa».

«A te per apritte la testa ce vo' un'ascia!». Rocco si alzò scostando rumorosamente la sedia. «Mi dispiace, ti rifai l'anno».

Gabriele chinò il capo. «Mamma mi ammazza!».

«Ma perché mammina s'aspettava una promozione?».

«Sì» e triste tirò fuori una merendina dalla tasca della felpa.

«E non s'è mai accorta che a scuola sei una pippa?».

«No» con il primo morso strappò metà dolcetto.

«Ammazza, basta sentirti una volta e ci si accorge che sei di un'ignoranza crassa».

«Già, una volta basterebbe» e con un morso divorò anche l'altra metà.

«Gabriele, adesso te ne vai a scuola».

«E che ci vado a fare?».

«Ti prendi le tue responsabilità».

Gabriele alzò le spalle. «Tanto ci vado o no, mi bocciano lo stesso. A questo punto io resto qui».

«No, Gabrie', qui no. O vai a scuola o te ne torni a casa. Questa è una questura, mica un kinderheim».

Gabriele si arrese. «Va bene. Vado a scuola. A fare l'ennesima brutta figura».

Rocco si alzò. «Ora ti faccio accompagnare».

«Con la macchina?».

«Perché no?».

«E posso mettere la sirena?» il ragazzo aveva già cambiato umore.

«Se solo ci provi ti faccio passare due notti in guardina».

«Ricevuto» recuperò il libro di grammatica latina e si rimise il cappellino da baseball. «Sono pronto».

«E di' a mamma che uno di questi giorni mi piacerebbe conoscerla».

Il ragazzo sorrise sornione. «Non è male mia madre. Vuole vedere una foto?».

«Ma che hai capito? Ci voglio fare una chiacchierata».

«Le vuole fare una ramanzina?».

«Sei scemo? Tua madre si fa un mazzo così e deve sapere come la ripaghi. Muoversi».

Fuori dalla stanza degli agenti incrociò Antonio Scipioni: «Uè Antonio, fammi una cortesia. Ti dispiace portare questo ragazzo in odore di Nobel a scuola?».

«E certo, per un premio Nobel però ci vorrebbe la scorta».

«Sì, ma è qui ad Aosta per motivi privati. Insomma profilo basso».

«Che credete che non ho capito che mi state prendendo in giro? Tanto lo fanno tutti. Vabbè, grazie dottor Schiavone, almeno lei ci ha provato!» e con la testa bassa seguì l'agente Scipioni verso l'uscita della questura.

«Erasmus... errant, ma come si fa!» mormorò il vicequestore. «Gabriele!» lo richiamò.

Il ragazzo si voltò. «Che c'è?».

«Vieni qua!».

Sbuffando il ragazzo si avvicinò al vicequestore.

«Guarda che poi si cresce e tutto questo finisce, sai?».

«Lo spero proprio. Non vedo l'ora. Arrivederci».

Rocco lo guardò andare via, col passo lento e la testa incassata nelle spalle. «Capito Lupa? Ora diamoci da fare. Casella!» gridò.

Doveva risolvere la questione del suo ufficio. Era sveglio da ore e non aveva ancora fatto un tiro di maria. Sentiva le articolazioni bloccate, il motore grippato, senza lubrificante la macchina non si sarebbe mossa. «Casella!».

Invece dal corridoio apparve Italo Pierron pallido in viso. «Dottore?».

«È un'ora che ti cerco. Il mio ufficio...».

«C'è una cosa urgente. Sulla riva della Dora».

«No!». Rocco sgranò gli occhi. «No. Il tempo è bello, il sole splende, una rottura di coglioni di decimo livello no!».

Italo allargò le braccia. «Casella e D'Intino sono già sul posto. Abbiamo chiamato Fumagalli».

Era il suo giorno libero e Caterina aveva deciso di sacrificare la mattinata alle incombenze domestiche per poi mettersi a lavorare sulla tesi. Le bollette si erano ammucchiate e, per una curiosa compensazione, il frigo svuotato. Scaduta l'assicurazione dell'auto che non usava mai, avrebbe dovuto anche fare un salto all'Aci per il bollo. Stesa sul letto, mezzo vestita, non trovava la forza per affrontare quella giornata. Tutti gli arretrati accatastati potevano far pensare a una ragazza disordinata e distratta, ma bastava dare un'occhiata alla casa per accorgersi dell'esatto contrario. Piccola e accogliente come un rifugio di montagna, niente era fuori posto. Le tende in tono con il divano, tre piccoli quadri discreti e ben realizzati risaltavano sotto delle applique in ottone. La carta da parati a righe, il profumo di lavanda che si spandeva da una boccetta con dei bastoncini di legno infilati dentro, tutto era curato al millimetro. Nell'unica libreria a sette ripiani i libri erano sistemati per case editrici. I cd se ne stavano infilati alla destra del piccolo stereo compatto e i dvd in uno sportello sotto il televisore a 23 pollici. L'angolo cottura del bilocale era uno specchio. Sembrava pronto per una ispezione dei Nas. Il calendario perpetuo con i personaggi di Pinocchio segnava la data esatta, l'orologio dell'Ikea di alluminio spaccava il minuto. Lo spremiagrumi e il frullatore in un angolo, i piatti nello scolapiatti di legno accanto al lavello erano in ordine di grandezza, e i canovacci appesi alla maniglia del forno sembravano appena usciti dalla lavatrice. Ad entrare poi nel piccolo bagno con doccia si aveva la sensazione di essere in un albergo appena sterilizzato per un nuovo cliente. Creme, profumi, trucchi erano schierati come soldati in parata sul lavabo. Dall'altra parte spazzolino dentifricio e filo interdentale. Nei cassetti del mobile del lavabo c'erano dei dischi struccanti, una matita e un pennello per il trucco, qualche medicinale, tutti infilati in graziosi cestini in midollino. Ci teneva all'ordine, il viceispettore Rispoli, e che tutto fosse al proprio posto e che obbedisse a un criterio preciso. Detestava le case approssimative, quelle vuote e coi quadri che pendevano da una parte. Solo due elementi stonavano con la grazia di quell'appartamento: la Beretta di ordinanza infilata nella fondina agganciata a un omino appendiabiti in ferro battuto e il maglione che Italo aveva lasciato appallottolato una settimana prima e non aveva più ripreso.

Si alzò di scatto dal letto. Infilò i jeans, le scarpe da ginnastica nere, accese il cellulare che mise in tasca, prese portafogli e chiavi di casa e uscì.

«Buongiorno signora Cormet» disse alla donna che stava rientrando dal mercato.

«Buongiorno Caterina».

«Vado a fare la spesa. Serve qualcosa?».

La vecchina aprì la porta. «No tesoro, niente di niente. Grazie». Fece per entrare, poi ci ripensò. «Caterina?».

La ragazza si fermò sulle scale e si girò: «Mi dica».

«Me la togli una curiosità?».

«Certo!».

«Perché sorridi?».

Caterina impreparata non seppe cosa rispondere. «Non saprei...».

«Sei felice? Sei serena?».

La ragazza ci pensò su. «Non lo so. Sorrido perché... non c'è una ragione».

«Sorridi con la bocca ma gli occhi sono tristi».

Il viceispettore chinò appena il capo. «Secondo lei cosa mi manca perché anche gli occhi sorridano?».

«Niente. Per questo non capisco».

«Meno male, signora Cormet, temevo che anche lei cominciasse con la predica che dovrei trovarmi un fidanzato».

«E perché? Perché la gente pensa che noi possiamo realizzarci solo se ci completiamo con un uomo? No, ragazza mia, no. Quello che ti dice la tua vecchia vicina è di sbarazzarti delle cose passate. Sono passate e non devono pesare sull'oggi».

«Lei ha una soluzione?».

«Io a 82 anni ci sto ancora lavorando. Buona giornata!» e finalmente la donna entrò in casa. Caterina restò pensierosa sulle scale, poi uscì.

Stava scegliendo gli spaghetti, poi sarebbe passata ai detersivi, quando la vide davanti al reparto surgelati. Era senza carrello, senza cestino. Si guardava intorno coi suoi occhi a palla e un cespo di capelli spettinati. Una maglietta lunga di un azzurro scolorito, pantaloni della tuta. La pelle bianca, lattiginosa, un paio di occhiali legati a una catenina tempestata di perline le pendevano dal collo.

Cosa ci fa ad Aosta? si chiese Caterina mentre guardava distrattamente un pacco di rigatoni. Rapida si nascose dietro la scansia delle paste. Poteva passare attraverso il settore marmellate e, girando dopo le acque minerali, avrebbe guadagnato la cassa e poi l'uscita. Ma doveva lasciare la spesa a metà, abbandonare il suo carrello pieno di prodotti e uscire dal supermercato, e non era un comportamento civile mollarlo lì, in mezzo al corridoio. Si sentiva in colpa per i commessi che avrebbero poi dovuto rimettere tutto a posto. Si affacciò lenta. Sua madre era sparita dal reparto surgelati.

E adesso? pensò. Dov'è andata?

Si convinse che era una causa di forza maggiore e mollò il carrello, per dirigersi con circospezione verso le marmellate. Non era neanche in quel corridoio. E nemmeno alle sue spalle. Quasi in punta di piedi percorse il reparto vini e liquori. In fondo c'erano solo le casse. Di sua madre neanche l'ombra. Sorrise alla commessa impegnata con una cliente e mostrando le mani, a dire non ho comprato nulla, guadagnò l'uscita. Non era neanche in strada. Pensò allora di essersela immaginata, ma non era possibile. L'aveva vista, in carne e ossa, un cencio umano pallido e ingrassato. Inseguita da quell'ombra fugace si dileguò fra le strade di Aosta svoltando più angoli possibile.

Tanto sa dove lavori, se vuole sa dove trovarti, pensò.

«Per favore, non c'è niente da guardare». Casella cercava di tenere lontano le persone che già si erano assiepate per godersi lo spettacolo.

«Oh, avete sentito? Non ci sta niente da guarda'!». D'Intino aveva fermato un omone senza capelli e col viso butterato che lo sovrastava di almeno mezzo metro.

«Sono un giornalista...».

«Se è un giornalista può passa', Casella?» chiese l'agente abruzzese al collega.

«No, D'Inti'! Uno può essere pure Gesù Cristo a volo radente, di qui non si può passare!».

Gianandrea se ne stava seduto sul sedile posteriore dell'auto della polizia. Accanto Miniero gli passò una sigaretta, ma l'allenatore dei ragazzi della Polisportiva Cogne la rifiutò, poi si girò attratto dal rumore degli pneumatici di un'auto con la lucciola sul tetto. Vide scendere un agente e un uomo con la faccia spiegazzata.

«Il tipo in calzoncini è quello che ha trovato il cadavere, mi sa» disse Italo indicando con un gesto del mento Giandrea accanto all'agente napoletano. Rocco non rispose. Non ce n'era bisogno, bastava osservare gli occhi vuoti e spaventati e il pallore del viso. Il furgone della scientifica era fermo accanto alla recinzione del campo sportivo.

«Mi ricordi invece come si chiama l'agente del Vomero?».

«Miniero» rispose Italo.

Due agenti si stavano infilando le tute bianche. «So' già arrivati». Rocco li indicò con il mento.

«E certo Rocco, sono i nostri. Hanno messo il gabinetto provinciale, non ci sarà più Farinelli».

«Sono quelli che m'hanno fregato la stanza?».

«Esatto».

«Ecco, già mi stanno sul cazzo».

Il vicequestore e Pierron si fecero strada attraverso i curiosi e cominciarono a discendere il piccolo pendio verso il fiume. Rocco si appoggiava a Italo, le suole delle Clarks facevano poca presa sul terreno erboso. «Vai piano, Italo».

«Eccolo lì, Rocco».

Rocco guardò il cadavere a mezzo metro dalla riva, per metà infilato nell'acqua a testa in giù. Fumagalli era lì vicino con un paio di stivali da pesca alti fino all'inguine. Con lui c'erano due agenti.

«Vedi il patologo? Lui si attrezza!». Rocco guardò i piedi di Italo. «Sono anfibi quelli?».

«Certo! Quelli in dotazione e...».
«Quanto porti?».
«44».
«Levateli».
«Eh?».
«Togliti gli scarponcini, è un ordine del tuo superiore».
Italo sedette e si sfilò gli stivaletti. Li passò a Rocco che intanto s'era liberato delle Clarks. Infilò gli anfibi di Pierron e si tirò su i pantaloni al ginocchio.
«Mi posso mettere le tue scarpe?».
Rocco lo guardò freddo. «Le mie Clarks? Sei impazzito? Stattene qui tranquillo, tanto tu vicino al cadavere non ci vieni». L'agente rimase in calzini in attesa vicino ai sassi della riva. Rocco entrò nell'acqua bassa mentre due agenti portavano il corpo all'asciutto. «Bene così ragazzi, bene così» fece Rocco. Lo girarono.
«Oh Madonna...» disse quello più giovane.
«Va bene ragazzi, potete andare» e i due poliziotti sollevati dallo stare in compagnia di quel cadavere fuggirono quasi di corsa.
«E che è successo?» chiese Rocco a Fumagalli una volta soli e coi piedi in un palmo di acqua.
Il viso del cadavere era gonfio. Ma la cosa che più colpiva erano le labbra. Sembravano due salsicce. Gli zigomi sporgenti parevano nascondere sottopelle due mandarini, al contrario del naso che era innaturalmente piccolo e schiacciato. Fumagalli sbottonò la camicia a fiorellini. Al terzo bottone apparve la stonatura. Il cadavere aveva due seni grossi e violacei. Fumagalli si

chinò a osservare il corpo nudo. Cominciò ad esaminare gli occhi e con l'ausilio di una penna cercò di aprirgli la bocca. Poi abbassò di poco gli shorts.

«Abbiamo un M to F».

«Un trans?».

«Direi di sì».

Il petto giallo cera non presentava neanche un pelo, come non c'erano tracce di barba sul viso.

«La poverina aveva cominciato il percorso chirurgico. Mammelle e viso li aveva già affrontati. Probabilmente in attesa di togliere il pene» e lo indicò con la penna. Era piccolo e scuro, quasi si vergognasse di stare lì. «Ha delle ecchimosi congiuntivali, e poi guarda il collo. Mi gioco mille euro che è morta strangolata». Era visibile intorno al collo un solco violaceo. «Me la porto in sala, ma non sbaglio».

«Ci credo. Secondo te quanti anni ha?».

«Una trentina».

Rocco si chinò ad osservare la camicia del cadavere. «Deve essersi rivestita di corsa. Ha sbagliato i bottoni, vedi? Ne avanza uno qui in fondo». Si accese una sigaretta. «E non s'è neanche messa le mutande».

«È importante?».

«Meditiamo su questa cosa... Le scarpe?».

«Quelle può averle perse in acqua. Magari aveva delle ciabatte?».

«Senza calzini, è chiaro». Sollevò una mano. Le unghie erano dipinte di verde, come quelle dei piedi. «Non ha anelli, bracciali, niente».

«Già...».

Rocco si rialzò. «Che rottura di coglioni. Io me ne torno in questura. Solito giro con i capi. Stammi bene, Alberto».

«Ah, l'hai conosciuta la nuova della scientifica?».

«No. Interessante?».

«Le novità di questo porto? O piove, o tira vento o sona a morto!» e tornò a esaminare il cadavere.

«Che ci dice, vicequestore?».

Oltre al giornalista pelato e col viso butterato se n'era aggiunto uno riccetto e scattante.

«E che vi dico? Che anche l'anno prossimo la Roma vincerà lo scudetto» e passò oltre. I due desistettero dal fare altre domande, Schiavone non aveva mai dato risposte ai giornalisti se non nelle rare conferenze stampa alle quali il questore lo aveva costretto a partecipare.

Un'automobile verde avanzava zigzagando sulla strada accanto al campo sportivo. Mangiata dalla ruggine, il cofano ammaccato, la cinghia di trasmissione che urlava mentre le ruote sgonfie producevano strani tintinnii metallici. Il mezzo salì con due scossoni sul marciapiede e dopo un rantolo arrestò la corsa. Cigolando la portiera si aprì. Scese una donna sulla quarantina. Afferrò una vecchia borsa di pelle e con un calcio chiuse lo sportello. La borsa cadde a terra e ne uscirono piccoli contenitori di plastica multicolore. La donna alzò gli occhi al cielo e cominciò a raccoglierli. Rocco si perse ad osservarla. I capelli lisci e scuri sfioravano le spalle. Aveva il viso di una bimba, e gli occhi neri, grandi e vivaci. Portava una gonna al ginocchio e un paio di anfibi. L'occhio clinico di Rocco riuscì a scorgere il corpo magro e atletico e il seno abbondante nonostante un maglione di tre taglie più grande cancellasse ogni forma. Finalmente la donna aveva radunato le sue cose. Proteggendo la borsa con un braccio neanche fosse un neonato si avvicinò. Si fermò davanti a Rocco. «Salve!».

«Salve».

«Mi sa che lei è il vicequestore Schiavone, giusto?» aveva l'accento siciliano e sorrideva senza mostrare i denti. Allungò la mano tenendo con l'altra in bilico la borsa: «Michela Gambino, commissario scientifica...» e la borsa cadde nuovamente a terra. Rocco la aiutò a recuperare i contenitori che s'erano sparpagliati per strada un'altra volta. «Madonna, 'sta borsa la devo cambiare...».

«Lei è quella nuova?».

«Eh sì. Oggi comincio. Grazie» si rialzarono, ma la Gambino aveva lasciato a terra la sacca. Finalmente si strinsero la mano. L'aveva fredda e con le dita affusolate. Niente fede, un solo anello piccolo senza pietra all'anulare. «Cos'abbiamo giù al fiume?».

«Un trans morto strangolato».

«M'è già capitato, due anni fa a Torre. Quando ero ispettore superiore».

«Annunziata?».

«Del Greco. Ma io sono di Palermo».

«Io di Roma».

«Sì, lo so. So tante cose di lei. E senta un po', ci diamo del tu? Mi sa che dobbiamo lavorare insieme».

«Per me va bene, Michela».

«Ecco, pure per me, Rocco». Poi alzò gli occhi al cielo. Sul volto comparve un sorriso professorale. Anche Rocco sollevò la testa. Il cielo era azzurro. Qualche nuvola. Una striscia chiara, l'orma di un aereo. «Non finirà mai» fece la donna.

«Cosa, scusa?».

«La vedi quella traccia bianca lasciata da qualche Boeing?» poi tornò con lo sguardo sul vicequestore. «Scie chimiche» disse.

«Come?».

«Sono scie chimiche» abbassò la voce di un paio di tacche. «Lo fanno dal 1997. Sparano sostanze chimiche nell'aria e tramite agenti psicoattivi prima o poi ci controlleranno tutti».

«Non ho capito. Chi le spara?».

«I potenti. Sai in quanti comandano il mondo? Sono 300. Il club dei 300. Poi con calma ti dirò anche chi sono».

«Sì con calma, anche perché 300 è lunghetta...».

«E io sono convinta, Rocco, che questo...» e alzò l'indice al cielo, «è anche un buon metodo per il controllo delle nascite. Ti sei mai chiesto perché George Soros vive su un'isola dove non passa nessuna rotta aerea?».

«Guarda, Michela, no, non me lo sono mai chiesto. Ora però lo farò».

Il commissario della scientifica scosse la testa. «Hai mai sentito parlare di HAARP?».

«No».

«E di sandwich elettroconduttivo?».

«Mi dispiace Michela, neanche».

«Vivi senza sapere niente, vicequestore. Tempo venti anni saranno riusciti a ridurre la popolazione da 7 miliardi a poco più di 500 milioni. Resteranno i ricchi, i potenti, quelli che contano e una manciata di schiavi».

Si chinò per recuperare la borsa e superò Rocco. Dopo due passi si voltò. «Come si sta ad Aosta?».

«Non saprei» fece Rocco

«Ah già, niente sai. E non è che tu e i tuoi uomini avete toccato e lasciato impronte?».

«Assolutamente no, Michela, anche perché il morto sta in mezzo all'acqua. Difficile lasciare impronte».

«Lo dici tu!».

«Senti, mi togli una curiosità? Che marca è la tua auto?».

«Una ZAZ Zaporozhets 968. Niente che trovi in Europa. Niente di rintracciabile» e gli fece l'occhiolino. «Amunì» urlò ai due agenti con la tuta bianca e finalmente si avviò verso il fiume.

Rocco restò in piedi finché la donna venne inghiottita dal gruppetto di curiosi. Poi allargando le braccia si diresse verso Pierron che lo aspettava accanto all'auto con le Clarks in mano. «Mi ridai gli anfibi?». Rocco cominciò a slacciarli.

«Quella è il sostituto della scientifica?».

«Già».

«E com'è?» chiese Italo.

«Se nun so' strani ad Aosta non ce li vogliamo!».

Aveva trovato il suo nuovo ufficio, una stanza che somigliava molto a un ex deposito delle scope. Una sola finestra stretta in fondo e la scrivania entrava per miracolo. Per andarsi a sedere bisognava scavalcarla. Lupa l'aspettava lì ai piedi di un armadietto di ferro che doveva fungere da schedario e che invece Rocco sospettava contenesse un mocio un secchio e degli stracci. Si scaraventò ad aprire il suo cassetto personale chiuso a chiave e tirò fuori la canna che si era preparato la sera prima. L'accese. Andò ad affacciarsi alla feritoia. Con orrore si accorse che dava sulla chiostra interna del palazzo della questura e dai finestroni del corridoio centrale tutti potevano sbirciare dentro la sua stanza, meglio, dentro il suo deposito delle scope. Infatti D'Intino stava bussando sul vetro di fronte per attrarre la sua attenzione e lo salutava con la manina. Rocco non ricambiò il saluto. Rientrò nella stanza. «No Lupa, da qui ce ne dobbiamo andare e di corsa». Dal cassetto prese la scatola di biscottini alla carne «Amore!» e ne lanciò uno che la cucciola acchiappò al volo.

Cominciò a fissare il telefono poggiato sul piano di legno sotto la lampada verde. «Allora diciamo che entro 10 secondi mi chiama? Uno, due, tre...» il telefono squillò. «Niente, Lupa, l'ho sottovalutato». Alzò la cornetta. «Schiavone, dica, dottore...».

Dall'altra parte della linea c'era il questore. «Come faceva a sapere che ero io?».

«Sono un poliziotto, ricorda?».

«Ogni tanto fa bene a rammentarmelo. Venga a riferirmi i fatti».

«Stavo appunto salendo. A proposito, c'è anche una cosetta di cui le vorrei parlare».

«Di che si tratta? Deve andare a Roma, immagino».

«No. Si tratta della stanza».

«Venga su e ne parliamo».

Attaccò. «Lupa, stattene buona un altro po', devo salire».

Gettò la canna a terra, la schiacciò con il piede, poi la raccolse e la buttò nel cestino. Annusò l'aria. Scosse la testa e andò ad aprire la finestra. «Manco le tende, 'sti purciari».

In corridoio si accorse che qualcuno, forse Italo, aveva spostato anche il cartello delle rotture di scatole. Il trasloco aveva l'aria di essere definitivo. Lo punivano? Forse sì. La storia di Roma, di Enzo Baiocchi, l'interrogatorio subito dal questore e dal magistrato avevano avuto la prima conseguenza. L'avrebbero messo a fare le fotocopie, se non fosse che lì dentro era l'unica testa pensante e la macchina fotocopiatrice funzionava a giorni alterni.

Magari si stanno dando da fare per trasferirmi, pensava mentre saliva le scale. E allora?

La cosa non lo sconvolgeva più di tanto. Non s'era legato a quella città, neanche ai suoi colleghi. Spesso si era domandato se si sarebbe mai più affezionato a qualcuno. Italo Pierron? Un caro ragazzo, gli voleva bene, ma niente di più. Antonio Scipioni, un bravo poliziotto, intelligente, ma restava un collega di lavoro. Gli altri agenti, il questore Costa, Baldi, neanche a parlarne. E nemmeno Fumagalli, troppo diverso, un altro pianeta. C'era Caterina. Caterina meritava un discorso a parte.

Gli era entrata dentro piano piano, come fanno certi virus che all'inizio sono poco più di un'influenza, poi ti debilitano a tal punto che non ce la fai neanche ad alzarti dal letto. E dire che a settembre, quando l'aveva conosciuta, era solo una ragazza carina con la quale avrebbe volentieri avuto qualche scambio più intimo di un buongiorno e un buonasera sparati a mezza bocca fuori dall'orario di lavoro. Poi si era accorto che Caterina aveva una marcia in più, e ogni volta che quella aveva il giorno libero o stava poco bene lasciava un vuoto. Per fortuna era fidanzata, proprio con Italo, il che rendeva tutto più semplice. Gliela toglieva dalla testa. Per Rocco la donna di un amico, o di una persona per la quale provava un po' d'affetto, era intoccabile. Era una suora, un prete, un monolite di marmo. Non la vedeva più come una donna da sedurre. C'era stato quel mezzo bacio, è vero, quando le aveva raccontato della morte di Marina. Ma era sull'onda della commozione, dei ricordi, che gli stringevano il petto e la trachea spezzandogli il respiro e togliendogli la capacità di pensare. L'avessero pure spedito in un'altra città. Per lui che si trascinava la vita sulle spalle come una pesante fascina di legna era niente. Il trasloco? Due valigie e un cane.

A questo pensava bussando alla porta del questore.

«Avanti!».

«Eccomi dottore...».

«Si accomodi, Schiavone». Costa era seduto alla scrivania intento a leggere il giornale. «Sembra che la mia ex moglie abbia completamente cambiato tono nei suoi confronti. Ha letto?» e gli passò il giornale. C'era un pezzo a firma Sandra Buccellato. Il titolo era «Roma ci ha fatto un bel regalo». Schiavone buttò uno sguardo distratto, era un articolo che elogiava le qualità investigative del vicequestore e insisteva sulla certezza che presto Enzo Baiocchi, l'assassino di Adele Talamonti, la povera fidanzata di Sebastiano Cecchetti, sarebbe stato assicurato alla giustizia.

«A proposito» disse Costa riprendendo il giornale che Schiavone gli restituiva, «lei si sente al sicuro? Questo Baiocchi è ancora in giro» e gli fece cenno di accomodarsi.

Rocco alzò le spalle. «Io mi sento sicuro. Se vuole tornare, sa dove trovarmi».

«Sprezzo del pericolo?».

«Noia».

Costa lo guardò scuotendo la testa.

«E a proposito di noia, posso sapere per quale motivo mi avete sbattuto in quell'ex deposito di scope?».

«È una cosa temporanea. Dobbiamo fare spazio al gabinetto della scientifica e...».

«Sì, il motivo ufficiale l'ho capito. Si dovrà abituare a una squadra mobile a scartamento ridotto. Cominciamo subito? Allora, Plan Félinaz, vicino al campo sportivo. Abbiamo un cadavere trovato nel letto del fiume, arenato sulla riva. Si tratta di un trans...».

Il questore ascoltava con estrema attenzione.

«A una prima analisi è sulla trentina. Sulle cause della morte è un po' presto, ipotizziamo strangolamento».

Costa si lasciò andare sulla poltrona. «Non è affogato?».

«Non credo, ma presto Fumagalli ci delucciderà».

«Sappiamo chi è?».

«Non lo sappiamo, dottore. E prevedo una serie di rotture di palle per capirlo».

Baldi sbuffò. «Dobbiamo andare a cercare in quell'ambiente» fece il magistrato sedendosi alla scrivania.

«Quale ambiente, se è lecito?».

«Prostituzione. Ha mai sentito di un trans che si guadagna da vivere diversamente?».

«Sì» rispose Rocco.

«Io no. Comunque cerchiamo di risalire almeno all'identità. Quanti trans ci saranno ad Aosta?».

«Perché, lei è sicuro che sia di qui?».

La fotografia della moglie di Baldi era di nuovo sparita dalla scrivania. «Non sono sicuro, ma dal momento che lei dice fosse vestito semplicemente, insomma da casa, capace abitasse qui».

«O era venuta a trovare qualcuno ed era ospite».

Baldi si alzò dalla sedia. Andò alla finestra. «Riferendoci al trans dobbiamo usare il maschile o il femminile?».

«Io uso il femminile».

«Perché?».

«Perché non era un travestito. Era un trans. Aveva il seno, insomma credo ci fossero buone possibilità che si stesse preparando per l'operazione finale. E su questo voglio cominciare a indagare. Se era in attesa della chiamata, qualcosa negli ospedali si dovrebbe sapere».

«Mi sembra un'ottima idea. Le dà fastidio se io continuo a usare il maschile riferendomi alla vittima?».

«Faccia come meglio crede».

«Sa, per me chi nasce maschio resta maschio, non credo molto ai cambiamenti radicali. La sa la storiella dello scorpione e della rana?».

«La conosco».

«La natura più profonda, quella non la cambi mai!».

«Uno può avere una natura femminile incastrata nel corpo di un maschio».

Baldi scosse la testa, chiuse la finestra e tornò alla scrivania. «Le piace il suo nuovo ufficio?».

Rocco sorrise. «È bellissimo, ma sbaglia a chiamarlo ufficio. Più appropriato sarebbe deposito delle scope. Ma almeno la finestra, meglio la feritoia, dà nel cortile interno, e non vedo le montagne».

«Immagino si sarà chiesto perché lei è stato trasferito lì».

«Non me lo sono chiesto. Lo so».

Baldi puntò gli occhi in quelli del vicequestore. «Credo che lei sia appeso ad un filo».

«Ci sono abituato».

«Perché non mi dice la verità su Enzo Baiocchi? Perché ce l'ha con lei? Cosa è successo fra voi due? Schiavone, io le sto dando un'ultima possibilità».

«Come già ebbi occasione di dirle, lo scopra da solo, dal momento che non mi crede. Ora se non le dispiace avrei da lavorare». Rocco si alzò.

«Lei pensa che io la detesti, non è così?».

«Lei fa il suo lavoro. È uno che ci crede. Anzi, più di una volta ha chiuso un occhio».

«Allora perché non vuole essere collaborativo e evitiamo incidenti futuri?».

Il vicequestore non rispose. Aprì la porta, poi si voltò verso il giudice. «La terrò informata sugli sviluppi. Mi saluti sua moglie».

Voltò le spalle e il magistrato ne approfittò per sparare l'ultima cartuccia, la più potente: «Com'è morto Luigi Baiocchi, il fratello di Enzo?».

«Credo in Sudamerica. Altro non so».

I due uomini si guardarono.

«Cosa aveva a che fare con lei?».

«Ancora? Gliel'ho detto. Era un criminale di mezza tacca. Lo inchiodai per un traffico di cocaina tanti anni fa».

«E lei mi rinfreschi la memoria».

Rocco alzò gli occhi al cielo e allargò le braccia. «Va bene. Nel 2007 scoprimmo un traffico di cocaina grazie all'omicidio di due ragazzi che s'erano messi a rubare la droga ai trafficanti. Il capo aveva un mobilificio fuori Roma, scoprimmo che si faceva arrivare la coca dal Sudamerica attraverso spedizioni di mobili. La droga era nascosta, meglio, era stata trasformata in finte statuine precolombiane provenienti dall'Honduras. Così in una perquisizione al porto trovammo il carico. Ci fu una sparatoria, un paio di morti, un agente ferito e alla fine inchiodammo la banda. Ma scapparono Luigi Baiocchi e gli altri componenti della banda, e soprattutto non risalimmo mai ai veri capi del traffico, perché sospettavamo, e ne sono tuttora convinto, che dietro c'era qualcuno di molto potente che muoveva tutta la santabarbara».

«E quel Luigi Baiocchi, il fratello di Enzo, lei dice che è morto da qualche parte in Sudamerica».

«Così venni a sapere».

«Non trova curioso che ora spunta fuori il fratello evaso dal carcere per farle la pelle? Andiamo, Schiavone, non offenda la mia intelligenza».

«Il giorno che metteremo le mani su Enzo Baiocchi lei avrà modo di chiederglielo e così sapremo la verità. Mi creda, sono curioso anche io». E finalmente Rocco uscì.

Tornando verso la questura si era perso a guardare una vetrina. Buttava un occhio sui prodotti esposti senza interesse, non si era neanche accorto che trattasse abbigliamento femminile. Era diventata una situazione insostenibile, lo sapeva. Il cerchio si era stretto, solo questione di tempo e avrebbero scoperto la verità, che era nascosta insieme a Luigi Baiocchi sotto quintali di cemento in un villino a schiera nel quartiere dell'Infernetto a Roma. Gli tornò alla mente quella notte del 2007. La puzza di urina del capannone, la luna e le stelle che facevano capolino fra i vetri rotti. Lo sparo. Luigi Baiocchi steso a terra con un foro rosso in mezzo alla fronte. La bocca della sua pistola che lo guardava per l'ultimo colpo, quello decisivo, quello che avrebbe messo fine a tutto. Poi vide il suo viso riflesso nella vetrina del negozio. Scavato, gli occhi stanchi, i capelli spettinati.

Un'ombra gli passò accanto e per un momento si riflesse nel vetro. Una figura bianca, veloce come un cane che fugge, ma che dietro si era lasciata un profumo che Rocco conosceva bene. Si voltò. La strada era deserta. «Che vuoi dirmi Marina?» disse a bassa voce. Tornò a specchiarsi. Curioso, prima non s'era accorto della barba lunga di qualche giorno e di un ciuffo di capelli sulla fronte che si era imbiancato. Riprese a camminare. Incrociò una bambina con le guance piene di lacrime e un gattino in braccio, un uomo dal passo veloce e gli occhi preoccupati e un ragazzo coi capelli lunghi e un giubbottino rappezzato che si mordeva le labbra. E si trovò a pensare che ogni essere umano, dal più giovane al più vecchio, s'è impantanato da qualche parte, e lotta, nella stanza segreta del suo cuore, per guarire un gatto malato, per non perdere un appuntamento, per prendere in mano la propria vita. Alzò gli occhi. Il sole era sempre lì, come il cielo. E mai come in quella mattinata di inizio estate Rocco Schiavone si sentì solo. Neanche Marina veniva più a trovarlo. Passava veloce, come la gente nella piazza, e non si fermava più da lui.

Caterina non trovava le chiavi di casa. Niente nella tasca sinistra dei pantaloni, niente nella destra, niente in quella anteriore del giubbotto. Eppure aveva un posto per tutto. Per le bollette, le ricevute, gli scontrini, le medicine. Le chiavi invece erano indomabili. Sembravano vivere di vita propria. Da sempre giocavano a nascondino fra tasche borse e cassetti e non c'era verso di dargli una disciplina.

Mi saranno cadute al supermercato? pensò infilando la mano nella tasca sinistra anteriore del bomber, dove aveva già rovistato per ben due volte. Poi le dita toccarono qualcosa di metallico. Erano lì, nascoste dentro la fodera. Il viceispettore con qualche capriola delle dita riuscì a tirarle fuori.

«Ciao...» una voce alle sue spalle la freddò. Si voltò. Sul marciapiede c'era sua madre. La donna avanzò di un paio di passi.

Caterina doveva mantenere la calma, non cedere, non farsi venire rimorsi e trattarla con distacco, con freddezza, dura e spietata come Agnese era stata con lei per tutti gli anni che aveva vissuto a casa.

«Che vuoi!» le disse fissandola negli occhi, le chiavi già infilate nella toppa.

«Per favore, Caterina, ti ho vista entrare nel supermercato e poi...».

«Che fai, mi segui? Perché sei ad Aosta?».

La madre abbassò lo sguardo. «Possiamo cercare di parlare cinque minuti?».

Caterina lasciò le chiavi inserite nella serratura e incrociò le braccia. Il cuore le batteva forte. Cercò di respirare ma qualcosa si era bloccato nella trachea. «Poi te ne vai e mi lasci in pace?» ringhiò.

«Mi ha chiamato tuo padre».

Caterina deglutì, poi stirò un ghigno: «Siete tornati insieme?».

«No. Non è per questo. Lui non ha il tuo numero».

«Veramente?» chiese sgranando gli occhi. «E come mai?» fece ironica.

«Mi ha chiesto di venirti a dire una cosa».

«Non mi interessa quello che ha da dirmi» rispose, poi mise la mano sulla chiave e girò per aprire. Ma la madre l'afferrò per un braccio. «Caterina, ti prego. Tuo padre deve fare un'operazione al cuore molto pericolosa».

Quel contatto le diede i brividi. Osservò la mano di sua madre, le unghie con lo smalto rosso scorticato, le dita che scoppiavano dentro due anellini di bigiotteria. Odiava quella mano, odiava quella pelle, quell'odore nauseabondo di sedano che emanava.

«E allora?».

«E allora prima di andare sotto i ferri vorrebbe vederti».

«Perché? Rischia di restarci?».

Agnese annuì. Allora Caterina si avvicinò e a bassa voce le mormorò sul viso: «È quello che gli auguro!», si liberò dalla stretta, aprì il portone, entrò nel palazzo e con la gamba richiuse l'anta di legno lasciando sua madre in mezzo alla strada. Salì le scale velocemente, senza pensare, con le chiavi in bocca per non perderle un'altra volta. Finalmente entrò nel suo appartamento, accese la luce, appese il giubbotto al gancio di legno vicino alla porta d'ingresso e andò in bagno ad aprire l'acqua della doccia evitando di guardarsi allo specchio. Veloce si spogliò ripiegando i pantaloni sulla sedia, gettò i calzini di cotone e la maglietta nel cesto di vimini per la biancheria sporca, ripose le scarpe nella scarpiera. L'acqua fumava. Entrò nella cabina doccia. Cominciò dai capelli. Due passate di shampoo, poi una dose abbondante di balsamo e il risciacquo. Prese la spugna e ci versò sopra il sapone. Sfregò le ascelle, se la passò fra i glutei, si strofinò le gambe fin quasi a farle diventare rosse, il collo, le braccia, i piedi. Chiuse l'acqua e afferrò l'accappatoio. Si asciugò energicamente. Un asciugamano intorno ai capelli zuppi e poi andò in salone. Accese il televisore e mise il telegiornale a volume altissimo. «... nubifragi stanno martellando le regioni che si affacciano sul bacino centro occidentale del Mediterraneo dove alluvioni lampo...». Riempì il bollitore di acqua, lo mise sul fuoco, preparò la tazza con la bustina di tè. Si sedette sulla poltrona davanti al televisore, prese un respiro e scoppiò a piangere.

Seduto alla scrivania, Rocco Schiavone passava in rassegna la sua squadra. L'agente D'Intino dalla provincia di Chieti lo guardava con l'occhio fisso e vitreo di una spigola sui banchi del mercato. Deruta, umido di sudore, respirava a fatica ora che per raggiungere la nuova stanza del capo la strada era diventata troppo lunga, e se a quello si aggiungeva la rampetta di scale, praticamente un percorso di guerra. E poi c'era Casella, con la sua aria svagata di chi è capitato lì per caso, situazione non troppo lontana dalla realtà, e Italo e Antonio, annoiati, accanto alla porta. L'ex deposito di scope era una scatola di sardine.

«Amici, colleghi, concittadini, prestatemi orecchio. Come potete vedere, siamo nel nuovo ufficio del vostro capo. Quindi questo è il grado di stima che la questura di Aosta ha per noi, nonostante i recenti successi. Ma, io dico, meglio! Dalle difficoltà si impara. E infatti da oggi si apre una nuova era. E si chiama?» guardò gli agenti che non sapevano cosa rispondere. «Si chiama Schiavone se fa li cazzi sua. E in che modo? Semplice. Sarete voi ad andare in giro a farvi il mazzo mentre io parteciperò alla conferenza stampa del questore e me ne starò qui a pensare e a rimuginare sui fatti della vita fumandomi una quantità industriale di sigarette. Fin qui ci siamo?».

«Sì» mormorarono più o meno tutti, tranne D'Intino che si sporse verso Casella. «Je nen so' capite niente».

«E mo' lo capisci, D'Intino» disse Rocco. «Allora dividiamo i compiti. D'Intino e Deruta, vi fate un giro alla ricerca di tutti i trans presenti ad Aosta e provincia fino a Biella e mostrate la foto del cadavere rinvenuto».

I due agenti sbigottiti si guardavano, sembravano annaspare.

«È una parola» fece Deruta.

«Sticazzi!» aggiunse Italo.

Rocco picchiò un pugno sul tavolo. «Allora, bisogna che qui al nord cominciate a imparare l'uso esatto dei termini e delle locuzioni romane. Sticazzi si usa quando di una cosa non te ne frega niente. Per esempio: Lo sai che Saint-Vincent ha 4.000 abitanti? Sticazzi, puoi dire. Cioè, chissenefrega. Come lo usate voi, Italo, è sbagliato. Devi cercare un ago in un pagliaio? Allora devi dire: mecojoni! Mecojoni indica stupore, lo usi per dire: accidenti! Capisci la differenza Italo? Non puoi usare sticazzi per esprimere meraviglia, sorpresa. Sticazzi lo usi per dire chissenefrega. Ho vinto alla lotteria 40 milioni di euro? Mecojoni, devi dire! Se dici sticazzi significa: non me ne frega niente. Ecco. Ricominciamo. Deruta e D'Intino devono cercare tutti i trans di Aosta e provincia. Tu che devi dire?».

«Mei cojoni?».

«Mecojoni» lo corresse.

«Mecojoni».

«Bravo Italo. Invece che a Courmayeur c'è la funivia?».

«Sticazzi».

«Perfetto. Hai appena imparato l'articolo sette della costituzione romana che recita: uno sticazzi al momento giusto risolve mille problemi. Andiamo avanti. Italo! Dal momento che oggi è il giorno libero di Caterina te ne vai bello come il sole da Fumagalli a chiedere novità sul cadavere».

«Io?» chiese Pierron.

«Ti chiami Italo? Proprio tu».

«Ma dottore, a me l'obitorio...».

«Se vuoi fare il poliziotto devi imparare a frequentare l'obitorio, punto e basta. E veniamo ad Antonio Scipioni. Tu e Casella, vi recate dal nostro commissario della scientifica a sentire le novità. È chiaro?».

«Sì» risposero tutti, tranne D'Intino che invece si sporse verso Deruta: «Cioè? Je nen so' capite».

«Dobbiamo chiedere ai trans se conoscevano il cadavere».

«Shine, ma che è un trans?».

Rocco tagliò corto. «Andate figlioli e tornate vincitori!».

Poco convinti gli agenti si mossero. «Ci vediamo qui fra... diciamo quando vi pare. E mi raccomando, D'Intino e Deruta, tornate vivi. Buon lavoro...».

Lasciarono l'ufficetto. Rocco restò solo con Lupa. «E adesso andiamoci a fare la conferenza stampa».

La sala era piena per metà. Quando il questore vide arrivare Rocco dal fondo del corridoio, sorrise sollevato. Non poteva crederci. «Schiavone! Affrontiamo insieme i giornalai. Sono molto felice. Posso sapere com'è possibile?».

«Molto semplice, dottore. Ufficio nuovo, strategia nuova. Ho mandato sul campo i miei agenti. Io me ne sto qui a fare il lavoro di raccordo».

Costa lo afferrò per una manica. «Schiavone, ma che sta dicendo? La sua squadra? Insomma, la conosciamo bene. Ora a parte un paio di elementi...».

«Sì, sono un disastro. Ma ora lavoriamo così. Dovranno pur crescere quei ragazzi, no?».

Il questore non lo lasciava entrare. «Ma che cosa dice? C'è un omicidio di mezzo, quelli non sono in grado...».

«E vabbè, omicidio risolto in più, omicidio risolto in meno. Ora andiamo, non è bene far attendere i giornalisti». Si liberò dalla stretta del superiore e finalmente entrò nella stanza.

«Si tratta del ritrovamento di un cadavere sul greto del fiume, in località Plan Félinaz, vicino al campo sportivo. L'omicidio è presumibilmente avvenuto durante la notte, ma attendiamo delucidazioni dal dottor Fumagalli». Costa era in piedi e parlava. Rocco, seduto accanto a lui, osservava i giornalisti. La Buccellato era in seconda fila. I loro occhi si incrociarono più di una volta, mai invece lo sguardo della donna cercò quello dell'ex marito. Dalla prima fila si alzò una mano. Un uomo col nasone chiese la parola.

«Prego, Angrisano» fece Costa sbuffando. Era evidente che lo odiasse dal più profondo del cuore.

«Ecco, possiamo avere qualche dettaglio in più? Siamo sul generico».

«Il delitto è avvenuto qualche ora fa!» gridò il questore. «Ci volete dare il tempo di capire, almeno? Questa non è una conferenza stampa, è un semplice comunicato alla stampa. Le sfugge la differenza?».

«Sì, ma a parte questo» insistette Angrisano, «avete qualche sospetto? Qualche pista?».

«Angrisano! I dettagli sono segreti, e lei dovrebbe saperlo. È un'indagine, mica una partita a monopoli!».

«Dottore» fece una voce di donna. Era la Buccellato. Rocco notò la mano destra di Costa stringersi a pugno. «Qualcosa di più sul morto?» chiese la giornalista.

Il questore, saliva azzerata, guardò Rocco cercando aiuto. Rocco prese la parola.

«Bene. Il cadavere si trovava in acqua, gonfio, e quando dico gonfio non mi riferisco al corpo, ma al viso. Ha subito diversi interventi chirurgici, naso, labbra, zigomi, seni, però ha anche il membro e non si tratta di un ermafrodita ma di un trans. Escludiamo decisamente l'annegamento come causa della morte».

«Perché?» chiese il giornalista riccetto.

Rocco neanche gli rispose. «Non aveva documenti addosso quindi buio totale sull'identità».

«E sul movente, suppongo» fece la Buccellato.

«Bravissima. Dobbiamo percorrere la pista passionale, la pista del ricatto, della vendetta...».

«Insomma, tutte le piste?» chiese Angrisano.

«Esatto» e il vicequestore tacque. Costa lo guardava ma Rocco non aveva intenzione di dire altro.

«Bene» prese la parola il questore. «La squadra mobile ha avviato le indagini e crediamo che al più presto...».

«Perché il vicequestore è qui invece di indagare su questo omicidio?» chiese la Buccellato.

Fu Rocco a rispondere. «Perché preferisco darvi io direttamente le notizie. Non mi piace quando qualcuno di voi mi mette in bocca le parole e fa della calunnia la sua arma preferita».

La Buccellato sorrise. Rocco invece restò serio. Dopo tre secondi scoppiò l'inferno.

«Schiavone, mi spiega che razza di atteggiamento è il suo? Viene a parlare con la stampa e mi aizza contro i giornalai? Io con questi ho a che fare ogni giorno, ho pressioni dai loro direttori, dal presidente della Regione, da tutti!».

«Dottor Costa, se la considerazione che questa questura ha di me è quella di mettermi in un ex magazzino delle scope, farò in modo di avvalorare questa percezione. E mi comporterò di conseguenza. Visto che questo lavoro, la questura, lei, i giornalisti, Aosta, gli omicidi per me sono delle immense rotture di coglioni e di tutto questo non me ne frega una beneamata, non chiedo di meglio che starmene chiuso negli orari di lavoro nel deposito e lavorare da lì».

«Lei sta rinnegando il suo ruolo».

«No, siete voi che lo fate. Se ha bisogno di me mi trova fra il detersivo per i pavimenti e la scopa elettrica» e si incamminò per il corridoio. «Ah, a proposito. Credo che andrò a casa. Tanto prima di domattina dalla mia squadra novità non ne arriveranno. La saluto».

Il cielo era buio, un alone più chiaro adagiato intorno alle cime dei monti ne seguiva i contorni. I lampioni stradali erano accesi, così come le insegne dei negozi. Rocco tornava verso casa, in mano un pacchetto con il kebab e una vaschetta di patate al forno. Lo vide svoltare in via Croix de Ville diretto verso casa con una busta del minimarket.

«Com'è andata, Gabriele?».

«Male. Ho preso due». Teneva la testa bassa e i capelli lunghi coprivano metà volto.

«Allora quest'anno è andata».

«Direi di sì. Alla fine mi ha pure chiesto di tradurre una frase in latino all'impronta!».

«A te?» al vicequestore venne quasi da ridere.

«Guardi, ce l'ho qui...» posò la busta a terra, si mise la mano nella tasca dei jeans tagliati al ginocchio, tirò fuori un foglietto e lo aprì. «Ibis redibis non morieris in bello».

«Ma la sanno tutti! È la frase della Sibilla. A seconda di dove metti la pausa cambia il significato. Se dopo redibis si traduce: andrai, tornerai, non morirai in guerra. Se invece la sposti prima di morieris, allora suona come andrai non tornerai, morirai in guerra. Insomma il soldato prima di andare in battaglia chiedeva alla Sibilla una risposta sul suo destino, in realtà otteneva solo una frase ambigua. Sibillina, appunto».

«Chi è la Sibilla?».

Rocco allargò le braccia. «Lascia perde, Gabrie'...». Il ragazzo camminava a testa bassa. Rocco si bloccò all'improvviso. Prese Gabriele per mano e lo portò sotto un lampione.

«Togli un po' i capelli dalla faccia».

«Eh?».

«Ho detto: togli i capelli dalla faccia!».

Gabriele esitò. Cercò di divincolarsi ma Rocco lo teneva per un braccio. «Gabriele, fammi vedere!».

Lento si portò la mano alla testa e con un gesto dolce scostò la ciocca che gli copriva metà volto. Sotto l'occhio aveva un livido giallo-viola.

«Come te lo sei fatto?».

«A scuola. All'ora di ginnastica. Partita di basket, m'è arrivato il pallone in faccia».

Il vicequestore lo guardò negli occhi. «Sai che lavoro faccio io?».

«Il commissario?».

«Sbagliato. Faccio il vicequestore. Cioè il poliziotto. E quando sento una cazzata, vedi?» tirò su la manica del maglione, «mi viene la pelle d'oca. E ora io ho la pelle d'oca. Questo vuol dire che hai detto una bugia».

«Si sbaglia. È la verità».

«Gabriele, te lo chiedo una seconda volta. Come te lo sei fatto?».

Il ragazzo si grattò la testa. «Niente, è stata una discussione».

«Fra te e?».

«E uno della scuola».

«Mi sta bene. Uno contro uno mi sta bene. L'altro?».

«Vuole sapere come si chiama?».

«No, voglio sapere, tu porti a casa un livido, l'altro?».

Gabriele alzò le spalle.

«Eh no, figlio mio, no! Tu devi imparare a picchiare, che cazzo!».

«Io i pugni non li so tirare».

«Ho detto picchiare, mica boxare. Vabbè, bisogna che ti spieghi un po' di cose».

Ripresero la strada verso casa. Fu Gabriele ad aprire il portone.

«Mamma non c'è?».

«No, stanotte resta a Milano».

«E tu dormi solo?».

«Sì. Sono abituato» i due entrarono nel palazzo. Rocco dietro, Gabriele davanti, salivano le scale. «E ti devi pure mettere a dieta, hai un culo che pari 'na poltrona. Che ti mangi stasera?».

«Ho comprato due hamburger e poi mi sparo un gelato alla vaniglia. Lei?».

«Kebab e patate al forno».

«Buone!».

Arrivarono sul pianerottolo. «Lo sai invece? Ce ne andiamo a cena fuori, io te e Lupa. A festeggiare».

«Cosa?».
«Che ti bocciano».
«E c'è da festeggiare?».
«Certo. Non lo sapevi? Se uno festeggia le brutte notizie, sta imparando a vivere. Fatti una doccia e mettiti dei pantaloni lunghi che co' 'sti cosi tagliati al ginocchio mi fai schifo. Si vedono i polpacci, i peli, e pure i fantasmini che escono dalle scarpe da ginnastica. E una maglietta pulita. Ce l'hai?».
«Guardi che io la lavatrice la so fare, che crede?».

Della casa nuova Rocco apprezzava soprattutto la vicinanza di almeno un paio di ristoranti di tutto rispetto. Trovarono posto al Grottino e ordinò una pasta con le vongole. Mai avrebbe immaginato di trovare ad Aosta una qualità da costiera amalfitana, e quando qualche mese prima l'aveva scoperto aveva eletto quel ristorante il suo preferito. Lì dentro si respirava mare, sole e cielo. Gabriele non amava spigole e orate e si gettò sulla pizza. Rocco si perdeva a guardarlo mangiare. Masticava e deglutiva come se non ci fosse un domani e la prima 4 stagioni finì in pochi secondi.
«Una volta ho visto un documentario sui piranha, sai cosa sono i piranha?».
«Sta scherzando?» rispose Gabriele con la bocca piena. «*Piranha*, *Piranha paura*, *Piranha. La morte viene dall'acqua*, *Mega Piranha*... non tocchi argomenti sui quali potrei distruggerla» e si attaccò alla birra. «Sembro uno di quei pesci assassini, vero?».
«Esatto. Ne vuoi un'altra?».

«Preferirei un calzone. Lo fanno?».

«Credo di sì» attirò l'attenzione di un cameriere. «Senta, prepari un calzone qui allo squalo».

«Subito» rispose quello e sorridendo sparì.

«*Lo squalo* e *Lo squalo 2*, *Lo squalo 3*, e *Lo squalo 4 la vendetta*. So tutto!» e il ragazzo alzò i pugni al cielo come avesse segnato un goal. «Vuole sapere i registi? Il primo Spielberg, capolavoro assoluto del maestro indiscusso, baciare dove poggia i piedi, poi il secondo l'ha fatto Szwarc, il terzo l'ha girato Alves e l'ultimo diretto dal grande Sargent, che prima aveva realizzato *Nightmares-incubi*, pellicola da paura, non so se rendo l'idea».

Rocco era rimasto col boccone a metà. «Ma di che cazzo stai parlando?».

«Dopo andiamo in camera mia. Ho una collezione di film horror da leccarsi i baffi».

«Io li odio i film horror» e il vicequestore riprese a mangiare.

«Perché ha avuto un'infanzia difficile. Altrimenti li amerebbe».

Quell'adolescente ciccione, pieno di brufoli e capelli lunghi e unti, che non apriva un libro, lo aveva lasciato di sasso. Rocco allungò uno spaghetto a Lupa. «Allora tu hai avuto una bella infanzia?».

«Io da piccolo ero felice» prese un pezzo di pane. «Le cose sono andate storte dopo, ma fino ai 12 anni me la sono goduta. L'ha mai visto *Alien*?».

«No. È un film, vero?».

«Esatto. Ecco, immagini la famiglia come un corpo. Noi

dentro avevamo un alien. E non lo sapevamo. Poi è venuto fuori, ma lo abbiamo combattuto e se n'è andato».

«Un alien?».

«Mio padre».

«Dottore, scusi...».

Rocco alzò la testa. Davanti a lui c'erano Italo, Casella e Antonio Scipioni. Visi stanchi e immalinconiti.

«A proposito di Alien... che c'è? A quest'ora? Non vedete che stiamo mangiando?».

«Sì, stavamo venendo a casa sua e l'abbiamo vista dalla strada».

Rocco posò il tovagliolo. «La prossima volta, Gabriele, dobbiamo prendere un tavolo più interno. Volete favorire? Abbiamo appena iniziato. L'unico consiglio è non avvicinatevi troppo al pitbull qua...» e indicò Gabriele, «è capace di strapparvi un braccio a mozzichi».

«No, veramente, grazie, ce ne andiamo a casa. Solo che...». Italo guardò i colleghi. Prese la parola Casella. «Solo che dotto'. Acqua. Allora la commissaria della scientifica con me e Scipioni non ci ha voluto parlare, dice che non si fidava e che probabilmente eravamo dei servizi...».

Rocco alzò gli occhi al cielo.

«E io all'obitorio sono svenuto» concluse Italo.

Rocco batté le mani. Lupa poggiò le zampe anteriori sulle ginocchia di Rocco. «Ottimo lavoro, ragazzi. Mancano i fratelli De Rege...».

«Quelli stanno in giro. Di loro non abbiamo più saputo niente».

«Missing in action. Allora a domani. Fate una bella relazioncina, scrivete esattamente i risultati ottenuti e mettetela sul tavolo del questore. Mi raccomando Italo, proprio come l'avete raccontata a me. Ci vediamo domani». I tre poliziotti, coda fra le gambe, lasciarono il ristorante. In quel momento il cameriere portò il calzone a Gabriele. «Vacci piano guaglio', che è l'ultimo!» e ridendo si allontanò dal tavolo. Gabriele afferrò subito le posate. «Ma di che parlavate? Che cercavano?».

«Gabrie', lascia perdere. L'horror guardatelo nei film. Com'è il calzone?».

«Buonissimo!» posò la forchetta. «È una cosa brutta quella che è successa?».

«Parecchio brutta. Dai, mangia che si fredda».

«Be', allora buonanotte. Domattina vai a scuola?».

Gabriele alzò le spalle.

«Hai ragione, che ci vai a fare?».

«Vabbè. Grazie per la cena».

Rocco aprì la porta. Lupa entrò per prima. Anche Gabriele infilò le chiavi nella toppa. Rocco si voltò. «Senti un po', Gabriele».

«Dica» il ragazzo aveva gli occhi grandi e spalancati.

«Non è che ti va di dormire da me?».

«Magari!» e tolse le chiavi dalla serratura.

«Allora dai. Entra!».

Gabriele si lanciò in casa. «Grazie».

«Oh, io domattina vado a lavorare. Qui la colazione non c'è».

«Non si preoccupi, quando mi sveglio torno a casa». Gabriele si guardava intorno mentre Lupa aveva già preso possesso del suo angolo di poltrona. «È bello il suo appartamento. È normale».

«Che intendi?». Rocco gettò le chiavi in un piattino sul comò.

«Che è una casa bella. La mia sembra un ospedale. Quel quadro?» indicò uno degli sgorbi che Anna, una vecchia fiamma di Rocco, aveva dipinto e lui, per pura carità, aveva acquistato.

«Quello? Una crosta».

«Be', almeno ha un vantaggio».

«Quale?

«È biodegradabile, no?».

Rocco scoppiò a ridere. «Ti va bene il divano?».

«Alla grande».

«Lenzuola nell'armadio». Rocco tolse i cuscini, tirò la rete e aprì il divano letto. Lo usava per la prima volta. Chissà se era comodo.

«Ce l'ha qualche Marvel?».

«Come? Intendi fumetti?».

«Sì. Va bene pure Topolino».

«Nun t'allarga', ciccio. Intanto c'è il letto, e non mi pare poco».

Si misero insieme a sistemare le lenzuola. «Hanno ammazzato qualcuno?» chiese il ragazzo. Rocco annuì. «Lei ne ha visti tanti di morti?».

«Tanti...».

«Ci ha fatto l'abitudine?».

«No».

«Infatti» fece Gabriele, «a certe cose secondo me non si fa mai l'abitudine».

Rocco rimboccò la coperta di cotone. «Allora facciamo una prima lezione».

«Di che?». Gabriele cercava di infilare la federa nel cuscino.

«Chi mena per primo mena due volte, lo sapevi?».

«Sì. Ma io non ho il coraggio. Non ho mai picchiato nessuno».

Rocco si avvicinò. «Ma gli altri sì, quindi ti devi difendere. Dimmi la verità, Gabriele, quanti erano?».

Gabriele posò il cuscino. Lo aggiustò, poi senza guardare Rocco rispose: «Tre...».

«In tre? Figli di puttana. No, e qui bisogna che impari. Allora guardami. Girati».

Il ragazzo obbedì.

«Non sai fare a pugni e diciamo che non ci sono oggetti contundenti in giro, che so? Una bottiglia, un sasso, un bastone, un'ascia, niente. Per prima cosa devi stare a mezzo metro dallo stronzo così, vedi? e conti fino a tre. È facile. Uno due e tre, e sai che al tre gli devi mollare un calcio in mezzo ai coglioni».

«Devo?».

«Sì. Pensa che se non lo fai tua madre muore».

«Ah, muore?».

«Bravo. Quindi lo devi dare. E lo devi tirare forte. Quello non deve più rialzarsi. Così, guarda» e mimò il calcio. «Senza pensarci due volte. Come se calciassi un rigore. Quello va per terra. Quando sta per terra fai finta che è un pallone e gli molli un altro calcio qui, sotto il mento» toccò il punto preciso sul viso del ragazzo. «È facile che quello a questo punto è svenuto. E tu te ne vai».

«Posso urlare goal?».

«Puoi urlare quello che ti pare».

«E se sono in tre?».

«Picchia sempre il capo».

«Diego?».

«Che cazzo ne so come si chiama? Ma se tu atterri 'sto Diego, gli altri se ne vanno, sta' tranquillo. Hai capito? Calcio alle palle e poi sotto il mento».

«Proviamo?».

«Sì, ma solo la mossa, non me lo dare il calcio, va bene?».

«Bene». Gabriele guardò il punto dove doveva calciare e accennò il movimento.

«Errore. Mai guardare dove colpisci, sennò gli dai un vantaggio, quello lo capisce. Lo devi fissare negli occhi, dire una cazzata tipo... che bella giornata oggi, vero? E zac! calcio potente alle palle. Così, guarda». Rocco fece la dimostrazione senza colpirlo. «Vedi? Io ti guardo nelle pupille e poi ho tirato il calcio preciso. Prova».

Stavolta lo fece bene.

«Bravo. Forte. Seconda ipotesi: quello non cade a terra ma si piega a metà. Invece del calcio sotto il mento sai che devi fare?».

«Faccio Thor martello di Odino?».

«Non ti seguo...».

«Gli do una botta sulla nuca a due mani?».

«Sì, ma forte. E grida, se ti può aiutare. Prova. Ecco, io sono chinato...».

«Martello di Odino!» urlò Gabriele e mollò una botta a due mani sul collo di Rocco.

«Ahhh, ma che sei scemo? Devi fa' per finta!».

«Oddio, le ho fatto male?».

«Niente, niente» il vicequestore si massaggiò il collo. «Però bene. Ao', sei forte. Basta menare una volta e passa la paura».

«Se penso che lei è lì con me, ce la faccio!».

«Bravo, pensa che sono lì con te! E che se non tiri il calcio alle palle di Diego tua madre muore. Ora andiamocene a letto».

Gabriele si tolse le scarpe da ginnastica.

«Quelle mettile fuori dalla finestra che puzzano di topo morto».

Il ragazzo le annusò. «Bleah! Che schifo».

«Appunto. Altrimenti qui diventa una camera a gas. Andiamo Lupa?» si avviò verso la camera da letto. «Oh, qualsiasi cosa io sto di là».

«A domani allora».

«A domani Gabriele. Dormi bene» e sorridendo entrò nella stanza.

«Rocco?».

«Dimmi».

«Ma non è che passo da vigliacco se gli do un calcio alle palle e poi basta?».

«No. Passi da vigliacco se rientri a casa con un livido come quello».

Rocco si svegliò di soprassalto alle tre di notte. Gabriele s'era infilato nel letto e dormiva sereno abbracciato a

Lupa. Aveva un sorriso a fior di labbra. Sognava. Anche Lupa sognava, muoveva le zampe come se stesse correndo. Sentì una mano calda avvolgergli il petto. Una scossa piacevole, un massaggio al cervello e al cuore. Appoggiò la testa al palmo della mano e si perse a guardare quel ragazzo e il suo cane sprofondati nel sonno con la testa chissà dove. Era questo che intendeva Marina quando parlava di sicurezza e protezione? Avere un angolo di mondo dove pensieri e paure restano fuori e rimane solo la dolcezza di un sonno tranquillo? Avrebbe voluto chiederglielo, ma non veniva più a trovarlo. «Abbiamo una sola vita, Mari', e ce la siamo giocata male» disse a mezza voce. «Mi correggo. Abbiamo una sola vita e me la sono giocata male. Perché è tutta colpa mia» e questo non l'avrebbe cancellato niente e nessuno. Era la verità evidente e spietata con la quale doveva fare i conti. Poggiò la testa sul cuscino fino a quando vide il soffitto appannarsi e gli occhi cominciarono a bruciare.

«*Se ti apri alla vita, quella qualcosa in cambio te la dà sempre...*» gli risuonò nella testa.

Si asciugò gli occhi. Chi aveva parlato? Gabriele dormiva. A Lupa non voleva neanche pensarci, ci mancava un cane con il dono della parola.

«*Sei qui? Sei qui vero? Sei qui e non ti fai vedere. Eri in strada oggi, ho sentito il tuo profumo. Sei sempre qui, vicino a me? Vuoi sapere chi è questo qui? Non lo so. È un mio vicino. Ha 16 anni, non ha nessuno. Lo vedi come dorme? Io non ho mai dormito così, o forse sì. Ho mai dormito così, Mari'?*».

«*No. Tu russavi*».

«E questo cos'è?». Costa teneva il rapporto degli agenti davanti al viso di Schiavone fra il pollice e l'indice neanche fosse un calzino sporco. A Rocco tornò in mente la sua maestra delle elementari quando con gli occhi di fuoco e la bocca spalancata ostentava il quaderno alla classe per rivelare la peggiore offesa di un alunno al corpo docente, per denunciare pubblicamente la bestemmia contro la pubblica istruzione, per mostrare alla classe attonita la madre di tutti gli insulti all'insegnamento dai tempi di Giovanni Gentile: il buco nella pagina. Un affronto che si pagava con uno zero spaccato e una mezz'ora dietro la lavagna. «Questo è il frutto di un'intera giornata di indagine da parte della sua squadra? Glielo leggo?». Costa scuoteva il foglio nell'indifferenza totale del vicequestore che se ne stava in piedi accanto alla finestra, a braccia conserte, perso ad osservare la vena del collo del suo superiore che si gonfiava e si sgonfiava, mentre il viso tendeva ad un rosa più acceso. «Vogliamo dire che i suoi nuovi metodi di lavoro fanno schifo?».

«Non lo so. Lo vogliamo dire?».

«Questo rapporto è indecente!» lo accartocciò e lo gettò nel cestino dei bicchierini di plastica accanto al distributore. «Io adesso le chiedo gentilmente di mettersi a fare il suo lavoro, con serietà...».

«Lo sto facendo. Non è colpa mia se ho una squadra di mentecatti. Mi avete dato quegli uomini, e io quello posso fare».

«In passato però le cose andavano diversamente, Schiavone!».

«In passato sì. Ora le cose stanno così. Ci proverò, ma non assicuro niente».

Costa si mise le mani sui fianchi, poi si toccò il mento, infine guardò Schiavone. «Va bene, cosa vuole?».

«Lo sa».

«Tutto questo per una stanza mefitica?».

«Non è la stanza, dottor Costa. È la fiducia. Lei e il dottor Baldi avete mostrato, e senza troppi giri di parole, che di me non vi fidate più».

Costa alzò gli occhi al cielo. «Per la storia di Enzo Baiocchi?».

«Eh già. Dunque mi dica. Se lei non godesse più della stima e del rispetto dei suoi capi, come si comporterebbe? Se quelli che ti devono dare una mano nelle indagini ti guardano come il primo dei sospetti, che farebbe?».

«Il mio lavoro! Ma io e lei siamo differenti. Io ci credo in quello che faccio. Lei potrebbe essere qui oppure su un cargo al largo delle Azzorre, sarebbe lo stesso».

«Non sarebbe lo stesso, al largo delle Azzorre starei a poppa a prendere il sole».

«Si crede spiritoso, Schiavone?».

Nascosti dietro l'angolo del corridoio Italo e Antonio seguivano il dialogo e impedirono a Casella, arrivato in quel momento, di andare verso il distributore del caffè. Sapevano che era una situazione delicata e Rocco stava per esplodere. Era meglio non farsi vedere.

«No, Schiavone, lei non è spiritoso. Lei ha dei doveri. Quindi si metta al lavoro e mi porti dei risultati, ammesso che ne sia in grado!».

«Vuole dei risultati da me? Da me? Sono qui da settembre e ho fatto più io che qualsiasi altro mentecatto in questa questura di merda. E mi costa parecchio perché a me di sguazzare nelle fogne alla caccia di un pezzo di merda, di nutrirmi di morte e sangue non me ne frega niente, dottore. Niente. Lo faccio perché non ho di meglio e perché davanti all'orrore non so stare fermo. Ma se mi fanno girare i coglioni, e mi creda lei e il dottor Baldi ci state riuscendo alla perfezione, io mollo il colpo. Alzo le mani e non faccio più un cazzo. Spero di essere stato chiaro. Ora mi scriva lettere di ammonimento, mi sbatta in un garage, mi trasferisca in una miniera, la cosa non cambia. Io sul campo mando i miei uomini».

Costa ingoiò amaro. Si avvicinò alla macchinetta del caffè. Ci si appoggiò. «Non ho voglia di prendere provvedimenti disciplinari contro di lei».

«E io non vorrei mai essere arrivato a questo».

Poi il questore lo guardò negli occhi. «Non dipende da me. Io obbedisco a ordini che arrivano dall'alto. Lei non piace, Schiavone. Non piace al tribunale, non piace al ministero, e soprattutto non piace a Roma. Forse io sono il solo che ha sempre cercato di difenderla, perché conosco il suo valore. E allora glielo chiedo col cuore in mano: mi aiuti. Non si metta di traverso e io le garantisco che farò il possibile affinché tutto questo cada nel dimenticatoio». Infilò la chiavetta e premette il pulsante. «Non mi tradisca, o io non avrò più niente in mano per aiutarla. E fino ad oggi, mi creda, ci ho provato. Una cosa deve essere chiara. Io la carriera per lei non me la gioco. Fino a dove posso, conti su di me». Si aggiustò la cravatta. «Lo sa cosa mi disse una volta l'analista? Se una persona è immersa nelle sabbie mobili, per aiutarla, non bisogna gettarsi nel fango, altrimenti si affogherebbe entrambi. Io tendo la mano, sta a lei adesso afferrarla». Prese il caffè ormai pronto. «Ne vuole?».

«No grazie. Preferisco vivere».

Sorrisero. «Lei torni a fare il suo lavoro. E le prometto che le cose cambieranno. Fa cagare questo caffè!».

«Lo so. Io una mezza idea ce l'avrei».

«Cioè?».

«Compro cialde e macchinetta e quando vuole un caffè, venga da me».

«Allora avrà bisogno di una stanza un po' più grande».

«Minchia, ve le siete cantate con il questore» disse Antonio che insieme a Italo seguiva Rocco lungo il corridoio.

«Che facciamo, Rocco?».

«Prendi la macchina, Italo, andiamo a lavorare. Antonio, tu chiama Fumagalli e digli che fra poco siamo da lui. Poi con Rispoli vai sul luogo dell'omicidio. A proposito, Rispoli è tornata?».

«Eccomi!».

Schiavone si voltò. Finalmente un po' di luce, pensò. Ma non si riferiva al sole che, sebbene un po' velato, faceva di tutto per illuminare la città. Era piuttosto la presenza di Caterina nei corridoi della questura. «Cateri', finalmente!».

«Era il mio giorno libero...» aveva il viso grigio e gli occhi spenti.

«Che hai il vizio di prenderti quando c'è bisogno di te in questura».

Caterina non reagì. «Lei ha bisogno di me?».

«Siamo tornati al lei?».

«Siamo in questura...».

«E certo che ho bisogno di te. M'hai lasciato co' 'st'armata Brancaleone... Sai tutto?».

«Sì, Antonio e Italo mi hanno relazionato» e stirò un sorriso forzato e finto. Rocco le si avvicinò abbassando il volume della voce: «Che hai fatto ieri? Non ti sei riposata?».

«No. Direi di no».

«Sei triste?».

«Diciamo che sono fatti miei...».

Rocco frenò la camminata. Erano davanti alla sua vecchia stanza. La porta era chiusa a chiave. «Embè?».

«È la stanza della Gambino adesso. Chiude sempre a chiave» fece Italo.

«E si può?» chiese Antonio.

«Boh...» rispose Italo. «Ha mille paranoie».

«Facciamo milleuna?» propose Rocco. «Datemi una gomma da masticare».

Antonio tirò fuori un pacchetto. Schiavone masticò la cicca per qualche secondo, poi se la sputò sul palmo della mano. La divise in due pezzi. «Scusa Cateri', permetti?» con un gesto rapido strappò un capello al viceispettore.

«Ahia! Ma che stai facendo?».

Rocco si chinò. Incollò i due pezzi di gomma sulle ante della porta. In mezzo ci incastrò il capello di Caterina. «Avete mai visto i film di spionaggio? Questa è la tecnica per sapere se qualcuno entra nella tua camera d'albergo».

«Sì, ma perché alla porta della Gambino? A che serve?».

«A niente. Solo a darle una paranoia in più». Ripresero a camminare verso l'uscita. «Dove sono Stanlio e Ollio?».

«Ecco, questo non lo sappiamo» rispose Antonio. «Cioè, da ieri non abbiamo più loro notizie».

«Meglio, ce li siamo tolti dai coglioni».

L'auto correva verso l'obitorio.

«Allora, Italo, come va?».

«E come deve andare? Male, Rocco, molto male».

«Con Caterina?».

«Con Caterina credo sia finita. È stato un fuoco di paglia. Non è una donna facile. Anzi, a dirla tutta, è un vero casino».

«Mi dispiace».

«Non è vero. Sei felice della notizia. Volevi provarci? Ecco, adesso hai campo libero».
«Ti sento aggressivo. Io che c'entro?».
«Niente. Fa solo un po' male, scusa».
«È così triste per colpa tua?».
«Non credo. Io non la sento da due giorni. Secondo me c'è altro...».
Frenò per far attraversare la strada ad una signora con il carrozzino.
«Senti Rocco, ma secondo te non capita un'occasione?».
«Ti devi compra' una macchina?».
«Voglio dire, una di quelle occasioni per arrotondare...» e ripartì accelerando. Rocco prima lo osservò, poi dalla tasca prese il pacchetto di sigarette. «Cazzo!». Era vuoto. Lo accartocciò e gettò l'involucro a terra. «Dammene una delle tue».
«Sicuro? Ho cambiato marca».
«Peggio delle Chesterfield non puoi aver preso...».
Italo gli allungò un pacchetto di MS Brera. Rocco lo prese in mano, lo guardò, lo soppesò. «Visto che ormai è scientificamente provato che le sigarette uccidono, perché ti suicidi co' 'sto schifo? Se devi morire affogato, Italo, meglio morire affogato nel Pacifico al largo di Bora Bora invece che nel laghetto artificiale per la pesca sportiva a Acquapendente, che ne dici?».
«Guarda che non sono male».
Rocco restituì le sigarette a Italo. «Non ce la posso fare... se vedi un tabacchi, un bar, un chiosco, un contrabbandiere inchioda. Allora, che volevi sapere?».
«Se non ci capita più niente per arrotondare...».

«Non lo so, non credo. Da settembre qualche migliaio di euro l'hai presi... finiti?».

«Sì...».

«Ti vesti di merda, fumi di merda, non vai mai a cena fuori, non hai più la ragazza, non hai la macchina, non hai la moto, dividi l'appartamento con un altro agente e paghi 200 euro al mese, che ci fai coi soldi?».

Italo schizzò del sapone sul vetro e azionò i tergicristalli.

«Oh, allora? Sto aspettando».

«Ma niente, che ne so? Un po' li ho dati a mia zia, un po' avevo dei debiti e poi lo sai Rocco come sono i soldi?».

«Vanno e non vengono. Vabbè, dammi una emmesse sennò comincio a leccare il portacenere e non è una cosa elegante».

Italo obbedì. «Devo proprio entrare da Fumagalli?».

«Facciamo così. Se entri, io ti prometto che vedrò se c'è da arrotondare. Se come al solito resti fuori rimani coi debiti che sicuramente avrai contratto con qualche zoccola di Aosta».

«Véi t'fa ampica» ringhiò Italo in mezzo ai denti. Rocco non comprese le parole, il senso generale sì. «Altrettanto, Pierron».

Già nel corridoio Italo Pierron presentava un evidente pallore mentre il collo era picchiettato da un firmamento di macchie rosse come tanti morsi di pulce. Gocce di sudore colavano regolari dalle tempie e le palpebre gonfie sbattevano con un ritmo che si intensificava man mano che la porta della morgue si faceva più vicina. Anche il passo s'era fatto incerto. Metteva un piede avanti l'altro, ma non sempre seguendo una linea retta, e il movimento dubbio rendeva il corpo instabile e gelatinoso come un budino. «Ti senti poco bene?» chiese pleonasticamente Rocco.

«Sì... ma il cadavere... è proprio combinato male?».

«Ma cosa vuoi che ti dica. È morta per strangolamento, pare, quindi è un po' viola, avrà gli occhi fuori dalle orbite, la lingua blu, magari si sarà già decomposta e...».

Un tonfo improvviso. Rocco non si fermò. Proseguì lasciando a terra l'agente Italo Pierron che ormai aveva preso una certa familiarità con il pavimento dell'obitorio.

Fumagalli era chino sul lettino autoptico. Appena vide entrare Schiavone controllò subito che avesse la plastica intorno alle scarpe.

«Non mi mandare più Pierron, fai il favore. Ieri non è riuscito neanche ad entrare nell'edificio».

«Oggi invece è entrato».

«E dov'è che non lo vedo?».

«Giace nel corridoio. Chi è?».

«Questo? Un poveraccio che si è schiantato a Pont-Saint-Martin». Coprì il corpo con un gesto rapido. «Vieni con me...».

Il cadavere nella sua nudità mostrava tutte le sue contraddizioni. Spalle polsi e caviglie da uomo, il seno abbondante, il viso coi capelli corti ma che voleva somigliare, almeno nella fantasia della proprietaria, a qualche attrice americana, il pene violaceo.

«E noi ci si lamenta che abbiamo una vita difficile» fece Fumagalli poggiando il telo ai piedi del lettino. «Ci pensi? Te nasci in un corpo che non vuoi e lo devi cambiare. E mica è un'automobile!».

«Albe', saranno cazzi suoi. Raccontami un po' di cose, va'...».

«Allora, sul sesso ci siamo chiariti, altezza uno e settantaquattro, peso sessantacinque chili. Piuttosto in forma, pochissimo grasso, muscoli tonici... roba da pilates, zumba, body tone».

«Di cosa stai parlando?».

«Robe da palestra. E non ti farebbero male neanche a te».

«E te che ne sai?».

«Io frequento, Rocco. E soprattutto non fumo. Parliamo degli interventi che la poverina ha subito? Allora, blefaroplastica, aumento degli zigomi, chirurgia delle labbra, rinoplastica, lifting facciale, mastoplastica additiva, liposuzione...».

«Orca troia, ma quanto tempo ha passato in sala operatoria...».

«Già. Allora andiamo con la prima. Ti dico che il tuo patologo preferito ci ha visto giusto. Strangolamento».

«Nei polmoni c'era acqua?».

«Macché. Quando l'hanno buttata nel fiume la poverina era bella che andata. Sono risalito all'ora della morte. Più o meno verso le otto di sera, aveva cibo non digerito in pancia».

«Che ha mangiato?».

«Pesce crudo e riso. Tradotto: sushi. E s'era anche bevuta un goccio di vino bianco. Magari può tornare utile».

«Come l'hanno strangolata?».

«Vieni...» si avvicinarono a un piano sul quale giacevano alcune foto del collo del cadavere in dettaglio. «La corda che hanno usato è alta più o meno un centimetro. Vedi?» e mostrò col dito l'ingrandimento. «Può essere una corda di qualsiasi tipo».

«Che palle. Analisi del sangue?».

«Le stanno facendo. Per ora escludiamo uso di stupefacenti, almeno negli ultimi cinque giorni. Altra cosa curiosa. Torniamo dalla nostra amica».

Si avvicinarono al lettino. «Guarda qui...». Fumagalli indicò un punto una ventina di centimetri sopra la caviglia. «Noti questo livido circolare?».

«Sì».

«E ne ha un altro identico sull'altra caviglia, vedi?».

«Vero. Che cos'è?».

«Non ne ho idea. Tu registra. Intanto hai scoperto chi è?».

«No».

«Cioè, fammi capire, Rocco. Io sto qui a sudare i miei sette camici e tu stai in ufficio a grattarti la pancia? Bellino, se si è un tandem si è un tandem! Sennò sono io che trascino te!».

«E chi l'ha mai detto che siamo un tandem? E poi, ma che te voi porta', Alberto...».

«Comunque io mi lavoro gli organi, e se va bene ti

dico tutto, anche se aveva la dissenteria. Te vedi di dargli un nome».

Rocco senza salutare si diresse verso l'uscita. Poi venne fulminato da un pensiero: «Scusa una cosa, Albe'...».

«Sono tutt'orecchi».

«Segni di lotta? Che so, pelle sotto le unghie, graffi?».

«Niente. La poverina è morta senza opporre resistenza. Forse se n'è andata nel sonno?».

«Forse. A parte i lividi alle caviglie ne ha altri?».

«Poca roba. Uno piccolino al polso della mano destra, un altro vicino al ginocchio, ma se ti fai dare un'occhiata è facile li abbia anche tu. Ah, sopra il labbro superiore. Ma secondo me sono dovuti a una depilazione laser o roba simile».

Dopo aver raccattato Italo e aver guidato fino alla questura, decise di riunire le teste pensanti del suo reparto al bar di Ettore. Caterina e Antonio erano stati sul luogo del delitto. La scientifica ci stava lavorando ancora. «Curiosa la Gambino» aveva detto Antonio sedendosi al tavolino sotto il portico. «È convinta che nell'acqua di un fiume ci possano essere delle prove importanti. Secondo me è mezza matta».

«Togli il *mezza*, Antonio...» poi una volta che Ettore ebbe depositato l'ordinazione, Rocco diede inizio alla riunione.

«Per capire chi fosse la nostra vittima ci sono pochi e disperati elementi. Abbiamo il sushi, sappiamo che andava in palestra e che ha fatto parecchi interventi chirurgici. In più, se vogliamo dare retta al giudice Baldi, e tutti i torti non li ha, parecchi trans per campare si prostituiscono. Quindi dividiamoci i compiti. Tu Caterina ti fai il giro di tutte le palestre di Aosta».

«Ricevuto» rispose con la testa bassa, senza guardare gli altri negli occhi.

«Tu Antonio ti occupi dei ristoranti di sushi. A nord del punto di ritrovo».

«Perché a nord?».

«Supponiamo che l'abbiano uccisa in casa, visto l'abbigliamento spartano. E sempre per l'abbigliamento spartano diciamo che il sushi se l'è mangiato nel suo appartamento. Un take away, e di solito se ne sceglie uno vicino. Ecco perché risalirei dal punto del ritrovamento verso nord. Non è che un cadavere risale la corrente, mica è un salmone. Ovviamente tutte supposizioni che vanno a farsi fottere se non l'hanno uccisa in casa».

«Io?» chiese Italo. «Per favore l'obitorio no».

«No, stavolta una cosa più piacevole, almeno per un maschio arrapato come te. Guarda tutti gli annunci di escort della Valle, sempre sperando che lavorasse qui e non era in visita a casa di qualcuno. Magari una botta di fortuna».

«E tu?» chiese Caterina.

Rocco non rispose. Lasciò i soldi della consumazione e si alzò.

«Dotto', i chirurghi estetisti sono una mezza dozzina».

«Come Case', i chirurghi?».

«Estetisti».

«Cioè rifanno il rimmel, punture di eyeliner, mastoplastica additiva al fondotinta?».

Casella lo guardava senza capire. Teneva le cartelle con gli appunti in mano. «I chirurghi estetici, Case', estetici, quali estetisti! Allora sono una mezza dozzina, e te li fai tu. Vai con la foto e vedi se ne sanno qualcosa. Prima mi porti all'ospedale».

«Si sente male?».

«Se continuo a stare con te sicuro. Trovata la caldaia?».

«Forse...».

Il Parini era un ospedale pulito, ordinato, senza avvisi scritti a pennarello e appiccicati con lo scotch sugli stipiti delle porte. A Rocco venne in mente quanto fosse distante da un nosocomio romano, e non solo in termini di chilometri. Salì le scale al primo piano, attraversò un paio di corridoi e arrivò finalmente alla stanza della dottoressa Sara Tombolotti, la psichiatra. Era con lei che voleva parlare per prima. Bussò. Percepì un flebile «avanti» e aprì la porta. Una stanza inondata di luce, un firmamento di pulviscolo, una scrivania al centro, libri ammucchiati nelle librerie che occupavano le pareti, altri impilati a terra, colonne di giornali e riviste sullo scrittoio. Un odore di cannella e menta aleggiava denso come fumo. «Prego» sentì dire, ma della presenza della dottoressa Sara Tombolotti nessuna traccia. Rocco avanzò perplesso fino ad arrivare alla poltroncina davanti al tavolo. «Tolga pure le riviste e si segga, mi scusi per il disordine!». Rocco obbedì. Sentiva rumori di scartocciamenti vari. Si sporse e finalmente la vide. Era una donna minuta, anziana, con un paio di enormi occhiali tondi; pareva un ghiro nella sua tana circondata com'era da scartoffie, libri e periodici. Le sorrise, la dottoressa ricambiò.

«Sto cercando di mettere a posto, ma tanto non ci riesco. Aspetti». Scese dalla sedia e fece il giro della scrivania con la mano tesa. «Piacere, Sara Tombolotti».

«Rocco Schiavone». Si strinsero la mano. La psichiatra gli arrivava alla pancia. «Allora mi ha detto al telefono...».

«Che stiamo cercando di risalire all'identità del cadavere ritrovato sulla riva della Dora».

«E si rivolge a me perché è convinto che questa persona fosse in procinto di operarsi, giusto?». Invece di tornare alla scrivania, sedette sul divano e ci sprofondò. I piedi quasi non toccavano il pavimento.

«Giusto».

«La disforia di genere, mi perdoni, a me parlare di disturbo dell'identità di genere non piace, impone alla persona delle operazioni molto dolorose. Si sottopongono a un vero e proprio calvario. Lei mi diceva che il soggetto ha già avuto degli interventi... ovviamente stiamo parlando di un M to F, no?».

«Da maschio a femmina, sì, è così. Ha già fatto interventi al viso, labbra, zigomi, naso, mastoplastica additiva...».

«Manca quello più importante. La vaginoplastica».

«Sì. Aveva ancora il pene».

«S'è mai posto la domanda che magari a lei stava bene così?».

«No dottoressa, non me la sono posta».

«E ha fatto bene. L'iter è lungo, complesso, serve sempre la presenza dello psichiatra. Mica è un intervento da ridere. Bisogna ricostruire la cavità della vagina e le grandi e piccole labbra con lo scroto. Il clitoride invece con il glande, quindi la zona rimane attiva dal punto di vista della sensibilità, se voleva saperlo».

«No, non era nei miei pensieri, ma ora lo so».

«Già. Ma guardi che va meglio ai maschi, come sempre. Se una donna vuole diventare uomo non le dico che interventi deve fare...».

«Ma io mi fermerei qui, la ringrazio. Lei non ha nessun paziente, diciamo, in cura?».

«E diciamolo. No, nessuno. Né so di colleghi qui che affrontino il problema. Che io sappia il Parini non ha mai fatto una simile operazione. Lei dovrebbe andare a cercare a Torino. C'è un ottimo gender team alle Molinette. Io dovessi decidere di cambiare sesso, andrei lì».

«Mi può indicare...».

«Corrado Berlingeri. Era mio marito. Se è della zona, lui lo sa. Si rivolgono tutti a lui, più o meno».

Rocco si alzò. La dottoressa non lo imitò. «Io la ringrazio per il tempo, dottoressa Tombolotti. E...».

«Lei come sta?» gli chiese guardandolo dritto negli occhi.

«Io?» fece Rocco preso in contropiede. «Bene».

«Sciocchezze».

«Vero».

«Così, dopo una chiacchiera di dieci minuti, solo osservandola, mi permetterei di dire che lei è un uomo sostanzialmente depresso, magari con qualche difficoltà di concentrazione. Non è che soffre di allucinazioni?».

«No!» e accompagnò la risposta secca con un gesto del capo.

«Bene, soffre di allucinazioni. Come andiamo con l'umore?».

«Quale umore?».

«Appunto. Lei se ne sta sempre asserragliato in difesa?».

«No. Io devo andare a lavorare. E penso anche lei».

«Non si arrabbi. Era solo per parlare».

«Non mi piace quando la gente mi guarda come se fossi un batterio su un vetrino».

«È il mio lavoro. Se avesse bisogno di un aiuto, io sono qui».

«Grazie» strinse la mano alla dottoressa Tombolotti e lasciò la stanza.

Per la prima volta in vita sua Rocco Schiavone si sentì nudo in mezzo alla strada. Quello gnomo occhialuto l'aveva spogliato in meno di un minuto. Meno di un minuto, e già le voleva bene.

Abbassò il telefono e restò seduto a pensare. Corrado Berlingeri era ad Atlanta per un convegno, e prima di qualche giorno non sarebbe tornato. Andare fino a Torino era inutile. Aprì il cassetto e preparò una canna leggera. Sentiva il bisogno di fare un piccolo ripasso, la sostanza psicotropa avrebbe aiutato. Accese, aspirò, trattenne il fumo per qualche secondo, poi espirò fuori dalla finestra. E l'idea gli arrivò. Afferrò il cellulare e chiamò Fumagalli. «Stai lavorando?».

«No. Mangiavo un panino. Che vuoi?».

«Secondo te era italiana?».

Ci fu una pausa. «Perché non ci ho pensato prima ai denti?».

«Appunto. Guarda un po', magari abbiamo fortuna».

«E mi ci sto recando» fece Fumagalli masticando.

«Cioè vai a analizzare un cadavere col panino in mano?».

«Embè?».

«Come embè?».

«Aspetta...».

Percepì dei rumori. Alberto stava lavorando sul corpo. «Ecco qui... abbiamo due molari curati con l'oro. Qui non si fa più, e poi devo dire che generalmente non stanno messi bene...» la voce divenne più presente, segno che Fumagalli aveva ripreso il telefono in mano. «Ora si usano delle resine. Direi che al 90 per cento la tipa non è italiana. Bella idea, Rocco. Bravo».

«Grazie».

«Non ti abituare però... è stato solo culo il tuo. Stammi bene».

«Alberto! E se magari sono otturazioni che risalgono a anni fa?».

«Ha una trentina di anni. Queste sono state fatte a occhio e croce cinque, massimo sei anni fa a guardare la corona del dente. Comunque ci metto un attimo. Esamino e ti dico» e chiuse la comunicazione. Tempo di spegnere la cicca e bussarono alla porta. «Avanti!» fece Rocco. Entrarono Italo e Caterina. Facce stanche, tese. Evidentemente avevano avuto una discussione. «Strano odore» fece Caterina.

«Sono gli impacchi con il rosmarino».

«Non hai il raffreddore».

«Italo, ma sempre 'sta stessa storia? Non ce l'ho perché mi faccio gli impacchi. Vabbè, tanto lo sapete. Fumo! Contenti? Datemi notizie».

«Niente su tutta la linea. Ho visitato 15 palestre di Aosta e provincia, nessuno ha mai visto la nostra amica». Il viceispettore si sedette accanto a Lupa cominciando a carezzarla.

«Io ho gli occhi che mi escono fuori dalle orbite» fece Italo, «ho guardato una ventina di siti e la maggior parte delle escort hanno il volto oscurato, altre la mascherina e poi, mi hanno detto, molte foto non sono neanche vere».

«Cioè?» chiese il vicequestore.

«Cioè mettono la foto di una donna nuda o in déshabillé molto bella per attirare l'attenzione, poi vai lì e invece è tutt'altro».

«E chi te l'ha detto?».

«Casella. Pare che abbia una certa praticaccia».

«E dai la colpa a Casella, va'...» fece Caterina.

«E falla finita, Caterina» le disse Italo visibilmente irritato. «Vuoi startene per i fatti tuoi, e comincia a farti i cazzi tuoi».

«Oh! Embè?» intervenne Rocco. «Per favore le beghe familiari le tenete fuori dall'ufficio».

«Ma quali beghe familiari, Rocco» fece Caterina

con gli occhi di fuoco. «Sai quanto me ne frega a me di questo qui!».

«Se Dio vuole non ho mai pagato una donna, io» rispose Italo serio.

Caterina si alzò di scatto. «Io vado a...».

«Tu non vai da nessuna parte, viceispettore Rispoli. Rientriamo nei ruoli!» gridò Rocco. «Questo non è un consultorio, non è un Sert e neanche un circolo del tennis. È una cazzo di questura e qui dentro siete due poliziotti. Fuori di qui fate quello che vi pare, intesi?».

Caterina e Italo non risposero. «Ho detto: intesi?».

Annuirono.

«Buongiorno!». Si voltarono. Antonio Scipioni con la faccia soddisfatta si era affacciato alla porta dell'ufficio. «Un piccolo passo avanti» ed entrò nella stanza. «Xi Huo l'ha riconosciuta».

«Chi è Xi Huo?».

«Un cinese che ha il take away sushi».

«Ma non è una roba giapponese?» chiese Italo.

«Lascia perdere 'ste sottigliezze, Italo. Che altro ci dice Xi Huo?».

«Che spesso viene a prendere da lui sushi e sashimi ma non lo mangia mai nel ristorante. Se lo porta a casa».

Rocco si alzò di scatto. «Bravo Antonio. Lupa, stai a cuccia, ci vediamo dopo...» passando mollò una pacca a Antonio. «E andiamo al ristorante di Xi Huo. Caterina, tu cerca di farti una risata, con questa faccia non sei sopportabile».

«E chi ha detto che mi devi sopportare?».

Più che un ristorante l'attività di Xi Huo era una vetrina su via Mont Fallère. L'Anello di Giada, così si chiamava, era un negozietto di 20 metri quadrati scarsi. Sul vetro col pennarello bianco c'era scritto il menu *take awei*. All'interno un bancone dietro il quale spuntava la faccia di un uomo impegnato a riordinare le pietanze e alle sue spalle una porticina che doveva dare sulla cucina. Rocco e Antonio fecero il giro. «Scusa Rocco, perché non entriamo dalla porta principale?».

«Perché entrare da dietro ti dà un bel vantaggio. Entri nel loro intimo, si sentono in colpa, magari qualcosa da nascondere ce l'hanno, ce l'hanno tutti, così li hai già messi in uno stato di sudditanza e rispondono alle domande senza rompere i coglioni».

«Non si finisce mai di imparare» osservò Antonio.

Superarono un cancelletto che dava sul cortile posteriore della palazzina. C'erano parcheggiate due auto e un motorino sgangherato. Dalla puzza di olio fritto dolciastro riconobbero subito la porta del ristorante. «Pensa abitare sopra a questi» fece Antonio, «ti devi fare una lavatrice al giorno».

«Prendi casa a piazza Vittorio a Roma e stai più o meno così».

Il vicequestore bussò con le nocche alla porta che poco dopo si aprì e apparve il viso tondo di una ragazza. Spaventata osservava i due uomini, particolarmente la divisa di Scipioni.

«Ci chiami per favore Xi Huo?».

«Sì sì... subito...» e sparì. Provò a richiudere ma Rocco aveva infilato il piede fra anta e stipite. Guardarono dentro. C'era una cucina di una decina di metri quadrati piena fino all'inverosimile di scatole, barattoli e due frigoriferi enormi. Una vecchia era seduta in un angolo e lavorava con le mani a un impasto biancastro. Ma poteva anche essere una matassa di lana. Era tutto pulitissimo, specchiato, soprattutto i due enormi microonde che troneggiavano al centro della stanza. Xi Huo arrivò sorridente.

«Sì sì, eccomi qui... buongiorno».

«Buongiorno signor Xi Huo». Rocco gli fece il gesto di seguirli fuori.

«Fuori?» chiese il proprietario del negozio.

Rocco annuendo lasciò la cucina. Appena nel piazzale, a distanza di sicurezza dall'odore dolciastro, si accese una sigaretta. «Lei ha parlato con il mio collega?».

«Co suo collega, sì...» annuiva e si asciugava le mani sul grembiule macchiato.

«Lei conosceva quella persona?».

«Io conoscevo quella persona, sì».

«E sa anche dove abita?».

«No, no so se abita qui, sì».

«Lei sa come si chiama?».

Xi Huo guardò il cielo inseguendo un ricordo, Rocco sperò che anche lui non attaccasse con la storia delle scie chimiche. «No, io no ricordo come si chiama... Forse Daiana, Luana, Majana...».

«Magliana?» chiese il vicequestore con una smorfia.

«Cosa che finisce in ana, sì».

«Giuliana?» suggerì Antonio.

«Forse, sì».
«Eliana?» provò Rocco.
«Anche, sì...».
«Vabbè, non ne veniamo a capo. Italiana?».
«Pure italiana, bel nome».
«No, non italiana di nome, italiana di nazionalità, era italiana o straniera?».
«Chi?».
«Come chi, Xi Huo, di chi stiamo parlando? Della stessa persona che lei ha riconosciuto dalla foto».
«Sì conosciuta».
«Allora, era italiana?».
«Io credo, sì. Non so, sì».
«Me sta a rincojoni' questo» disse Rocco all'agente Scipioni che annuì in accordo col superiore. «Era italiana sì o no?» poi si rese conto dell'assurdità della domanda. Xi Huo a malapena capiva quello che gli stava dicendo, come poteva determinare la nazionalità di Giuliana, Eliana o Majana che fosse?
«Mezzo uomo mezza femmina, sì».
«Va bene Xi Huo, questo lo sappiamo. Allora adesso ascoltami: veniva da sola a prendere il sushi?».
«Sì sola, sì».
«Bene, e non lo mangiava qui».
«No, a ristorante no. A casa».
«Perfetto. Tu domenica scorsa l'hai vista?».
Xi Huo scrutò di nuovo il cielo.
«Chiedi mia figlia. Io no qui l'altra sera...».
La figlia, che era affacciata sulla porta della cucina, osservava da lontano la scena. Rocco le fece un gesto

perché si avvicinasse, ma quella non si muoveva. «No può venire, lascia ristorante solo?».

«Allora datevi il cambio. Va' al ristorante e fa' venire qui tua figlia, sì?».

«Lei non parla molto italiano come me».

«Antonio, puoi andare al ristorante?».

«Io?».

«Signor Xi Huo, va il mio collega e dice alla gente di aspettare, va bene?».

Il ristoratore scoppiò a ridere mostrando tutti i denti gialli. «Lui guardia del corpo?».

Chissà cosa ci trovava di così irresistibile, pensò Rocco, ma non glielo chiese. Antonio si incamminò verso il ristorante e la figlia, come in uno scambio di spie alla porta di Brandeburgo, si fece avanti. «Ecco mia figlia, sì. Lei era ristorante l'altra sera, sì?».

La ragazza annuì. Rocco tirò fuori la foto del cadavere e la mostrò. «L'altra sera questa persona era qui?».

La figlia del ristoratore sgranò gli occhi spaventata. Poi scoppiò a piangere e si abbracciò al padre. Rocco allargò le braccia e si toccò il mento imbarazzato. «Mi scusi Xi Huo, mi scusi... come si chiama sua figlia?».

«Ai».

«Scusami Ai...».

Ai si calmò un poco. Si soffiò il naso. Poi indicò il foglio che Rocco si era rimesso in tasca. «L'altra sera... preso sushi sashimi... sola. Poi via».

«Ottimo. Chiarissimo. Tu sai dove abita?».

Il padre tradusse la domanda di Rocco. Ai fece no con la testa.

«Ti ricordi com'era vestita? Vestita?» e si toccò il maglione per farsi capire meglio.

«Fiori...» Ai toccò la camicia di Rocco, «e jeans» e si portò le mani alle cosce, come a imitare la lunghezza dei pantaloni.

«Aveva la camicia a fiori e i jeans corti. Scarpe?».

Ai alzò un piede indicando un punto sopra la caviglia. Mormorò qualcosa al padre che sorrise e tradusse: «Dice che aveva scarponcini neri, co lacci».

«Bene, grazie».

«Io so, perché vuole pure lei scarponcini co lacci viola. Dotto marti».

«Dotto marti?».

«Marca scarpe. Dotto marti, sì?».

«Va bene, non addentriamoci. Ai, ultima domanda. Sai come si chiama?».

«Juana».

«Juana!». Rocco guardò il ristoratore con disprezzo. «Magliana? Ma dimme te!».

«Senti un po', abbiamo telecamere dalle parti di via Mont Fallère vicino al cinese?» chiese Rocco a Caterina che stava appiccicata al computer. «No. Niente» e si stropicciò gli occhi.

Italo e Casella davanti a un altro pc osservavano lo schermo. «Ma non è detto che si faccia chiamare Juana» fece Casella. «Di solito usano nomi d'arte».

«Casella, ma come mai ne sai così tanto?».

«Di escort? Sette anni fa, un caso a Torino e lo abbiamo risolto trovando tutto sulla rete».

«Cioè non sei un habitué?» gli chiese Italo.

«Pierron, io le donne non le pago. Semmai dovrebbe essere il contrario» e scoppiò a ridere. Fu in quel momento, con il sole ormai tramontato, che Deruta e D'Intino rientrarono in questura. Stanchi, distrutti, pallidi, trascinavano i piedi slacciandosi i bottoni della divisa. D'Intino crollò su una sedia, Deruta sulla scrivania. «Dotto', un massacro» fece Deruta.

«Avemo cuntrullate tutti i trams che ci stanno a Aosta».

«I trams?».

«Voleva dire trans» corresse Deruta.

«Shine. Avemo fatto nu giro de chilometri e chilometri. Tutti l'avemo cuntrullate!».

«Tutti... in verità solo due» fece Deruta. «Ne abbiamo trovati solo due. Uno sta a Châtillon e fa il parrucchiere. Non ha mai visto questa persona».

«N'atre invece dotto', l'avesse visto. Due metri, le spalle tante... ngulo a mammete me sa fruncate addosso...».

«Ti è saltato addosso?» chiese Casella quasi ridendo.

«No, è che D'Intino cercava di entrare in casa sua e quello non voleva. Allora l'ha preso per la giacca e l'ha buttato per terra».

«A te D'Intino?» chiese Pierron.

«Eh, a me proprie».

«Deruta, vai avanti» disse Rocco.

«Allora questo alto due metri ha detto che non ha mai visto la persona in foto, e che comunque coi capelli corti e gli occhi chiusi non lo riconosce. Questo... aspe' come si chiama... Demonia, ma è nome d'arte secondo me».

«Veramente, Deruta?».
«Sì dottore. Questo Demonia fa la drag queen».
«Ma insomma, non l'ha riconosciuto manco Demonia?».
«No dottore. Buco nell'acqua».
«Da domani riprendete. Ah, sappiate che la nostra amica si chiamava Juana. Datevi da fare. Ora andate pure a letto, per oggi basta così».
«Posso fa' una domanda, dotto'?».
«Madonna, D'Intino, sei un calcolo renale! E dimmi».
«Ma a questi trams... trans... quando ci parliamo li duvemo chiama' al femminile o a lu maschile?».
«Secondo me» rispose Rocco calmo, «dobbiamo usare il femminile». D'Intino lo osservava attento. «Perché loro vogliono essere donne e quindi sono donne».
Il viso dell'agente si aprì in un sorriso. «So' capite! Grazie dotto'».
Schiavone gli mollò una pacca sulla spalla. «Niente D'Inti', va bene così».
Mentre D'Intino e Deruta lasciavano la stanza, Rocco si avvicinò alla cartina. «Adesso zitti e torniamo a lavorare. Questo è il negozio di Xi Huo... che facciamo? Ci mettiamo a cercare nel raggio di quattrocento metri?».
«Un po' azzardato» fece Caterina.
«Siamo a nord del ritrovamento del cadavere. E siamo abbastanza sicuri che a prendere il sushi è andata a piedi...» continuava a guardare la mappa toccandosi il mento. «Dove cazzo sei... Vabbè, è tardi, sono stanco, la giornata è finita e ci devo dormire sopra. Domat-

tina uno di voi va a vedere se ci sono registrati affitti a questo nome. Non è che di Juana ad Aosta ce ne stanno chissà quante. Lo fai tu, Italo?».

«Ricevuto».

«Anche se è un tentativo disperato. Io non credo che ci sia un affitto registrato».

«Mi faccio anche un giro degli alberghi?».

«Non serve, Italo. Signori, a casa! Ci vediamo domani a mente fresca». Italo e Casella si alzarono dalla scrivania e si stiracchiarono. Casella sbadigliò.

«Tu Caterina vieni con me» disse Rocco. Il viceispettore lo seguì fuori dalla stanza.

«Mi dici che hai?» le chiese sulla strada appena illuminata dai lampioni stradali.

«Cosa vuoi che ti dica, Rocco. Niente».

«Sei assente, sei strana. Hai avuto un giorno libero e ti sei ridotta così. Cos'è successo? Si tratta di Italo?».

«Anche» il viso di Caterina era al buio, Rocco riusciva a malapena a distinguere il contorno del volto. La guardò. «Bugia».

«No, è la verità. Italo, la mia vita, tante cose che non vanno. Ci sono dei giorni in cui uno fa i conti, addizioni e sottrazioni, e spesso il risultato non è positivo».

«Alla tua età fai i conti?».

«Non dovrei?».

Passò un'auto e per un momento i fari illuminarono il volto della ragazza. Aveva gli occhi lucidi.

«Io dico che c'è qualcosa che ti fa stare male. Qualcosa che non mi vuoi dire, e io non voglio sapere. Però ti do un consiglio, perché ti voglio bene. Alla tua età puoi fare quello che ti pare. Puoi diventare quello che vuoi. Qui, in petto, mettiti un segno positivo, come le batterie. Sennò è la fine. Sei un aereo che decolla, Cateri'. E devi decolla'!».

Caterina tirò su col naso.

«Pigliati 'sta laurea e iscriviti alla scuola di commissari di PS a Roma. Che fai qui ad Aosta? Muoviti! C'è un mondo. Parti! Guarda, te li do io i soldi del biglietto, ovunque ti va di andare».

Finalmente Caterina abbozzò un sorriso, il primo della giornata. Alzò il viso che prese luce dal lampione. Puntò lo sguardo dritto su Rocco. «Tu vieni con me?» disse mangiandosi le parole.

«Non ho il fiato, Caterina. Mi piacerebbe, ma non ho il fiato».

«Io dico che ce l'hai. Ma fai solo finta di non averlo».

«Non girare la frittata. Stavamo parlando di te».

«E a te, Rocco? Cos'è che ti blocca?».

«Poni male la questione. La domanda giusta sarebbe: cos'è che potrebbe darti una spinta, Rocco?».

«Io?» rispose Caterina senza staccare gli occhi da quelli del vicequestore.

«Tu non sei una spinta, Caterina. Tu rischi di essere una scossa tellurica. E io non sono pronto. Rovinerei la tua vita. Mica ce lo meritiamo».

«Sei noioso e bugiardo. Io me ne vado a casa, Schiavone. Ci vediamo domani. Come dicevi poco fa? A mente fresca». Si voltò e a passo spedito si incamminò verso il corso.

Rocco la tenne d'occhio fin quando non voltò l'angolo sparendo alla vista. Poi guardò Lupa. «Se ne annamo a casa amore piccolo?» la cagnolina abbaiò e si incamminarono. «Ammazza se perdiamo colpi, cucciola!».

Si era tolta la divisa per non dare troppo nell'occhio. Aveva superato la portineria, poi era entrata nel corpo dell'edificio. Sulla legenda scoprì che chirurgia era al secondo piano. Lenta salì le scale con il respiro mozzato in gola. Neanche si ricordava il tragitto da casa sua all'ospedale, lo aveva percorso quasi in trance, senza porsi troppe domande. Doveva calmare tutte quelle vocine che le fischiavano nelle orecchie, che qualcuno chiama coscienza, Caterina invece coercizione educativa. Sin dalle elementari, nella scuola delle suore.

Buone quelle.

Ricordava suor Ernestina, era austriaca, e la costringeva a mangiare la pastina in brodo che a lei faceva schifo. O le punizioni corporali per aver dimenticato una capitale o una tabellina. Una volta era scoppiata a ridere durante l'Ave Maria, perché una sua compagna aveva fatto la faccia più buffa del mondo. Suor Ernestina l'aveva spedita in direzione e le aveva fatto saltare il pranzo. Tanto a casa non è che le cose andassero meglio. Passava dalla padella alla brace, dall'orrore della sua famiglia all'inferno della scuola.

Coercizione educativa.

Caterina non aveva mai avuto il coraggio di ribellarsi, alle suore prima, ai professori poi. Sempre quelle stramaledette vocine che le dicevano: *il cuore di Gesù san-*

guina se dici questa cosa, il cuore di Gesù piange se non fai quest'altra, il cuore di Gesù se ne va se non obbedisci.

Vergognati. Vergognati. Vergognati.

Dio, patria e famiglia. Ridicolo come di tutti questi valori, nel cuore, Caterina non ne riconoscesse uno. Mamma e papà neanche a parlarne, Gesù la Madonna e Dio non ci credeva e dell'Italia erano più le volte che si vergognava che quelle di cui ne andava fiera. Però poi arrivavano le vocine, e la mandavano a messa a Natale, la spedivano a partecipare alla prima comunione dei figli di qualche cugino, le facevano salire le scale verso il reparto di chirurgia a guardare un padre che chiamare tale era un azzardo.

«Prima il dovere poi il piacere» dicevano i suoi insegnanti. E ora che ci pensava, salendo i gradini, lei il piacere non l'aveva mai conosciuto. Tutta la sua vita non era stato altro che dovere. I compiti e poi addolcire le lacrime di sua madre, ancora i compiti e di corsa a fare la spesa che sua madre dal letto proprio non riusciva ad alzarsi, studiare e poi in cucina a preparare la cena per entrambe, andare a lavorare e ritirare lo stipendio per mantenere lei e sua madre. Non era mai stata bambina. Non era mai stata ragazza. S'era ritrovata donna senza poterlo neanche raccontare in casa, temeva gli schiaffi della madre e le mani di suo padre. E gli errori li aveva pagati sulla sua pelle. Si era ritrovata a 19 anni arruolata in polizia senza aver mai passato una serata in discoteca, un amorino adolescenziale, niente. Alfredo fu il primo amore. Guidava camion. Fece un solo errore, Alfredo de Joix, quello di alzarle le mani. Almeno essere una poliziotta a qualcosa era servito.

Superò la porta del reparto. Lontano nel corridoio un paramedico trasportava un carrello. Sbirciò dentro un paio di stanze. Alla terza incrociò un'infermiera sorridente.

«Mi scusi... cercavo Guido Rispoli...» le disse.

Quella strizzò gli occhi. «È sicura che sia in chirurgia?».

«So che deve operarsi al cuore».

«Allora deve salire un altro piano. Terapia intensiva» poi guardò l'orologio. «Se si sbriga la lasciano passare. Lì più di un'ora per le visite non si può».

Ancora un piano. A destra sopra una porta chiusa c'era scritto «Terapia intensiva». Caterina suonò il campanello. Attese qualche secondo finché attraverso il vetro smerigliato vide un'ombra avvicinarsi. La porta si aprì. Un infermiere con la barba la guardò con il viso stanco. «Dica?».

«Cercavo Guido Rispoli...».

Quello annuì. «Ultima stanza a destra. Fra dieci minuti però chiudiamo...».

Nel reparto c'erano solo sei camere con le porte a doppia anta e un rettangolo di cristallo per guardare all'interno. Arrivò all'ultima. Si affacciò.

Suo padre era steso sul letto. Aveva una flebo infilata nel braccio destro, un monitor sopra la spalliera segnava il battito cardiaco. Teneva gli occhi chiusi e respirava piano. Sembrava più piccolo del suo metro e ottanta. La luce nella stanza era piatta e uniforme come gelatina.

Eccolo lì, si disse Caterina restando dietro il vetro, come osservando un acquario con dentro il pescecane più feroce dell'oceano. Teneva le mani bianche poggiate sulle lenzuola. La barba di due giorni, i capelli un po' imbiancati e ricci. In quella stanza il tempo sembrava si fosse fermato e la memoria di Caterina si riavvolse, come un nastro. E tornò indietro, al suo dodicesimo compleanno. Le avevano comprato la torta ma la madre aveva sbagliato, di candeline ne aveva messe solo undici. Regali non ce n'erano, solo quel dolce di cioccolata con la panna sopra e neanche un'amica accanto. Sul tavolo della cucina i resti della cena. «Tanti auguri a Caterina» cantava la madre mentre il padre la inquadrava con una macchinetta fotografica usa e getta.

Dopo, seduto sul letto in camera matrimoniale, suo padre le aveva preso le mani e la guardava negli occhi. Aveva l'alito di sigaretta. Sua madre invece, nell'altra stanza, se ne stava seduta sulla poltrona verde davanti al televisore con il volume al massimo. «Sei una donna ormai, Caterina» le aveva detto suo padre, «e devi stare attenta. Le cose più brutte succedono proprio a quelle carine come te...».

Le sfiorava le braccia, le carezzava le mani. «Vieni qui, fatti abbracciare, piccola mia...» e se l'era stretta al petto. Non sapeva se doveva stringerlo anche lei, e glielo disse la vocina: *abbraccialo, è tuo papà!* così lo fece. Non lo strinse. Solo gli poggiò le braccia sulle spalle. Puzzava di sudore, suo padre, e di liquore. Lui la stringeva sempre di più perché, diceva, «Ti voglio tanto bene...». Non l'aveva mai stretta così, solo una volta, tanti anni prima, ma lei lo ricordava appena. «Lo sai che papà ti dice le cose per il tuo bene... e io e te dobbiamo mantenere un segreto...».

«Quale?» gli aveva chiesto.

«Un segreto di un padre e una figlia». La costrinse a poggiare la testa sulla sua spalla. Poi si accorse che le braccia muscolose non le cingevano più le spalle. «Lo sai che tutti i papà hanno un segreto con le proprie figlie, e allora anche io e te adesso ne avremo uno!». Le mani del padre erano sparite, non le toccavano più la schiena. Piano, come un vento leggero, sentì qualcosa che le sfiorava i glutei. «È per il tuo bene...» mormorava.

«Sì papà...».

Dai glutei il vento leggero passò sotto la gonna. «E ti devi fidare, perché io ti insegno a fare le cose per bene, a non aver paura delle brutte persone...».

Caterina non capiva. Di cosa doveva aver paura? «Sì papà...».

Poi le prese una mano. Le alzò il viso per guardarla ancora negli occhi. «Ti fidi di papà?».

«Sì...» aveva risposto lei con la voce strozzata.

«Brava bambina mia, brava... questo sarà il nostro segreto». Le aveva preso la mano, delicatamente, e se l'era portata in basso. Sempre più in basso. Finché Caterina l'aveva sentito. Guardò, e si accorse che stringeva in mano il cazzo di suo padre.

«Ora fai la brava e...».

Fuggì dalla camera da letto, mentre il padre rideva alle sue spalle. Attraversò di corsa il salone. Sua madre stava lì, gli occhi incollati al televisore. Scappò in camera e si chiuse dentro, mise anche una sedia per bloccare la porta. Poi pianse per tutta la notte. Non sapeva che quella non sarebbe stata l'ultima, solo la prima notte dei segreti.

Ne seguirono altre tre, fino a quando suo padre sparì da casa dopo aver lasciato la madre a terra con un braccio rotto e gli occhi pesti e viola. E intervenne il pezzo grosso, come lo chiamava sua madre. Un amico di suo zio che lavorava in polizia, a Roma, che impedì al padre di riavvicinarsi alla figlia. Fu grazie a lui che Caterina si trovò con una divisa blu e un lavoro che non le era mai passato per il cervello. Ma l'amico di suo zio, l'allora commissario Mastrodomenico, era su un piedistallo agli occhi di Caterina, avrebbe fatto tutto quello che le chiedeva, era la sua ancora di salvezza in un mare molto agitato.

Erano passati tanti anni e ora suo padre era lì, steso sul letto della terapia intensiva. Perché c'era andata? Per vederlo ancora una volta?

Voleva guardarlo negli occhi sperando fosse l'ultima volta e che Dio, Gesù o qualsiasi cosa ci fosse lassù se lo riprendesse per sempre. In quel momento, dall'altra parte del vetro, il padre voltò il capo e la vide.

Eccoli lì, pensò Caterina. Quegli occhi neri e cattivi, che ancora si sognava la notte, che avevano perseguitato la sua vita fino a quel momento. Il padre le sorrise appena e cercò di alzare una mano. Le fece cenno di raggiungerlo. Caterina mosse qualche passo e finalmente entrò nella stanza. C'era puzza di disinfettante misto a brodo vecchio.

«Ciao...» le disse. Caterina si fermò ai piedi del letto. Guardò la sovraccoperta bianca e azzurra con il logo dell'ospedale, poi il monitor che segnava pressione sanguigna e battito cardiaco, il dito indice del padre morso da una pinza, la vena del braccio livida con l'ago cannula infilato dentro.

«Sono contento che mi sei venuta a trovare. Ti sei fatta grande».

«Succede quando si cresce».

Guido Rispoli strinse le labbra. «Mi passeresti un po' d'acqua?».

«No» fece Caterina senza muoversi.

«Devo chiamare l'infermiera?».

«Se lei te ne offre un sorso...».

«Lo sai che io domani...».

Caterina alzò un braccio per interromperlo. «Fermati! E chiariamo subito. Che tu muoia o no non dipende da me. Qualche anno fa ti avrei augurato la morte, oggi sinceramente non me ne frega più niente. All'inizio, tanti anni fa, mi davo anche la colpa di non meritare il tuo amore. Pensa un po'. Sei stato un padre schifoso, e questo ci tenevo a dirtelo. In tutti questi anni ci ho pensato, ho provato a trovare una scusa, un motivo, ma poi ho capito che sei solo un uomo malato. E non mi riferisco al tuo cuore, non ne hai mai avuto uno. Hai reso la mia vita un inferno, mi hai fatto cose che non basta una vita per chiedere scusa e per pentirsi, e non ti è mai venuto in mente di chiedermi scusa. Mai. Ora sei qui, su questo letto, tra la vita e la morte e vuoi chiarire tutto con me? Come fai a chiarire tutto? Spiegamelo».

Guido non rispose. Chiuse gli occhi e una lacrima scese giù lenta superando gli zigomi per fermarsi sulle labbra.

«Sapessi quante volte avrei avuto bisogno di te. Perché io di te mi fidavo. Come hai potuto? Dimmelo, per favore, come hai potuto?».

Ma Guido restò in silenzio.

«Allora non abbiamo altro da dirci, mi pare. Sappi che al tuo funerale non ci sarò. Se dovessi campare non venirmi a cercare».

«Sei venuta solo per vomitarmi addosso tutto questo schifo?».

«Che non è niente rispetto a quello che hai fatto tu. No, sono venuta per un altro motivo...» si avvicinò di due passi. Si chinò fino a guardarlo dritto negli occhi. Li studiò con molta attenzione.

«Che fai Caterina?».

«I tuoi sono occhi normali, lo sai? Vedo la cornea, la pupilla marrone, qualche pagliuzza gialla in mezzo... e cosa sono questi cosini rossi? capillari? ah no, aspetta, mi pare si chiamino vasi retinici, sì... tutti rossi nella sclera». Si tirò su. «Sono occhi normali tutto sommato. Niente di che. Neanche tanto belli. No, non somigliano ai miei. Niente che vedo su questa faccia somiglia a me. Sono occhi spaventati, lo sai? Fai bene ad avere paura. È una cosa sana, la paura, almeno così dicono. Io lo so, ci ho vissuto insieme per un sacco di tempo. La sai la cosa positiva? Se muori sotto i ferri non te ne accorgi, ti addormentano prima. Goditi l'anestesia, che sia breve o lunga dipende dal chirurgo e da un po' di fortuna. Ma tu quella l'hai sempre avuta, no?».

Si voltò e uscì dalla stanza. Il beep del battito cardiaco era aumentato d'intensità. Quando lasciò la terapia intensiva le scappava da ridere. Le venne voglia di fermarsi al pub a prendere una birra. Scura. Una Guinness. Tanto quegli occhi non li avrebbe sognati mai più.

Aprì il cartoccio del giorno prima. Il kebab era secco e anche a scaldarlo c'era poco da stare allegri. Puzzava pure di marcio. Rocco fiondò la vaschetta nella pattumiera. Decise che avrebbe cenato con una bottiglia di vino rosso, di uscire non gli andava. Si stravaccò sul divano e accese la televisione. Saltava da un programma all'altro carezzando con la destra Lupa che aveva sbranato i croccantini e sonnecchiava felice. Abbandonò i canali principali e si perse nella selva delle televisioni misteriose. Documentari, film sconosciuti, spose che gareggiavano per il matrimonio più bello, gente che cucinava sul picco di una montagna, una ragazza col seno di fuori che invitava lo spettatore a comporre un numero promettendo chissà quali esperienze erotiche, una partita di calcio di una serie infima.

«Porca!» si picchiò con il palmo sulla fronte. «Sono un deficiente! Vieni Lupa» si alzò e uscì dall'appartamento.

Bussò alla porta di Gabriele. Il ragazzo aprì dopo qualche secondo. «Buonasera».

«Tu hai internet».

«Sì».

«E hai un computer?».

«Pure».

«Mi servi» e seguito dal cane il vicequestore entrò nell'appartamento. «C'è mamma?».

«No, dorme a Milano anche stanotte. Ha cenato?».

«Sì».

«Io pure. Mi sono fatto la pasta col pesto».

«Sticazzi Gabriele. Forza, andiamo al computer».

Gabriele gli fece cenno di seguirlo, poi entrarono nell'ultima stanza di un corridoio con le pareti grigie e marroni. Se l'appartamento era ordinato, minimal, vuoto, quasi giapponese, la camera del ragazzo era l'esatto opposto. Un campo di battaglia. A terra c'erano calzini, scarpe spaiate, giornaletti della Marvel. Sul letto sfatto una chitarra elettrica e custodie di videogiochi. Una piccola libreria ospitava i testi scolastici e qualche romanzo, tutti intonsi, forse mai aperti. Un'altra libreria, molto più grande, accoglieva allineati in un ordine maniacale centinaia di dvd. A dare un'occhiata veloce erano tutti film horror. Lo stereo era poggiato su un mobiletto cinese e intorno c'erano impilate decine di cd. Sulla scrivania un portatile ultima generazione. «Ecco, mi scusi il disordine».

Aleggiava un odore di gomma dolciastra mista ad ascella e maglietta umida. Rocco andò ad aprire la finestra. Dava su un cortile interno. «Sente caldo?».

«No. C'è una puzza che accora. Forza dai».

«Che dobbiamo cercare?» chiese Gabriele sedendosi al tavolo. Rocco prese una sedia e si mise accanto a lui. «Annunci di escort ad Aosta».
Gabriele lo guardò stupito.
«Non è per me, idiota. Cominciamo».
«Sicuro? Va bene. Io sono un treno su Google, sa?».
Cominciò a digitare. Aprirono il primo sito. «Ecco qui. Che cerchiamo?» chiese osservando la pagina web. «Escort, Sadomaso, Uomini per uomini, Uomini per donne, Trans?».
«Metti escort e trans. E salta donne e maschi».
«Cerchiamo un frocione?».
«Cerchiamo un trans, imbecille».
«Ma chi è?».
«Tu fatti i fatti tuoi».
«Ma sappiamo il nome?».
«Sì, ma non serve perché usano quasi tutti dei nomi d'arte. Quindi datti da fare. Iniziamo dalla lettera A. Lady Angela per esempio. Doppia penetrazione eccetera eccetera. Questo è un trans. C'è un cellulare?».
«Mi pare bruttina».
«Gabriele, non stiamo cercando compagnia per la serata, lo vuoi capire?».
Rocco afferrò il Nokia e compose il numero di Lady Angela. «Pronto?» rispose una voce bassa e cavernosa. Rocco riattaccò. «Bene, non è Lady Angela».
«Perché?».
«È viva. Avanti».
«C'è questa Contessina Barbara. Che poi secondo me non è una contessina».

«Sei serio, Gabriele?».

Il ragazzo alzò le spalle. Rocco sbuffò. «Vai col cellulare».

Chiamarono anche Contessina Barbara. Rispose una segreteria: «Ciao sono Contessina Barbara. Sono speciale, raffinata, capricciosa, ho lo studio attrezzatissimo e sono molto vogliosa. Mi puoi trovare a via Edelweiss la sera fino alle 21... ciao...».

Rocco prese l'appunto. «Bene, via Edelweiss, poi lo controlliamo. Prosegui».

«Ma vuol dire che sto prendendo parte all'indagine?».

«No, vuol dire che io non ho internet in casa e ti sfrutto. Tu sei solo forza bruta, un braccio, poco più di un oggetto. Forza, adesso questa... Brenna... dimmi il numero».

Chiamò Brenna. Anche lì rispose una segreteria: «Ciao sono Brenna» l'accento era slavo. Rocco si concentrò nell'ascolto. «Sono pronta a tutto. E ti aspetto fino a venerdì in via Larsinaz».

Proseguirono per una buona mezz'ora navigando su diversi siti. Finito di spulciare anche quelli più estremi, Rocco si ritrovò con diciotto indirizzi e l'orecchio che bruciava. Gabriele si abbandonò sulla sedia. «Non credevo che ad Aosta ci fossero tutte queste prostitute. Che cos'è la pioggia dorata?».

«Una cosa che fa schifo».

«E la doppia penetrazione?».

«Pure».

«Che significa padding estremo?».

«Gabriele, mi deconcentri. Fa' una cosa, chiedilo a tua madre».

«Va bene. Abbiamo finito?».

«No. Ora apri la mappa di Aosta. Cerca via Mont Fallère per favore. Da lì calcoliamo la distanza di ognuno di questi indirizzi, e vediamo quelli più vicini. Forza, che voglio andare a letto».

«Posso dormire da lei pure stanotte?».

«Vediamo come ti comporti... cominciamo da Contessina Barbara, via Edelweiss».

Vicino al take away L'Anello di Giada c'erano solo tre indirizzi buoni. Quello di Brenna, a via Larsinaz, quello di Sonya, a via Brean, e infine quello di Jesica con una esse a via Capitano Chamonin.

«Ottimo lavoro, Gabriele. Sei stato bravo, più bravo di molti dei miei agenti».

«Allora dormo da lei?».

«Dormi da me. Però sul divano, non fare che a metà notte ti infili nel mio letto. Puzzi, tiri calci e io mi devo riposare».

L'alba era spuntata da poco e l'aria era pulita e fresca. Arjan Vlora si appoggiò al pino per schiacciare un'oretta di sonno. Il gregge brucava tranquillo l'erba ancora bagnata di rugiada e i due maremmani, che Arjan aveva ribattezzato Bogdani e Berisha, in onore di due calciatori suoi connazionali, controllavano il pascolo trotterellando e mischiandosi alle pecore. Lontano si sentiva il muggito della Pontina, a quell'ora il traffico dei pendolari era già impazzito, ma ad Arjan non lo riguardava. La città non era più un suo problema. Ormai lavorava da anni all'azienda di Castel di Decima, e quel lavoro non l'avrebbe mollato mai. Portare fuori le pecore, caricare le taniche di latte, badare ai peschi e ai mandorli, controllare i formaggi in stagionatura e riportare le pecore a nanna. Una pacchia. Soprattutto per lui che era arrivato nel 1994 in Italia coi carichi disperati dalla campagna di Fier convinto di trovare chissà che. Ma in fondo ebbe fortuna. Trovò l'unico lavoro che sapesse fare bene, in campagna. E con la paga che gli dava Alessio De Sisti, quasi 800 euro al mese più vitto e alloggio, in neanche due anni sarebbe tornato in Albania per comprare la casa dei Balaj, e avrebbe finalmente messo su famiglia. Ci aveva impiegato un po', ma alla fine l'Italia gli aveva dato un futuro. Chiuse gli occhi e il rumore della strada si allontanò, restarono solo i pochi campanacci delle bestie e l'abbaiare di Berisha.

Ma abbaiava troppo.

Riaprì gli occhi. Il cane latrava con un tono acuto, d'allarme, non quello basso, cupo di difesa, e Arjan, che coi due maremmani conviveva da sei anni, lo capì immediatamente. Li cercò con lo sguardo senza trovarli. Il latrato proveniva dal limitare del pascolo, vicino ai cespugli di more che Arjan depredava ogni fine estate per fare la marmellata. Si tirò su. Scorse il codone peloso e bianco del pastore maremmano che si agitava, mentre il resto del corpo era infilato nei rovi. Fischiò, ma quello non rispondeva. Bogdani, attratto, corse dal compagno. E come Berisha anche lui infilò mezzo corpo nelle spine agitando la coda. «Ma che... Bery! Bogda! Qui!» fischiò ancora. L'unica a dargli retta fu una delle vecchie pecore che alzò la testa masticando. Lo osservò per un po', poi si rimise a brucare.

«Bery! Bogda! Qui!».

Niente. Non si muovevano. Forse avevano trovato un serpente. O forse una volpe. Ma le volpi a quell'ora non giravano, al massimo poteva essere una volpe morta sotto una macchina e gettata lì da un autista distratto. E poi i cani non si fissavano mai con le carogne, coi serpenti o coi gatti. Berisha e Bogdani guardavano le pecore. Quello avevano sempre fatto, e quello sapevano fare. Niente li poteva distrarre. Figurarsi un biscione o un corpo di qualche animale del bosco sbudellato la notte prima. Si alzò. Ora la visuale era più chiara. I due cani erano proprio dentro il cespuglio a monte del pascolo, vicino alla rete di recinzione rotta in più punti, che prima o poi doveva decidersi a riparare. Lasciò la sacca e la radiolina che portava sempre con sé e sbuffando si avviò. Un paio di pecore si scansarono per farlo passare. «Bery! Bogda! Ma insomma!». Attraversò quasi tutto il prato e finalmente li raggiunse. «Si può sapere che avete da abbaiare?».

Dapprima pensò a dei vestiti abbandonati, ma poi notò che da una manica del giubbotto spuntava una mano. Sentì una scarica che gli fece rizzare tutti i peli del corpo e il cuore mettersi a battere contro le costole.

«Che cazzo...».

Nel cespuglio di more c'era un uomo. Un taglio netto e preciso come un sorriso gli attraversava il collo da parte a parte.

«Dreqi ta haje!».

Quando il vicequestore Schiavone e l'agente Pierron bussarono alla porta di Brenna a via Larsinaz erano le sette e mezza del mattino. Dall'appartamento non un suono, non un movimento. Una macchina passò veloce e un cane abbaiò da un balcone. Rocco si guardò intorno. Erano tutte palazzine a due piani, identiche, porte tutte uguali, nessun condomino sembrava dare segni di vita. Suonò di nuovo il campanello.

«È presto. A quest'ora starà dormendo» disse Italo.

«Sticazzi, si deve svegliare» pigiò e lasciò il dito sul pulsante per almeno dieci secondi.

«E se avessimo fatto centro al primo tentativo?».

«Allora bisogna che sfondiamo perché di là non ci sarà nessuno».

Non ce ne fu bisogno. Qualcuno raspava dall'altra parte della porta. «Chi è?» una voce debole, appena udibile.

«Polizia. Apra!».

Dopo un paio di secondi sentirono la chiave girare nella toppa. Un paletto di sicurezza rimosso e finalmente la porta si aprì. Apparve Brenna. Aveva i capelli biondo platino attaccati alla fronte. Il viso che aveva subito vari interventi era sudato, pieno di macchie. Indossava una maglietta di Superman e un paio di pantaloni della tuta. Gli occhi pesti e le labbra gonfie, sembrava che qualcuno avesse appena smesso di picchiarla. «Che c'è? Io ho il permesso... lo vado a prendere?».

«No. Conosce questa persona?». Rocco allungò il foglio con la foto di Juana presa sul lettino autoptico. Brenna la guardò con gli occhi stanchi. «No, è quella del giornale?».

«Sì. Non la conosce? Non l'ha mai vista?».

«Vi giuro di no. Sennò venivo da voi a dirlo... è morta strangolata, vero?».

Fu Pierron a rispondere: «Sì. Lei ha qualche cliente che potrebbe aver fatto una cosa simile?».

Brenna sorrise. Si passò la mano davanti alla faccia. «Volete un caffè? Tanto ormai non mi addormento più...» e fece spazio per farli accomodare.

Li aveva portati nel cucinino, piccolo e accogliente. Un gatto tricolore si strusciava sulla gamba di Rocco. «Buono Felix... è molto affettuoso, ma non gli fate le coccole sennò non ve lo staccate più. Volete lo zucchero?».

«No grazie, va bene così» rispose Rocco. Brenna gli porse la tazzina, poi si mise seduta e si rassettò i capelli. Aveva il viso teso. «Siete qui per denunciarmi, vero?».

«Brenna, non me ne frega niente di come si guadagna da vivere. Non sono della buoncostume. Sto cercando un assassino» disse Rocco e il viso della prostituta sembrò rilassarsi.

«Ci penso da quando ho letto la notizia. Poteva succedere a me».

«A proposito, lei per caso conosce...» Italo prese il taccuino e lesse «Jesica con una esse sola o Sonya? Jesica abita a...».

«Sì, la conosco. Abita a via Capitano Chamonin, qui vicino. L'ho vista ieri. E parlavamo proprio di quella poveretta che avete trovato nel fiume».

«Lei non è straniera?».

«Sì che lo sono. Sono di Bratislava. Ma al telefono esagero l'accento. Piace di più» e diede un morso a un biscotto al cioccolato. «Io però clienti così mai avuti. Cioè strani, parecchi. C'è quello che si veste da cameriera, quello che vuole lo strap-on...».

Italo fece una faccia poco convinta. Rocco lo rasserenò: «Ti spiego dopo».

«Poi i soliti manette e fruste e cose così. Ma tutta gente che gioca. Finisce sempre con una risata».

«Lei è un'esperta».

«Abbastanza» finì il biscotto. «Faccio questo lavoro da quindici anni. Qualsiasi pratica, e costo bei soldi».

«Un'idea?».

«Dalle cento per una seduta si può arrivare a più di cinquecento per tutta la notte. Soprattutto se devo andare a casa di qualcuno o in albergo, la tariffa sale».

«Emette fattura?» chiese Rocco e il viso di Brenna divenne di pietra.

«Come?».

«Era una battuta» la rassicurò Rocco. «Lei esercita in camera da letto?».

«No. Di là. Nell'ex salone. Volete vedere?».
«E perché no?» fece Rocco.
Si alzarono. Proseguirono nel piccolo corridoio, entrarono nell'ex salone rivestito interamente di moquette rossa. La puzza di deodorante alla rosa stringeva le narici. Appesi alle pareti gli attrezzi del mestiere. Fruste, canne di bambù, manette, catene, museruole. Su un tavolino un'intera collezione di falli di plastica. «Ecco, questo è il mio ufficio».
«Bello. Non vedo il fax».
Brenna scoppiò a ridere.
«Grazie, ci accompagna fuori?».

«Ma tu pagheresti cento euro per andare con una così?» chiese Italo tornando alla macchina.
«Il caffè lo fa buono».
«E adesso?».
«Adesso andiamo da Sonya, Jesica con una esse ieri era viva, per ora lascerei perdere... e lascerei perdere pure la macchina, via Brean sono neanche 5 minuti».
Non si dissero una parola. Rocco osservava le strade, i palazzi. Italo fissava il marciapiede. L'agente sapeva che quando il vicequestore si azzittiva non andava disturbato. A farci attenzione si poteva sentire il rumore dei suoi pensieri. Arrivarono a via Brean.
«Il nostro è al 12?» chiese Rocco leggendo i civici.
«Sì, al 12. Ma non lo trovi strano, Rocco?».
«Cosa?».
«Stiamo cercando l'identità di una persona che non era poi neanche tanto certa della sua».

«Perché, sei così sicuro della tua identità?».
Pierron si grattò la testa. «Penso di sì...».
«Sai tutto di te?».
«So parecchio».
«Parecchio non è tutto. E a dirtela non è neanche abbastanza».
Erano arrivati al 12. Citofonarono allo Studio Emme indicato da Sonya nell'inserzione. Non rispose nessuno.
«Starà dormendo pure questa?».
«Probabile». Suonarono ancora. «Qui dice che lo Studio Emme è l'interno 3». Rocco indietreggiò di un paio di passi per dare un'occhiata alla palazzina. Due piani. A destra una banca. A sinistra altre palazzine e un ferramenta.
«Niente Rocco, questa non risponde».
Il vicequestore citofonò ad un interno a caso. Dopo pochi secondi rispose una voce di donna: «Sì?».
«Questura di Aosta, apra il portone».
Dall'altra parte silenzio.
«Signora, mi ha sentito?».
«Chi mi assicura che siete proprio della polizia?».
Rocco alzò gli occhi al cielo. «Che palle! Si affacci e guardi la divisa del mio agente».
La signora Cosma, così recitava la targhetta sul citofono, poggiò l'apparecchio che sbatté rimbalzando sul muro. Stava andando alla finestra. Italo s'era messo in mezzo al marciapiede a braccia larghe per farsi osservare. Intravide una mano scostare le tende e una testolina bianca. Poco dopo la donna tornò all'apparecchio. «Va bene, ma cercate me?».

«No. Apra, signora!».

Finalmente si convinse e i due poliziotti entrarono nella palazzina. Salirono solo due scalini e arrivarono al primo piano davanti alla porta dell'interno 3. Fu Italo a suonare il campanello. Non accadde nulla. Suonò ancora.

Come in alcune case di ringhiera a Milano, la finestra dell'appartamento dava sulle scale. Rocco si affacciò ma il buio impediva la visuale all'interno. Bussò con le nocche sul vetro. E invece si aprì la porta dell'interno 2, dalla quale uscì un ragazzo fresco di doccia. Vide i due poliziotti e trasalì. «Salve... lei conosce la persona che abita qui, Sonya?» chiese il vicequestore.

Il ragazzo alternava lo sguardo tra Rocco e Italo, come fosse spaventato che quelli potessero estrarre un'arma e farlo fuori.

«Sì... cioè non la conosco» rispose con la voce fragile. «L'ho incontrata qualche volta».

Rocco fece segno a Italo che tirò subito fuori la fotografia del cadavere. La passò al vicequestore che la sottopose all'attenzione del ragazzo. «Mi dica un po', è lei?».

Il ragazzo impallidì. «Mio Dio, sì. Che succede?».

Rocco riprese il foglio. «Pare che l'abbiamo trovata, Italo. Chiama in questura. Voglio Caterina, Casella e voglio anche la Gambino con tutta la squadra».

«Ricevuto».

«Lei può andare».

«Ma che... che succede?» fece il giovane.

Finalmente concentrò l'attenzione sul viso del ragazzo. Gli occhi sgranati e cerchiati di nero, chiari e spaventati, la bocca piccola e sfuggente sotto il naso importante e le orecchie a sventola. Rocco lo classificò come un Lemuriformes. Si muoveva a scatti, proprio come quei primati endemici del Madagascar, oscillando fra il terrore e la curiosità.

«Non succede niente di buono. Tanti saluti».

Il lemure sgusciò via agile. Rocco invece si mise la mano in tasca e tirò fuori il suo coltellino svizzero. Speranze che Sonya o Juana aprisse la porta non ce n'erano più.

Arjan aveva chiuso i cani nel recinto e appoggiato all'albero stava raccontando per la terza volta all'ispettore Morganti come era avvenuto il ritrovamento. Le pecore ruminavano tranquille, ogni tanto alzavano la testa ad osservare. A cento metri di distanza, accanto al cespuglio, due uomini della scientifica, incappucciati nonostante il caldo già cominciasse a farsi sentire, ispezionavano foglie e rami. Il corpo dell'uomo era lì a terra, il medico chino sul cadavere, il vicequestore Bonanni in piedi leggeva distratto messaggi sul cellulare. Sulla strada le auto della polizia facevano largo al furgone della mortuaria.

«Che le devo dire, Bonanni? Causa della morte un bel taglio sul collo, profondo».

«Mmm» rispose quello con gli occhi sul display. Uccio Pichi riprese: «E non è stato ucciso qui».

«A quello ci arrivo. Non c'è sangue. Documenti?».

«Macché, niente documenti, niente portafogli, niente orologio».

Finalmente Bonanni distolse l'attenzione dal telefonino. «Sicuro?».

«Al cento per cento».

«A me puzza di regolamento di conti».

«Ne ha tutta l'aria».

Uccio rovistò la tasca interna della giacca. «Qui c'è uno scontrino... vediamo un po'» si avvicinò il foglietto agli occhiali. «Bar Mastrangeli, via Vitellia 31... ha preso un caffè. La data è quella di due giorni fa».

«Chissà quando l'hanno seccato» e Bonanni si rimise il telefono in tasca.

«Non lo so. Me lo porto in ospedale e magari glielo so dire».

«Morganti!» urlò il vicequestore verso l'ispettore. «Accendi la macchina, torniamo in ufficio. Avete finito col pastore?».

Il poliziotto annuì e si incamminò.

«Appena hai nuove, Uccio, mi chiami?».

«Sicuro... sarà un casino capire chi era».

«Non sottovalutarci, dottore».

La casa di Juana era vuota, solo tre mobili vecchi, neanche un libro, un soprammobile e neppure il televisore. Pavimento nudo come le pareti, in cucina solo un cucchiaino poggiato sul lavello. In camera da letto c'era il materasso nudo e l'armadio aperto senza vestiti. Rocco tornò in salone. Nel mezzo il parquet era scolorito, segno che c'era stato un tappeto. Al centro del soffitto un gancio dove forse era attaccato un lampadario e tre piccoli chiodi alle pareti che dovevano aver sorretto qualche quadro o fotografia. Italo si affacciò sulla porta. «Che succede?».

«Niente. Non succede niente. Vuoto, sembra una casa da affittare. Risaliamo al proprietario e facciamogli un po' di domande. Quando arrivano gli altri?».

«Sono in strada».

Rocco cominciò ad annusare. «Cosa senti?».

«Io? Niente. Che sento?».

«Fiori. Ma non fiori veri. È roba chimica».

«Fa venire i brividi questo posto».

«A me fa solo girare i coglioni». In cucina c'era una porta-finestra. Rocco la aprì. Si ritrovò in un minuscolo giardino pavimentato circondato da una recinzione bassa e qualche vaso che ospitava rami secchi. Un rubinetto gocciolava. Si affacciò al di là del piccolo steccato di legno. C'era un parcheggio con poche auto. Ritornò nell'appartamento. Italo era rimasto sull'uscio. «Va bene Italo, aspettiamo giù la compagnia».

Scesero a piano terra. Rocco guardò la cassetta delle lettere. «Bene, ci sono 8 interni. Cominciamo a sentire la gente. Vediamo di saperne di più. Partiamo dal secondo piano con la signora Cosma?».

In quel momento il portone della palazzina si aprì e riapparve il lemure. «Mi sono dimenticato una cosa» si giustificò e rapido salì i due scalini per tornare nel suo appartamento. Riapparve dopo neanche un minuto mostrando il cellulare ai poliziotti. «Ecco, ormai senza non ci sappiamo più vivere, no?».

«Mi scusi, posso sapere come si chiama?» chiese Rocco.

«Chi io?».

«Se vuole può dirmi anche il nome di sua nonna o di suo padre, ma per ora preferirei il suo».

«Certo. Ivano Petrulli».

«E mi dica, Ivano. Tre giorni fa, domenica sera, lei era a casa?».

Ivano sgranò gli occhi. «Domenica?».

«Domenica».

«Mi pare di no. No, domenica sera non ero a casa. Ero con la mia fidanzata, a Saint-Vincent. Ho dormito da lei».

«E lunedì?».

«Sempre sera?».

Rocco annuì.
«Ero dai miei a Cogne. Abitano lì».
«Lei qui non ci dorme mai?».
«Ogni tanto. Ieri notte per esempio sì».
Aveva fretta di andarsene, invece Rocco aveva tutto il tempo del mondo a disposizione. «Lei sa che lavoro faceva Sonya? O meglio, Juana?».
«Credo di sì. Riceveva».
«C'è mai andato lei?».
«Io? Mai! A me quelli non piacciono».
«Quelli chi?».
«I cosi, lì... i trans».
«Vi siete mai parlati?».
«Mah... ci salutavamo quelle rare volte che ci incontravamo. Ma perché mi sta facendo queste domande? Io devo andare».
«Perché l'hanno strangolata».
Il lemure impallidì. «Oh Madonna...».
«Già. Brutto, no? Ammazzano una sua vicina e lei non ne sa niente».
Ivano alzava le spalle quasi a scusarsi. «Ma io neanche... le giuro che...».
Rocco lo fermò con il gesto della mano. «Lasci i suoi recapiti al mio agente, anche il telefono della sua fidanzata e dei suoi genitori. Sa com'è? Lei dice che non era in casa, ma noi dobbiamo controllare...».
«Va bene, va bene» rispose il lemure nervoso sbattendo le palpebre.
«Allora» fece Italo pronto con penna e taccuino.
«Aspetti, il numero dei miei non lo ricordo».

«Lo guardi sul cellulare» suggerì Italo con tutta tranquillità.

«Ah già, è vero, che scemo».

La signora Cosma era piccola e magra. Sotto ogni soprammobile, fosse un orologio, una foto incorniciata o una statuina di porcellana, c'era un centrino di cotone. I mobili di legno lucido e i tappeti finti iraniani sposavano alla perfezione i colori pastello del tailleur e la collana di perle al collo. Solo i capelli stonavano grazie a una nuance azzurrognola da fare invidia a un vecchio fan dei Sex Pistols. Si erano accomodati in salotto e la padrona di casa si era premurata di offrire un tè al vicequestore che aveva gentilmente rifiutato. Sul tavolino basso davanti al divano c'era la settimana enigmistica, una matita e una gomma per cancellare. «Conosceva Juana, quella dell'interno 3?».

Il viso liscio nonostante i 70 anni suonati si trasformò in una smorfia rugosa. «Per carità. Sa quante volte ho litigato con il proprietario? Quello, o qualunque cosa fosse, riceveva clienti nell'appartamento. Creda, il viavai non è cosa piacevole».

Su un settimino accanto alle poltrone troneggiava la foto di un uomo in divisa. «Lei abita sola?».

«Sono vedova da sei anni. E quello deve ringraziare che mio marito se n'è andato, altrimenti l'avrebbe cacciata a calci nel didietro!».

«Se le chiedo di domenica sera, lei ricorda qualcosa?».

Giulia Cosma si morse le labbra e guardò in terra. «Domenica... sono tornata dal bridge verso le sette. Poi ho cenato, un po' di televisione e sono andata letto».

«Non ha visto o sentito niente di strano?».

«Cosa avrei dovuto sentire?».

«Juana è stata strangolata» disse Rocco semplice e diretto. Osservò la reazione. Per un attimo negli occhi dell'anziana signora passò una luce ferina. «Mi dispiace» disse toccandosi la collana. «Lei è convinto l'abbiano uccisa in casa?».

«Sì, l'hanno uccisa in casa».

«E ci sono evidenze, tracce, qualcosa che possa far supporre...».

«Signora, le domande le faccio io».

«Mi scusi» sorrise con la bocca, mentre gli occhi restarono freddi e distanti. «Mio marito era nell'arma, un po' di deformazione professionale dopo tanti anni di matrimonio ce l'ho anche io».

«Nei giorni seguenti lei ha visto qualcosa di curioso? Ha sentito rumori strani?».

«Mi faccia un esempio».

«Viavai di gente, per esempio, qualcuno che entrava in quell'appartamento?».

«E come potrei? No, niente... anzi, ora che ci penso, pace. Sì, pace. Evidentemente fra i clienti s'è sparsa la voce».

«Sta facendo dell'ironia?».

«Davanti alla morte non mi permetterei mai».

«Lei possiede un'auto?».

«Sì».

«La tiene nel parcheggio sul retro?».

«Certo. È un parcheggio condominiale. Ma è sempre vuoto. In questa palazzina solo cinque appartamenti sono affittati e appartengono a un solo proprietario. Ci siamo io, quello al primo piano, poi c'è Ivano, un caro ragazzo, e qui al secondo piano solo altri due condomini. Il signor Fabiani che a quest'ora sarà in ufficio, e accanto c'è il signor Bernardo Valenti, ma è sempre fuori, va a trovare il figlio a Torino».

«Ora per esempio Valenti c'è?».

«Non lo so».

«Sa dov'è l'ufficio del signor Fabiani?».

«In centro. A via Aubert. È un commercialista».

«Juana aveva l'auto?».

«Sì. Una Toyota nuova di zecca. Segno che quel mestieraccio rendeva e come».

«Se c'è offerta è perché la domanda è alta».

Giulia Cosma guardò Rocco senza capire.

«Vabbè, la ringrazio, lei è stata preziosa».

«Nei secoli fedele».

«Eh già» si disse Rocco. «Obbediamo tutti a una legge morale, chi più chi meno. Lo sa qual è la cosa preoccupante, signora Cosma?».

«No».

«L'interpretazione di quella legge. Tanti saluti».

Qualcosa raspava sulla porta. Riprovò a suonare e il cane si mise ad abbaiare. Un abbaio acuto, sottile come una lama. Poi qualcuno dall'altra parte fece scivolare il paletto. Finalmente aprì. «Dica?».

Viso magro, borse sotto gli occhi liquidi che parevano due palle da tennis. La barba incolta e pochi capelli ormai bianchi. Il naso importante che stonava con la magrezza del viso era ricoperto di capillari rotti. Sulle guance scavate chiazze di couperose. Portava un maglioncino di lana pieno di palline. Tra i piedi infilati in un paio di pantofole di lana spuntava il muso di un volpino.

«Bernardo Valenti?» chiese Rocco.

«Sono io...».

«Vicequestore Schiavone».

Il viso dell'uomo parve rasserenarsi. «Prego, prego, entri!» e spalancò la porta. «Non si preoccupi, il cane è buono. Ma che sta succedendo?» il volpino s'era messo ad annusare i pantaloni del vicequestore. «Giù, Anubis, giù! Lo scusi...».

«Ho un cane anche io».

«Ah, ecco perché. Ti piace il cane del signore, eh Anubis? Prego!».

Tutta la casa era rivestita di legno di abete chiaro, più che un appartamento pareva un rifugio in quota. «Mi scusi il disordine, ma che cosa accade? Ho sentito un trambusto, mi sono un po' spaventato, per caso vuole un caffè?».

«No, signor Valenti, sono a posto così».

Il padrone di casa fece cenno a Rocco di accomodarsi su una poltrona di velluto. Il vicequestore sedendosi diede un'occhiata rapida al salone e gli venne da sorridere. Il signor Valenti non ci teneva molto all'arredamento. Come lui non aveva un quadro, un libro, e i mobili anonimi erano sicuramente compresi nel prezzo dell'affitto. Ma Rocco era sicuro che le scansie della cucina e l'armadio di legno fossero pieni di liquori. «Allora signor Valenti, lei conosceva Juana Perez, la donna al primo piano?».

«Perché dice conosceva?».

La mano destra di Bernardo tremava. Ai lati della bocca s'era formata una leggera bava bianca. «L'abbiamo trovata morta nella Dora».

Bernardo si passò la mano tra i capelli. «No! Non è vero».

«Invece...» e Rocco allargò le braccia.

«Prima o poi doveva succedere... sicuro che non vuole un caffè?».

«No, grazie».

«Allora un tè? Una tisana? Vuole una birra?».

«No grazie, sto a posto così!».

«Se permette vado a prendermi un bicchiere d'acqua» e lasciò a passo rapido il salone. Il volpino s'era steso sul suo cuscino liso e osservava Rocco muovendo appena la coda. Passarono dieci secondi e Valenti tornò leccandosi le labbra. «Ecco, ecco, mi scusi, una sete... come è morta? Si è suicidata?».

«L'hanno uccisa».

Bernardo sbatté le mani, se le strinse al petto e cominciò a scuoterle quasi fosse in preghiera. «Povera Juana, povera Juana».

«Perché ha detto che prima o poi doveva succedere?».

«Sapesse quante volte ho provato a parlarle, a farle cambiare strada. Lo sa che vita schifosa faceva? Glielo dicevo sempre: Juana, fai un mestiere pericolosissimo! E che si sa?».

Rocco accavallò le gambe. «Lei ha sentito niente domenica sera o nelle sere successive?».

«Cosa avrei dovuto sentire?». Valenti si sedette sulla poltrona davanti al vicequestore.

«Movimenti».

Il padrone di casa ci pensò su tastandosi il polso. «No, nessun movimento. Niente. Ma l'hanno uccisa nel suo appartamento?».

«Io dico di sì».

«È una cosa orribile».

«Già. La casa è stata svuotata. Lei è mai entrato in quell'appartamento?».

«No. Mai».

Il vicequestore si alzò. Il volpino ringhiò. «La saluto. Se ho bisogno di lei la trovo qui?».

«Dove altro potrei andare?».

«Posso chiederle che mestiere fa?».

«Facevo il ragioniere. Ora sono in pensione».

«Quant'è che vive ad Aosta?».

L'uomo alzò gli occhi verso il soffitto. «Da un po'».

«Complimenti!» e si mosse verso la porta di casa.

«Per cosa?».

«Perché è riuscito a togliersi l'accento. Spesso ci penso. Vede, a Roma, nella mia città, uno può essere di Napoli o di Torino, passano gli anni e l'accento non lo perde. Sa perché? Perché ai romani non interessa da dove vieni. Ti accolgono comunque. Ho notato invece che in molte città del nord anche dopo pochi anni, si tende a prendere l'accento del posto. Chissà, forse per nascondersi?».

«Nascondersi?» chiese Valenti.

«Mimetizzarsi. Insomma, ci si sforza per essere accettati. Lei dov'è nato?».

Il padrone di casa sorrise. «Orecchio fine il suo. Allora le dico che quanno pullecenella pigliaje 'a carrozza, 'o vedettero tutte...».

«Napoli?».

«Avellino. Per servirla».

Rocco era al centro del parcheggio condominiale, ma non c'erano tracce di una Toyota nuova di zecca. Si avvicinò alla recinzione dell'appartamento di Juana, mise un piede sul muretto, la scavalcò per ritrovarsi nel piccolo giardino coi vasi sbreccati e il rubinetto gocciolante. Entrò in casa. Osservò la scena desolata e le tre ombre chiare che foto o quadri avevano lasciato sulla parete. Poi guardò in alto il gancio del lampadario tinto col colore del soffitto. In quel momento entrarono due agenti della scientifica.

«Salve» dissero. «Ci rivediamo!».

«Eh già». Rocco trascinò l'unica sedia della stanza sotto il gancio, montò sulla seduta e si mise ad osservare l'uncino conficcato nella parete. Nella parte concava del ferro non c'era traccia di vernice.

«Cosa controlla, dottore?» disse un agente incappucciato.

«Niente». Rocco scese dalla sedia. «Mi chiedevo a cosa servisse un gancio al soffitto se non c'è filo elettrico né una presa per mettere un lampadario».

«Mia nonna nella casa di campagna ci appendeva i salami» fece l'altro della scientifica. «Però in cantina».

«E vorrà dire che qui fa così freddo che 'sta stanza fungeva anche da frigo» gli rispose il collega.

Dalla porta apparve Michela Gambino. Indossava il solito maglione slabbrato dal quale spuntava il collo lungo e magro, ma aveva dato un tocco di vezzosità all'abbigliamento con un paio di anfibi a fiorellini. «Eh no, se mi entrate così mi inquinate la scena!» gridò al vicequestore.

«Non lascio tracce io» e mostrò i guanti che aveva appena infilato. «E a proposito di tracce, qui hanno svuotato tutto l'appartamento».

«Non c'è niente?».

«Niente. Solo 'sti du' mobili».

Il sostituto si fregò le mani. «Bello! Bene! Puzza di complotto lontano un chilometro».

Rocco la osservò. «Sei stancante, lo sai? Cosa c'è di bello?».

«Vivi nell'ignoranza più assoluta. Che fa, ha traslocato dopo morta? Rifletti su cosa è successo negli ultimi tre mesi...».

«Meglio di no».

«Muore la Thatcher e un mese dopo Andreotti. Non ti dice niente?».

«Erano vecchi?».

«A parte questo?».

«Senti Michela, te lo dico col cuore in mano. Non me ne frega un cazzo che sono morti perché una farfalla in Cina ha sbattuto le ali o un Mahori s'è schiantato con la piroga. Aspetto notizie» la scansò avviandosi verso la porta di casa.

«Una sola parola, Schiavone: *Datagate!* Pensaci».

Il vicequestore si batté la fronte con la mano. «Segnato!».

«Sappi che in questura ci controllano» gridò. A Rocco venne da sorridere ricordando il chewing-gum che aveva appiccicato alla porta dell'ufficio della Gambino. «Dici?».

La Gambino si sfilò il maglione di cotone restando in maglietta e se lo legò ai fianchi. Rocco ci aveva visto giusto. Aveva un corpo magro e scattante. «Ci controllano, ti dico. Ne ho le prove!» fece quella orgogliosa aggiustandosi la chioma. Il vicequestore si voltò per nascondere il sorriso e si allontanò.

«A volte basta un capello!».

Quando Italo e Rocco bussarono alla porta dello studio Tax Force in via Aubert mezza mattinata se n'era andata. Venne ad aprire una ragazza dall'aspetto dimesso con i capelli lunghi e neri e un paio di occhiali a fondo di bottiglia. «Sì?».

«Vicequestore Schiavone. Il dottor Fabiani per favore...».

La segretaria li fece entrare senza un sorriso. Nella sala d'attesa c'erano due poltroncine di pelle con lo scheletro in acciaio. Brutti quadri ad olio su delle pareti azzurre contribuivano a dare un tono di squallore all'ambiente. «Il signor Fabiani è al telefono».

«E chissenefrega» disse Rocco. «Lo chiami, mica abbiamo tutta la mattina».

La segretaria sparì veloce dietro una porta di legno lucido.

Rocco andò ad affacciarsi alla finestra. Si mise a tamburellare sul vetro. Un cane senza collare trotterellava in strada.

«Buongiorno, come posso esservi utile? Sono Diego Fabiani» l'uomo si fece avanti stringendo la mano di Italo. Rocco restò alla finestra.

«Buongiorno a lei, vicequestore Schiavone». Il commercialista era sulla quarantina, portava il pizzetto e una camicia con il colletto talmente alto da sembrare un collarino per la cervicale. Ai polsini splendevano due gemelli.

«Domenica sera hanno ucciso Juana Perez, una sua condomina, quella del primo piano. La conosceva?».

Diego ingoiò un grumo di saliva. «Uccisa...?».

«È quello che ho detto. La conosceva?».

«Io? Sì, insomma, l'ho incontrata un paio di volte. Credo fosse da poco che stava da noi».

«Lei domenica sera era a casa?».

«Domenica? No. Ero qui, in studio».

«Di domenica?» fece Italo.

«Eh sì. Periodo terribile. Il 16 c'è la prima scadenza delle imposte, questo è un momento molto duro per noi».

«Nei giorni successivi alla domenica, ha notato qualcosa?».

«Tipo?».

«Viavai, rumori...».

«Nel palazzo?».

«Bravo».

«No. Niente di che. Perché me lo chiede?».

Rocco guardò Italo. «Perché glielo chiedo, agente Pierron?».

«Perché c'è stato una specie di trasloco e nessuno pare se ne sia accorto» si premurò di dire Italo.

«Eh già. Evidentemente hanno i muri molto spessi. Il palazzo è antico?».

Diego Fabiani alzò le spalle senza sapere cosa dire.

«Non lo sa. Pierron, forse c'è bisogno che tutti i condomini di via Brean 12 vadano a fare una visitina da Maico».

Pierron sorrise. Diego continuava a non capire. «Per l'udito, dottor Fabiani» disse Italo per chiarirgli le idee.

«Vede dottor Fabiani, è una cosa strana. C'è stato un omicidio, molto probabilmente nella casa di Juana Perez, poi quella casa l'hanno svuotata ma né lei, né la signora Cosma, Bernardo Valenti o quel tale, il lemure...».

«Il lemure?» chiese Italo.

«Sì quello che si scorda il cellulare a casa».

«Ah sì, il figlio dell'avvocato... Ivano Petrulli» disse Italo.

«Petrulli, appunto, insomma nessuno ha sentito niente. Voi non volete dare una mano alle forze dell'ordine».

«Le giuro, commissario...».

«Vicequestore».

«Sì, scusi, vicequestore. Io non mi sono accorto di niente. Esco la mattina presto, passo tutto il giorno qui allo studio, la sera sono talmente stanco che mi addormento come un ghiro. Mi dispiace...».

Sembrava sinceramente seccato di non poter essere di aiuto.

«Però mi conforti nel dire che se ricorderà qualcosa, anche una sciocchezza, me la viene a riferire. Dica lo giuro!».

«Lo giuro» rispose Diego esitante.

«Ottimo. Pierron? Lasciamo il dottor Fabiani alle imposte e torniamo a cercare nella pattumiera qualche brandello di informazione. Tanti saluti, Fabiani».

D'Intino e Deruta lo aspettavano sull'attenti davanti alla stanza. Sembrava montassero la guardia. Rocco tentò di svicolare, ma l'agente abruzzese lo aveva visto. «Dottore!» urlò.

Schiavone alzò gli occhi al cielo e attese. «Dotto', tutto fatto come ci aveva ordinato. Aveme visto tredici trams».

Rocco non ricordava minimamente quale fosse il compito che aveva affidato ai due.

«Bravi. E che avete scoperto?».

«Che nessuno conosceva il cadavere» rispose Deruta con l'aria triste. In quel momento Rocco era a un bivio. O ammettere che durante l'assenza dei due le indagini erano andate avanti oppure trovare rapidamente qualcos'altro da fargli fare. Ma non gli veniva in mente niente.

«Ottimo lavoro. Io ho fatto dei passi avanti e ho scoperto che si chiamava Juana Perez, era argentina. Quindi adesso qual è il vostro compito?».

«Boh» risposero all'unisono.

«Telefonate alla questura centrale, all'ambasciata, al consolato e cercate di capire se aveva il permesso di soggiorno, da quanto tempo stava in Italia, insomma voglio tutte le informazioni possibili». I due agenti lo guardarono spaventati. «Oh! E allora? Ragazzi, qui siamo di fronte a una cosa grave. Chi ci dice che Juana Perez non fosse una trafficante di droga?».

«Maro'» fece D'Intino. «Li 'sti di' pe' da vero?».

«Non mi dare del tu, D'Intino!».

«Scusi. Ma che li shtite a' di' pe' da vero?».

«E che sto a scherza'? Mi raccomando acqua in bocca. Sapete che vuol dire acqua in bocca?».

«Sì. Che non dobbiamo parlare con nessuno».

«Bravo Deruta! Profilo basso e al lavoro. Siete preziosi».

Fecero dietro-front all'unisono e perplessi si allontanarono. Rocco proseguì verso la stanza degli agenti. Trovò Scipioni solo davanti al computer.

«Anto', ce l'hai ancora il tuo amico che smanetta coi cellulari?».

«Sì, perché?».

Prese dalla tasca un foglietto. «Segnati questo numero, è quello di Juana Perez. Vedi di tirare giù le telefonate che ha ricevuto».

Antonio sbuffò, poi si guardò intorno. «La magistratura lo sa?».

«Ancora no».

«Rocco, il mio contatto dice che questa è una cosa

illegale» e abbassò la voce «... e che bisognerebbe mettere in mezzo la magistratura per controllare...».

Rocco lo interruppe afferrandogli una spalla. «Anto', lo so. Ma mi serve che lui ci faccia un favore. Non è legale, è pericoloso ma è importante». Antonio annuì. «Se si gioca la carriera gli daremo una mano».

«Mi spieghi una cosa prima?».

«Sì».

«Perché di nascosto?».

«Ho i miei motivi. La magistratura è allertata e seguirà il suo iter. Ma a me serve adesso. Comprì?».

Antonio poco convinto si alzò. «Vedo che riesco a fare. Ma fuori di qui però...».

Lupa guardava minacciosamente il tappeto del magistrato. Aveva un conto aperto con quel tessuto di lana e seta, sbavava dal desiderio di aggredirlo, ma sapeva anche che il suo padrone su questo era stato categorico: «No!». E a quel suono secco e perentorio Lupa obbediva sempre. Dopo *pappa* e *Lupa*, *No* era la terza parola che aveva imparato. La quarta era *amore*, che significava dover scodinzolare e leccare il padrone possibilmente sul viso per ricordargli che era un cucciolo indifeso.

Baldi se ne stava sorridente seduto sulla sua poltrona a giocherellare con una penna. La fotografia della moglie era riapparsa sulla scrivania. «Sicuro che il cane non mi attacca il tappeto?».

«Tranquillo, dottor Baldi. Se le dico di no Lupa si ferma. Ha imparato tre parole: Lupa, pappa e no» omise la quarta, la più importante.

«Be', conosco un sacco di persone che non ne hanno imparata neanche una. Allora che idea s'è fatto?».

«L'idea è che è stata uccisa in casa. Era nuda e prima di buttarla al fiume l'hanno rivestita. L'hanno gettata lì per depistare, o quantomeno confondere le acque, mi passi il termine. Ora quello che resta piuttosto oscuro è perché abbiano svuotato l'abitazione di Juana Perez».

Il magistrato si alzò. «Ottimo. Ha tratto delle conclusioni?».

«Qualcosa, ma è ancora presto».

Andò alla finestra. «E non vuole condividerla con me?».

«Certo. Io con lei condivido tutto».

«Bum!».

Rocco cercò di calmare l'accelerazione improvvisa del battito cardiaco respirando, poi parlò. «È evidente che togliendo di mezzo vestiti e oggetti si cerca di nascondere qualcosa. Non l'identità, magari, ma insabbiare sì. Gli oggetti parlano, lo sappiamo, e parlano anche pavimenti e pareti se uno sa leggerli. Così ci lasciano un deserto da decodificare. Questo mi fa pensare che Juana era legata a qualcuno che deve restare nell'ombra. Fin qui siamo nell'ovvio. Quello che non è chiaro è chi sia questa persona».

Baldi si voltò di scatto: «Lei pensa a un pezzo grosso?».

«Forse. Oppure semplicemente è un assassino molto meticoloso che cancellando ogni traccia cerca di ripulire il suo passaggio. Ma, e questa è solo una supposizione, anche se Juana abitava in quella casa da poco, è probabile che roba da portare via ne avesse accumulata. Senza un aiuto? Questo non mi convince. Nella palazzina nessuno ha sentito niente. Per traslocare oggetti e vestiti ci sarà stato un minimo di viavai. Diciamo che è avvenuto dalla porta sul retro e che l'assassino è uno molto organizzato. Nel bel mezzo della notte, si mette al lavoro. Motore spento eccetera eccetera. Se lo vede? Io no. In una città dove tutti si fanno i cazzi degli altri, contrariamente a quanto credevo mesi fa, può passare inosservata una cosa simile? La strada, via Brean, è piena di palazzine. E questo si mette a fare un mezzo trasloco e nessuno si accorge di nulla?».

«Già. E se fa sparire tutto» intervenne Baldi, «significa che fra gli oggetti di Juana magari c'era qualcosa di compromettente. Un regalo? Un indumento? Una lettera? Un messaggio?».

«Se era un cliente abituale o aveva una relazione con lei è una cosa che non scarterei. Lupa no!» aveva bloccato il cane con le fauci spalancate verso la frangia del tappeto. «Ora però dobbiamo controllare il cellulare di Juana Perez».

La punta della penna si spezzò fra le mani di Baldi che divennero nere d'inchiostro. «Ma porca... ma guarda te...». Rocco gli passò un fazzoletto di carta ma quello preferì asciugarsi con un paio di fogli che aveva sulla scrivania. «Una mia relazione» disse a Rocco. «Per quello che serve. Ha il numero della vittima?».

Tirò fuori il foglietto con il numero e lo dettò al magistrato.

«Va bene Schiavone, ora mi do da fare. Fra poco avrò l'autorizzazione».

«Grazie». Schiavone si alzò.

«Resta il mistero della sparizione degli oggetti della vittima. È arrivato a una conclusione?».

«Ancora nulla. Vado a parlare con il proprietario dell'immobile, le saprò dire di più».

«Non è vero. Lei comincia già a farsi un'idea, ma non la vuole condividere, come al solito».

«Meglio di no. Potrei fare la fine della Gambino».

«La Gambino? Che c'entra il sostituto della scientifica?».

«C'entra, c'entra... annamo Lupa!».

Carlo Berthod abitava a Chenoz ma aveva l'attività a Courmayeur. Caterina lasciò l'auto in piena zona pedonale obbedendo agli ordini di Rocco. Lupa rimase dentro accucciata sui sedili posteriori. Appena scesi dall'auto un vigile si lanciò sui trasgressori.

«Scusate, qui non si può...».

«Facciamo presto, collega» disse Rocco mostrando il tesserino. «A proposito, io darei un'occhiata a quell'Alfa blu che sta entrando in piazza».

Il vigile e Caterina si voltarono all'unisono. «Perché?» chiese l'agente della municipale.

«Così, hai visto mai...» e si incamminò seguito dal viceispettore verso il negozio. Il vigile scuotendo la testa si allontanò.

«Perché gli hai detto di controllare quella macchina?».

«Secondo me ci stava seguendo» disse Rocco tranquillo.

«Veramente?». Caterina sbarrò gli occhi.

«Può essere» e finalmente entrarono nel negozio di articoli sportivi Mont Blanc. Il prezzo di una giacca a vento rosa in vetrina si mangiava metà stipendio di un operaio. Il negozio era tutto rivestito di legno, anche lì c'era profumo di cannella. Subito si fece avanti una ragazza. «Buongiorno, posso essere utile?» chiese col miglior sorriso della casa.

«Cerchiamo Carlo Berthod, è il proprietario, no?».

«Posso chiedere chi...?».

«Vicequestore Schiavone, questura di Aosta».

Due pomelli rossi si accesero sulle guance della donna. «Sì subito» balbettò, poi si voltò e accelerando il passo sparì dietro un séparé di stoffa e legno scuro.

«Perché ogni volta che diciamo che siamo della polizia la gente ha questa reazione?».

«Siamo gente scomoda, Caterina».

Il proprietario seguito dalla commessa arrivò con passo deciso. Energico, si tolse gli occhiali da vista e allungò la mano per stringere quella di Rocco. Aveva un bel maglione rosso acceso e pantaloni blu. «Salve, Berthod».

«Schiavone. Lei è il viceispettore Rispoli. Come va?».

«Bene, benissimo, qual buon vento?».

«Buono non lo so. Veniamo per una sua affittuaria. Si chiama Juana».

Tutta la sicumera sparì come una nuvola sotto la tramontana. Si voltò verso la ragazza e la liquidò con uno sguardo. «Juana... Juana...».

«Il trans che ha affittato l'interno 3 di via Brean, palazzina di sua proprietà».

«Ah, capito. Perez, mi pare si chiamasse. Sì. Argentino, no? Che ha combinato?».

«Perché usa il passato?».

«Cosa?».

«Perché dice: mi pare si chiamasse? Dovrebbe dire: mi pare si chiami».

«Vabbè, non sottilizziamo sull'italiano».

«A volte serve».

«Comunque Juana Perez. Che gli è successo?».

«S'è fatta ammazzare».

Berthod si portò le mani alla bocca. «Eh, brutte storie. Lo sapevo».

«Che sapeva?».

«Quella gente prima o poi finisce così... prostitute, omosessuali, sempre storie di omicidi...».

«Abbiamo un criminologo qui, Caterina. È un criminologo lei?».

«No. Sono un uomo che a 62 anni un po' la vita la conosce».

«Allora se conosce la vita, mi mostra qualche documento dell'affitto?».

«Eh?».

«Dico, ha il contratto con le generalità?».

«Mica è della finanza lei» si oppose deciso l'uomo.

«Senta Berthod, a me che affitta in nero non me ne sbatte un cazzo. Voglio solo sapere quando l'ha affittata e le generalità complete dell'affittuaria. Può farlo o devo tornare con un mandato del magistrato?».

«E certo, abbia pazienza, io...».
«Non ce l'ho».
«Cosa dottore?».
«La pazienza io non ce l'ho».
«Vado a prendere un quaderno dove segno tutto... aspetti» e a gambe strette corse verso la cassa. Entrarono due clienti, un uomo e una donna griffati dalla testa ai piedi, e si misero ad osservare la merce. La commessa li raggiunse. Rocco diede un colpetto di gomito al viceispettore.
«Li vedi quei due con i loghi stampati sulle magliette?».
«Certo».
«Me la spieghi una cosa? Perché uno porta in giro la marca di quello che indossa e lo mostra gratis? Voglio dire, se io mi devo mettere le iniziali del sarto scritto con gli Swarovski pretenderei dei soldi. O no?».
«È per far vedere che te li puoi permettere, credo».
Con il suo passo deciso, Berthod tornò da Rocco e Caterina. «Ecco qui... allora allora allora» si leccava le dita e sfogliava il quaderno.
«Non lo faccia, per favore» quasi gridò Rocco.
«Cosa?».
«Non si lecchi le dita per girare i fogli. È una cosa che mi fa vomitare».
«Mi scusi. Allora... ecco qui. Juan Pedro Perez, detta Juana» e strizzò l'occhio a Rocco.
«Che è?» chiese il poliziotto.
«Juan Pedro... era il suo nome da uomo».

«Ci arrivo, signor Berthod».

«E poi l'ha cambiato in Juana. Il nome. Il cognome invece l'ha lasciato» e ridacchiò. Rocco guardò Caterina. Il viceispettore cominciò a temere per la salute del negoziante.

«Berthod, amico mio caro, le devo ricordare che è morta una donna per farle passare 'st'aria divertita? Allora mi dica».

Gli occhi dell'uomo tornarono sul quaderno: «Sì, bene. Allora Juana o Juan Pedro era nato a Rosario, Argentina, il dieci maggio del 1982. L'anno che abbiamo vinto i mondiali!».

Rocco sospirò. La voglia di prenderlo a schiaffi era diventata una necessità. Berthod proseguì: «Io gli ho affittato casa ad aprile».

«Due mesi fa... bene. È sempre stata puntuale nei pagamenti, anche se in nero?».

«Sempre...».

«Lei è mai andato in casa da quando Juana l'aveva presa?».

«Per carità!» e alzò le mani schifato.

«Eh già. Caterina, ricorda: pecunia non olet! Andiamo avanti, quindi lei non è a conoscenza di chi frequentava, se avesse amici, insomma della sua vita non sa niente».

«Dottore, credo battesse. Ci andavano i clienti».

«Ne era consapevole?».

«Se glielo sto dicendo?».

«Capisce che lei a cuor leggero ha commesso una fracca di reati?».

«Io?».

«E no, mi' nonno! Potremmo aprire una bella inchiesta, che ne dice viceispettore!».

«Accidenti se potremmo».

«E chissà, magari troviamo nell'appartamento un po' di droga e aggiungiamo pure spaccio».

«Io affitto casa, quello che ci fa l'inquilino sono fatti suoi!».

«Lei affitta casa in nero a un'inquilina per farne un bordello e non a sua insaputa. Prendeva la stecca? La percentuale?».

«Come si permette?».

«Giù la cresta Berthod, lei non è in grado di minacciare, tantomeno di innervosirsi. Lei deve solo sperare che questi due bravi poliziotti, cioè io e la signorina, chiudano un occhio. E diciamo che per far chiudere un occhio serve uno sforzo!».

Carlo Berthod annuì. «Ho capito. Potevate dirlo prima e la facevamo breve. Quanto volete?».

Rocco guardò il negoziante dritto negli occhi. «E mettiamoci pure corruzione a un pubblico ufficiale. Berthod, ma lei ci tiene tanto ad andare sotto processo?».

«Io non ci sto capendo più niente! A voi chi vi manda?».

Rocco sgranò gli occhi. «Chi ci manda? Ma lei è rincoglionito o gioca su un altro tavolo?».

In quel momento si palesò la commessa. «Signor Berthod, qual è il prezzo della giacca a vento rosa?».

«580 euro».

La ragazza sparì e il negoziante tornò a guardare Rocco. «Insomma, mi state trattando come se fossi un assassino. Be', e allora è giunto il momento di dirvi un paio di cose».

«Siamo al punto del lei non sa chi sono io» disse Rocco sottovoce a Caterina che sorrise mentre i due clienti griffati osservavano da lontano il dialogo con la faccia spaventata.

«Io sono stato assessore in Regione, sono un onesto cittadino che paga le tasse».

«Insomma».

Ma Berthod continuò ignorando il commento del vicequestore. «Sono membro del Rotary e faccio beneficenza. La mia famiglia vive a Courmayeur da sempre e vanto amicizie molto in alto. Intesi? Molto in alto!».

Caterina non riuscì a trattenersi: «Tipo sul Monte Bianco?».

«Tiri qualcosa fuori dalla memoria. Qualche cliente o amico della defunta signora Juana Perez... ci pensi bene».

«Io non ho nient'altro da dirle. Per ogni eventuale incontro futuro la prego di rivolgersi al mio avvocato».

«Va bene, signor Berthod. A questo può rispondermi senza la presenza dell'avvocato. Lei prima di affittare la casa a Juana Perez, l'ha ritinteggiata?».

«Certo! È compito del proprietario consegnare la casa pulita e in ordine».

«Bravo. Mi piace la gente che rispetta le regole» esclamò Rocco. Poi mormorò qualcosa nell'orecchio di Caterina, infine allungò la mano. «Lasci il nome dell'avvocato in questura. Signor Berthod, glielo dico da uomo a uomo, lei s'è cacciato in qualcosa più grande di lei. Tanti saluti e si tenga a disposizione. Andiamo Caterina, o vuoi prima vedere una giacca a vento rosa?».

«Non ricordavo che fosse così divertente andare in giro con te».

«Hai la faccia appesa da stamattina, sorridere non fa mai male».

Salirono in auto. «E poi a venire con me impari un sacco di cose, o no?».

La strada si era riempita di turisti. Eleganti, benestanti, i vecchi tendevano ad apparire dei giovani coi capelli bianchi, le vecchie erano tirate come archi.

«Per esempio?».

«Bisogna far incazzare quel tipo di persone, perché è gente che ha sempre vissuto nella bambagia e basta poco e commettono un passo falso».

«Berthod l'ha fatto?».

«Secondo me sì. E adesso ti faccio un'altra breve lezioncina».

«Sono tutta orecchi».

«No, devi essere tutt'occhi. Guarda la gente che passeggia qui in centro. Lo sai da dove si vede che sono ricchi?».

«Da cosa?».

«Addosso non hanno niente di eclatante. Ma le scarpe sono fatte a mano e i pullover sono di cashmere. Sono i finti ricchi che si mettono i marchi degli stilisti sul petto, griffati fino alle mutande. E che comprano giacche a vento rosa».

«Ho capito cosa mi stai dicendo, ma non ho capito cosa mi stai dicendo».

Rocco scoppiò a ridere. «I due che sono entrati dopo di noi. Li hai notati?».

«Sì. Che c'era che non andava?».

«Stonavano, non erano del posto. Invece Berthod? Cos'hai capito di lui?».

«Che è un pallone gonfiato?».

«Non solo Cateri'. Ora voglio sapere se Antonio ha qualche novità del cellulare. Torniamo all'ovile. Non prima di fermarci alla Dolce Voglia e spararci un bignè con la crema».

«Come fai a conoscerla?».

«Mi informo».

Aveva bisogno di una doccia. La giornata era stata lunga e pesante. Lupa aveva sbranato i croccantini e ne voleva altri. Rocco la accontentò con un pezzo di pane secco che quella ingoiò senza neanche masticare. Cominciò a spogliarsi. Aprì l'acqua. Era fredda. Attese guardandosi allo specchio il torso nudo. Masticato, ecco cosa sembrava. Giorno dopo giorno, settimana dopo settimana, anno dopo anno il tempo aveva triturato pelle e muscoli. Si mise di profilo. Non andava bene. Intorno ai fianchi si stava formando una ciambellina adiposa e pure la pancia tendeva a gonfiarsi e a superare la cintola. Ripensò al suo corpo quando aveva vent'anni. Magro e senza grasso anche se mangiava come una betoniera. Intorno agli occhi poi s'era formata una ragnatela di rughe e pure dalle tempie molti capelli se n'erano andati chissà dove. Valeva la pena star lì a guardare il proprio corpo ammucchiarsi come uno straccio, un pezzo di carne che si sostiene coi medicinali? Aveva sempre denigrato le donne che si ritoccavano pur di dilatare e stirare il tempo, come facevano con rughe e pelle avvizzita. Ora cominciava a capirle.

«Tanto quello passa lo stesso, mica lo fermi».

Sta lì Marina, si intravede in piedi vicino alla finestra, ma so che c'è.

«Finalmente. Allora per vederti c'è bisogno di uno specchio...».

«Lo specchio non mente mai. Dovresti ricordartelo, lo raccontavano già nelle favole».

«Perché non vieni più?».

«Perché il vento cambia, Rocco. Io lo so. Anche tu lo sai».

«Guarda come mi sono ridotto Mari'... guarda 'sta pancia, pare 'na borraccia, eh? Meno male che non mi hai visto, sennò capace che te ne andavi!».

Ride Marina.

«Mia nonna diceva che il tempo mozzica. E noi siamo meno di un abbaio di un cane. Anche se è strana 'sta storia del tempo, no? Lo sai come la vedo? È come stare su una scala mobile ma nessuno sa quanto è lunga, poi quella finisce e pure tu hai chiuso». Ma lei non c'è più. È stato un attimo, un'ombra appena, un'onda del mare. «La tua è stata troppo breve, amore mio».

Non c'è più. E l'acqua è ancora fredda.

Segno evidente che la caldaia era rotta. Masticando una bestemmia fra i denti andò in cucina. Uscì a petto nudo e sentì subito il fresco della sera dargli una pacca poco amichevole sulla cervicale. Il display era rosso e lampeggiava una lettera che pareva una S.

«Che cazzo vuol dire?».

Che la caldaia era in blocco. Premette il tasto reset. Non succedeva nulla. «Ma porca puttana!» mollò un cazzotto allo scafandro di lamiera. Contemporaneamente suonarono alla porta. «Chi è che scassa il cazzo?» rientrò in casa. Andò ad aprire. C'era Gabriele con la faccia scura. «Che vuoi?».

«È successa una cosa» e gli allungò un foglietto.

«Che è 'sta roba?».

«La legga per favore».

«Le sai aggiustare le caldaie?».

«La mia si blocca sempre. Se vuole le do un'occhiata».

«Fuori al balcone della cucina» disse Rocco e cominciò a leggere il foglio mentre Gabriele scattò. Era una nota della scuola. «Famme capi' Gabriele, che hai combinato?».

«È un richiamo del dirigente» urlò quello dal balconcino. «Domani mi devo presentare con un genitore o chi ne fa le veci!».

«Ripeto: che hai combinato?».

«Ecco, ora funziona!» era rientrato in casa con il sorriso stampato sulla faccia. «Si deve premere reset per almeno cinque secondi».

«Che hai combinato? E tre!».

«Ho fatto come mi ha detto. Sono andato da Diego. Prima gli ho tirato un calcio alle palle e poi un martello di Odino sul collo e quello l'hanno portato all'ospedale!».

«Ma porca... ma l'hai fatto dentro la scuola?».
«E sì, in aula».
«Gabriele sei un coglione! 'Ste cose si fanno fuori dalle mura scolastiche, per strada».
«Questo lei non me l'ha detto!».
Rocco accartocciò la nota. «Ma che sei un robot che obbedisci a occhi chiusi? Dovevi capirlo da solo! Sei dotato di un cervello o in testa hai solo un pacco di merendine?».
Gabriele abbassò il capo. I capelli gli coprirono il volto. «Non ci ho pensato».
«E sei un cretino!» e se ne andò in bagno. Gabriele lo seguì. Rocco si sedette sulla tazza e cominciò a spogliarsi. «Mo' mi devo fare la doccia, per favore stai fuori!».
Gabriele sparì dietro lo stipite.
«Si può sapere come ti è venuto in mente?».
«Dovevo agire, no? Me l'ha ordinato lei. E allora mi sono detto: la scuola sta per finire, o lo faccio adesso oppure sono punto e accapo. Perché anche Diego lo bocciano e me lo ritrovo sicuramente l'anno prossimo, magari in classe».
Rocco entrò nel getto caldo e cominciò a lavarsi. «Ma dimmi tu». Gabriele era tornato nel bagno. Poteva vedere la sua figura massiccia attraverso la plastica smerigliata del box.
«Ma non vuole sapere cosa è successo dopo la rissa?» lo sentì dire.
«Che t'hanno mandato dal preside».
«Si chiama dirigente scolastico» lo corresse Gabriele.
«Vabbè, come se chiama se chiama... allora?».

«No, prima del dirigente. Insomma è andata proprio come aveva previsto lei, i due amichetti di Diego sono scappati. Uno mi ha mandato a dire che eravamo amici e che lui era sempre stato con me, non con Diego».

«Bravo».

«E Serenella mi ha spedito un sms con la foto della sua bocca che mi manda un bacio».

«Chi è Serenella?».

«Una della prima B. È bionda e le piacciono i Metallica».

«Annamo bene». Chiuse l'acqua. «Passame un po' l'accappatoio?» e tirò fuori una mano. Se lo infilò e grondante uscì dalla doccia. Gabriele si era seduto al lavandino. «Scendi sennò me lo sbrachi» e quello obbedì. «Insomma ti sei fatto valere. Vabbè, hai sbagliato il luogo e i tempi, ma bravo. Sono orgoglioso di te. Mo' dimmi perché mi porti la nota».

«Domani devo andare con un genitore dal dirigente».

«Ti sei accorto che hai una madre e da qualche parte pure un padre?».

«No».

«No che?».

«Mamma sta ancora a Milano. E papà è all'estero».

«E tu di' a mammina di chiamare il preside e che appena torna ad Aosta andrà a parlarci».

Gabriele non rispose. Osservava Rocco che si sfregava i capelli con un asciugamano.

«Embè?».

«Mamma non lo deve sapere».

«Cosa?».

«Che ho fatto a botte. Sennò mi manda dai preti, e io dai preti non ci voglio andare».

Rocco lo guardò negli occhi. «Fammi capire, ci devo venire io?».

«Lei può inventarsi che è l'uomo di mia madre e che ha la patria potestà».

«Ma che stai a di'? La patria potestà. Non sai manco che significa!».

Gabriele prese fiato. «La potestà in diritto è la situazione giuridica soggettiva che consiste nel dare un potere a una persona per tutelare un interesse altrui. L'ho letto sulla Treccani on line».

«Oltre a impararlo a memoria, sai cosa vuol dire?».

«No».

«Vuol dire che i tuoi genitori sono separati ma vivi e vegeti, stanno bene, non sono in galera e hanno loro l'affidamento condiviso o congiunto finché sei un minorenne. Io non sono tuo padre, io non sono tua madre, io sono il vicino e non mi scassare il cazzo con queste storie» e uscì dal bagno.

Gabriele lo seguì. «Quindi non viene?».

«No».

«Per favore».

«Ho detto no».

«Mi buttano fuori».

«Peggio di così non può andare. L'anno te lo sei giocato, no?».

«Può andare peggio, invece. Se mi buttano fuori mi spediscono dai preti».

«E sai che ti dico? Che mica ti farebbe male il liceo dai preti».

Gabriele si gettò sul divano e cominciò a carezzare Lupa. «Io non credo in Dio».

«E allora?».

«Se uno mi chiede della trinità o del mistero dell'immacolata concezione, che gli rispondo? E se pure gli rispondo, mi buttano fuori di sicuro e mamma mi manda a fare il benzinaio o il ragazzo spazzola dal barbiere. Guardi che il mio dirigente è una persona buona».

«Stai diventando una rottura di coglioni. Anzi, domani devo aggiungere all'ottavo livello delle rotture di palle la caldaia rotta quando uno è già mezzo nudo e pronto a farsi la doccia. Se poi succede d'inverno sale di diritto al nono».

«Addirittura al nono?».

«Non parlavo con te».

«Facciamo così... lei domani viene dal dirigente e io per un giorno faccio lo schiavo».

«Tu sei deficiente, secondo me».

«Lo so. Lo dice anche mamma».

«Ah, allora ne è cosciente».

«Per favore, non mi mandi dai preti. Mi tagliano i capelli, mi devo mettere la cravatta e le scarpe di cuoio nere. Non voglio! Per favore, per favore, per favore!».

«E sei una piattola! Vabbè. Vengo io. Ma ti costa caro».

«Sono pronto» fece Gabriele. «Cosa devo fare?» chiese scattando in piedi.

«Ancora non lo so. Ci devo pensare, ma sarà qualcosa che non ti piacerà sicuramente. Ora siccome ho fame e a casa non c'è una mazza io e te ci andiamo a fare una pasta con le vongole al Grottino. Va bene?».

«Ci sto. Pago io?».

«Mi pare il minimo».

Uccio Pichi era a pezzi. Aveva gli occhi rossi e il dolore dietro le scapole era diventato insostenibile. Prima o poi doveva decidersi a tornare dal suo amico fisioterapista. Sapeva che lo schiacciamento delle vertebre non si risolve con due massaggi, ma almeno per un paio di giorni alleviava il dolore. Però quello abitava a Roma sud, lui a Roma nord e raggiungerlo era un'impresa. Aveva saltato il pranzo e anche la cena sembrava un miraggio. Il cadavere con il taglio sotto la gola giaceva sul lettino autoptico. Cominciò a svestirlo mentre il suo assistente seduto alla piccola scrivania davanti al computer attendeva con gli occhi semichiusi per la stanchezza. «Allora, segna che il corpo viene portato in sala autoptica vestito con una giacchetta impermeabile marca Old Eastern di colore marrone chiaro...».

Il giovane assistente cominciò a digitare. Il patologo la infilò in una busta trasparente. Poi cominciò a tagliare la camicia. «Una camicia bianca con evidenti macchie di sangue marca sconosciuta» e anche il secondo capo finì in una busta per le prove. «Passiamo alle scarpe. Marca Alexander, suola sporca di fango...

calzini di cotone neri, anzi no, credo sia filo di Scozia». Messi anche quelli al sicuro, osservò i piedi. «Evidente micosi sull'unghia dell'alluce destro, questo non lo scrivere ma tieni l'appunto per l'esame. Passiamo ai pantaloni. Cinta di cuoio colore marrone con marchio indecifrabile sul retro. Pantaloni color crema marca... boh... rock qualcosa... scrivi rock puntini puntini... Nelle tasche» infilò la mano nella tasca destra. Vuota. Poi frugò la tasca sinistra. Cambiò espressione. «Alt. C'è qualcosa...» era un foglietto di carta a quadretti con uno scarabocchio. «Bene, che cos'è?». Un numero di telefono. «Bene, molto bene...» lasciò il tavolo di acciaio e andò al telefono. Compose un numero. «Sono Uccio Pichi, mi passi il vicequestore Bonanni per cortesia». Attese guardando l'assistente. «Questa è una cosa interessante Ugo, molto interessante». Quello annuì. Non poteva fare altro dal momento che era muto dalla nascita. La voce di Uccio era l'unica che da due anni risuonava in quella sala della morgue, e questo cominciava a pesare sulla sua psiche. Per vincere quel silenzio pesante e carico di morte Uccio parlava sempre. E continuava a farlo anche a casa. Ma non viveva da solo, Spartaco Pichi detto Uccio conviveva con una donna da tre anni e dare voce ai propri pensieri, anche quelli più segreti e intimi, poteva farlo incorrere in situazioni sgradevoli. Ma non riusciva a frenarsi e sapeva che quella convivenza aveva i giorni contati.

«Dimmi Uccio» la voce del vicequestore dall'altra parte del telefono era annoiata e stanca.

«Allora, il corpo senza identità aveva un bigliettino in tasca. C'è segnato un numero di cellulare».

«Ottimo!». Bonanni sembrò risvegliarsi. «È un punto di partenza. Dammelo!».

Aspettavano il dolce. Gabriele s'era alzato per andare al bagno. Rocco giocherellava con uno stuzzicadenti. Lo teneva per le punte fra pollice e indice e cercava di raccogliere nella testa tutti i dati che si erano accumulati durante il giorno. Premeva il legno provando a spezzarlo. Le punte acuminate creavano un avvallamento nei polpastrelli. Abbandonò le riflessioni sulla rottura di coglioni del decimo livello, ossia il caso Juana Perez, e si concentrò su quella stupida operazione. Ormai stava diventando una lotta fra lui e il legnetto. Aumentò la pressione, resistette al dolore e finalmente quello si spezzò lasciandogli due segni rossi sulle dita. Rocco le osservò. Chiuse gli occhi. Così lo trovò Gabriele tornato dalla toilette. Pensò si fosse addormentato. Si sedette e si limitò a guardarlo. Rocco riaprì gli occhi e prese il cellulare senza degnare il ragazzo di uno sguardo. Compose un numero. «Albe'?».

L'anatomopatologo rispose con la bocca piena: «No, assolutamente, non mi rompi i coglioni».

«Ascolta una cosa. I piccoli lividi sopra le caviglie...».

«Stiamo parlando di Juana?».

«Esatto. Di forma circolare. Può essere stato un bastone?».

Per qualche secondo sentì solo un mugugnare indistinto. «Scusa, stavo ingoiando. Sì, un bastone, più che altro una sbarra. Sono segni perfettamente circolari. Motivo?».

«Grazie. Piano piano il velo si sta alzando».

«Fa' una cosa bellino, segnati tutte le idee che ti vengono e comunicamele lontano dai pasti o dalle ore di riposo. Così io e te si continua ad avere un rapporto di reciproco rispetto».

«Che mangi?».

«Mi sono preparato spinaci con la mozzarella squagliata sopra. Tu?».

«Spaghetti alle vongole».

«Cioè tu mi vuoi dire che sei in grado di fare la pasta con le vongole?».

«Sono al ristorante».

«Bella la vita! Sei con una donna?».

Rocco guardò Gabriele. «No, sono con un adolescente grasso, pieno di brufoli e problemi, che ascolta l'heavy metal e che verrà bocciato, e in più lo vogliono espellere perché ha picchiato un cafone di nome Diego».

«Vai a ruba la sera, eh? Portalo un giorno da me, chissà che non gli faccia bene».

«Amico, questo ragazzo ha più problemi che capelli, eviterei di aggiungere altri traumi».

«Bello sapere che il mio lavoro lo consideri un probabile trauma».

«Perché, cos'è?» e chiuse la comunicazione. Gabriele lo guardava. «Ero io il ciccione coi brufoli che sente l'heavy metal?».

«Ne vedi altri?».

Il ragazzo si guardò intorno. «No. Allora è deciso, domani viene a scuola a parlare col dirigente?».

«Deciso. E tu dovrai darmi qualcosa in cambio. Prima o poi mi verrà in mente. Ma tua madre è sicuro che sta a Milano oppure è fuggita con un amante?».

«L'ho sentita oggi pomeriggio. È a Milano».

Rocco si versò dell'acqua. «Ti arrabbi mai con lei?».

«No. Dovrei?».

«Te l'ho detto. Tua madre lavora come una bestia, tu dovresti fare il tuo dovere, cioè studiare, e renderle la vita più facile».

In quel momento l'inno alla gioia, la suoneria personalizzata del vicequestore, risuonò. Rocco rispose senza guardare il display: «Che c'è Albe'?».

«Con chi parlo?» fece una voce seria dall'altra parte.

«No, con chi parlo io!» rispose Schiavone.

«Vicequestore Bonanni, questura di Spinaceto, Roma, ora mi dice con chi parlo?».

«Vicequestore Schiavone, questura di Aosta. Ci conosciamo?».

Ci fu un silenzio dall'altra parte del filo.

«Pronto?» fece Rocco.

«Sei un collega?».

«Perché mi chiami?».

«Abbiamo trovato un cadavere in campagna, a Castel di Decima. Niente documenti e un solo foglietto in tasca. E sopra c'era scritto il tuo numero».

Rocco poggiò il volto sul palmo della mano. Gabriele lo osservava in silenzio. Il cameriere servì i dolci e se ne andò senza dire niente. Il ragazzo, più per riflesso condizionato che per appetito, prese un cucchiaino di cioccolato e lento lo portò alla bocca. Gli occhi erano due punti interrogativi.

Grigio in volto Rocco digrignò i denti. «Bonanni, quant'è alto 'sto cadavere?».

«Aspetta... Un metro e settantatré».

Rocco tirò un sospiro di sollievo. Non poteva essere nessuno dei suoi amici.

Aveva lasciato Gabriele sul divano letto con un giornaletto e Lupa a fargli compagnia. Si era chiuso in stanza. Osservava il cellulare e pensava. Doveva tornare a Roma, almeno fino a quando la storia di Enzo Baiocchi non si fosse risolta. Perché quel cadavere puzzava di Enzo Baiocchi. E se fosse stato proprio quel corpo? Se lo augurava. Sebastiano non rispondeva, teneva il cellulare spento. Compose il numero di Brizio. Rispose al terzo squillo. «Brizio, sono io».

«Che succede, Rocco?» la voce calda e rilassata dell'amico lo distese.

«Ascolta, ma Seba dov'è?».

«Non lo vedo da un paio di giorni. Che è successo?».

«Hanno trovato un cadavere a Castel di Decima. Niente documenti. A parte un foglietto in tasca, con sopra il mio cellulare».

Brizio ascoltava.

«Gola tagliata».

Sentì Brizio accendersi una sigaretta. «Pensavi a Enzo Baiocchi?».

«Esatto. Mandano la foto in questura domattina, ma ci spero poco».

«Me pare strano. Diciamo che quello è Baiocchi. La cosa che stona è la gola tagliata. Seba j'avrebbe tirato du' schioppettate in petto».

«È quello che pensavo io. E poi Seba non gli avrebbe messo il mio numero in tasca. Per farmelo sapere m'avrebbe chiamato di persona. Anzi, sarebbe salito a offrirmi una cena». Rocco si lasciò andare sul letto.

«Ma te sei sicuro che in qualche modo c'entra Baiocchi?».

«Me lo sento. C'entra lui».

«Cioè tu dici che ha ammazzato questo e gli ha messo il tuo numero in tasca?».

«Non lo so. In effetti, Brizio, non ha senso».

«Appunto. Magari è uno che doveva sentirti per chissà quale motivo...».

Rocco puntava gli occhi sul soffitto. «Magari...».

«Hai chiamato Furio?».

«No».

«Mo' lo chiamo io. Che fai, scendi?».

«E non lo so».

«Dico ufficiosamente».

«Brizio, qualunque cosa faccia qui la vengono a sapere. Non mi chiedere perché, ma è così. In caso ci vediamo a Roma».

«Io intanto metto la voce in giro. Certo è una bella rottura di coglioni questa».

«Enorme. Supera il decimo livello, amico mio...».

Chiuse la telefonata. La porta si aprì. Palpebre serrate, come un morto vivente, Gabriele entrò in stanza e si infilò sotto le lenzuola. Poco dopo anche Lupa saltò sul letto. A Rocco vennero gli occhi lucidi al pensare che qualcuno lo considerasse un'ancora di salvezza, un muro di protezione. Carezzò i capelli di Gabriele. Non si era accorto che quello era sveglio. Al tocco della mano sorrise e si sistemò meglio sul materasso.

«Finalmente la conosco!» disse il dirigente scolastico alzandosi dalla poltrona e andando incontro a Rocco con la mano tesa. «Sono tre anni che Gabriele frequenta l'istituto e non l'ho mai vista».

Rocco gli strinse la mano. «Sì, ma io non sono il papà di Gabriele».

Il sorriso sulle labbra del preside sparì. «Ah».

Rocco gettò uno sguardo truce al ragazzo. «Sono la persona... insomma il convivente della madre» poi si morse le labbra. Segno inequivocabile che aveva appena mentito, ma il preside non se ne accorse. Si limitò a ripetere: «Ah!».

«E insomma, siccome sua madre...».

Gabriele pronto gli suggerì: «Laura...».

«Laura...» fece Rocco, «allora, siccome Laura sta a Milano per lavoro, insomma eccomi qua!» e allargò le braccia.

«La prego, si accomodi che non...».

«Mi scusi ma non posso, fra dieci minuti devo essere in questura. Sono un poliziotto, vicequestore Schiavone».

Il sorriso tornò sul viso del dirigente «Ah. Bene. Molto bene. E allora andando subito al sodo. Gabriele ieri è stato protagonista di una rissa. Lei si renderà conto che io, in qualità di dirigente scolastico, devo prendere i provvedimenti del caso». Rocco annuì. «Ora si tratterebbe di una sospensione di qualche giorno, siamo a fine anno e diciamo che Gabriele terminerebbe qui la sua frequentazione». Rocco assentì. «Per altro so che i voti del ragazzo sono insufficienti, e quindi l'anno l'ha già perso. Non sarà certo un sette in condotta a rovinarlo». Rocco continuava a tacere. «Ecco, io credo però che sta alle famiglie il compito di sforzarsi affinché certi episodi non accadano più».

«Capito, Gabrie'? Perdi l'anno. Grazie, signor dirigente scolastico, le sue parole sono state chiare e limpide» gli strinse la mano e si voltò per andarsene.

«Io spero che non accada mai più».

«Non si preoccupi, il ragazzo ha imparato la lezione, vero Gabriele?».

«E spero anche che cominciate, lei e la signora, a stare dietro a Gabriele, controllare i suoi compiti, insegnargli l'educazione di cui ha bisogno».

Rocco si fermò sulla porta. «Gabriele, esci un momento e portati Lupa, devo parlare con il dirigente scolastico».

«Ma...».

«Se ti dico esci tu che devi fare?».

«Uscire» afferrò il guinzaglio di Lupa e sparì.

«Caro preside».

«Dirigente scolastico».

«Dirigente scolastico» si corresse Rocco, «sicuramente lo seguiremo di più nei suoi studi perché è un caprone, ma di quelli d'alta montagna». Il preside annuì soddisfatto. «Ora però mi permetta due parole. Gabriele è un ragazzo estremamente educato, gentile, premuroso, sensibile. È ignorante come la porchetta, ma è onesto e sincero. Quel Diego che ha picchiato sono anni che insieme ad altri due massacra questo ragazzo fuori e dentro la scuola e Gabriele non s'è mai difeso, ha provato a parlare con un paio di professori ma diciamo che la situazione non è mai cambiata. Allora se lei mi ricorda giustamente i doveri di padre, io le rammento quelli di preside, pardon, dirigente scolastico: la sua scuola ha un problema con il bullismo, dottore, e lei non ha fatto niente per evitarlo. E quello che mi manda in bestia è che quando un ragazzo bravo e obbediente anche se ignorante come Gabriele si ribella, passa dalla parte del torto. Ecco, io la esorto a fare più attenzione a quello che succede nel suo istituto anche fuori dagli orari di lezione. Altrimenti sa cosa si rischia? Di perdere i ragazzi migliori per colpa di quattro deficienti. Lei a questo Diego ha mai fatto una ramanzina?».

«Lo sa commissario...».

«Vicequestore...».

«Pardon, vicequestore... Diego è uno studente complicato. Ha già perso tre anni».

«Ed era a conoscenza del fatto che picchiava con cadenza bisettimanale Gabriele?».

«Io? No, so che è un tipo violento e...».

«Vede, dottore, a me succede spesso di incontrare fuori dal carcere i peggio figli di puttana e osservo invece la legge accanirsi contro quelli più indifesi. E lo sa? È una cosa che mi ha stancato. Sembra un discorso da bar, ma è la realtà. E qui, con le dovute proporzioni, succede la stessa cosa. Abbiamo un occhio di riguardo per Diego che è uno studente difficile e picchiamo duro su Gabriele. Due pesi e due misure mi fa girare i coglioni. Gabriele si merita l'espulsione, fuori dall'istituto e bocciato senza riserve. Però mi aspetto un trattamento simile anche per l'altro».

«L'altro l'hanno portato in ospedale!» disse calmo il preside.

«E non se la sente di dire che se lo meritava? Non mi pare che Gabriele abbia aggredito un povero studente con gli occhiali, mingherlino e indifeso, no?».

Poggiò la mano sulla maniglia e aprì la porta. «Ah, e per la cronaca io ripasserò le lezioni con il ragazzo, gli insegnerò a studiare, ma gli ho insegnato anche a picchiare. Solo che, essendo un caprone di alta montagna, il cretino l'ha fatto fra le mura scolastiche».

«Questo è l'insegnamento che dà a suo figlio?».

«Se fosse mio figlio avrebbe tutti nove e Diego lo avrebbe massacrato il primo giorno di scuola, all'uscita. Ma ci sto lavorando sopra e ne farò uno studente modello. Con permesso».

Gabriele era in corridoio che l'aspettava. «Allora?» chiese restituendo il guinzaglio a Rocco.

«L'hai sentito, no? Perdi l'anno».

«Ma davvero lei pensa quelle cose di me?».

Rocco si fermò. «Cosa?».

«Che sono un ragazzo estremamente educato, gentile, premuroso, sensibile?».

«Hai origliato».

«Che significa?».
«Hai spiato?».
«Sì».
«Penso solo che tu sia ignorante...».
«Come una porchetta».
«Esatto!» e riprese a camminare.
Gabriele lo seguì euforico. «Cos'è la porchetta, Rocco?».

Un uomo sui trent'anni con un baffetto che incorniciava le labbra superiori e la mosca sul mento. Capelli neri, viso magro. Rocco era abituato a guardare le facce dei cadaveri che poco somigliano a quando erano vivi, e quel viso non gli diceva niente. Restituì la foto appena stampata al questore.
«Mai visto».
«Un'idea se l'è fatta?» chiese Costa aprendo la porta dell'ufficio. Rocco e Lupa lo seguirono.
«Assolutamente no».
«Nessun documento, niente di niente tranne il suo numero scritto a penna su un foglietto di carta che teneva in tasca». Cominciarono a scendere le scale. Incrociarono Pierron che salutò i due portandosi militarmente la mano alla fronte.
«Perché un uomo a lei sconosciuto aveva il suo numero? E poi oggi i numeri si mettono direttamente sul cellulare!».
«Ma se uno non vuole lasciare traccia di chiamate lo fa da un telefono anonimo e non si segna sul proprio il numero chiamato».

«È vero, Schiavone. Peraltro pare che il telefonino della vittima non sia stato trovato». Attraversarono il corridoio. Lupa controllava ogni angolo. «Gola tagliata. Sembra un agguato, no, Schiavone?».

«Sicuramente l'assassino l'ha preso di sorpresa, questo sì».

Uscirono dalla questura e si ritrovarono nel parcheggio. «Lei lo capisce, la prima cosa che mi è venuta in mente è Enzo Baiocchi. E credo di non aver mancato di molto il bersaglio».

Rocco allargò le braccia. «Forse, o forse no. Venti anni di polizia a Roma creano parecchi nemici. Di questo almeno se ne sarà accorto».

«Tutto dipende da come uno se li fa, i nemici». Costa sorrise stirando le labbra. «Ma veniamo a noi. So che lei è tornato sul campo».

«Esatto, dottore».

«Bene. Benissimo. Abbiamo novità dal cellulare di Juana Perez?».

«Ancora no. E aspetto notizie dalla scientifica».

Come se l'avesse chiamata, si materializzò la Zaz della Gambino che parcheggiò con rumore di ferraglie. Il sostituto scese dall'auto. Stavolta aveva optato per un cardigan di cotone liso sopra una polo di un centro fitness. La borsa di pelle le scivolò a terra e lei si chinò a raccoglierla.

«Secondo lei è brava?».

«Credo di sì, dottor Costa. Certo, strana è strana».

«E chi non lo è?».

Finalmente la donna li raggiunse. «Buongiorno questore, salve Schiavone!».

«Gambino, qualcosa di interessante per noi?».
«Per caso sappiamo se Juana Perez andasse a cavallo?».
La domanda lasciò i due poliziotti in silenzio.
«Mi', andiamo bene. Abbiamo trovato...» e dalla borsa tirò fuori una decina di bustine. «Ecco, innanzitutto questa... è un frammento di una scatola, sicuramente medicinali. Sopra si legge solo Ox. Oxi qualcosa...».
Rocco e Costa si passarono l'evidenza.
«Invece queste altre tracce, vedete? Peli. Che possono essere un crine, oppure un animale domestico. Escluderei topo e anche volpe».
«Volpe?» fece Costa.
«Volpe, sì. Una volta in un omicidio vicino Benevento in una casa in campagna trovammo diverse tracce di volpe».
«Dottoressa Gambino» disse Costa, «Juana Perez abitava in città. Mi sembra curioso pensare a una volpe. A meno che...». Costa si voltò verso Rocco. «Dottor Schiavone, è andato nell'appartamento insieme a lei?» e indicò Lupa che se ne stava accucciata. «Al suo Saint-Rhémy-en-Ardennes?».
«No...».
«Quel cane è tuo?» la Gambino strabuzzò gli occhi.
«Sì. È vietato?».
«E magari vive in casa con te?».
«E dove deve stare?».
«Ma porca miseria! Allora sai quanti peli di quella bestia hai addosso?».
«Non è una bestia, si chiama Lupa» precisò Rocco. Lupa infilò il muso in mezzo alle zampe. L'istinto di soprav-

vivenza la stava avvertendo che l'argomento dell'alterco era lei, e sapeva che in quei casi la cosa migliore da fare era mostrarsi contrita e molto, molto pentita.

«Sulle scarpe, sui pantaloni, sul maglione, peli ovunque! Una pelliccia! E li vai seminando in giro! E dire che ti avevo anche avvertito di non inquinare la scena del crimine!».

Rocco si morse le labbra. «E mi dispiace...» fece, «starò più attento».

«Tu e il tuo cane!».

«Aho! Mo' basta! Vuoi continuare a smembrarmi l'apparato riproduttivo o possiamo tornare a lavorare?».

Costa si intromise per sedare la discussione che stava prendendo una brutta piega. «Grazie, dottoressa Gambino, lei è davvero preziosa».

«Lo so dottor Costa, lo so, e mi faranno fuori» era diventata improvvisamente calma. Lo sbalzo di umore colse i due uomini di sorpresa e restarono lì a guardarla stralunati.

«Quelli bravi danno fastidio, non lo sapete? Spesso la verità è scomoda. Se qui dentro c'è una mano potente che ha guidato l'omicidio, be', mi creda, io, lei, la questura non ne verremo a capo».

«Potente? E perché?» fece Costa.

La donna si tolse gli occhiali. «Perché i fili li muovono sempre poche persone».

Costa e il vicequestore si scambiarono uno sguardo. Rocco cercava di comunicare al suo superiore di soprassedere a quella discussione e di tagliare corto, ma Costa non afferrò al volo il suggerimento. La Gambino prima si guardò alle spalle, neanche fosse seguita da un commando del Mossad, poi con voce decisamente più bassa attaccò: «Non è un mistero che a comandare il mondo sia il club dei 300. Volete sapere chi sono?».

«Immagino che la spigolatrice di Sapri non c'entri nulla» commentò Rocco.

«Non siate ingenui» rispose Gambino con un sorrisetto saccente. «I 300... volete saperlo o no?».

Costa allargò le braccia. «Se pensa sia una cosa utile, ma facciamo una cosa di giorno».

«Sì, prima che ci sorprenda il santo Natale» aggiunse Rocco.

«Allora vi dico chi è a capo dei 300?».

«E ce lo dica» sbottò Costa.

«La regina Elisabetta II d'Inghilterra».

«Li comanda lei?» chiese Costa guardando il parcheggio. Sperava arrivasse l'agente con l'auto, un funzionario, qualunque cosa pur di togliersi di lì.

«Già, quell'adorabile vecchina. In mezzo ci sono Rothschild, Rockefeller, Gustavo di Svezia, Gorbaciov».

«Pure Gorbaciov?».

«Guardi dottore, lei potrebbe restare di sasso se le rivelassi alcuni segreti...».

Rocco provò ad approfittare della pausa a effetto lasciata dalla Gambino per cercare di tagliare corto. Aprì la bocca, ma la donna ormai lanciata lo anticipò. «Tutto si spiega attraverso il comando dei 300. La guerra in Iraq, le torri gemelle, il complotto dell'euro, Putin e gli oligarchi, Kim Jong-un, tutto!» e li guardò con passione.

Rocco sorrise. «Bene. È tutto chiaro».

«Chiarissimo» fece Costa. L'auto guidata da Casella frenò a pochi metri dal gruppetto. «Ma è arrivata la mia macchina. Grazie Gambino, sono felice che lei si sia unita a noi, avevamo proprio bisogno di una persona efficiente e capace come lei» e sgattaiolò lasciando Rocco ad affrontare da solo il sostituto.

«Ora, Rocco, sai una parte di verità. Guarda il mondo attraverso quello che hai imparato oggi e non ti sembrerà più lo stesso. Non dirmi poi che non ti avevo avvertito».

«No, Gambino, lo ricorderò» e si voltò per entrare in ufficio.

«Schiavone!».

«Che c'è?».

«La prossima volta sulla scena del crimine fai entrare prima noi. È meglio!».

Aveva provato a chiamare Sebastiano altre tre volte ma il telefono era sempre staccato. Da Brizio nessuna novità. Il cervello si era inchiodato al cadavere trovato a Castel di Decima, non riusciva a pensare ad altro. Si doveva muovere, stare lì ad Aosta in attesa degli esami della scientifica o del cellulare di Juana era una perdita di tempo. Caterina capitò nel momento giusto. Lupa appena la vide saltò dalla poltrona e le andò incontro per farle le feste. «Caterina! Novità?».

«Ancora niente da Scipioni. Intanto ho qui tutte le schede degli altri affittuari di Berthod nella palazzina di via Brean». Poggiò un plico sulla scrivania già invasa di scartoffie.

«Fantastico. Ora io ho bisogno di te. Mi devi tenere Lupa».

La ragazza sbuffò alzando gli occhi al soffitto. «Ancora? Che succede?».

«Una brutta storia a Roma. La saprai tra poco, non è un segreto».

«Di nuovo Baiocchi?».

«Credo di sì».

«Ci vai ufficialmente o ufficiosamente? Insomma, Costa lo sa?».

«Non lo sa».

Caterina scosse la testa. «Chiaro che non vuoi che ti venga a dare una mano».

«Chiaro».

«E se chiedono di te?».

«Mi sono preso la febbre».

«Febbre? L'abbiamo già usata».

«Un parente in fin di vita?».

«Non ne hai, Rocco, e lo sanno tutti».

«Un incidente domestico? Tipo la perdita di una tubatura a casa mia che richiede la mia presenza?».

«No. Te lo dico io. Sfrutta lo psichiatra di Torino».

«Io non ho uno psichiatra a Torino».

«Parlo di quel Berlingeri, il marito della Tombolotti. Di' che sei andato da lui a parlare della vittima che forse si era rivolta a lui. Anzi ci inventiamo che l'aveva contattato e ti serviva un quadro generale della situazione psicofisica di Juana Perez per proseguire le indagini».

«Berlingeri è negli States, credo» disse Rocco pensieroso.

«E da quando ti fai tutti questi problemi? Io dirò così, e tu vedi di non stare via troppo».

Rocco la guardò negli occhi: «Grazie Caterina, come sempre. Italo non sa cosa si è perso».

Caterina poggiò le mani sulla scrivania. «No scusa, che c'entra Italo?».

«C'entra eccome!».

«Non la pianterai mai di ficcanasare nella mia vita privata?».

«Vale per tutti i miei collaboratori. Per esempio, sapevi che D'Intino benché nato in Abruzzo ha una madre molisana?».

«E questo che c'entra?».

«Un cazzo, ma serve a depistare!» si alzò e raggiunse Lupa. «Ci risiamo amore. Fa' la brava e da Roma ti porto un regalo».

«Rocco?».

«Che c'è?».

«Stai attento. Quello è ancora vivo».

Scese le scale con un mezzo sorriso sul volto. Sapeva il motivo di quella strana serenità che si era andata a mischiare al sangue nelle vene, e un po' se ne vergognava. Ma non poteva negarlo, le ultime parole di Caterina erano state una carezza. «Sei peggio di un liceale» si disse, e pensando all'adolescenza si ricordò che doveva lasciare un bigliettino a Gabriele per avvertirlo che quella sera non poteva restare a dormire da lui.

Il telo si sollevò. Il corpo sembrava di cera. I tagli sulla carne erano stati ricuciti. Non aveva più niente di umano. Era un oggetto e Rocco faticava a pensare che quella materia dalla forma vagamente antropomorfa fino a tre giorni prima camminava, rideva, e un tempo era stato un neonato, tondo e paffuto, e la madre l'aveva tenuto fra le braccia. Gli succedeva sempre più spesso, anche nelle macellerie, guardando i quarti di bue aperti con le ossa al vento, non riusciva più a immaginare l'animale al pascolo in mezzo a un prato, a strappare fili d'erba, a scacciare le mosche con la coda.

«Cominci a invecchiare» gli disse Uccio Pichi.

Rocco stava lì a osservare il corpo martoriato di quell'uomo senza nome. «Pensavo che con l'età ci si facesse l'abitudine a certe cose. E invece...».

«Sai cos'ho scoperto? Può dipendere dall'umore». Uccio si allontanò dal lettino autoptico e andò a prendere una bottiglia di acqua poggiata su una mensola. «Se mi sento giù, lavorare mi risolleva lo spirito. Se invece sono felice rischio di sprofondare nel baratro».

Rocco distolse gli occhi dal cadavere: «Cioè fammi capire. Se sei triste aprire un corpo ti aiuta?».

«È così. E penso che è un caso che su quel lettino non ci sia io».

«Sarà come dici te. Io credo invece che dentro di me non c'entra più neanche uno spillo. Comunque» e fece cenno a Uccio di ricoprire il morto «... mi fai vedere i vestiti?».

«Vieni...» si incamminarono verso lo studio attiguo. Nella stanza correva una libreria carica di scatole e di libri di medicina. Un odore pungente di muschio e detersivo si infilava nelle narici e come fumo di un camino si avviluppava agli abiti. Su un tavolo enorme al centro c'erano disposti gli indumenti della vittima. Rocco li osservò attentamente. «Aveva qualcosa sotto le unghie? Epidermide, stoffa...».

«Niente. Segno che è stato colto alla sprovvista. Magari alle spalle. Insomma non ha lottato».

«Denti?».

«Ordinaria amministrazione. Sani».

Quei vestiti anonimi non gli dicevano niente. «Tutta roba che si può trovare ovunque».

«Già» fece Uccio. Rocco prese le scarpe, le osservò. «Queste sono ottime scarpe, ma le venderanno in decine di negozi». Le poggiò sul tavolo. Prese la cinta. «Qui dietro c'è un logo» e lo indicò a Uccio.

«Sì, l'avevo notato. L'ho fotografato e mandato in questura. Ma ho poche speranze».

Rocco si mise le mani sui fianchi scuotendo la testa. «Chi sei?».

«E perché aveva il tuo numero in tasca?».

«Fammi vedere il bigliettino».

«I bigliettini» disse Uccio andando a prelevare una piccola scatola dalla libreria.

«Perché i bigliettini?».

«Nei pantaloni aveva il tuo numero, nella giacca uno scontrino».

Rocco tirò fuori le due bustine. Il suo cellulare era scritto su un foglietto a quadretti. Afferrò la busta con lo scontrino.

«Bar Mastrangeli, via Vitellia 31...».

«Già».

«Questa strada è a Monteverde» fece Rocco.

«Ah sì?».

«È vicino casa mia».

I due si guardarono.

Neanche dieci minuti dopo era sotto casa di Sebastiano a Trastevere. Citofonò ma nutriva poche speranze che quello rispondesse. Si affacciò sora Letizia, la vecchia vicina del primo piano. «Chi è?».

«Sora Letizia, sono Rocco».

«E com'è a 'st'ora?».

«Sto a cerca' Sebastiano».

«È da un po' che nun lo vedo. Voi entra' fijo?».

«Me apra, sì».

La vecchina sparì in casa. Poco dopo aprì il portone. Rocco salì al primo piano. La donna era già sulla porta. «Me fai preoccupa'» disse a Rocco. «Ce stavo a pensa' pure io, non lo vedo, non lo sento. Da quando la povera Adele se n'è annata non lo riconosco più...».

«Lo chiamo dall'altro giorno e non mi risponde».

«Vieni, entra» e si scansò.

Rocco puntò verso il balconcino della cucina. In casa c'era odore di fritto. «Come sta Sabatino?».

«Domani se va a fa' le transaminacee. Mo' sta già a fa' una pennica. Prego, vieni».

«Sora Leti', se deve fa' le transaminasi e je prepara i fritti?».

«Boni però» fece la donna con un sorriso birichino. «Mele, cavolo e pure er baccalà». Aprì la finestra. Rocco uscì sul balconcino che dava sul retro del palazzo. Poggiò un piede sulla balaustra, afferrò il divisorio e ci montò sopra.

«Sta' attento Rocco, nun te fa' male».

Il vicequestore si aggrappò al parapetto del piano di sopra, si tirò su, lo scavalcò e atterrò sul terrazzino di Sebastiano. La porta-finestra era chiusa, dentro buio. Prese il coltellino svizzero e dopo neanche un minuto l'aveva aperta. Entrò. Accese la luce. L'appartamento era in ordine. Il letto intonso, la cucina pulita. Sebastiano aveva riempito casa con decine di foto di Adele. Ce n'era una presa al mare, dove la ragazza coi capelli scompigliati dal vento sorrideva felice. Era piazzata sul mobile del salone dietro un vasetto con dei fiori di creta viola. Nel cassetto all'ingresso trovò le copie della V-Strom 650, la Suzuki di Sebastiano, ma non le originali. Non c'era bisogno di andare a controllare al garage di vicolo del Cinque. L'amico era partito. E teneva il cellulare spento. Questo lasciava due alternative: o non voleva farsi trovare oppure Sebastiano non era più di questo mondo.

Percorreva i viali del cimitero mentre il sole ormai quasi spento sbavava di arancione i tetti delle cappelle. Superò i pini. Le lapidi erano davanti a lui, in file lunghe si perdevano fra i pendii del prato. Un uomo e una donna, lontani, stavano in piedi con la testa china. Superò la terza fila e arrivò alla tomba di sua moglie. I fiori erano freschi, Laura e Camillo, i genitori di lei, dovevano essere passati da poco. Ai piedi della lastra di marmo con il nome e le date c'era ancora il quaderno che le aveva lasciato. Quello sul quale Marina segnava le parole difficili. Si era gonfiato e scolorito, ma la piccola tettoia in alto lo aveva riparato dalla pioggia. La matita invece non c'era più. «Ciao Mari'... eccomi qua». Prese le margherite e le infilò accanto ai fiori lasciati da Laura e Camillo. Sfogliò le pagine. «Hai aggiunto qualcosa?». La grafia minuta e precisa di Marina gli strinse il cuore. Qua e là la grafite si era cancellata, soprattutto vicino agli angoli delle pagine, il resto era ancora leggibile. Lo sguardo gli cadde sulla parola eonismo. Travestitismo, aveva scritto Marina, deriva dal cavaliere d'Eon Charles de Beaumont, che amava indossare abiti femminili.

«Eh sì, proprio così» disse Rocco. «Ma allora lo sai. Sai quello che mi succede...».

La parola che seguiva era ancora più criptica. Epatta. Numero che rappresenta la differenza in giorni fra l'anno lunare e quello solare.

«Questa non l'ho capita Marina, proprio no. Me la devi spiegare. Che stai dicendo?».

Lo stava prendendo in giro? Che c'entravano ora la luna e il sole? Eppure Marina non parlava mai a caso. Rimise a posto il quaderno. «Qui succedono un sacco di cose brutte, amore mio. Sono in mezzo alle ombre, sono dappertutto, e non si può acchiappare un'ombra. Però devi tornare a trovarmi, magari una volta ogni tanto, mica sempre. È da un pezzo che non vieni». Poi alzò lo sguardo. Sul cielo che si stava imbrunendo notò che la luna era già salita. Era una scheggia di luna, bianca e polverosa. Solo allora capì e sorrise. «Devo aspettare? E vabbè, io aspetto». Le mandò un bacio e si alzò.

Dopo pochi passi arrivò alla lapide di Adele. Come promesso, l'avevano sepolta vicino a Marina. Sebastiano aveva scelto una foto dove rideva. Quelle due lapidi segnavano la stessa cicatrice nel cuore di Rocco, e non avrebbe smesso di sanguinare. Marina e Adele, morte al posto suo. Per due volte era stato graziato ed era stato peggio che morire.

Sulla tomba di Adele mancavano i fiori. In un vaso di cristallo rosso ce n'era un mazzo ormai rinsecchito. Non era un bel segno, Sebastiano non veniva a trovarla da un pezzo. Sostituì i rami secchi con un mazzo di azalee. Ritornò sui suoi passi, mandò ancora un bacio a Marina. Non c'era più nessuno. Doveva affrettarsi. Cominciava l'ora in cui i vivi non erano più desiderati in un cimitero, quando la luna e la notte scacciavano le ombre, sbiadivano i colori e scandivano il tempo senza meridiana.

Anche se tardi, a Roma Sparita per loro c'era sempre posto. Aspettando la pasta Rocco tirò fuori la foto del cadavere e la mostrò a Brizio e Furio. Che scossero la testa. «No, mai visto» e Furio restituì il foglio.

«Manco io».

Rocco se la rimise in tasca. «Da quando non vedete Seba?».

«Da un po'. Un tre giorni?» chiese Brizio a Furio, che annuì.

«Non è manco andato a trovare Adele al cimitero». Rocco li fissò. «Che sta succedendo?».

«È da ieri che ci penso» fece Brizio, poi bevve un sorso di vino. «Le cose stanno così. Se c'è di mezzo Enzo Baiocchi come dici te, perché ha ammazzato questo? Che c'entra con Enzo, con te?».

«Infatti non quadra» disse Rocco.

«In più m'hai detto che la polizia dice che non è stato ucciso nel campo a Castel di Decima. Quindi ce l'ha portato».

«E buttato in un cespuglio».

«Dunque l'assassino ha una macchina, Baiocchi?».

«Magari ha usato quella della vittima. Ma so' tutte supposizioni» concluse Rocco. In quel momento arrivò il cameriere. «Eccole qua, tre cacio e pepe da fa' resuscita' i morti» disse.

«Magari! Così quello ce dice chi è» esclamò Furio.

«Quello chi?» chiese il cameriere.

«Niente Aldo, lascia perdere» e Rocco si versò un bicchiere di vino.

«Come volete voi. Buon appetito!».

Aspettarono che si allontanasse. «Sentite un po'. Enzo Baiocchi è da solo, lo cerchiamo noi e lo cerca la polizia da quando è evaso dal carcere di Velletri. Fino a qui ci siamo?».

«Mi pare proprio di sì, Rocco» rispose Brizio con la bocca piena.

«Bene. Cosa fai da solo? Mica puoi stare nascosto. Enzo Baiocchi non è un latitante della 'ndrangheta. È un cane sciolto, e senza appoggi».

I due amici masticavano e riflettevano. La sera di giugno stava regalando una brezza leggera che muoveva l'edera sul muro e giocava coi capelli.

«Allora rubi una macchina e cosa fai? Minimo cerchi di passare la frontiera».

«E devi pure rimedia' i documenti».

«Ma per rimediare i documenti hai bisogno di soldi. In cosa era forte Enzo Baiocchi?». I due amici non risposero. «Ve lo dico io. Se faceva i benzinai».

«I benzinai?».

«Esatto. Mo' al di là di questo cadavere che non sappiamo chi è, dove ve ne andreste voi se foste Enzo?».

«Slovenia, una volta che ho i documenti in Slovenia. Da lì in poi chi me trova più».

Rocco annuì. «E la Svizzera?».

«No. Pericolosa. Slovenia tutta la vita» aggiunse Furio.

«Facciamo che Seba l'ha capito, non so come, e s'è messo dietro a Enzo. È lì che puntereste?».

Brizio scosse il capo. «Troppo vago, Rocco. Qualche traccia ce la dobbiamo avere. Troppo vago».

«La targa della moto di Seba ve la ricordate?».
«Ma che cazzo ne so!» fece Brizio.
«E poi perché?» chiese Furio.
«Perché se sta in giro magari una multa, un'autostrada, una cazzata e ci può dare una mano, no?».
«Troppo vago» ripeté Brizio.
«Hai rotto il cazzo! Io da qualcosa devo comincia'!» sbottò Rocco.
«I soldi» fece Brizio.
«Cioè?».
«Per andare in giro hai bisogno di soldi. Io e Seba abbiamo il conto alla stessa banca. Il direttore è amico mio».
«E che voi fa'?» chiese Furio.
«Domani ce vado a parla'. Se ha usato il bancomat a quelli gli risulta. Hai visto mai?».
«È già una cosa» fece Rocco. «Io mi muovo con la targa».

Rientrò in casa e l'assalì un odore di polvere e di chiuso che gli tappò le narici. Andò subito ad aprire la finestra del balcone. Il limone se ne stava nel solito angolo e aveva messo i fiori. Negli altri vasi c'era il disastro. Rocco non aveva il pollice verde, quello era compito di Marina. Gli sterpi infilati nel terriccio ormai arido, le foglie accartocciate e mai raccolte sembravano dire la stessa cosa. Che il tempo passa e le stagioni si avvicendano e toccava a lui andargli dietro altrimenti restavano rami rinsecchiti buoni solo per accendere il fuoco. Una volta quel terrazzo era un trionfo di colori, e quando il sole ci batteva sopra esplodeva in tutti i suoi profumi. C'erano le bouganvillee, i rincospermi, le petunie, il glicine rampicante, e fiori che Rocco non aveva mai imparato a nominare. Il viola si sposava con il rosa e generava il cremisi, il bianco si intrufolava nell'azzurro e nel giallo. Sembravano gareggiare in potenza, come un fuoco d'artificio che impazziva ogni maggio e si andava a riparare coi primi freddi in attesa della primavera che sarebbe tornata.

Adesso non c'era più niente. Solo il limone, isolato fra gli altri vasi, sembrava guardarlo senza riconoscerlo. Si sedette sulla panchina di ferro dove una volta cadevano i rami del glicine. Si rollò una canna e l'accese guardando le luci e il cielo di Roma attraversato da due aerei che sembravano in rotta di collisione e che invece chissà a quale distanza stavano viaggiando. La luna dondolava pigra in mezzo a due puntini di stelle. Gli pesava addosso quel cielo, gli pressava i polmoni. Anche la marijuana aveva un brutto sapore. All'interno la plastica che rivestiva i mobili crepitava al vento leggero. Lontano tuonava il traffico. Prese il telefono. Lo accese. La luce azzurrognola del display gli illuminò il viso in ombra.

«Cateri'? Dormivi?».

«No Rocco».

«Tutto bene? Lupa come sta?».

«È qui accanto a me. Non mi hai mai chiamato da quando sei a Roma. Che succede?».

«Niente» aspirò una boccata di fumo. «Ci sono novità?».

«Ancora nulla... Tu quando rientri?».

«Al più tardi domani in serata».
Per qualche secondo non parlarono.
«Che c'è Rocco? Che hai?».
«Niente. Avevo bisogno di sentirti». Nel buio la brace della canna gli illuminava appena il naso.
«Rocco, io...».
«Buonanotte Caterina. Ci vediamo domani» e chiuse la comunicazione. Spense la cicca in un vaso, si alzò e rientrò in casa senza accendere la luce. Preferiva guardare le ombre dei mobili e il riverbero tenue che entrava dalle finestre. Ma sonno non ne aveva e la massa scura del tavolo, del divano, del televisore pareva minacciarlo. Gli sembrò che volessero parlare, dirgli qualcosa che lui non aveva voglia di stare a sentire. Se ne andò in camera da letto. Lì era ancora peggio. Il materasso respirava, come l'armadio vuoto che chissà perché aveva spalancato le fauci delle ante.
Si sentì un ospite indesiderato, di quelli che si invitano per dovere ma di cui non vediamo l'ora di sbarazzarci.
«Questa non è casa mia» mormorò.
Fino a quel momento si era nascosto in una piega del tempo, lo capì solo quella sera. Aveva finto di guardare, di pensare, di vivere. S'era trascinato fin lì, in quell'appartamento che non aveva più una voce familiare e un colore, un odore che lo riportassero indietro. Tutto era evaporato, si era dissolto, lasciando solo lo scheletro delle forme che una volta conosceva. Come da un fuoco che ardeva nel camino era rimasta cenere grigia, fredda e inospitale. Tornò in salone, si rimise la giacca e uscì di casa, alla ricerca di un albergo.

L'alba era spuntata da poco. Caterina infreddolita si chiuse il bomber e guardò il cielo. Lupa pigra annusava i marciapiedi. Il sole coperto dalle nuvole aveva fatto capolino dalle cime delle montagne. La città sembrava ancora dormire, solo un'auto lontana correva verso l'autostrada. Poi la vide, ferma all'angolo davanti al negozio di casalinghi ancora chiuso. Portava un giubbino viola con riflessi argentati e la solita tuta con le scarpe da ginnastica vecchie e sporche. La stava guardando fissa senza decidersi a muovere un passo verso di lei. Fu Caterina ad attraversare la strada per andare incontro a sua madre. Man mano che si avvicinava notava gli occhi rossi e gonfi di chi ha passato la notte in bianco. Teneva le mani nella tasca del giubbetto e spostava lentamente il peso da un piede all'altro.

«Cosa vuoi?» le chiese.

Sua madre chiuse gli occhi. Una lacrima le scese sulla guancia. «Non ce l'ha fatta» disse con voce roca.

Caterina annuì. Poi tornò verso Lupa che aveva finalmente scelto l'alberello giusto.

«Non mi saluti neanche?» le gridò dietro sua madre, ma Caterina non si voltò. Per anni si era chiesta come avrebbe reagito quando le avessero portato la notizia della morte di suo padre. Immaginava che si sarebbe sentita liberata, invece si stupì della mano di ferro che le strizzava lo stomaco e ancora di più nel percepire gli occhi inumidirsi. Non era colpa dell'aria fresca del mattino, ma stava accadendo. Non immaginava di ritrovarsi così, divisa perfettamente a metà, con il cervello che le diceva di cominciare la giornata di lavoro in questura e il corpo che non riusciva a compiere le azioni più elementari. Due lacrime dagli occhi, i polmoni spremuti, la pelle rinsecchita. E dentro una voce che le ordinava di andarsi a fare una doccia, vestirsi, dare la pappa al cane. Non voleva piangere la morte di suo padre, ma da quel momento Caterina non aveva più alibi, era arrivata l'ora di guardarsi davvero allo specchio.

«Caterina?» la chiamò la madre. Allora si voltò. La vide piccola e sconfitta dagli anni, con le braccia aperte. «Ti prego, vieni qui da me».

«Mi dispiace. Non ho tempo e tu sei in ritardo» e finì di attraversare la strada. Lupa l'aspettava davanti al portone. Infilò le chiavi ed entrò senza voltarsi indietro. Solo quando l'anta si chiuse rimbombando nella tromba delle scale, si appoggiò alla ringhiera per scivolare sul primo gradino. Voleva dare sfogo al pianto, ma non le riuscì. Si era bloccato da qualche parte in mezzo alla gola.

Papà è morto, pensò. «Poteva farlo prima» si rispose. «Dai Lupa, andiamo a fare la pappa» e si rialzò. Salì le scale. Dopo la doccia e la colazione le venne in mente di chiamare il vecchio amico, quello che l'aveva aiutata, a cui doveva tutto, compresa la divisa che in quel momento riposava nell'armadio.

«Dottor Mastrodomenico? Sono io, Caterina».

«Ciao Caterina, hai novità?».

«Non ce l'ha fatta». Il dirigente non parlava. «Se n'è andato sotto i ferri».

«È una bella morte. Tu come stai?».

«Mi scusi se l'ho disturbata, volevo solo che lo sapesse».

«Hai fatto bene, Caterina. Ci sentiamo...».

«Ci sentiamo».

Scese alla stazione di Torino che non era ancora mezzogiorno. Aveva contattato un suo compagno di liceo alla motorizzazione per avere notizie sulla targa di Sebastiano. Poi aveva sentito De Silvestri, il suo vecchio amico, agente al commissariato dell'EUR, per tracciare gli eventuali spostamenti di quella moto. In più gli aveva chiesto di verificare negli ultimi dieci giorni se ci fossero stati furti presso benzinai di Roma e provincia. Dalla banca Brizio non aveva ricevuto ancora notizie, restare in città era inutile.

L'auto con Casella a bordo lo attendeva a via Nizza. Appena montò percepì un odore di menta chimica nauseante. «Casella, devi cambiare profumo, pari er pavimento di un ospedale» fu la prima frase che gli uscì dalla bocca mentre si accomodava sul sedile mezzo sfondato della Lancia.

«Non sono io. Io non uso profumo. Anzi, finalmente mo' ho la doccia che funziona. Ho comprato una caldaia che...».

«E allora 'sta puzza di menta mista a uovo sodo marcio che è?».

«Deve essere l'arbre magique, D'Intino li mette in tutte le macchine della questura».

Rocco cercò con lo sguardo la sorgente di quella puzza che impestava l'abitacolo. «Non lo vedo 'st'arbre magique».

«Li sbriciola nel portacenere».

«Ma perché non lo trasferiscono in Abruzzo 'sto mentecatto?».

«Faccia una lettera e così non ci pensa più!».

«Sì, ma deve andare in un posto tremendo, dove ripensare ogni giorno alla bella vita che poteva fare qui se non fosse l'idiota che è».

Casella sorrise: «Io un'idea ce l'avrei».

«Spara!».

«Faccia una cosa, non lo mandi in Abruzzo che da quelle parti hanno già i problemi loro, non gliene aggiungerei un altro. Lo mandi a San Severo, vicino Foggia».

«Tosta?».

«Vuole che non lo sappia? Ci sono nato».

«San Severo, provincia di Foggia. Segnato». Rocco si accese una sigaretta. Casella fece una smorfia, Rocco lo prevenne: «Fino ad Aosta capace che me ne fumo un'altra, quindi guida e non mi rompere il cazzo».

«Si figuri dotto'... tutto a posto. Com'è andata con lo psichiatra?».

«Eh?». Rocco aveva dimenticato l'alibi da due soldi concordato con Caterina.

«Doveva incontrate 'sto Berliguer, Berlinger...».

«Ah, sì, bene. Arrivato niente dalla magistratura?».

«Boh...».

Le strade erano libere, e l'auto già attraversava i quartieri periferici.

«Di' un po' Casella, ma tu una moglie? Una compagna?».

«Ce l'avevo. Tanti anni fa. Non eravamo sposati. Poi mi ha lasciato per un rappresentante di mulinelli da pesca».

«Hai sofferto?».

«No. Non l'amavo più».

«E da allora come ti arrangi?».

Casella si grattò la testa. «E che le devo dire? Ogni tanto un'avventuretta qua, un'avventuretta là...».

«Paghi?».

«Sia chiaro. Io non ho mai cacciato una lira per fare l'amore, gliel'ho già detto!».

Rocco spense la sigaretta nel portacenere. «Che ne pensi di questa storia?».

«Del trans? Boh, a chi piace...».

«Secondo te perché hanno svuotato l'appartamento?».

«Dotto', ma che ne so? Io a certe cose mica ci arrivo».

«Buttala lì».

Casella si mise a pensare. Tacque per alcuni lunghissimi minuti. Diminuì la velocità, si asciugò la fronte. «Secondo me...» disse a bassa voce, «qualcuno che si vergogna forte, ecco. Qualcuno che magari è sposato con una donna ricca che se scopre la tresca lo caccia da casa».

«E svuota l'appartamento? Non faceva prima a scappare? Invece toglie vestiti e ammennicoli vari e getta il cadavere nel fiume. Un po' strano, no? Poteva scappare e basta».

«Già. E le impronte digitali?».

«Allora tu sospetti un pregiudicato».

«Be', perché non può essere? E poi se magari le aveva regalato, che ne so, dei vestiti della moglie? Oppure delle cose che aveva in casa sua?».

«Ma secondo te, perché l'ha strangolata?».

Casella ingranò la marcia e accelerò verso l'autostrada. «Perché magari è uno che non sta bene con la testa, un mezzo matto, ha presente quelli che si menano per godere? Ecco, si sono menati e gli è saltato il piripicchio e l'ha strozzata. Comunque sia, è un figlio di puttana e noi gli dobbiamo mettere le mani addosso!».

«Su questo ti do ragione, Case'. E secondo me con il fatto delle impronte non ci sei andato lontano».

Casella sparò un bel sorriso: «Veramente?».

«Veramente».

Quando superarono Pont-Saint-Martin il cielo era nuvoloso e il sole era sparito.

Italo gli andò subito incontro insieme a Caterina. Avevano il viso stanco, grigio, se avesse potuto li avrebbe mandati una settimana al mare. «Dottore... ci sono novità».

«Innanzitutto dov'è Lupa?».

«Dorme nella sua stanza» rispose Caterina con un filo di voce.

«Ditemi...».

«Allora abbiamo controllato l'alibi di Ivano Petrulli, ricorda? Il ragazzo del primo piano».

«Il lemure, sì...».

«Il lemure?» chiese Caterina.

«Dunque?».

«Aveva detto che domenica, il giorno dell'omicidio, aveva dormito dalla fidanzata a Saint-Vincent. Ora...» Italo controllò i fogli, «Raimonda Ferretti, questo è il nome, domenica non era a Saint-Vincent».

«Ah no?».

«No. Era a Milano. Il giorno dopo ha avuto un colloquio di lavoro e ha dormito lì».

«Che coglione...» fece Rocco. «Non tu Italo» si premurò a specificare notando l'espressione dell'agente. «Come ha fatto questo Petrulli a prendere una toppa simile?».

«Di solito la Ferretti dormiva a casa di amici. Stavolta ha scelto un albergo. Se avesse mentito lo avremmo saputo. Evidentemente Ivano non era a conoscenza della cosa e l'alibi è andato a farsi benedire».

Rocco si toccò il mento. «E il giorno dopo? Era dai suoi a Cogne come ci aveva riferito?».

Intervenne Italo. «Ecco. Qui sorge un problema. Suo padre, l'avvocato Petrulli, ha detto che risponde solo se convocato in questura».

«Per dirci dov'era suo figlio vuole essere convocato in questura?».

«Già» disse Caterina. Faticava a parlare e guardava fisso in terra. Ingoiò e riprese. «Che facciamo?».

«E noi lo convochiamo in questura. Così viene con il papà e prendiamo due piccioni con una fava».

«Senti Rocco» Italo abbassò la voce e si avvicinò al vicequestore. «Scipioni ti aspetta al bar di fronte. Non so cos'avete combinato, ma è molto preoccupato».

«Preoccupato?».

«Già...».

«Vado» fece per muoversi, poi si bloccò e guardò il viceispettore. «Caterina, cos'hai?».

«Niente».

Rocco la guardò. «Sicura? Vuoi andare a casa?».

«Ma perché? No, sono qui, lavoro...». Piano piano gli occhi le si inumidirono. Rocco allungò una mano per toccarle la spalla ma il viceispettore si morse le labbra e piangendo scappò via lasciando Rocco e Italo in mezzo al corridoio.

«Che succede?».

«Ti giuro, Rocco, non lo so...».

L'agente Antonio Scipioni era in piedi accanto al bancone. Nervoso si guardava intorno. Quando vide entrare il vicequestore scattò e gli andò incontro. «Vieni...» disse. Rocco lo seguì.

Le macchine correvano sul corso Battaglione, i due girarono l'angolo di una palazzina, in una piccola via deserta, e finalmente Scipioni si arrestò.

«Mi dici che succede?».

«Una cosa molto strana, Rocco. Il mio amico alla compagnia telefonica».

«Sì?».

«Ha controllato i numeri del cellulare di Juana Perez. E non gli è mai capitata una cosa simile».

Rocco si accese una sigaretta. «Dimmi un po'?».

«Non c'è niente».

«Come non c'è niente?».

«Nessun numero composto o telefonate ricevute. Vuoto. Meglio, c'è solo il tuo di numero, quando l'hai chiamata per cercare l'indirizzo».

Rocco aspirò il fumo. «Cazzo...».

«Tu hai un'idea di cosa significhi?».

«Pallida, come il sole oggi. Questa cosa, Antonio, non la deve sapere nessuno. Solo io e te».

L'agente annuì. «Ma che succede?».

«Succede che la cosa è molto più grave di quanto pensiamo. Anche se tutto sembrava volercelo dire. Allora dobbiamo spremerci le meningi e farci venire un'idea».

Andò da solo a via Brean. Il cielo coperto si stava tingendo di grigio. Anche l'aria s'era raffreddata e un vento leggero strisciava in mezzo alle strade e alle case. La via era silenziosa e deserta, poche macchine parcheggiate. Rocco guardava il palazzo, un edificio come tanti, a due piani, alcune imposte chiuse e impolverate, segno che quegli appartamenti erano disabitati da tempo. Verso l'incrocio con via Monte Grivola c'era un bar, più in là una farmacia e un negozio di abbigliamento. Dall'altra parte una cartoleria e a una decina di metri una banca. Rocco aguzzò la vista e si avvicinò. Sopra l'ingresso c'era una telecamera. Non sembrava inquadrare la strada, ma era comunque una chance. Entrò.

Un paio di persone in fila alla cassa e due impiegati che lavoravano dietro dei box di vetro. Rocco si affacciò nel primo. «Salve. Vicequestore Schiavone. Il direttore, per favore».

L'impiegato lo guardò, poi si alzò dalla sedia. «Se ha un momento di pazienza lo chiamo subito» e lasciò il suo posto. Schiavone tornò all'entrata, alle due vetrine che affacciavano sulla via. Riusciva appena a scorgere il marciapiede di fronte al civico di Juana Perez. Neanche un minuto e apparve il direttore, un uomo sulla sessantina con un paio di baffi da messicano, in testa un cespuglio di capelli neri e una nevicata di forfora sulle spalle della giacca di cotone blu scuro. «Dottore! Cosa posso fare per lei?».

«La telecamera» disse Rocco.

«Quale? Quella in strada?».

«Esatto. Mi dica che ha ancora le registrazioni di domenica sera».

«Non dipende da me. C'è un istituto di sorveglianza che tiene i dati. Vuole il numero?».

«Grazie».

Il direttore rientrò nel suo ufficio. Rocco guardò un impiegato e quello, che lo stava osservando, distolse gli occhi e si riconcentrò sulle sue carte. Sgambettando il direttore tornò con un foglietto in mano. «Ecco. Questo è il numero. Vigilpol, si chiama».

Il vicequestore prese il foglietto. «Grazie».

«Posso fare altro?».

«No, lei è stato gentilissimo» e accennando a un sorriso si avviò all'uscita.

«Immagino sia per l'omicidio dell'altra sera».

«Immagina bene».

Il direttore scosse la testa. «Che tristezza».

«Vero» rispose Rocco, «e la cosa peggiore è sguazzarci dentro, mi creda».

«Cosa le devo dire, Schiavone?». Baldi aveva l'aria sommessa, quasi spaventata. In mano teneva un foglio che non si decideva a mostrare al vicequestore seduto davanti alla scrivania. «Questi sono i tabulati di quel cellulare che mi ha dato. Non c'è un numero».

Rocco finse sorpresa. «Mi sta dicendo che quel cellulare non ha ricevuto o fatto chiamate?».

«Così sembra. Anzi a essere più precisi ci sono solo due numeri. Il suo e quello della questura».

«Sì, io l'ho chiamata martedì mentre cercavo di rintracciarla...». Sospirò. «Dottor Baldi, la cosa è assurda, non trova?».

«Porca miseria se è assurda. Qui puzza di bruciato, Schiavone».

«Chi può fare una cosa simile secondo lei?».

Il magistrato non rispose. Si alzò dalla sedia. A passi lenti se ne andò alla finestra. Scostò la tenda. La luce gli illuminò il viso. Strizzò un poco gli occhi. La foto della moglie era sul tavolo, al solito posto. «Schiavone, qui l'affare si sporca». Aveva abbassato la voce di tre tacche. «Mi dice che ha anche la sensazione che qualcuno l'abbia seguita».

«È così».

Rimise a posto la tenda e tornò al tavolo. Era pallido.

«Che succede, dottor Baldi?».

«Facciamo due conti. Svuotano l'appartamento, e nessuno sente niente, cancellano i tabulati telefonici di Juan Perez, la seguono...».

«Bisogna sapere qualcosa di più su Berthod, il proprietario di casa, e su Giulia Cosma, Ivano Petrulli, Bernardo Valenti e Diego Fabiani».

«Sarebbero i vicini?» chiese Baldi prendendo appunti.

«Esatto. Io intanto ho convocato in questura Petrulli, ha sparato un alibi fasullo. La notte dell'omicidio non era dalla fidanzata».

«Agli altri ci penso io».

«Che succede, Rocco?» chiese Italo.

«Succede che qui fra poco scoppia un bel casino».

Bussarono alla porta. «Avanti!» urlò Schiavone. Apparve il viso pallido di Michela Gambino. «Mi hai fatto chiamare? Accidenti, questa non è una stanza, è un deposito di scope!».

«Vieni Michela, siediti per favore e chiudi la porta».

Il tono serio e il viso grigio del vicequestore spensero il sorriso del sostituto della scientifica. «Posso?» chiese a Lupa che saltò giù dalla sedia e andò ad accucciarsi sotto la scrivania. «Che succede?» disse una volta seduta.

«Ti chiedo il massimo della riservatezza per quello che sto per dirti».

Michela annuì, poi guardò Italo che con un cenno della testa negò di sapere qualcosa.

«Chi può cancellare i tabulati telefonici di un'utenza?».

«Che stai dicendo, Rocco?».

«Ti prego Michela, rispondi alla domanda».

Il sostituto si morse le labbra. «Non è una cosa facile. Bisogna infiltrarsi nei computer della compagnia e soprattutto fare in modo che la compagnia non se ne accorga o, se se ne accorge, taccia».

«Qualcuno molto in alto?».

«Molto in alto» disse Michela. Poi il sorriso tornò sul suo viso. «Ma è successo davvero?».

«Sì. Qualcuno non vuole che si sappia quali numeri di telefono ha ricevuto Juana Perez sul suo cellulare».

«Oh porca!» e Gambino sbatté le mani eccitata. «Lo vedi Rocco? Quando ti dico che ci controllano? Non vedo l'ora di ridarti la stanza. Io voglio andare nel seminterrato!».

«Nel seminterrato?» chiese Rocco.

«Esatto. Lì almeno i cellulari non prendono».

Italo intanto era diventato bianco come un cencio. «Scusate. Scusi dottor Schiavone» disse. «Sta dicendo che c'è qualcuno interessato a insabbiare l'inchiesta?».

«È così».

«E noi che facciamo?» chiese Italo.

«Noi andiamo avanti. Michela, tu hai qualche novità?».

«Ho esaminato i primi tre peli trovati nell'appartamento. Sono di cane, e lo sai? Hanno pigmenti rossastri. Non come quello lì» e severa indicò Lupa che scodinzolò felice. «Ma c'è di più. I miei continuano a lavorare in casa e di peli ne hanno trovati ancora. Solo per esaminarli ci passerò le ferie».

«Possono essere tutti miei?» disse Rocco sorridendo.

«A meno che non ti sia fatto un maglione con il manto di Lupa... si chiama così, no?». Si avvicinò e infilò le mani nel pelo folto del cane che scambiò quel controllo per una coccola e si gettò a pancia all'aria.

«Che stai facendo al mio cane?» le chiese Rocco. Ma Michela non rispose. «No, anche quelli sottopancia sono bianchi e qualcuno nero. Rossastri non ne ha». Si alzò. «Bene Rocco, senza fare prove di dna che costano ai contribuenti e ci vuole una quaresima posso affermare che i peli del cane non erano i tuoi. Cioè, i suoi, voglio dire, non li hai portati tu».

«Forse Juana aveva un cane?».

Michela alzò le spalle. «Se l'aveva ora è nel fiume da qualche parte... adesso però devo controllare anche gli altri peli. Hanno un colore più scuro, ma credo di non sbagliarmi di molto se dico che risulteranno canini anche quelli lì».

«Ma che aveva un canile in casa?» chiese Italo.

«Magari è lo stesso cane ed è un bicolore» osservò il vicequestore. «Hai preso in considerazione il gancio sul soffitto?».

«È strano. Non c'è presa né filo della corrente, quindi niente lampadario, però è stato usato dopo la riverniciatura dell'appartamento».

«Brava Michela, bel lavoro».

Italo buttò fuori l'aria che aveva trattenuto. «È proprio un gran casino» disse.

«Già. Una cosa la sappiamo. Chi ha cancellato i numeri l'ha fatto prima di martedì sera, quando io stesso ho chiamato Juana Perez. Dunque la cosa è avvenuta intorno al giorno dell'omicidio, la domenica».

«E questo che vuol dire?» chiese Michela.

«Che chiunque sia stato s'è mosso in maniera rapida e precisa».

«Sono stata alla Vigilpol, come mi hai ordinato. Non hanno fatto storie. Questi sono i filmati della telecamera esterna della banca di domenica sera» disse Caterina scuotendo un dischetto argentato. La squadra intera si riunì di fronte al computer mentre il viceispettore aveva già infilato il dvd. «Speriamo...».

Si vedeva la strada. In alto sullo schermo la data della registrazione e l'orario. Le diciotto e venti. Qualche passante, una macchina che parcheggia dalla quale scende una donna con due bambini.

Rocco, Antonio, Italo, Caterina e Casella stavano con gli occhi puntati sul monitor.

«Vai avanti veloce, puoi?» chiese il vicequestore e Caterina obbedì.

La luce del sole si affievolisce sulla scena col passare dei minuti. Sfilano corpi rapidi come in una vecchia comica di Ridolini, le ombre si allungano veloci, sul display corrono i minuti. Poi un uomo, fermo sul marciapiede.

«Stop!» disse Rocco.

Ore 20:00. Un tizio se ne sta impalato a guardare qualcosa di fronte a lui.

«Che fa?» chiese Casella, ma nessuno gli rispose.

Un africano gli si avvicina. Parlano. Cerca di vendergli qualcosa, ma quello sembra non ascoltare. Prende il portafogli e gli allunga una banconota. L'africano gli consegna un pacchetto, sembrano calzini, e se ne va. L'uomo resta lì, inchiodato a osservare il palazzo di fronte. Poi prende il cellulare. Fa una telefonata.

«Strano è strano» disse Antonio.

Poi come preso da un raptus l'uomo attraversa la strada e infine sparisce dall'inquadratura.

Caterina bloccò il filmato e guardò Rocco. «Sarebbe bello ingrandire l'immagine» disse il vicequestore.

«Ci penso io». Antonio prese il posto di Caterina. Tornò indietro, al momento dove l'uomo si era voltato a favore della telecamera per dare i soldi al venditore ambulante. Bloccò l'immagine. L'avvicinò. La luce era poca. A ogni zoomata bisognava aspettare che i pixel si riassestassero. Arrivò al massimo dell'ingrandimento. Il viso era per metà in ombra ma la parte in luce era abbastanza dettagliata da rendere riconoscibile il volto. «Chi sei?» disse Italo.

«Possiamo stamparlo?».

Antonio neanche rispose. Un paio di clic sul mouse e si alzò. Dalla stampante uscì il viso dell'uomo. «Ecco qui» fece mostrandolo alla squadra.

«E non c'è bisogno...» fece Casella, «io questo lo conosco...» si avvicinò a Scipioni e gli strappò il foglio dalle mani. «Dove l'ho visto?».

Tutti erano concentrati sull'agente che si era portato una mano al mento, come se quel contatto aiutasse la memoria. «Dove l'ho visto...».

«Forza Casella...» lo incitò Schiavone.

Poi il poliziotto si mollò una manata in fronte e sorrise. «Sì!» urlò. «Ci ho comprato la caldaia!».

«La caldaia?» chiese Italo.

«Sì, quella nuova, 800 euro, una Ferroli che mi dicono buonissima».

«Perché non hai preso una Vaillant come ti avevo detto?» chiese Italo.

«Oh! Ma sticazzi delle caldaie» gridò Rocco. «Dove sta? Chi è?».

«Ha il negozio di termoidraulica a via Festaz» rispose l'agente.

«Sono le sette. Facciamo ancora in tempo. Daje Italo» e il vicequestore seguito dall'agente Pierron si precipitò fuori dalla stanza.

«Questo lo deve decidere lei. Io le consiglio i sanitari del bagno in sospensione, e sa perché? Per la pulizia, diventa tutto più facile». La signora De Belli doveva cambiare solo tazza e bidet a uno dei quattro bagni del suo appartamento di 200 metri quadrati e da ore non riusciva a decidersi. Era il quarto catalogo che Marco le stava mostrando ed era stanco. Ormai si avvicinava l'ora di chiusura. «Un cesso è un cesso» pensava, «prendilo bianco blu o rosso sempre la stessa cosa ci devi fare». Giorgio, il socio, lo guardava dalla scrivania con il sorriso negli occhi. Ci godeva che la

De Belli fosse toccata a lui. Era un patto che avevano sancito fin dall'inizio: la De Belli una volta a testa. Due settimane prima se l'era presa Andrea, il terzo socio, che in quel momento se ne stava in palestra a fingere di allenarsi. Poi era stato il turno di Giorgio, che se l'era cavata con una mezz'ora per una semplice manopola, e quella sera toccava a lui. La De Belli, soprannominata al negozio «la signora non saprei», era lì, con gli occhi inchiodati sulla pagina della linea «Gaeta» e storceva la bocca insoddisfatta. «Non saprei... vede, questa forma moderna un po' circolare non mi convince».

«Ma signora mia, prima aveva detto che voleva una linea più curva, che non le piacevano gli spigoli, che doveva somigliare vagamente al lavandino di marmo!» e incrociò le dita, fosse mai che la signora decidesse di cambiare anche quello, si entrava nell'orrore puro. I modelli erano migliaia, c'era da arrivarci a ferragosto.

«Sì, lo so» disse la cliente, «ma non mi convince. E poi il prezzo?».

Marco stirò un sorriso. «La differenza fra questi che le ho mostrato e gli altri si aggira sui 20 euro, più o meno».

«Eh, venti euro, li butti via!».

Sarebbe stato un pensiero valido per chi si affannava ad arrivare a fine mese, non per la signora De Belli, moglie del notaio, gente che viaggiava a 300.000 euro all'anno.

«Allora faccia una cosa signora...» dopo due ore di fotografie, cataloghi e disquisizioni sull'importanza della forma ovale invece di quella quadrata, più avveniristica ma sicuramente scomoda soprattutto nel caso del bidet, Marco aveva preso la decisione di piantarla lì. «Lei ci pensi, ci rifletta, modelli ne ha visti tanti, poi con comodo torna, fa l'ordine e io vedrò di accontentarla».

«Non mi ha ancora parlato dei tempi di consegna».

«A costo di andare a prenderli di persona in Umbria e caricarmeli sulle spalle, il meno possibile!» le rispose. «Mi creda, si tratta di qualche giorno».

«E per le rubinetterie?».

Marco sentì un vuoto allo stomaco. Se solo avessero cominciato a guardare i rubinetti per quel bidet ci avrebbe fatto notte. «No signora, io i rubinetti non glieli mostro».

«Perché?» fece quella aggiustandosi gli occhiali.

«Perché mi sono rotto i coglioni e ho voglia di andare al bar» avrebbe voluto rispondere. Invece le disse con un sorriso: «E come fa a scegliere il rubinetto se non conosciamo ancora il bidet sul quale lo monteremo?».

La cosa convinse la signora De Belli. «Ha ragione, certo che ha ragione».

Un brivido di soddisfazione passò sul cuore di Marco. Ma durò un attimo. Fuori dalla vetrina, sulla strada, vide un'auto della polizia parcheggiare di fronte al negozio. L'ansia per la signora De Belli era una sorella minore di quella che lo colse alla vista della macchina. Cominciò a sudare, a impallidire.

«Si sente bene?» chiese la signora.

«Eh? Sì, tutto bene. Tutto a posto» poi guardò il collega ancora indaffarato alla scrivania. «Giorgio, puoi venire?».

Quello da lontano fece no col ditino.

«Per favore!».

Dall'auto scese un poliziotto giovane in divisa accompagnato da uno più vecchio coi capelli spettinati che gettò per terra una sigaretta e si stiracchiò guardando le vetrine del negozio.

Erano lì per lui.

Piantò la signora De Belli e corse nel magazzino.

Il negozio era spazioso e ben illuminato. Una parete a sinistra dedicata all'esposizione di rivestimenti, ceramiche, rubinetterie, un bancone in acciaio e cristallo lungo tutto il muro di fondo, decorato con mattoncini bianchi a vista. A destra due scrivanie, sempre di acciaio e cristallo, attrezzate con computer e circondate da librerie colme di cataloghi. Ai lati dell'entrata splendide stufe di ghisa riempivano le vetrine. Una donna anziana con degli occhiali da vista con la montatura verde era concentrata a guardare delle fotografie sparpagliate sul ripiano del bancone. Un uomo sui 50 con il pizzetto e senza capelli era seduto alla scrivania e li osservava. Si alzò per andare incontro al vicequestore non appena varcarono la soglia. «Prego?» disse fregandosi le mani.

«Lei è Marco Rosset?».

«No... Marco Rosset è il mio socio, io sono Giorgio Calegari. Posso esservi utile?».

«No, se lei non è chi cerchiamo» rispose Rocco. «Dov'è il suo collega?».

«Era qui un attimo fa» fece il negoziante voltandosi verso la signora ancora intenta a osservare i dépliant. «Signora De Belli, ha visto Marco?».

La donna si tolse gli occhiali e guardò Rocco e Italo strizzando gli occhi. «Era qui proprio adesso. Guardavamo i sanitari, poi è sparito nel retro...» e indicò una porta di legno bianca che si apriva proprio alle spalle del bancone che dominava tutto il negozio.

«Ce lo va a chiamare?» disse Rocco. Giorgio Calegari scattò e infilò la porta.

«È scappato?» sussurrò Italo a Rocco.

«Può essere. Vai a dare un'occhiata fuori».

Italo obbedì e tornò in strada. «Anche lei cerca sanitari?» fece la donna con un sorriso invitante.

«No signora, polizia».

«Questo lo vedo. Ma un poliziotto non usa i sanitari?».

«Se è per questo ci sguazzo dalla mattina alla sera. Sono qui per lavoro, signora».

Giorgio Calegari si affacciò alla porta «È in bagno... non apre e non risponde...» fece allargando le braccia a chiedere scusa. Rocco lo raggiunse ed entrò nella stanza sul retro.

Se il negozio era pulito moderno e ordinato, il magazzino era buio e polveroso. Un locale enorme nel quale correvano scaffalature di metallo assiepate da tubi, raccordi, pompe elettriche, bulloni, rubinetti. In fondo una piccola scala portava alla toilette. Rocco bussò alla porta: «Marco Rosset?».

Dall'altra parte non ci fu risposta.

«Ma è successo qualcosa?» chiese Giorgio che cominciava a preoccuparsi.

«Non lo so, me lo dica lei» gli disse Rocco e bussò ancora. «Rosset, per favore apra!».

Si sentì lo sciacquone, poi la porta si aprì. Apparve Marco sorridente e fresco come una rosa. «Mi scusi... è me che cerca?» chiese infilandosi il cellulare in tasca.

«No, ero senza fare un cazzo e mi dicevo: perché non passare il tempo a bussare nei cessi di questo negozio?».

Marco guardò tranquillo Giorgio. «Vai pure Giorgio... qui ci penso io. Chiudi tu con la signora De Belli, per piacere?».

Il socio con lo sguardo teso e poco convinto si allontanò.

«Allora, che cosa succede dottor...?».

«Vicequestore Schiavone».

«Bene, era me che cercava?».

«Proprio lei. Parliamo qui?».

Marco si guardò intorno. «Nel magazzino no, commissario».

«Vicequestore!».

«Sì, mi scusi, vicequestore, c'è un bellissimo bar qui di fronte, un caffè è quello di cui ho bisogno, dopo un'ora di dépliant con la signora De Belli penso di meritarmelo» e sorridente fece strada.

Il bar aveva carta da parati di finto broccato alle pareti, i tavoli bianchi e le sedie imbottite lo facevano somigliare a un salone da tè che aspirava a Piccadilly ma si fermava dalle parti di Lugano. Profumava di crema e la ragazza che portò i caffè ristretti indossava una divisa nera allietata da un grazioso grembiule bianco. Poggiò il vassoio accanto al cellulare di Rosset e veloce sparì dalla saletta.

«Lei sa perché siamo qui?» chiese Rocco.

«Immagino per la denuncia del furto che ho subito in casa l'anno scorso?».

Rocco guardò Italo che girava il cucchiaino nella tazzina. «Pierron, eri a conoscenza del fatto?».

«No» rispose quello.

«No, signor Rosset, non è per quello».

Gli sfuggiva la somiglianza. C'era qualcosa nella faccia del commerciante che gli ricordava un uccello dal becco fino e lungo, però gli occhi assenti e la bocca piccola e sfuggente lo spiazzavano. E anche la testa, magra, sembrava trovare equilibrio solo in quel naso lungo e appuntito. Fu all'improvviso che capì, guardandogli le orecchie prive di lobo, piccole, quasi nascoste. Il naso non era un becco e Marco Rosset non era un uccello. Era un Myrmecophaga tridactyla anche detto formichiere gigante, il bradipo che vive in America Centrale e del Sud. Si aspettava che succhiasse il caffè infilando una lingua lunga e sottile nella tazzina di porcellana, invece lo sorseggiò come la maggior parte degli esseri umani.

«Ah, non è per la denuncia? E allora per cosa?».

«Una prostituta che lavorava al 12 di via Brean. Lei domenica sera era lì, sul marciapiede davanti al civico, c'è stato per parecchi minuti, poi è andato a bussare».

«Io? Io non sono andato da nessuna prostituta. Figuriamoci...».

«C'è il filmato di una banca, signor Rosset». Rocco bevve il caffè. «È corretto?».

«Che, il caffè?» chiese il commerciante.

«No, dico, è corretto quello che dico?».

«No, commissario...».

«La prego, sono vicequestore».

«Mi scusi, no, vicequestore. Le giuro che non capisco di cosa sta parlando».

Rocco si assestò sulla sedia. «Senta, signor Rosset. A me non piace, ma è il mio lavoro. C'è di mezzo un morto».

«Oh porca...».

«Già. Lei è un cittadino onesto, paga le tasse. Le paga, vero?».

«Accidenti se le pago!».

«Ecco, e io non ne voglio approfittare».

«Le giuro commissario che...».

«Vicequestore, e tre» lo corresse Rocco.

«Scusi. Le giuro vicequestore che io non so di cosa stiamo parlando».

«Si offende se le faccio qualche domanda in più?».

«Ma si figuri» e Rosset bevve il caffè.

«Può dirmi, sempre se lo ritiene opportuno, cosa ci faceva a via Brean domenica sera?».

Il tono suadente, gentile di Rocco stonava alle orecchie di Italo.

«Aspettavo un amico che abita da quelle parti».

«Che poi non è venuto?».

«Già. Allora ho preso e me ne sono andato».

Rocco guardò Italo con l'espressione triste. «Accidenti, agente Pierron, non ne caviamo un ragno dal buco».

«Cosa ci rimane da fare?».

«Niente. Lei, signor Rosset, proprio non ha notato nulla di strano? Qualcuno che è uscito dal portone, che so? Qualcosa che l'ha colpita».

Rosset si morse le labbra, poi scosse la testa. «Proprio no, mi dispiace».

«Magari ora non lo ricorda, però mi promette che ci pensa?» gli chiese Rocco. «Sa, a volte a noi della polizia basta un dettaglio insignificante, anche un'ombra, e arriviamo a qualche conclusione» poi abbassò la voce. «Non le nascondo che stiamo brancolando nel buio».

Rosset aveva la faccia dispiaciuta. Sembrava in colpa per non poter aiutare le forze dell'ordine. «Sì, certo, ci penso...».

«Mi lasci il suo cellulare. Per qualsiasi evenienza, la posso chiamare?».

«E certo!». Rocco prese una penna e trascrisse il numero che il negoziante gli dettava. «Bene, grazie, lei è stato di una gentilezza squisita!». Rocco si alzò dal tavolino. «Le chiedo di scusarci per l'invasione, e spero di non doverla infastidire più».

«Ma si figuri, dovere. Posso sapere come si chiamava?».

«Chi? La prostituta?».

«Già».

«Juana Perez».

«Spagnola?».

«No, argentina. Tanti saluti, Rosset» e i poliziotti uscirono dal bar.
Marco Rosset dentro esultava per la facilità con cui se l'era cavata. Gli parve molto a buon mercato.
Anche troppo.

«Sembra un poveraccio» fece Italo. «Magari dell'omicidio sapeva tutto, ma se l'è fatta sotto».
«Ti sbagli Italo, ci ha mentito». Rocco salì in macchina.
«Come, ci ha mentito?» chiese Italo.
«Te lo dico io».
«Infatti neanche gli hai chiesto il nome dell'amico con cui aveva appuntamento».
«Tanto non c'era. Sparava una cazzata, o forse si era già organizzato con qualcuno. Quello sa parecchie cose».
Italo guardava dritto davanti a sé. Aspettava che Rocco proseguisse il ragionamento.
«Per quale motivo al nostro arrivo s'è andato a chiudere in bagno?».
«Un'urgenza?».
«Col cellulare? Non credo proprio. Bisogna fare una cosa sporca, Italo, che al giudice Baldi non piacerà, ma qui si sta mettendo male, molto male...». Prese il telefonino e chiamò. «Antonio? Il tuo vicequestore preferito».
«Novità?».
«Sì. Ora ti do un numero di cellulare. Devi ricontattare il tuo uomo». Rocco tirò fuori il tovagliolino con il numero di Marco Rosset.

«Oddio, ancora?».
«Sì. Servono i tabulati di questa utenza. Ma mi bastano le chiamate di stasera se non può fare di più».
«Va bene, Rocco. Quello vorrà qualcosa in cambio, però».
«Tu digli che gli leviamo tutte le multe che becca da qui a Natale».
«E lo possiamo fare?».
«No, ma tanto la gente non lo sa».
«Vabbè, Rocco, capito... senti, ti sta cercando la Gambino. Dice che ha una cosa molto urgente da dirti».
«Cioè? Che nei dentifrici che usiamo ci sono particelle infinitesimali radianti che indicano ai sovietici la nostra posizione 24 ore su 24?».
Antonio rise. «No, dice che riguarda Juana Perez. Ti aspetta qui in ufficio».

Parcheggiarono davanti alla questura. Ormai era scesa la notte. Michela Gambino li attendeva davanti all'entrata a braccia conserte. Guardandosi intorno, come fosse inseguita da qualche nemico misterioso, si avvicinò ai due poliziotti. «Ehilà Rocco, stanco?».
«Da morire. Tu che hai da dirmi di tanto urgente?».
La donna portò una ciocca di capelli dietro l'orecchio. «I peli».
Rocco aveva rimosso. «Ancora?».
«Gli altri tre che per ora ho esaminato, non sono peli di cane».
«Bensì?».

«Juta».

Rocco aggrottò le sopracciglia. «Juta?».

«Corda di juta. Ecco, magari serve».

Il vicequestore annuiva in silenzio.

«Ora io mi chiedo» continuò la Gambino, «perché usare una corda di juta in casa? Per metterci un'altalena?».

Ma Rocco non rispose e tirò dritto verso l'ufficio. Sulle scale incrociò D'Intino e Deruta. Avevano la faccia stanca e lo sguardo sommesso. «Non ho tempo» gli disse.

«Dotto', noi semo cercato in tutte le ambasciate, come ci ha detto lei».

«E di questa Juana Perez nessuna notizia» aggiunse Deruta. «Mi sa che il traffico di droga non c'entra niente».

Non aveva tempo di mettersi a pensare a un nuovo compito da affidare ai due. Li scansò e seguitò a salire le scale.

«Che facciamo mo'?» chiese D'Intino.

«Andatevene a casa. Non ho bisogno di voi» gridò sparendo alla vista dei poliziotti. D'Intino guardò Deruta. «Che cascetta!» disse.

«Che vuol dire?».

«Uno lavora, fatija, e po'? Manco nu grazie».

«Vabbè, D'Intino, noi il lavoro lo abbiamo fatto. Io me ne vado a dormire, così domattina all'alba do una mano a mia moglie alla panetteria».

«Oh, Deruta, ma io e te serviamo veramente a qualcosa qui dentro?».

«D'Inti', se ti devo dire la verità non lo so più...».

Appena entrato in questura gli squillò il telefono. Era a pezzi, ma non poteva fermarsi. «Chi scassa?» disse.
«Bonanni» rispose una voce, stanca anche quella.
«Bonanni?» si passò la mano fra i capelli.
«Vice? Spinaceto? Roma?».
«Ah, Bona', scusami, momento complicato. Che succede?».
«Magari vuoi sapere cosa abbiamo scoperto sul cadavere anonimo di Castel di Decima. Vedi se può aiutare».
«E dimmi».
«Forse ricordi che aveva una cinta di pelle. Con un marchio strano. Siamo risaliti al marchio».
«Mbè?».
«Il fabbricante è Mario's Pura Piel, una fabbrica importante che sta in Honduras».
«Honduras?».
«Già. Abbiamo chiamato. Loro le cinte non le producono. Solo su richiesta. E anni fa hanno fornito alcune ambasciate, per esempio quella italiana. Insomma, un cadeau, e visto che stai ad Aosta il francese mi pare d'obbligo».
«Hounduras...».
«Honduras, Schiavo'... che c'è?».
«Niente, Bonanni. Ci devo riflettere. Se mi viene in mente qualcosa ti richiamo».
«Buon lavoro» e attaccò.
Honduras. Il cervello di Rocco si mise a correre su più binari. Juana Perez era argentina. Ma poi cosa

c'entrava col cadavere misterioso che portava il suo numero di cellulare in tasca? Honduras. Si fermò sulle scale. Non ricambiò il saluto di un agente che scendeva veloce.

Honduras. Scosse la testa. Prima o poi gli sarebbe venuto in mente. Era arrivato alla porta dell'ufficio. L'aprì.

Il lemure, al secolo Ivano Petrulli, era venuto senza l'avvocato minacciato da suo padre. Osservava l'ufficio di Rocco, stupito che qualcuno potesse lavorarci, figurarsi un vicequestore. Rocco lo guardava in silenzio. Fuori era già buio, e la luce sparata della stanza ingrandiva ancora di più gli occhi del ragazzo.

«Hai mentito» fu la prima cosa che disse Schiavone.

Ivano teneva le dita intrecciate poggiate sulle ginocchia.

«Dov'eri la sera dell'omicidio se non stavi dalla tua fidanzata?».

Il ragazzo tirò su il mento, sospirò. «Come vede sono senza l'avvocato, la questione è delicata».

«Più di un omicidio?». Rocco aprì la finestra direttamente dalla poltrona. Poi si accese una sigaretta. «Dispiace?».

«No. Faccia con comodo, è casa sua» rispose il lemure.

«Allora?».

«Non ho una ragazza» disse. Rocco aspettò che continuasse. «Ho una storia, ma non con una ragazza».

«Capito. Allora eri con la persona con cui hai una storia?».

Ivano sorrise. «Mio padre è un uomo diciamo molto attaccato alla famiglia, all'onore, al lavoro eccetera eccetera. Io a casa non resistevo più, ho affittato quel piccolo appartamento a via Brean perché costa poco e posso viverci la mia vita, lontano dai miei, dai loro amici e dalle loro cene. Non è facile...».

«Immagino».

«No, non può immaginarlo. Raimonda, la mia amica, mi protegge, è la mia scusa da almeno tre anni. Mi dispiace se l'ho messa nei guai con questa storia, ma mi ero spaventato. Me ne dà una?» e indicò la sigaretta. Rocco allungò il pacchetto insieme all'accendino. Ivano l'accese. «Tanto prima o poi sarebbe venuto fuori. Era anche arrivato il momento di dirlo. Comincio ad avere un'età. Non è tanto per mio padre, di lui e dei suoi progetti sul mio futuro non me ne frega niente. Penso a mia madre, che fa quella che capisce tutto, sempre pronta con una buona parola. Non appena lo saprà...».

«Senti Ivano, non voglio passare per un insensibile o uno dal cuore di pietra, ma a me delle tue abitudini sessuali non me ne frega una mazza. Io voglio solo sapere se domenica sera eri a casa tua con la persona che ami oppure no».

«No. Non ero a casa mia».

«Oh, bene. E questo fa uno. Ora dimmi» spense la cicca nel portacenere, «c'è modo di sapere dove ti trovavi?».

«Se lo dico però metto un'altra persona nei casini».

«Se non me lo dici nei casini ci stai tu».

«E va bene. Ero a via Aubert».

«Che è una strada non lunghissima ma credo ci vivano almeno un trecento persone. Puoi essere più preciso?».

Ivano si grattò la testa. Si portò la sigaretta alla bocca. Tremava. «Ero da Diego».

«Diego Fabiani? Il commercialista?».

«Esatto».

«Il tuo vicino di casa?».

«Esatto».

«Perché eravate nello studio e non in casa dal momento che abitate uno sotto all'altro?».

«Mi aveva chiamato, verso le otto, dicendomi di passare a trovarlo lì. Io tornavo dal tennis e ci sono andato».

«Alle otto?».

«Sono arrivato verso le otto e mezza. Poi sa com'è?».

«No, com'è?».

«Una frase, un gesto... e insomma siamo rimasti lì e poi a cena fuori».

Rocco incrociò le braccia davanti al petto. «Visto che siamo in tema di sincerità, anche io voglio essere sincero con te. Nel palazzo c'è stato un trasloco, tu non ti sei accorto di niente?».

«Giuro di no».

«I tuoi vicini, a parte Diego ovviamente, li conosci bene?».

«Poco. La signora è affabile, gentile, mi saluta. L'altro, quel...».

«Bernardo Valenti».

«Sì, ogni tanto lo vedo mentre porta a spasso il cane, oppure rientra dalla spesa. Ci ho parlato qualche volta. Mi pare facesse il ragioniere, ma è in pensione».

«A proposito di cane, un piccolo dettaglio che mi sovviene proprio ora. Sai se Juana Perez ne avesse uno?».

«No, nel modo più assoluto».

«Ne sei sicuro?».

«Sicuro. I cani abbaiano, vanno portati fuori, lei poi amava i gatti. Lo sa? Quando andavo a prendere la macchina sul retro trovavo del cibo in piccole scodelline sulla recinzione del giardinetto. E ce n'era sempre qualcuno che gironzolava lì intorno».

«Grazie. Torniamo ai tuoi condomini. Del tuo padrone di casa che mi dici?».

«Chi, Berthod? Uno stronzo» e schiacciò la sigaretta nel posacenere. «Me l'ha presentato Diego. Lui mi ha trovato la casa. Non possiamo andare a vivere insieme, e allora abbiamo preferito diventare almeno vicini».

«Quant'è che conosci Diego?».

«È arrivato ad Aosta due anni fa e ha aperto quello studio. L'ho conosciuto in palestra».

«Cos'altro sai di lui?».

«Che viene dal Monferrato. La sua famiglia è lì».

«Lavora molto?».

«Sì».

«Ci vai spesso nel suo studio?».

«La verità?».

«Ti prego».

«Quella sera sarà stata la terza volta in due anni. C'è una segretaria, farmi vedere troppo non è bene. Si vive un po' nascosti, almeno in una città piccola come questa».

«Ti sei mai sentito preso per il culo?».

«Non capisco...».

«Da Diego, intendo. Ti ha mai presentato ad altri amici, o ai familiari...».

«No, mai. Frequenta i miei amici, lui non ne ha molti, credo. Clienti, quelli sì».

«Ivano, da me non uscirà una parola. Ti prego di fare lo stesso».

Il ragazzo annuì.

«Intendo, noi questo colloquio non l'abbiamo mai avuto. Tu non mi hai mai parlato della tua relazione, e l'alibi di Raimonda per noi della polizia tiene».

«Perché?».

«Perché sei in mezzo a una cosa più grande di te. E più grande di me. Quindi meno parli e meglio è». Si avvicinò guardandolo negli occhi. «Ivano, sto parlando della tua incolumità».

Attraversava i corridoi deserti della morgue. Le luci al neon esaltavano lo squallore dei muri dipinti di bianco e verdino. Le porte di legno a doppio battente erano color crema, bisognose di una ritinteggiatura. Finalmente raggiunse quella dello studio di Fumagalli. La aprì senza bussare. Il patologo era seduto ad una scrivania, sfogliava un libro alla luce di una lampada da tavolo. La stanza era poco più di tre metri quadrati, affogata nei libri e nelle carte. Alberto alzò lo sguardo e si tolse gli occhiali. «A bussare ti si rovinano le nocchine?».

«Ci hai pensato?» disse Rocco.

«Ci ho pensato e mi sa che hai ragione». Allungò a Rocco il libro che stava leggendo. «Questa può essere... i due segni alle caviglie, la juta, lo strangolamento. Non hai tutti i torti».

Rocco prese il libro. C'era una fotografia. Una donna legata come un salame.

«Shibari o kinbaku» attaccò Alberto. «È una forma d'arte giapponese. In pratica si lega una persona con dei nodi e degli intrecci di corde molto complessi, diciamo così, che a detta dei praticanti hanno un intenso significato estetico. Se a uno piace, va da sé».

Rocco scorreva le immagini. Donne legate alle caviglie, ai polsi, corde che correvano lungo tutto il corpo con una quantità di nodi inverosimile.

«Io continuo a pensare che le Stanze di Raffaello o le teste di Brancusi siano meglio, ma sono uno all'antica Rocco, lo sai. Dunque, qualcuno la considera una performance, ma per molti è soprattutto una pratica sadomasochista. Io credo che Juana Perez ci stava in mezzo».

«Cioè si è fatta legare...».

«Per volontà del cliente, è chiaro. Solo che, guarda l'immagine a pagina 43» suggerì Alberto. Rocco sfogliò il libro. Una ragazza appesa al soffitto. La corda le teneva i polsi stretti dietro alla schiena, poi proseguiva in mille giri intorno al corpo passando anche sotto la gola. Fra le caviglie una sbarra per divaricare le gambe. «Ecco, vedi? Una cosa del genere...» fece Alberto.

«E si usano corde di juta?».

«Anche. Almeno così dice questo libro. E così ho visto su internet. Sai Rocco, io questa roba non la pratico. L'unico legame che ho è alla tradizione: io nudo, lei nuda, e via si tromba. Invece funziona che il maestro di nodi, si chiama nawashi, lega la vittima. Nel caso di Juana Perez a scopi sessuali, altrimenti resta inspiegabile il motivo della divaricazione delle gambe. Serve a una eventuale penetrazione una volta che il corpo immobile e inoffensivo penzola alla tua mercé dal soffitto. Ci sono un'infinità di nodi. È una tecnica che risale ai tempi dei samurai, quando non avevano le celle per tenerci dentro un prigioniero e allora lo impacchettavano in quel modo».

«E quella c'è rimasta strangolata. È così?».

«Credo proprio di sì. Non è la prima volta che lo sento».

«E si spiega l'uso del gancio al soffitto. Un incidente?».

Alberto annuì e riprese il libro che Rocco gli stava restituendo.

«E lo sai? Dalle analisi del sangue, mi è venuto fuori un antistaminico, l'ha dovuto prendere non molto tempo prima di morire».

Rocco chiuse gli occhi, come a richiamare alla memoria un'immagine, una parola. Li riaprì soddisfatto. «Se ti dico Oxi, che ti viene in mente?».

«Oxi... e poi?».

«Era un frammento di una scatola di medicinali che la Gambino ha trovato in casa di Juana».

«Oxi... oxi...» poi sorrise. «Oximix 3. Antistaminico che si usa... si usa... aspetta» spostò la sedia e prese un prontuario. Cominciò a sfogliarlo umettandosi l'indice.

«Ti prego!».

«Cosa?».

«Non ti leccare le dita mentre sfogli le pagine, è una cosa che mi fa vomitare».

«Cioè, siamo dentro un obitorio e a te viene da vomitare per questa cosa?».

«È una vecchia storia. Per favore non farlo».

«Ecco qui. Trovato! Oximix 3, si usa per le allergie».

«Anche al pelo dei cani?».

«Anche, ma non solo. Perché, aveva un cane?».

«Lei no».

Fumagalli posò il prontuario. «Ora però non capisco perché l'assassino abbia gettato il cadavere nel fiume se poi lui o qualcun altro ha ripulito l'appartamento».

«Panico, sapeva che la cosa non doveva uscire fuori. Buttandolo nella Dora avrebbe preso tempo, aveva bisogno di tempo, Alberto. Ha degli alleati, il pezzo di merda».

Alberto si alzò. «Che stai dicendo?».

«Sto dicendo che dopo lo hanno aiutato. Hanno liberato la casa della poveraccia, fatto sparire la sua auto, cercato di insabbiare tutto cancellando pure i tabulati del suo telefono. Credo che abbiano anche parlato coi vicini».

«Diobono...» mormorò Alberto.

«Non mi stupirei se a quest'ora l'assassino fosse già molto lontano da Aosta. Abbiamo fatto tardi, cazzo!».

Le tre di notte. Tutto era immobile, non tirava un alito di vento ma l'aria era fredda. Solo qualche lampione illuminava via Aubert. Negozi serrati, finestre spente. La luna, se c'era, se ne stava dietro le nuvole grigie. L'ombra di Rocco svoltò un angolo di strada avvicinandosi a passi veloci a un palazzo. Raggiunse un'altra ombra nascosta nel buio, Italo.

«Vieni con me». Girarono in via Torre del Lebbroso e si trovarono alle spalle del palazzo di via Aubert. In quella strada invece tirava un vento leggero che penetrava i vestiti e faceva dimenticare di essere ormai in pieno giugno.

Rocco guardò in alto. «Fammi la scaletta» disse, Italo obbedì. Gli montò sopra, coi piedi sulle spalle fino ad aggrapparsi a un poggiolo del primo piano. Con uno sforzo si tirò su. Poi salì coi piedi sulla ringhiera, afferrò il dente del balconcino più in alto e finalmente lo raggiunse. Una volta al sicuro si affacciò dal secondo piano. Coi gesti indicò a Pierron di rifare il giro e tornare sulla via principale. Quello obbedì.

Si chinò. In mano aveva il coltellino svizzero mille usi. Scelse una seghetta metallica e cominciò a lavorare sulla finestra. Lontano il rombo di un camion ruppe il silenzio della notte. Ci mise meno di un minuto e la aprì. Una volta dentro l'appartamento raggiunse a tentoni la porta d'ingresso, afferrò il citofono e aprì il portone, lo stesso fece con la porta di casa girando la manopola della blindata. Prese il cellulare e accese la torcia. L'ufficio era ordinato, profumava ancora di vernice. Pochi secondi dopo l'agente apparve sull'uscio. Entrò e veloce richiuse. «Ci avranno visto?» la luce della pila inquadrò il viso spaventato di Italo. «Io me la faccio addosso».

Rocco gli fece cenno di tacere. Passarono nello studio principale di Diego Fabiani. Una scrivania e una grande libreria piena di faldoni. Qualche attestato alla parete, una fotocopiatrice, il monitor di un computer spento. «Almeno mi dici che cerchiamo?».

«Chiudi gli scuri» gli ordinò. Italo eseguì. Finalmente poté accendere la luce. «Prima o poi ci beccheranno» disse l'agente. Rocco aveva afferrato il primo faldone a portata di mano. «Speriamo di no». Lo aprì. Sorrise.

«Che hai trovato?».

Mostrò il contenuto della cartella.

Quotidiani, riviste, buste di plastica. Lo stesso negli altri faldoni.

«Carta straccia, Italo. Niente di niente. Ci siamo».

«Ci siamo cosa?».

«Diego Fabiani non è un commercialista, sempre che Diego sia il suo vero nome».

«E chi è?».

«E che cazzo ne so?» e indicò il computer. Italo si avvicinò e lo accese. Attesero.

«C'è una password» disse Italo.

«Prova con Ivano».

Italo eseguì, ma non successe niente.

«Diego?».

Nessun risultato. «Come facciamo? Qui ci vorrebbe uno smanettone».

«Stacca la spina e spegnilo. Poi riattaccala, cerchiamo di non lasciare tracce. Ce ne andiamo. Tu dalla porta principale, io faccio la stessa strada».

«E così lascerai la finestra aperta!».

«Meglio che la porta blindata senza chiusura, credimi. Ci vediamo giù...».

Non era riuscito a fermare il cervello per quello che restava della notte e solo la luce dell'alba riportò i pensieri alle loro giuste proporzioni. Si alzò dal letto, tanto ormai non c'era più niente da fare. Diede la pappa a Lupa, poi insieme uscirono di casa. Gli squillò il telefono. Tutto si sarebbe aspettato, tranne di ricevere una telefonata a quell'ora da Antonio Scipioni. «Sono davanti alla questura, Rocco. Bisogna che ci vediamo».

«Vienimi incontro» gli disse camminando. «Che succede?».

«Succede che la situazione è brutta assai. Ma non ne voglio parlare al telefono».

Affrettò il passo. Lo stomaco gorgogliava, desiderava il caffè. Il cervello invece sembrava bloccato, quello richiedeva la preghiera mattutina. La voce di Antonio gli aveva messo i brividi. Lo vide arrivare quasi di corsa, in borghese, si guardava intorno come se avesse paura di essere spiato. Raggiunse Rocco col fiato che colorava l'aria. «Rocco, vieni» e lo prese sottobraccio portandolo verso un baretto. Dentro l'aria era più calda. Al bancone due uomini in tuta da lavoro facevano colazione. Ma Antonio non si avvicinò per ordinare.

«Allora qui le cose sono brutte, parecchio brutte. Il mio amico è risalito ai contatti del cellulare di Marco Rosset. È andato parecchio indietro».

«E?».

«Prima di tutto ti dico che lui alle otto di domenica sera ha telefonato a Juana. Poi la cosa più strana è la chiamata fatta all'ora che mi hai detto, quando era chiuso nel cesso del magazzino per capirci... era un cellulare. E indovina a chi appartiene?».

«A chi?».

«A Diego Fabiani».

Rocco se ne andò al bancone. Ci appoggiò i gomiti. Guardò il barista. «Due caffè, per favore». Antonio si avvicinò. «E non è finita. Nei giorni precedenti ha ricevuto per due volte una telefonata dallo stesso numero. Un ufficio».

«Che ufficio, Anto'?».

«Prefettura di Biella...».

Rocco chiuse gli occhi e quello che vide metteva paura. «La prefettura...» disse a bassa voce. «... hai capito, Antonio?».

Il barista depose i due caffè.

«Qualcosa, e quello che ho capito mi fa paura. Ma chi è 'sto Diego Fabiani? Perché quello chiama un commercialista mentre è chiuso nel bagno?».

«Fabiani non è un commercialista». Scolò il caffè in un solo sorso. «Fabiani gioca su un altro tavolo. E quello che è peggio, Antonio, è che a quel tavolo noi non siamo invitati».

«Fabiani è...?».

«La butto là?» fece Rocco. Poi lo guardò serio. «Servizi» mormorò. Poi afferrò il cellulare e componendo un numero uscì dal bar. Antonio e Lupa lo seguirono.

«Dottore? La sveglio?».

«Ma che mi sveglia Schiavone, non ho chiuso occhio tutta la notte» rispose Baldi. «Sto facendo il caffè con la moka. L'avrei chiamata subito».

«Dobbiamo vederci, dottor Baldi».

«Lo penso anche io» disse il magistrato. «Non in tribunale».

«Mi dica lei».

«Ci vediamo fra due minuti...» sentì un rumore di stoviglie. «Porca... bruciato... vabbè, allora ci vediamo fra cinque minuti davanti alla cattedrale, al criptoportico».

«Sono già sulla strada».

«Senta, è vicino a un bar?».

«Ne sono uscito adesso».

«Mi prenda un caffè, per favore...».

«D'accordo... senta, sono con un mio uomo».

Ci fu un breve silenzio. «È fidato, Schiavone?».

«Ci metto la mano sul fuoco».

«Non parliamo di fuoco, Schiavone, ho appena incendiato la macchinetta del caffè. A fra poco».

Attendevano Baldi sul sagrato della chiesa. Una luce diafana soffocata dalle nuvole toglieva corpo agli oggetti, come al crepuscolo dopo che il sole è tramontato. Invece non erano neanche le sette del mattino. Lo videro arrivare trotterellando. Anche Baldi si guardava le spalle, come sospettasse di essere seguito. Appena li raggiunse, Rocco gli allungò il caffè che il magistrato finì in un sorso. Poi accartocciò il bicchierino e se lo mise in tasca.

«Buongiorno a tutti».

«Agente Antonio Scipioni, dottore».

«Perché qui?» domandò Schiavone al magistrato.

«Lo spazio è grande e non ci sente nessuno».

Un brivido di freddo corse nelle ossa dell'agente Antonio Scipioni che aprì bocca ma non disse nulla. Si limitò a guardarsi intorno con le mani in tasca.

«Comincio io, dottore. Allora, abbiamo una relazione intima fra Ivano Petrulli e Diego Fabiani, entrambi inquilini del palazzo. Diego Fabiani non è un commercialista come asserisce».

«E che cos'è?».

«Adesso ci arrivo. La cosa più interessante, dottore, è uno dei clienti di Juana Perez, si chiama Marco Rosset. L'abbiamo interrogato ma nega di sapere qualcosa. Siamo risaliti alle telefonate del tipo e abbiamo appurato che ha chiamato proprio Diego Fabiani, esattamente quando io e l'agente Pierron lo siamo andati a cercare, e in più ha ricevuto due telefonate da un ufficio e qui la cosa si fa pesante, dottor Baldi. Questo ufficio è la prefettura di Biella».

«Oh cazzo» uscì al magistrato.

Rocco proseguì: «È ovvio che l'assassino è un uomo protetto, uno che deve restare fuori dalle indagini».

«Come ha fatto a venire a conoscenza dei tabulati telefonici di questo Rosset?». Rocco non rispose. Il magistrato scuotendo il capo proseguì: «Va bene, non lo voglio sapere, Schiavone, non ho sentito niente. Questo assassino secondo lei era un cliente abituale?».

«Secondo me sì. Perché sono convinto che si intrattenessero con dei giochetti complessi. Shibari. Sa cos'è?».

Antonio alzò la mano come a scuola. «Quella cosa giapponese che si legano con la corda?».

«Bravo. Quella cosa giapponese. Non è una pratica molto comune, il nostro cliente doveva fidarsi di Juana, sicuro l'avevano già fatto».

Baldi si portò la mano al mento. Stava pensando. «Ora tocca a me, Schiavone. Lo sa perché non ho dormito tutta la notte?».

«No».

«È semplice. Ci sono tre cose che mi spaventano e non mi tornano. La prima, ho fatto un po' di indagini sul proprietario della palazzina, quel Berthod».

«Sì, quello che minacciava di avere amicizie molto in alto».

«Ce le ha, dottor Schiavone. Suo fratello è il generale Berthod, l'ha mai sentito?».

«Macché».

«Io sì. Lavora a Roma, a via Giovanni Lanza. Lei sa cosa c'è a via Giovanni Lanza?».

«L'Aisi» fece Rocco con un fiato.

«Cos'è?» chiese Antonio.

«Agenzia informazioni e sicurezza interna» rispose Baldi. Antonio deglutì. «E mica finisce qui, Schiavone. Secondo punto. La vedova Cosma, quella del secondo piano, suo marito era un carabiniere. Antonio Cosma, si chiamava. Anche lui lavorava per il Sisde... è morto nel 2006, prima che il Sisde fosse sostituito dall'Aisi».

«Quella è una casa protetta...» concluse Rocco.

«Esatto. Come diavolo ci sia capitata Juana Perez non lo sappiamo, ma credo che...».

«Magari a qualcuno faceva comodo» azzardò Rocco.

«Cosa intende?».

«Intendo che se in una casa protetta come quella ci abita qualcuno di cui non dobbiamo sapere niente, forse quel qualcuno aveva delle necessità e Berthod non si è opposto».

«È una cosa azzardata. Quant'è che abitava lì?».

«Due mesi, mi pare di ricordare».

«Allora lei...».

«Mi viene in mente un tipo con un cane, che parla con un buon accento di qui, e che però viene da Avellino».

«Bernardo Valenti?» fece Antonio.

«Bernardo Valenti» confermò il vicequestore.

«E questa è la terza cosa che non torna» intervenne Baldi. «Lui è un'ombra» disse preoccupato. «Lavorava alla Regione, così dicono le carte, solo che alla Regione non c'è traccia di Bernardo Valenti».

«Chi cazzo è allora?».

«Non lo so. Cosa vuole fare?».

«Mi faccia avere un mandato per questo Valenti, e vediamo di alzare un bel casino. Intanto io lo vado a trovare. Ammesso che sia ancora ad Aosta».

I tre uomini si guardarono. «Corriamo un bel rischio...» obiettò Baldi.

«Lei si tira indietro?» gli chiese il vicequestore.

«Io? Ma che dice, Schiavone».

In una macchina Rocco e Caterina, nell'altra Italo e Antonio, frenarono davanti al civico 12 di via Brean. Scesero solo l'ispettore e il vicequestore. Due passanti si fermarono a guardare la scena. Schiavone citofonò a Valenti. Nessuno rispose, allora premette il pulsante della signora Cosma, quella invece era in casa. «Polizia signora, apra!».

«Chi mi assicura che...».

«Non rompa i coglioni e apra 'sto cazzo di portone!» urlò Rocco.

Forse spaventata, forse aveva riconosciuto la voce, la signora aprì. Rocco e Caterina arrivarono di fronte all'interno del signor Valenti. Bussarono. Il suono del campanello echeggiava nell'appartamento. «Valenti apra!» gridò Rocco bussando alla porta. «Apra!».

«Questo non c'è» sbuffò Caterina.

«Dottore? Valenti è andato a Torino, dal figlio» la signora Cosma si era affacciata sul pianerottolo.

«Sto cazzo» rispose Rocco che continuava a tempestare la porta di pugni.

«Tre giorni fa...» aggiunse la vicina.

Ma Schiavone neanche si voltò a guardarla. Sbuffò e prese il suo coltellino. Si mise a lavorare alla serratura.

«Che sta facendo?».

«Signora, torni dentro» scattò Caterina, «non la riguarda» e si parò col corpo fra la vecchia e il suo superiore che armeggiava accanto alla porta.

«Perché non mi credete?».

«Signora, per favore!» esplose Caterina. Quella rientrò in casa come gli occhi della chiocciola al tocco di un bambino curioso. Finalmente la porta si aprì. Rocco fu il primo ad entrare.

I pochi mobili erano ancora lì. Ma erano stati svuotati. Non c'era più una fotografia, non c'era più il cuscino di Anubis e neanche il tappeto liso al centro del saloncino. In cucina le credenze erano vuote, il frigorifero aperto. Solo stoviglie, piatti e bicchieri. In camera da letto l'armadio era stato liberato, come i comodini e il settimino sotto la finestra. Rocco si affacciò. In strada i curiosi erano diventati una decina. Italo e Antonio erano accanto alla macchina. «Italo!» gridò Rocco.

«Dica?» fece quello alzando la testa.

«Chiama la nostra esperta di peli».

«Non ho capito».

«La Gambino. Fai venire la squadra, subito!».

«Porca miseria...» imprecò Caterina guardandosi intorno. «E uno quando va a trovare il figlio svuota tutto l'appartamento?».

«Siamo arrivati tardi, io lo sapevo! Lo sapevo, cazzo!» mollò un calcio alla poltrona dove qualche giorno prima s'era seduto a chiacchierare con Valenti. «Dovevamo essere più veloci. Invece niente. Ecco il risultato. Il figlio di puttana è sparito».

«Non lo possiamo rintracciare?».

«E chi? Bernardo Valenti che non è neppure il suo nome?».

«Perché era così protetto?».

«Non lo so, Caterina, non lo so... Ora vieni con me!» e come una furia uscì dall'appartamento.

In strada era già arrivato il furgone della scientifica. Italo e Antonio lo osservavano in silenzio.

«E che so già qui?» chiese Rocco. Italo alzò le spalle, non sapeva cosa rispondere. Antonio allargò le braccia. «Infatti, l'abbiamo chiamati neanche tre minuti fa...».

Dal furgone scesero due agenti che Rocco non aveva mai visto. Alle sue spalle da una Lancia Delta appena parcheggiata spuntò Farinelli, il sostituto di Torino. «Uelà, Schiavone, ci si rivede!».

«Com'è che stai qui?».

«Ispezione alla casa di Juana Perez. Evidentemente non siete ancora in grado di cavarvela da soli».

Rocco lo guardava storto. «La Gambino lo sa?».

«E chi è la Gambino? Ti vedo furioso, che succede?».

I due agenti intanto avevano indossato le tute bianche e afferrato un paio di valigette. I curiosi erano diventati una ventina.

«Farinelli, spiegami perché sei qui» disse Rocco con la voce dura.

«È semplice. Dobbiamo dare un'occhiata all'appartamento e cercare nuove tracce. Evidentemente il tuo questore ne vuole sapere di più e ha chiamato i migliori. Ora se mi permetti, lasciaci lavorare!».

«Farine', io lo so già chi è l'assassino!».

«Meglio, così ti do la certezza scientifica. Con permesso...» superò Rocco ed entrò nel palazzo. Rocco guardò i suoi agenti con gli occhi spalancati. «Questa me la devono spiegare» ma lo aveva detto a se stesso.

Era un momento di calma, clienti non ce n'erano. Giorgio era andato a fare un sopralluogo in un cantiere a Châtillon, Andrea invece aveva preso la giornata libera. Marco Rosset leggeva il giornale quando all'improvviso alle sue spalle si aprì la porta che dava sul magazzino. «Ma che...».

Apparve Rocco Schiavone seguito da una poliziotta. «Le presento il viceispettore Rispoli. Allora, come sta?».

«Bene... è entrato dal magazzino?».

«Così stavolta non si va a chiudere nel cesso a chiamare gli amici, Rosset».

Il commerciante si guardava intorno come una preda braccata.

«Rosset, io so tutto. So che lei è andato da Juana Perez e so che ha visto qualcosa e io ora voglio sapere cosa».

«Niente!».

«Mi vuole seguire in questura?».

«Con il mio avvocato!».

«Lo chiamerà da lì. Metta il cartello chiuso per ferie, perché la questione è lunga, e ci segua».

«Le conviene» aggiunse Caterina.

«Io non c'entro niente, porca miseria!» urlò il negoziante.

«E allora se non c'entra niente, parli».
«Non ho niente da dirle».
«Caterina, mentre io porto Rosset in commissariato, fammi una cortesia. Va' a casa sua, avverti la moglie che suo marito è invischiato nell'omicidio di un trans e che presto però glielo rimandiamo all'ovile».
Caterina abbozzò un sorriso e si avviò verso l'ingresso del negozio.
«Dove va?» fece Marco.
«A casa sua. Aspetti... l'indirizzo ce l'hai, Cateri'?».
«Frazione Gioannet».
«Aspetti, aspetti, dove sta andando?» gridò Marco Rosset.
«Gliel'ho appena detto, va da sua moglie. Preferisce che la chiamiamo al telefono? Sa, di persona è più tranquillizzante, una telefonata è sempre un po' fredda. Invece il viceispettore queste cose le sa gestire bene, giusto?».
«Giusto» rispose Caterina. «Ho molto tatto».
«Gliel'ho detto, non so niente!» la fronte del negoziante si era imperlata di sudore.
«Se non sa niente di che si preoccupa?».
«Se lei va da mia moglie io...».
«Fa una figura di merda, lo so. Ma tanto o prima o dopo che abbiamo parlato col suo avvocato, la figura di merda è inevitabile».
Rosset scoppiò a piangere. «È un incubo, è un incubo» diceva fra i singhiozzi. «Io non ho fatto niente».
«Rosset, le sto offrendo una via di uscita. Gli altri, chiunque siano, non saranno così gentili».

«E avevo pure cambiato idea. Perché sono entrato, perché?».

Rocco scambiò uno sguardo d'intesa con Caterina che si avvicinò. «Forza Rosset, non è niente di grave. È una cosa che può capitare. Insomma, cercare un po' di compagnia è umano».

«Io non volevo. Proprio non volevo. Perché? Perché?» e con il fazzoletto di carta che il viceispettore gli aveva allungato si asciugò il naso. «Ero appena entrato. Al primo piano. Sono arrivato alla porta. Era semichiusa. Non volevo entrare. E allora ho guardato dalla finestra che dà sulle scale. Era lì, legata, penzolava dal soffitto come... come un prosciutto. Bianca come un lenzuolo. Le cadeva la bava dalla bocca... e gli occhi... gli occhi spenti... Dio, non lo scorderò finché campo».

«Poi cos'ha visto?».

«Dalla porta è uscito un cane. Piccolo, un volpino, e s'è messo ad abbaiare. Io sono scappato. Ho camminato per strada, avevo paura, non sapevo che fare. Volevo andare alla polizia, giuro che ci ho pensato».

«Se l'avesse fatto... vada avanti».

«Sono rientrato a casa e mi sono messo a letto. Ma non riuscivo a dormire. La telefonata è arrivata alle sei».

«La telefonata di chi?».

«Non l'ha detto subito. Ha detto che ci dovevamo incontrare. Che per me sarebbe stato meglio. Io ho avuto paura. Non sapevo chi fosse, ma quello mi ha detto che era delle forze dell'ordine e non avevo nulla da temere. E così il giorno dopo sono andato».

«Dove?».

«A Biella. Alla prefettura. Fuori dalla prefettura. L'uomo mi aspettava lì».

«L'uomo chi?».

«Quello che mi aveva chiamato. Non si è presentato. Mi ha dato solo un numero di cellulare. E mi ha detto che se avessi avuto problemi con...».

«Con?».

«Con la questura di qui, avrei dovuto comporre quel numero. È stato gentile, ma mi ha minacciato che se sentiva una sola parola le cose potevano prendere una brutta piega. E adesso io ho paura. Lo capisce? Che gente è quella?».

Rocco si allontanò dal bancone lasciando Rosset nella sua angoscia. Sembrava misurare a passi il negozio. «Tutto per una stronzata» mormorò, ma nessuno lo capì. «Lei mi ha detto la verità, Rosset?».

«Lo giuro. Non so come uscirne, non sapevo a chi chiedere aiuto!».

«Avrebbe dovuto pensarci quella domenica sera, invece di farsela sotto per la paura che sua moglie avrebbe scoperto 'sta cazzata, doveva venire da noi e tutto sarebbe stato più semplice. Invece è stato zitto, per proteggere le sue piccole sicurezze. E guardi che bordello ha combinato. Se ne vada a casa, si butti malato. Non so che altro consiglio darle, perché anch'io a questo punto non so più cosa fare. Le useremo la cortesia di uscire dal retro, anche se ormai sapranno già che sono venuto a cercarla. Andiamo Caterina, qui non c'è altro per noi». E si avviarono verso la porta del magazzino.

«Mi lasciate così?».
«Si sentirebbe più al sicuro in questura?».
«Sì».
«Mica si può trasferire lì».
«Adesso ho troppa paura. La prego, non mi lasci solo».
Rocco sbuffò. «Cateri', portalo in ufficio».
«E lei dove va?» chiese il viceispettore.
«Una visitina a Fabiani. Lo porto dentro per i capelli, il pezzo di merda» e uscì.

Svoltò in via Trottechien e gettò un'occhiata al teatro. Le locandine annunciavano lo spettacolo di un comico che Rocco non aveva mai sentito nominare. Sui vetri dell'edificio vide una figura riflessa. Un uomo fermo sul marciapiede, si stava accendendo una sigaretta e lo guardava. Rocco si bloccò in mezzo alla strada e si voltò. Aveva una cinquantina d'anni, i capelli bianchi, un vestito di cotone blu. Gettò il fiammifero a terra e gli sorrise. Poi si mosse per andargli incontro. Il viso abbronzato e il naso schiacciato. «Salve Schiavone, come va?».
«Va. A lei?».
«A me benissimo. Ha cinque minuti?».
Portava la fede all'anulare. All'indice un anello di argento intrecciato. Sotto la giacca un leggero rigonfiamento, proprio sopra il cuore. «Dipende» rispose.
«Solo due parole, potrà trovare cinque minuti della sua giornata da dedicarmi».
Non riusciva a capire l'inflessione dialettale. Sembrava uno speaker della radio dalla dizione perfetta e la

voce impostata. «Di solito non parlo con gli sconosciuti. Ce l'ha un nome?».

«Serve a qualcosa?».

«Non mi piace che lei conosca il mio e io non so chi cazzo sia».

«Paolo? Carlo? Come preferisce».

«Mi stia bene...» e prese a camminare.

«Come va col cadavere che aveva il suo foglietto in tasca?» fece l'uomo. Rocco si fermò. Si girò a guardarlo. «Ne sa di cose, allora».

«Abbastanza. Però non le sarò di aiuto. Non so chi sia quel tipo di Castel di Decima. Diciamo che non mi occupo di quell'affare».

Schiavone prese un respiro. «E mi dica un po', Paolo e Carlo, dove li vuole trascorrere 'sti cinque minuti?».

«Ci facciamo due passi?».

«E famose due passi».

Si incamminarono verso via Aubert. «Passiamo al tu? È meglio, che ne dice?» propose l'uomo.

«Passiamo al voi, Paolo e Carlo. Che cazzo volete?».

L'uomo scoppiò a ridere. Una risata falsa, impostata come la voce. «Sei forte Rocco. Ma lo sapevo. Sei uno che conosce poco le buone maniere. Dimmi un po', come vanno le cose a Roma?».

«Non lo so, vivo ad Aosta».

«E ti piace questa città?».

«Vai al punto che mi sono già rotto i coglioni».

«Va bene, se preferisci». Si fermarono dove la strada diventava poco più di un vicolo. L'uomo gettò la sigaretta. «Tu non lo capisci quando è il momento di fermarti...».

«No, se non me lo spiegano gentilmente».

«Allora te lo spiego gentilmente. Sei stato bravo, hai fatto il tuo dovere, hai giustificato lo stipendio, ora però basta così».

«Chi è Bernardo Valenti?».

«Allora non capisci o non vuoi capire?».

«La seconda».

Il labbro dell'uomo ebbe un leggero fremito. «È uno che ha avuto un piccolo incidente, ma ora è tutto a posto».

«Mica tanto, se la vedi dalla prospettiva di Juana».

«E ci vogliamo andare a preoccupare per un mezzo uomo?».

«Aridaje co' 'sta storia dell'uomo e del mezzo uomo. Mettiti in testa che avete ammazzato una donna. Ce la puoi fare a capire?».

Una signora con il passeggino passò accanto ai due fermi in mezzo alla strada. Rocco aspettò che si allontanasse per riprendere il dialogo. «Sì, io mi preoccupo. Vedi Paolo e Carlo, Juana Perez è diventata un cadavere per colpa del tuo amico Valenti, e questa è una cosa che mi fa preoccupare».

«È stato un incidente, lo hai capito. Facevano dei giochini e...».

«Allora spieghiamolo a un giudice e tutto si aggiusta. Certo, c'è occultamento di cadavere, ma con un buon avvocato se la cava con un paio di anni. A meno che il sedicente Valenti non sia un recidivo. È forse un recidivo?».

L'uomo si accese un'altra sigaretta. «Vedi Rocco, io ho la possibilità di renderti la vita un inferno. L'avrai capito. E mi dispiace, perché io e te in fondo giochiamo con la stessa squadra. Solo che il mister in questo momento ha deciso di toglierti dal campo e sostituirti, e tu devi andare a sederti in panchina; la partita per te è finita. Chiaro il concetto?».

«Chiaro. Mi piacerebbe che fosse il mister a dirmelo».

L'uomo scoppiò a ridere. «Mi sa che non hai capito chi è il mister. Pensi che abbia tempo per venire a parlare con te? Con un vicequestore della polizia di Aosta? Rocco, ti facevo più intelligente. Te lo dico da persona che in fondo ti stima, e te lo dico nella tua lingua, così lo capisci: levati dar cazzo».

«Patetico, non sei neppure di Roma. Arroti male la erre e poi si dice: levate dar cazzo. Stai a fa' a chi ce l'ha più lungo, e la questione è un'altra. Non è fra me e voi, Paolo e Carlo, la questione è che io voglio sapere chi è Bernardo Valenti, altrimenti non mi fermo».

«Va bene, solo perché in fondo sei simpatico. Valenti è uno che ha la lingua lunga, e in questo momento, per certi affari, diciamo che la sua lingua per noi è molto preziosa. Fattelo bastare».

«È un pentito?».

«Fattelo bastare».

«Sotto protezione? È questo Bernardo Valenti?».

«Hai scassato la minchia».

«Ecco, sei siciliano. Catania?».

«Fottiti. E se rivedi la mia faccia è una notizia brutta».

«Dai, posa per terra il ferro che porti sotto la giacca e chiudiamo 'sta storia adesso, in mezzo alla strada».

L'uomo scosse la testa. «Sei rimasto un ragazzino di Trastevere, Rocco. La storia, se deve finire, finisce come diciamo noi e quando diciamo noi. Ah, se stavi andando da Fabiani ti evito l'incombenza. Dubito che ce lo ritroverai. Goditi Aosta, Schiavone, e pensa solo a mantenerti in vita, che è già una cosa piuttosto complicata. Puoi dire al negoziante di tornare a casa tranquillo, non ha niente da temere. Mica siamo assassini, noi...».

«No?».

«No. E per la cronaca, l'assassino di Juana Perez è tale Paul De Vries, un pluriomicida che abbiamo fermato alla frontiera due giorni fa. Ci tenevo a dirtelo, per evitarti figure di merda, anche se ci sei abituato».

«Paul De Vries?».

«Belga. Un bastardo».

«E se quello vi sputtana?».

«Difficile. È morto in uno scontro a fuoco».

«E non sareste degli assassini?».

L'uomo non rispose. Girò le spalle e si incamminò.

«Un errore l'avete fatto però, Paolo e Carlo».

Quello si fermò, poi si girò lentamente. «Vero. Non dovevamo fare entrare Juan Pedro Perez in quella casa. Ci è sfuggito di mano. Ma non si può prevedere tutto, no?».

Rocco non lo perse di vista fin quando l'uomo non imboccò via Aubert sparendo alla vista. Il vicequestore stringeva i pugni con la voglia di spaccare una vetrina, prendere a calci un'auto, dare fuoco a un intero isolato. Tornò sui suoi passi e fumando come la ciminiera dell'impianto siderurgico si incamminò verso la questura.

Appena aprì la porta del suo sgabuzzino restò di sasso. Era vuoto. Non un mobile, neanche la scrivania. Il foglio con le rotture di coglioni era sparito. E non c'era traccia di Lupa. «Italo!» chiamò. «Rispoli? Scipioni? Oh, ma c'è nessuno?».

Apparve la faccia di Casella. «Dotto'... ha visto?».

«Cosa? Dove è adesso il mio ufficio? Direttamente in strada?».

«Macché... sta di nuovo dove stava... quello solito».

«Cioè mi hanno ridato la stanza?».

«Sì, Deruta e D'Intino hanno spostato tutto. Pure Lupa, che però ha schiaffato un mozzico alla coscia di D'Intino, chissà come mai».

«Perché è intelligente e difende il territorio».

«Venga, l'accompagno. Ah, questa è per lei» e gli allungò una busta. Rocco l'aprì. Dentro c'era un biglietto scritto dal questore di proprio pugno. Gli ordinava di presentarsi alla conferenza stampa, la cosa era della massima urgenza.

Peccato, pensò Rocco, gli sarebbe piaciuto farci prima due chiacchiere.

«E dov'è il commerciante, Rosset?».

«È nella sua stanza che l'aspetta».

Scesero le scale. «E la Gambino?».

«S'è fatta mettere nel seminterrato, vicino al garage. Dice che ci sta benissimo. Novità?».

«Lascia perdere, Casella, lascia perdere...».

«Fra mezz'ora ci sta la conferenza stampa sul caso di Juana Perez. Che fa, ci va?».

«Stavolta sì, Casella, ci vado eccome!».

Erano arrivati al vecchio ufficio di Rocco. Il cartello delle rotture di coglioni era tornato al suo posto. Rocco ne aveva almeno una decina da aggiungere, ma rimandò l'incombenza. Appena aprì la porta sentì: «Scopa!».

Alla sua scrivania D'Intino giocava a carte con Rosset. Appena lo videro, scattarono in piedi. Deruta s'era addormentato sul divano accanto a Lupa. «Deruta!» gridò Rocco. Quello si svegliò di soprassalto. «D'Intino! Ma che è? Avete preso il mio ufficio per un bar?».

«Stavamo a passa' lu tempo, dotto'. Je so' fatto una scopa proprio mo' che...».

«Fuori, fuori di qui! Tu pure Deruta, via!» e li scacciò. «Sciò, sciò, via, aria, aria!».

Rosset lo guardava pallido. «Pure lei, se ne vada, non la voglio più vedere!».

«Ma...».

«Vada via! Torni da sua moglie e non mi scassi più il cazzo!» urlò. Rosset a passetti rapidi e brevi riguadagnò la porta. «Ma se io...».

«Cosa le ho detto? Vada via!». Poi sbatté la porta e crollò sulla poltrona. Lupa lo guardava con le orecchie in su, allarmata. Rocco prese la chiave e aprì il cassetto. Poi andò alla finestra e si accese la canna. Il panorama era tornato quello abituale, i monti erano sempre lì e anche il cielo, ancora coperto, che non lasciava vedere il sole. «Vita di merda...» disse fra i denti.

La porta si aprì, fece appena in tempo a gettare la canna fuori dalla finestra. Si voltò. Era il questore. Costa era teso, pallido, sembrava avesse addosso lo stesso vestito da una settimana. La cravatta, solitamente annodata alla perfezione, era slacciata come il primo bottone del colletto. «Ha ricevuto il mio biglietto?» aveva la voce incrinata.

«Sì, l'ho ricevuto. Mi dica però come ci sono arrivati Farinelli e la sua squadra a via Brean».

«Avevamo bisogno di una prova definitiva».

«Non capisco».

«Lo capirà in conferenza stampa. Una cosa sola. Si attenga ai fatti che descriverò».

«Dove sono finiti i suoi doveri morali, dottore?».

«Non so di cosa stia parlando. Già gliel'ho spiegato una volta, io servo lo Stato, Schiavone, e quello dovrebbe fare anche lei».

«Lei sa quanto me che...».

«Che cosa? Che ci sono cose più grandi, Schiavone, molto più di me e di lei. E non è una testa dura come la sua che può cambiare le cose. C'è una bilancia, e stavolta il peso sull'altro piatto è una tonnellata, quindi io le dico di venire immediatamente alla conferenza stampa e ascoltare con molta attenzione le informazioni che io, capo di questa questura, darò ai giornalisti».

È fuori di sé, pensò Rocco. Non li chiamava più giornalai.

«Cercherò di stare attento. Ma a differenza di lei non riesco a chiamare le cose con un altro nome».

«Sarebbe?».

«Lei, dottore, si trincera dietro una barricata di cazzate e finto senso del dovere. Lo sa cosa siamo noi adesso?».

«Me lo dica».

«Siamo peggio di Bernardo Valenti. Perché almeno lui una colpa ce l'ha e con la sua fuga l'ammette. Noi invece ce ne laviamo le mani e convochiamo una conferenza stampa».

«Crede che la cosa mi renda felice? Io sono pronto a sacrificare Juana Perez solo perché la partita è molto più grande e di mezzo ci va la vita di un sacco di gente».

«Ha ragione. Juana Perez è come una pedina degli scacchi. Sacrificabile, no?».

«Ha detto la cosa giusta. E la prego, accolga i miei suggerimenti. Io di ripescare gente nella Dora ne ho le palle piene!» aveva gli occhi rossi e umidi. La mano, ancora poggiata sulla maniglia della porta, tremava. «Nonostante tutto, mi creda, io ho stima di lei e le voglio bene, Schiavone. La prego, se ne voglia anche lei...».

I due uomini si guardarono. E per la prima volta Rocco vide il suo superiore sotto una luce diversa. Anche a lui toccava una vita che avrebbe volentieri scambiato con un'altra. «Si sa almeno a che serve 'sto Valenti?».

«All'incolumità di un paio di magistrati, Rocco. Ma io non te l'ho detto». Era passato al tu, forse per distrazione, forse perché era davvero stanco di menzogne e sotterfugi.

«Non me l'hai detto» sospirò Schiavone. «Questa giornata di merda non la dimenticheremo tanto facilmente, Andrea».

«Non la dimenticheremo, Rocco». Poi guardò la stanza e strinse gli occhi con un sorriso tirato. «Ha visto? Promissio boni viri est obligatio. Ora tocca a lei».

«In che senso?».

«Mettere la macchinetta del caffè con le cialde. Ci vediamo giù in sala fra dieci minuti, dottor Schiavone!». Andrea se n'era andato ed era tornato il dottor Costa, il capo della questura di Aosta.

Sulle sedie un mucchio di giornalisti. Dietro il tavolo il questore, accanto a lui Farinelli, serio e con una cartellina di plastica davanti. Baldi era in piedi, in un angolo, teneva gli occhi bassi e la giacca poggiata sulle braccia. In maniche di camicia, si notava il sudore sotto le ascelle. Da quando Rocco era entrato e s'era messo in fondo alla sala, il magistrato gli aveva rivolto solo un'occhiata. Si vergognava di essere lì, si vergognava di quello che stava per sentire, si vergognava dell'intera sua vita.

Benvenuto nel club, pensò Rocco.

«Il caso di Juana Perez, nota come Sonya nell'ambiente della prostituzione, è arrivato alla sua conclusione» esordì Costa, mentre i giornalisti prendevano appunti. «La mano misteriosa dell'omicida, tanto misteriosa non è più. Abbiamo arrestato alla frontiera Paul De Vries, noto criminale italo-belga che in uno scontro a fuoco ha perso la vita. A confermare i nostri sospetti il sostituto Farinelli ha trovato nell'appartamento di Juana Perez impronte digitali del pluriomicida...».

Farinelli prese la parola. Guardava la sua cartellina, non l'uditorio. «È stato piuttosto semplice» esordì. «Ce n'erano un po' dappertutto, come io e i miei uomini abbiamo rilevato. I riscontri con De Vries, già noto alle forze dell'ordine e che fino a qualche giorno fa alloggiava in un appartamento a Châtillon, hanno dato esito positivo».

«In più» continuò Costa, «dopo un tentativo di fuga e la sparatoria che l'ha visto cadere sotto i colpi degli agenti di confine, sul cadavere di Paul De Vries sono stati ritrovati alcuni effetti personali che appartenevano alla vittima».

Si alzò la mano di Angrisano. «Il movente?».

«Un gioco erotico finito male. Paul De Vries era uso a questo tipo di attività, se avete voglia di dare un'occhiata al suo curriculum, vi accorgerete che era già stato fermato nel '98 e nel 2005 per violenza carnale».

Qualche giornalista si mise a guardare il plico che il questore aveva distribuito.

«Ora tengo a dire che le indagini, tenute in sinergia con la Criminalpol e la Dia, hanno dato i loro frutti. Vorrei ringraziare...».

Rocco non ascoltava più. Osservava i giornalisti prendere appunti, le telecamere con l'occhio rosso, Baldi con la testa poggiata sulla parete bianca. Aveva lo stomaco contratto. Si chiese se era il caso di alzare la mano e dire la sua. Stava per farlo, poi ci ripensò. Cercò lo sguardo di Farinelli, ma quello continuava a tenere gli occhi bassi, concentrati sui suoi appunti.

Sei una merda, pensò, e decise di uscire dalla stanza. Quello che gli pesava di più era parlare coi suoi uomini che sapevano come lui la verità, ma non era la verità giusta. Di nuovo si sentì sporco e stanco, spiegazzato e infangato. La frustrazione del fallimento si mischiava alla marcia sensazione di aver sguazzato per l'ennesima volta in una palude a cercare serpenti velenosi. Ma non era il momento dell'autocommiserazione. Ora doveva sforzarsi di preservare l'incolumità dei suoi uomini e cercare di proteggerli, come Costa con lui.

Ragione di Stato, erano le parole impresse nel cervello.

Sì, avrebbe parlato chiaro, senza peli sulla lingua. Erano giovani, si sarebbero arrabbiati, forse Antonio Scipioni avrebbe urlato, ma avevano ancora parecchia strada da fare. Era giunto anche per loro il momento di ingoiare una bella badilata di merda.

«Cosa?». Caterina con gli occhi di fuori non credeva a quanto aveva appena sentito.

«È così, viceispettore. E non si cambia una virgola».

Antonio scuoteva la testa, Italo invece fissava il pavimento.

«Ma se... insomma Rocco, noi lo sappiamo. Noi quattro la verità la conosciamo. Perché non...».

«Perché è così, perché non contiamo un cazzo! Perché fai 'sto mestiere per quattro soldi e ti tieni il rospo senza rompere i coglioni. Pensi che a qualcuno interessi un tuo rimorso di coscienza, Caterina? O la tua vergogna, Italo? Oppure la rabbia di Antonio? O la mia? La partita si chiude così, il cattivo l'hanno preso i colleghi e noi siamo felici così».

«Ma insomma almeno si sa chi era questo Valenti?» chiese Italo con un filo di voce.

«Un testimone sotto protezione. Di cosa non lo so, ma diciamo che preferiscono conservarselo».

«A pensarci bene, se questo mette bocca sulla camorra, o sulla mafia, insomma sulla criminalità organizzata e ci aiuta...».

«Ma che cazzo dici, Italo?» Antonio esplose. «Che cazzo dici? Siccome è un testimone di chissà che cosa se la passa liscia dopo aver ammazzato una persona?».

«Tecnicamente non l'ha ammazzata. È morta per un gioco che stavano facendo assieme».

«L'ha buttata nel fiume!» gridò Antonio. «Questo una persona normale non lo fa!».

«Una persona normale no. Un camorrista del cazzo evidentemente sì».

«Rocco, ci fermiamo qui?». Antonio aveva il respiro mozzato. «Dimmi solo se ci fermiamo qui».

Schiavone abbassò la testa. «Finisce qui». E calò il silenzio. «Io non posso mettere a rischio la vostra vita, Antonio. Non me la sento e non voglio».

«E io non so se voglio ancora lavorare con te» gli rispose Antonio Scipioni.

«Liberissimo di andartene. Solo che questa cofana di merda è solo la prima della vostra carriera. Il consiglio che vi do è di farci l'abitudine».

«Insomma abbiamo perso».

«Antonio, questo non è un gioco. Non si perde e non si vince. Questa è la vita» fece Caterina che aveva dato voce a un suo pensiero senza quasi volerlo.

«Secondo me abbiamo pareggiato» disse Italo. Ma nessuno sorrise.

«Ti ricordi, Antonio, quando sei venuto a comunicarmi i numeri di telefono di quel Rosset?».
«Certo che mi ricordo».
«Posso sapere a cosa pensavi?».
«A tante cose. Che il gioco era duro, che eravamo tutti in pericolo e che...».
«Appunto. Basta così. Te la facevi sotto, Antonio. E io come te. È normale. Ma ti dirò la verità, e ti prego di credermi. Se fosse per me, per me solo, io Bernardo Valenti lo andrei a prendere pure nel culo dell'inferno. Ma solo non sono. Voi ne sapete quanto e più di me. Ora spero ti sia chiaro perché ci fermiamo qui».
«Non è per questo che sono un poliziotto».
«Tu devi servire lo Stato. E lo Stato mi pare sia stato abbastanza chiaro su quello che vuole da te. Ti piaccia o meno è così! Non è una tua partita privata».
«Non ti riconosco più» gli disse il giovane agente.
«Facci l'abitudine. Io non sono un supereroe, e manco un eroe. Sono una persona normale Anto', normale. E le persone normali devono capire quando hanno perso. Vuoi aprire un'indagine su questo Valenti, cercarlo per anni senza trovarlo mai, passare il resto dei tuoi giorni a farti rodere il fegato, lasciarci la pelle per la cirrosi epatica, o per un tumore? Vuoi sapere la verità? Quando Bernardo Valenti non servirà più, ce lo daranno su un piatto d'argento, lo Stato spesso fa così. Tradisce più di me o di te».
«Ma allora perché facciamo i poliziotti?».
«Perché non abbiamo di meglio, perché fin dove possiamo diamo il nostro contributo. Ora il contributo che

ti chiedono è di stare buono e zitto. E tu attacchi l'asino dove ti dice il padrone».

«Non mi piace. Non mi piace proprio...».

«Neanche a me, Antonio. Siamo finiti in un gioco più grande di noi. E per dirtela tutta, a noi le carte neanche ce le danno».

«Vedila così» fece Caterina. «Siamo in trincea sotto il fuoco nemico. Ci stanno massacrando. Se però uno di noi si sacrifica, gli altri se la caveranno. Lo faresti?».

«Se fosse così. Ma io non mi fido» rispose Antonio. «Non mi fido perché se sto in trincea so chi è il nemico, qui sono solo ombre. Vorrei solo essere un generale, così...».

«Co 'ste premesse Anto' tu generale non ci diventerai mai!» disse Rocco alzandosi dalla scrivania. Guardò Lupa che capì e scodinzolando si avvicinò al padrone. «Ragazzi, io vi voglio bene, e questo giorno non lo scorderò mai. State protetti, state nascosti, e cercate di sopravvivere. Io di morti per colpa mia ne ho le palle piene. Ora vado al bar da Ettore a prendere una cosa pesante, molto pesante. Se volete unirvi a me, mi fa piacere».

Appena uscito dalla stanza vide la Gambino ferma davanti al distributore che sorseggiava un caffè. Si fissarono per un istante. Quella fece sì con la testa. Non c'era bisogno di altro, e Rocco cominciò a guardarla sotto un'altra luce.

Camminava da solo verso il centro storico, osservava la gente. Lupa incontrò un boxer e ci giocò per qualche minuto. Bella la vita. Dai una sniffata per capire con chi hai a che fare, qualche zampata per saggiare la pericolosità o la giocosità del nuovo amico, tiri un abbaio e poi vai dritto per la tua strada in attesa della nuova scodella, della nuova pappa, della pisciatina serale. Voleva passarsi un panno sul cervello e cancellare tutto quello che s'era accumulato in quei giorni affilati. Due ragazzi si rincorrevano e ridevano. Quattro persone con la barba bianca vestite da montanari parlavano a bassa voce sedute a un tavolino con un bicchiere di bianco davanti. Un uomo passando lo salutò con un sorriso, Rocco ricambiò senza avere la minima idea di chi fosse. Poi all'angolo con via Croix de Ville vide la Buccellato ferma davanti a una vetrina che sorridendo gli andò incontro. «Salve Schiavone, allora un altro successo?».

«Così pare. Non mio stavolta».

«Ce l'ha ancora con me?».

«Le cose passano».

«Ma le persone restano».

«No, anche quelle cambiano».

La giornalista lo guardò seria. «È una storia assurda quella di via Brean».

«Mica tanto. Un omicidio, un colpevole, la risoluzione del caso».

«Tocca a me scrivere l'articolo. Vuole aggiungere qualcosa che il mio ex marito non ha detto?».

«No. È stato piuttosto esaustivo».

«A me questa storia non convince» obiettò la giornalista.

«Ah no? E se le dicessi che in mezzo ci sono i servizi? Che l'assassino l'hanno fatto sparire e che se viene fuori ci va di mezzo la sicurezza di un sacco di gente?».

«Secondo lei me la bevo?».

«No, non se la beve. E ora che mi viene in mente ho sete. La saluto, signora Buccellato» e tirò dritto verso piazza Chanoux. Arrivato al bar di Ettore fu felice di vedere Italo e Antonio che lo aspettavano. Prese una sedia e si unì ai suoi uomini.

«Oh, però paghi tu» disse Antonio.

«Pago io. Che vi va?».

«Rhum?» fece Antonio. «Con la cioccolata».

«Bella idea. Pure io» rispose Italo.

«Vada per il rhum e crepi l'avarizia. Prendiamo uno Zacapa Royal di trent'anni!».

«Addirittura!».

«Bisogna festeggiare, Antonio».

«Cosa?».

«La sconfitta. Solo così si riesce a vivere, secondo me». Si alzò dal tavolo per ordinare. Dopo due passi si fermò. «E Caterina?».

«Non è voluta venire. Ha ricevuto una telefonata ed è scappata» replicò Italo.

«Che ha 'sta ragazza?» chiese Rocco.

«Non lo so. Non ci capisco niente e detto fra noi mi sono anche stufato».

Solo, nel deposito della morgue, guardava la bara che conteneva il corpo di Juana Perez in attesa che la venissero a prendere per rimandarla dai genitori a Rosario, in Argentina.

«Ciao...» disse a bassa voce toccando il legno chiaro. «Ora ti rimandiamo a casa, scusami Juana se non ce l'ho fatta, fa' buon viaggio».

Alberto lo aspettava nel corridoio. «Era come dicevi tu?».

«Come dicevo io. Abbiamo fatto tardi».

«Chi c'è dietro?».

«Noi» fece Rocco. «Io, te, la questura, la procura, tutti».

«Puoi essere un tantino più specifico?».

«Servizi. Va meglio ora?».

«No, non va meglio, troiaccia della miseria. Proprio no. Tu che fai?».

«Che faccio? Niente, che vuoi che faccia, Alberto? Quel figlio di puttana chissà dove l'hanno nascosto ora. Sotto quale nome. Sempre se sta ancora in Italia».

«Ti va di andare a bere da qualche parte?».

«Ho bevuto coi miei uomini e ho la testa che gira. Voglio andare a casa. A dormire, se ci riesco».

Fumagalli gli diede una pacca sulla spalla. «Stammi bene...».

«Anche tu, mi raccomando» e si incamminò per il lungo corridoio.

«Oh, Rocco».

«Che c'è?».

«Però siamo stati bravini anche stavolta, no?».

«Ariconsolamose co' l'ajetto» gli rispose.

«Potresti parlare italiano? Lingua che, ti sembrerà strano, parliamo ancora in tutta la penisola e usiamo per poterci comprendere nonostante le enormi differenze antropologiche e sociali?».

«Riconsoliamoci con l'aglio. È un modo di dire. Non servono altre spiegazioni, credo. Grazie Alberto».

«E di che?».

Sciolse il guinzaglio di Lupa annodato a una panca e si incamminò verso l'uscita.

Stava fuori che l'aspettava accanto alla sua Lancia Delta. Rocco non aveva voglia di parlarci, aveva bisogno di buttarsi sul letto e chiudere gli occhi ma Farinelli gli andò incontro deciso. Rocco alzò le mani. «Non mi interessa, qualsiasi cosa tu abbia da dirmi, non mi interessa».

«Ascoltami! Non è colpa mia. Ho dovuto farlo».

«Appunto, lo so. Che vuoi da me? L'assoluzione? Cercati un prete».

«Ma devi saperlo. Mi hanno chiamato, non avevo scelta, lo capisci? Non pensare che l'abbia fatto a cuor leggero».

«La Gambino s'è rifiutata, mi pare».

«E ti pare male. La Gambino non è neanche stata interpellata».

«Tu non hai trovato impronte in casa, vero?».

«Sì, ne ho trovate, corrispondono per una decina di punti a quelle di De Vries».

«Non ci credo. E poi dieci punti non sono niente».

«Però posso dormire tranquillo, come te, come i tuoi uomini».

«Su questo ti do ragione. L'unica cosa, mi piacerebbe sapere il vero nome di Bernardo Valenti».

Farinelli sorrise. «Basterà leggere i giornali, credo. Ora torno a Torino, hai un sostituto tutto per te qui ad Aosta, quindi non credo ci rivedremo. Sappi che lavorare con te è stato un incubo, ma sei comunque in gamba» e gli allungò la mano. Rocco non gliela strinse.

«Posso sapere chi ti ha dato l'ordine?».

«Perché lo vuoi sapere?».

«Perché se ti hanno contattato vuol dire che si potevano fidare. E se si possono fidare io e te non abbiamo più un cazzo da dirci. E le stronzate che l'hai fatto per la tua famiglia, per tua moglie, per dormire sonni tranquilli, valle a raccontare a chi ci crede. Farine', lavorare con te è stato un incubo, ma non pensavo fossi un pezzo di merda fino a questo punto».

Si incamminò verso la strada superando il cortile pieno di alberi. Sentì il rumore dell'auto che poi gli passò a pochi centimetri. La guardò finché i fanalini posteriori furono inghiottiti dalla notte. Il sapore del rhum era svanito.

Alzò gli occhi al cielo. Il vento era calato e aveva lasciato nuvole grigie e minacciose ammassate sulla città. La prima goccia lo centrò in pieno viso.

«Daje a ride...» mormorò. Superò il parcheggio e si avviò verso casa. I fari delle auto e le insegne dei negozi ormai chiusi illuminavano la pioggia. Aumentò il passo. Lupa trotterellava al suo fianco immersa nei suoi odori. Mollò una pisciata accanto agli pneumatici di un'Alfa parcheggiata. Attraversarono insieme la piazza e si trovarono in via Aubert. Gettò un'occhiata all'ufficio di Fabiani. Aveva le luci spente. Proprio di fronte alla vecchia chiesa vide Caterina parlare con una donna anziana. Rocco si fermò ad osservare. Il viceispettore Rispoli se ne stava in silenzio con gli occhi sgranati a guardare la donna, il corpo teso, aggressivo, pareva la corda di un violino. L'altra invece sembrava una tartaruga che cercava di richiudersi nel guscio, ritraeva il collo e parlando allargava le braccia, come stesse chiedendo scusa. Il vicequestore capì che stava violando qualcosa di molto privato, mise il guinzaglio a Lupa, semmai la cucciola avesse riconosciuto Caterina e le fosse andata incontro per salutarla, e scantonò nel vicolo. Avrebbe allungato un po' per arrivare a Croix de Ville, ma era meglio così. La stradina era buia e deserta, superò un albergo e puntò verso la traversa che lo avrebbe riportato sulla via principale. Caterina era un mistero. Non parlava mai delle sue cose, della sua vita, ma non ci voleva un fine psicologo per capire che qualcosa la stava tormentando. Da un po' non era più lei, per la precisione da quando era tornata dal suo giorno libero. Avrebbe voluto parlarle, cercare di capire se poteva aiutarla, ma poi si rese conto che se l'aiuto non era richiesto lui la mano doveva tenersela in tasca, non tenderla in soccorso. Svoltò nel vicolo e dopo pochi metri tornò sulla via principale. Si era lasciato la vecchia chiesa alle spalle, non c'era più pericolo di disturbare il viceispettore. E invece se la ritrovò davanti, proprio in mezzo alla strada.

«Caterina!» disse sorpreso.

«Buonasera» rispose quella. Lupa le saltò subito addosso. «Com'è che sbuchi da quel vicolo?» chiese carezzando la cucciola.

«Così, allungavo prima di tornare a casa».

Caterina guardò la strada, proprio verso la vecchia chiesa. «Dalla questura è una strada un po' tortuosa, no?».

«Il lavoro ti sta distruggendo, amica mia. Ormai sospetti di tutto».

«C'è qualcosa di male? No, è che mi viene automatico pensare che questa è la strada per tornare a casa tua, invece hai preso questo vicolo prima della chiesa vecchia. Proprio dove ero io neanche un minuto fa».

«Va bene. Ho notato che parlavi con una donna e non mi sembrava il caso di farmi vedere».

Caterina si concentrò sul cane. «Bella Lupa, andiamo a mangiare la pappa?».

Rocco tolse di nuovo il guinzaglio alla cucciola che fu attratta da un cartello di divieto di sosta.

«Io me ne torno a casa» disse. «Se ti va di accompagnarmi facciamo un pezzo insieme».

Caterina annuì e si incamminarono verso via Croix de Ville. La pioggia s'era calmata. Poche gocce che cadevano isolate.

«Mi ha detto Antonio che il rhum era buonissimo».

«Potevi venire anche tu».

«Purtroppo... un piccolo problema da risolvere». Camminarono ancora in silenzio.

«Ti ringrazio Rocco» gli disse passandosi la mano nei capelli per asciugarli.

«E di cosa?».
«Di non farmi domande».
«È la tua vita, Caterina. Io non c'entro niente» e si accese una sigaretta.
«È che a volte le scelte sono difficili. Ma ci si rialza, no?».
«Questo è quello che pensi tu. Io la vedo diversamente».
Un ragazzo che usciva da un pub salutò il viceispettore Rispoli con un cenno del capo.
«Rocco, quello che è successo oggi... credo che ognuno di noi abbia bisogno di tempo per metabolizzarlo».
«Sì, anche se non lo digeriremo mai. Poi dipende da come uno vede la vita».
«E tu come la vedi?».
«Da quando ero piccolo ho sempre avuto la sensazione di stare nella camera della morte, hai presente? Quel percorso che fanno fare ai tonni nelle mattanze? Per quanto sia tortuoso, pieno di angoli e svolte, finiscono tutti nella trappola per essere trasformati in scatolette. Ecco, per me è la stessa cosa. Qualsiasi decisione tu prenda nella vita arrivi sempre nello stesso posto, nella scatoletta. Ci illudiamo di fare delle scelte, ma la strada è già segnata e questo non me lo toglie nessuno dalla testa. Pensa a quello che è successo oggi».
Caterina lo guardò. «È un modo un po' duro di vederla».
«Quello che cambia è una sosta, un bacio, innamorarsi come dei coglioni, ma per il resto siamo sempre lì perché la strada è una sola».

«Mi sarebbe piaciuto conoscerti quando eri un bambino. Sai come ti immagino? Sempre zitto, con pochi amici, non molto obbediente...» e per la prima volta da giorni sorrise veramente.

«Ti sbagli. Ero un bambino aperto. Non ci crederai ma avevo un sacco di amici. Ed ero obbediente. Pensa, andavo pure bene a scuola».

«E poi cos'è successo?».

«Ho capito che quello che provavo era vero. E che la vita, pure se è bella, è bella da morire».

«Su questo non hai torto. Vuoi sapere chi era quella donna con cui parlavo?».

«Se vuoi, altrimenti lascia perdere».

«Era mia madre. Non ci parliamo da anni, a parte stasera e poco altro. Te l'ho detto, la mia non è proprio una famiglia modello. Non lo è stata, insomma. Ora però siccome non ne posso più, ti invito a prendere una cosa da bere. Ricordi? Avanzo un rhum! A proposito, ce la fai?».

Le diede un pizzicotto sulla guancia. «Mi sottovaluti, cara...».

Avevano perso il conto dei gin-tonic. Rocco sentiva caldo e gli sembrava di avere qualche diottria in meno, ma era una sensazione piacevole. Aveva ingollato più alcol in quel giorno che negli ultimi tre mesi. Camminavano incerti fra le strade del centro storico, il lastricato bagnato rifletteva le luci dei lampioni. Ridevano per qualsiasi sciocchezza dicessero. Come due sommozzatori in una grotta sottomarina, avevano trovato una bolla d'aria e la stavano respirando a pieni polmoni.

«Quella cosa della vita che hai detto prima...» Caterina si aggrappò al braccio di Rocco, «non è proprio così secondo me. Io la vedo diversamente. Ci è dato un tempo, e lo sappiamo, e durante quel tempo dobbiamo fare il possibile per onorarlo».

«Sono discorsi troppo complessi dopo quella caterva di gin-tonic che ho bevuto».

«No, no, dico sul serio. Lo sappiamo tutti dove andiamo a finire, ma fino ad allora, dico io, viviamola questa vita, no?».

«Certo. È ovvio. Anche se tu non mi sembra ci stia lavorando».

Caterina si fermò e lo guardò. «Perché dici così?».

«Perché non hai ancora trent'anni e potresti fare qualsiasi cosa. Invece guardati! Lavori come una bestia, hai un passato alle spalle che non sai affrontare e che ti pesa come un macigno, non ti liberi dei rami secchi, o almeno ancora non ci riesci. Volevi frequentare la scuola di PS e invece stai ancora qui ad aspettare di dare quella tesi per laurearti. In più sprechi le serate insieme a un vecchio elefante diretto a spargere le ossa accanto a quelle degli avi».

«Hai detto un sacco di cose giuste, vicequestore Schiavone, ne hai sbagliata solo una».

«Sarebbe?».

«Non sei un vecchio elefante, e io non sto sprecando le mie serate». Lenta avvicinò il viso a quello di Rocco e lo baciò.

Sentì un sapore di alcol misto a menta. Era tentato di ritirarsi, sapeva quanto fosse sbagliato, ma la lingua di Caterina era calda, e il suo corpo sembrava appiccicarsi al suo.

Non devi Rocco, non è giusto, pensava, potrebbe essere tua figlia.

Si staccò dalle labbra della ragazza e la guardò negli occhi grandi e luminosi, più dei lampioni stradali. La pelle liscia e i denti bianchi, i capelli tirati all'indietro, la fronte serena, le labbra umide e scure.

«Ma sticazzi» disse, e abbracciandola con tutta la forza che aveva seguitò a baciarla.

Si svegliò di soprassalto. Si stropicciò gli occhi. Accanto a lui Caterina dormiva, una gamba fuori dal letto. Ricordava perfettamente quello che era successo, ma la luce era poca, i fumi dell'alcol tanti e non si era goduto quanto avrebbe voluto il corpo di Caterina Rispoli. Ora lo poteva guardare a lungo, accarezzato dalla luce lattiginosa del mattino che penetrava dalla finestra.

Era bellissimo.

Con il viso schiacciato sul cuscino Caterina dormiva profondamente. Avvicinò la mano, non resisteva, voleva toccare la pelle di seta, sentire sotto il palmo il calore delle gambe, dei glutei. Ma a pochi centimetri si fermò. L'avrebbe svegliata, invece voleva continuare a osservarla ancora per un po'. Ciocche bionde sparse sul guanciale coprivano parte della bocca e degli occhi, ma sembrava che la ragazza stesse sorridendo. Si soffermò sul collo, dove i capelli diventavano leggerissimi, fili di seta. Quello era il punto che aveva sempre preferito in una donna. Il collo e dietro le orecchie. Da ragazzo si vergognava a dirlo agli amici, loro parlavano solo di tette, culo, cosce. Lui non osava dire «A me fa impazzire il collo dietro le orecchie!». Che figura ci faceva? Avvicinò le labbra e ci depositò sopra un bacio sfiorando appena la pelle. Profumava di fiori, ma probabilmente era il deodorante che usava. Invece dalle sue ascelle proveniva un afrore acre, acido. Gli tornò la voglia di fare l'amore ma la luce fuori dalla finestra parlava chiaro; dovevano essere le otto passate.

Lupa era restata in salone a dormire sul divano. Appena lo vide si stiracchiò e lo seguì all'angolo cottura. Rocco riempì la ciotola di croccantini e ci aggiunse il tonno dalla scatoletta. Mentre la cucciola sbranava il pasto se ne andò a fare la doccia.

La caldaia funzionava. Indugiò a lungo sotto il getto caldo e accogliente riordinando le idee e lasciandosi andare ai ricordi della notte appena passata. Ebbe un'erezione ma la ignorò. Non era il caso. Tornò in salone asciugandosi i capelli proprio nel momento in cui la suoneria del cellulare si mise a cantare l'inno alla gioia di Beethoven. Si precipitò a rispondere e sbatté lo stinco su un mobiletto basso dell'ingresso.

«Porca troia...» disse fra i denti.

«Rocco? Tutto bene?».

«Chi cazzo è?».

«So' Brizio!».

Crollò sul divano. «Ho dato una botta allucinante... Dio che dolore».

«Mi dispiace, Rocco».

«Pure a me. Aspe' che metto il vivavoce e almeno mi massaggio la gamba... dimme Brizio...».

«Allora» la sirena di un'ambulanza coprì la voce dell'amico e rimbombò nel salone.

«Non capisco un cazzo, non te sento!».

«Ora?».

«Sì, dove ti trovi?».

«A Testaccio. C'è una manifestazione. Allora, sono stato alla banca. Il mio amico m'ha dato una mano».

Rocco si osservò la gamba. Il mobiletto aveva lasciato un graffio profondo sulla pelle.

«Seba ha prelevato 600 euro, poi ha usato il bancomat».

«Dove?».

«A Foligno, in Umbria».

«In Umbria? Ci conosce qualcuno?».

«Che io sappia no».

«Ce l'hai una cartina?».

«E che so, l'Aci?».

«Vabbè, grazie, grande notizia. Stamme bene».

«Che fai vieni?».

«Devo controllare una cosa. Tu resta alleprato».

Un clacson potentissimo risuonò nel microfono del vivavoce. «Che è?».

«E sto alleprato sì. Per poco non m'arrotavano. Fatte vivo!» e chiuse la comunicazione.

Aprì il cassetto del settimino e prese una canna già preparata. Doveva togliere le ragnatele dell'alcol dal cervello, mettere in moto gli ingranaggi cognitivi. L'accese guardando fuori dalla finestra. La nebbia nascondeva la piazza e lasciava intravedere il palazzo di fronte e il bar aperto. Due bambini che si rincorrevano furono inghiottiti dal biancore. Al terzo tiro afferrò il cellulare e chiamò Alfredo De Silvestri. Rispose al primo squillo.

«Alfredo? Sono Schiavone!».

«Dottore, aspetti» si sentiva lontano il rumore di una stampante che poi si affievolì. Segno che Alfredo De Silvestri aveva chiuso la porta. «Allora mi dica, dalla voce sembra cosa urgente».

«Lo è, Alfredo. Ma sei al lavoro pure oggi?».

«Mi tocca».

«Allora ascolta, mi dovresti fare una ricerca rapida. Ho bisogno di sapere se ci sono denunce per furti a benzinai. Ma non guardare i benzinai grossi tipo autostrada o raccordo anulare, quelli piccoli, sulle statali per capirci. E isolati».

«Zona?».

«La butto lì, diciamo Roma nord, Salaria, Flaminia».

«Quanto tempo mi dà?».

«Zero!».

«Come sempre. Ricevuto. La richiamo appena possibile».

Spense la cicca con l'acqua del lavello e la gettò nella pattumiera. Poi cominciò a rivestirsi. La gamba gli doleva ma non voleva pensarci. Riprovò ancora a chiamare Sebastiano, ma quello continuava a tenere il cellulare spento. Se ci aveva visto giusto, se l'amico era sulla coda di Enzo Baiocchi, lo addolorava che lo stesse facendo senza dirgli niente. Perché in fondo, e ormai Rocco l'aveva capito, Sebastiano non si fidava più di lui. Altrimenti lo avrebbe chiamato, lo avrebbe coinvolto. E non alleviava il suo disappunto sapere che l'amico non si fosse fidato neanche di Brizio e Furio. Sebastiano aveva scelto di giocarsi la partita da solo. E immaginarlo in giro, probabilmente armato in un territorio non suo, accrebbe la sua ansia. Uscì di casa lasciando la porta aperta e bussò al vicino. Attese mezzo minuto, poi apparve la faccia sonnacchiosa di Gabriele. «Ah, Rocco, come va? Ha visto che...».

«Mi devi un favore, ricordi?».

«Eh? Sì certo, che...».

«Tu hai il wi-fi?».

«Sicuro» rispose quello.

«E secondo te a casa mia prende?».

«Certo che sì. È potentissimo».

«Allora prestami il portatile».

Gabriele lo guardò senza muoversi.

«Quale parte non ti è chiara?».

«Se deve fare una ricerca le posso dare una mano».

«No, Gabriele, meglio se te ne stai a casa».

Il ragazzo sparì per tornare poco dopo con il computer. «Ecco qui, l'ho già acceso. Per andare su internet può richiederle la password».

«E qual è?».

«*Hey teacher leave the kids alone*, tutto attaccato».

«Bravo! Cominci a imparare».

«Dal momento che è sveglio, posso mettere i Saxon?».

«Ti taglio la giugulare».

«Ma perché? È sveglio!».

«Io sì...».

Un sorrisetto furbo apparve sulla bocca del ragazzo. «Non è solo».

«Gabriele, tu proprio non vuoi imparare, vero?».

«A farmi i cazzi miei? No, lo so. Allora metto gli Iron Maiden, conosce?».

«Fanno schifo».

Per risposta Gabriele mostrò la sua maglietta nera con il logo del gruppo. «Metto un pezzo dolcissimo, gliel'assicuro».

«Se schitarrano e vomitano rutti busso di nuovo e sei un adolescente morto» si girò e tornò nel suo appartamento.

«Ah, forse le farà piacere sapere che ormai è ufficiale. Con la sospensione e tutto ho perso l'anno».

«Mi dispiace, ma era la cronaca di una morte annunciata. L'hai detto a tua madre? Ah no, sarà a Torino o a Milano o a Bergamo per lavoro».

«No. È di là che fa colazione. Sì, gliel'ho riferito. Sa cosa ha detto?».

«S'è incazzata?».

«No. Ha scosso la testa e ha pronunciato le seguenti parole: Gabriele, Gabriele, cosa ho fatto per meritarmi questo?».

«Ha tutta la mia comprensione» poi entrò in casa.

Si sistemò con il computer sul tavolo del salone e inserì la password. Aprì una cartina. Guardò la posizione di Foligno, in Umbria. Fra Spello e Spoleto. Esattamente sulla statale 3. Che ci faceva Sebastiano da quelle parti? Evidenziò il corso della strada che passava da

Terni per arrivare fino a Rimini e proseguire verso nord. Come promesso Gabriele aveva acceso lo stereo. Una canzone terrificante riusciva ad attraversare i muri. *Murders in the Rue Morgue*. Le solite schitarrate violente e orribili che impestavano le orecchie dell'adolescente, la batteria assordante, Rocco storse la bocca ma lasciò correre anche perché il cellulare si mise a suonare. Rispose con il vivavoce per restare impegnato sulla cartina. «Sì».

«Dottore, sono De Silvestri».

«Un fulmine! Che hai da dirmi?».

«Allora, non so se può servire. Ci sono due denunce. Una di una pompa sulla Flaminia, altezza Sacrofano. L'altra invece sulla Salaria, a Monterotondo».

«Si sa anche quello che è successo?».

«A Sacrofano hanno divelto la colonnina del self-service. A Monterotondo invece... aspetti che mi hanno mandato copia della denuncia».

Sentì scartabellare. Alfredo si schiarì la voce. «Dunque, io sottoscritto Ermanno Pioli eccetera eccetera. Sì, ecco, un uomo ha fatto il pieno alla macchina poi pare abbia stordito il povero Pioli che si è risvegliato con un trauma cranico e il portafogli vuoto».

«Quindi questo Ermanno Pioli l'ha visto in faccia?».

«Così pare».

«La stazione di rifornimento non ha telecamere?».

«No, qui non dice niente».

«E chiaramente non ha preso la targa».

«Descrive l'auto dicendo che è una Fiat Cinquecento bianca».

«Una Fiat Cinquecento bianca... capirai. Potrei chiederti un'altra ricerca ma è allucinante».

«Vuole sapere quante denunce di furto di Cinquecento bianche ci sono state a Roma nelle ultime tre settimane?».

«Ma perché, lo sai?».

«Dottore, è l'auto più rubata in assoluto a Roma e provincia. Nove solo qui all'EUR. In neanche un mese».

«È in gamba, se ci ho visto giusto» fece Rocco.

«Di chi parla?».

«Del ladro. Se avesse preso un'auto che viene rubata raramente sarebbe stato più facile rintracciarla, no?».

«Sì, non ci avevo pensato. Insomma si mimetizza dice?».

«Si mimetizza. E questo depone a favore del sospetto che ho. Va bene, Alfredo, dammi l'indirizzo preciso del benzinaio».

«Salaria Monterotondo chilometro 32 e 300».

Rocco lo segnò su un foglio. «Bene Alfredo... grazie!».

«E di che? Qualsiasi altra novità la chiamo».

«Ci conto».

Chiuse la comunicazione e guardò la mappa sul monitor. La Salaria portava a Rieti, da lì proseguendo sulla statale 3 si saliva verso nord. Ci si poteva arrivare in Slovenia. Cliccò sul confine e la strada divenne un serpente blu da Roma al Friuli. Poteva essere la prima traccia. Sentì un rumore e si voltò. Forse Caterina si era svegliata. Entrò nella stanza in punta di piedi e la vide ancora lì, sul letto. Si era coperta col lenzuolo ma dormiva profondamente. Decise di prendere Lupa e lasciarle un messaggio.

Arrivò alle cinque del pomeriggio. Lupa aveva sonnecchiato per tutto il viaggio. Caterina l'aveva chiamato a mezzogiorno protestando per la sua scomparsa e più che altro per cose pratiche, se c'era da chiudere qualche finestra, dove fosse Lupa e soprattutto dove stesse andando lui. Le aveva mentito rispondendole Milano, a trovare un suo caro amico che non vedeva da tempo. Il viceispettore sembrava l'avesse bevuta e si erano salutati con un bacio. Per tutto il viaggio pensò alla notte trascorsa con lei. Si era fatto un sacco di domande su cosa sarebbe diventato quel rapporto, se avrebbe dovuto considerarlo un'avventura breve e piacevole o qualcosa di più. Rivedersi al lavoro e far finta di niente oppure parlarne e magari col tempo rendere la cosa di dominio pubblico? Cosa avrebbe voluto lui, sinceramente? Doveva dare una risposta alla domanda principale, la stessa che poneva ai suoi amici intrappolati in storie d'amore difficili e contorte: puoi pensare di stare lontano da lei? Poteva pensare di stare lontano da Caterina? Non lo sapeva. Avrebbe fatto meglio ad evitare di mettersi in quella situazione e cercare di rendersi la vita più semplice, per quel poco di semplice che c'era nella sua vita. Ma erano mesi che la desiderava, che la osservava, la punzecchiava. Caterina ormai era diventata parte integrante della sua esistenza, e ripensò alle schermaglie un po' ingenue che facevano in questura o durante le indagini. Erano divertenti, alludevano, procrastinavano qualcosa che forse, un giorno, sarebbe accaduto. E adesso quel qualcosa era successo. Ne sarebbe nato un rapporto o stava correndo troppo?

Non ce la poteva fare. Non era per lui. All'altezza di Roncobilaccio pensò a Marina al suo sorriso e alla sua malinconia. S'era chiuso a chiave in quel ricordo. Ma s'era scordato una finestra aperta, e Caterina s'era affacciata. «Lupa, che cazzo devo fare?». Quella non aveva neanche tirato su le orecchie.

Era una pompa di benzina con solo due colonnine per il rifornimento e senza il self-service. Pompe bianche, così si chiamano quelle che non appartengono ai grandi gruppi petroliferi e che applicano prezzi più vantaggiosi. La Range Rover di Brizio era parcheggiata vicino al gabbiotto. Rocco scese insieme a Lupa che ne approfittò per fare i bisogni. L'amico spuntò da un cespuglio abbottonandosi la patta. «Ciao Rocco» e si avvicinò.

«Mica me vorrai abbraccia'!» gli disse guardandogli le mani.

«Me so' pulito su una foglia».

«Lascia perdere. Te voglio bene uguale. Sta qui?».

«No, c'è la moglie. Lui sta a casa. Dice che gli gira ancora la testa».

«E dove abita?».

«Lì» e indicò una casetta proprio dietro il distributore. I due amici arrivarono al cancelletto di ferro dipinto di rosso sul quale, con del fil di ferro arrugginito, era assicurata una vecchia cassetta delle poste. Lo varcarono. Subito tre cagnolini microscopici cominciarono ad abbaiare come indemoniati. Lupa si spaventò e decise di non entrare. «Dai Lupa, non ti fanno niente» fece Rocco, ma la cucciola temeva il piccolo branco che intanto si era avvicinato all'intrusa. Cominciarono ad annusarla, mentre la lupetta teneva la coda in mezzo alle zampe. Poi fu un attimo e partirono tutti e quattro di corsa nel giardino a giocare. «Si stanno simpatici» commentò Brizio.

La casa era senza intonaco. Davanti alla porta d'ingresso c'era un patio coperto con un bandone ondulato verde trasparente. Dietro la costruzione si intravedeva una vecchia recinzione bassa e malandata e un chiocciare sommesso denunciava la presenza di qualche gallina. La porta era screpolata, sulla destra un pulsante di plastica riportava il cognome del proprietario. Suonarono e poco dopo il portoncino si aprì.

«Chi siete?».

«Ermanno Pioli?».

«Sono io». Superava di poco il metro e sessanta e aveva i capelli bianchi. La barba ispida, era in pantaloni di pigiama e canottiera di cotone. Portava delle vecchie ciabatte di cuoio screpolato. Un enorme porro sulla guancia destra. «Voi chi siete?».

«Vicequestore Schiavone, polizia di Stato».

L'uomo annuì e li fece entrare. «È per la rapina, vero?».

«Esatto» fece Brizio entrando dietro a Rocco.

La casa puzzava di umidità. Il piccolo ingresso aveva la carta da parati rossa staccata in più punti. «Venite, venite, accomodatevi» e fece strada. Entrarono nel salone. Era pulito come un bisturi. Sui divani a fiori i cuscini erano ancora protetti dal cellophane, sul tavolo con le zampe di legno il piano di marmo era lucido e specchiato. Il trumò, stessa pietra del tavolo, sopportava un'enorme specchiera con la cornice dorata. Al centro un vaso di peltro con delle rose di plastica. «Prego, sedetevi pure» e il padrone di casa accennò alle sedie, non ai divani, che evidentemente stavano lì solo per bellezza. «Vi posso offri' qualcosa?».

«Dell'acqua» fece Rocco.

«A me niente» rispose Brizio.

«Ecco... torno subito» e l'omino sparì dietro una porta. Il muro era dipinto di un azzurro spento. Alle pareti coperchi di scatole di cioccolatini incorniciati con delle vedute del Bel Paese. C'era il golfo di Napoli, le tre cime di Lavaredo, il Canal Grande. Una Madonna postmoderna sbalzata in argento troneggiava sul muro sopra il televisore. Ermanno tornò con una bottiglia di vetro decorata con delle strisce arancioni e un bicchiere. «Ecco, mannaggia quella minerale l'ho finita».

«Fa niente, signor Pioli» disse Rocco.

«Mo' è passato qualche giorno. Era martedì scorso. Quello è sceso, ha fatto il pieno, io mi sono girato per rimettere a posto la pompa e poi un dolore alla testa. Sono cascato per terra e ho visto che teneva una pistola in mano. M'ha dato un'altra zaccagnata e poi... tutto nero. Quando mi sono svegliato stavo in ospedale».

«Senta, se io le mostro una fotografia, lei è in grado di riconoscere il bandito?».

«Teneva degli occhiali da sole e un cappello di lana in testa, tanto che io m'ero detto: ma che ci fa questo con il cappello di lana? Siamo a giugno!».

Rocco si mise la mano in tasca. Prese il portafogli e lo aprì.

«Te lo porti tipo santino?» fece Brizio.

«Già» confermò Rocco sorridendo e tirò fuori la fotografia di Enzo Baiocchi. «È di qualche anno fa» disse a Ermanno passandogliela. Quello la prese e si mise a guardarla. «È difficile» fece, «gli occhi non glieli ho visti...».

«Aspetti...». Rocco prese una penna dal taschino. Poi disegnò due lenti sulla foto che restituì a Ermanno. L'uomo sorrise. «Mo' va meglio» disse divertito mostrando qualche dente mancante nella chiostra. «Io direi... sì, potrebbe essere lui. Potrebbe, sì. Però... no, no, potrebbe essere lui».

«Sua moglie ha visto niente?».

«No, mia moglie stava in casa».

«Quanti soldi ha rubato?».

«Io direi qualche duecento euro...».

«E 'ndo ce va?» fece Brizio.

«Già. Quindi ha ripetuto l'impresa, Brizio, te lo dico io».

L'aveva ripetuta. Stavolta Alfredo De Silvestri ci aveva impiegato meno di mezz'ora cercando tra le denunce di furti a distributori di benzina sulla strada statale 3. Era avvenuto a Scheggia, poco distante dal confine marchigiano. «Sta lasciando le mollichelle» fece Brizio appoggiato al suo Range Rover, «tipo quello delle favole, come si chiama...».

«Pollicino» rispose Rocco. «Che ore so'?».

«Le sei» fece Brizio. «Che facciamo?».

«Tu tornatene a Roma e avverti Furio».

«E tu dove vai?».

«A fare un controllo. A Velletri».

«A Velletri?».

Un'altra ora di macchina. Lottava con le palpebre che volevano chiudersi mentre la schiena urlava di dolore. Il sedere cominciava a prendere la forma della poltrona della Volvo. Quando arrivò in vista del carcere il sole stava tramontando. Parcheggiò, fece scendere Lupa per i bisogni, poi la lasciò in auto con i finestrini un po' aperti per l'aria. «Torno subito, fai la brava» le disse. E si avvicinò alla casa circondariale.

«Chi si rivede, come va, Rocco?». Francesco Selva, il direttore del carcere, nonostante l'ora era ancora al lavoro ma sembrava fosse appena arrivato. Fresco come una rosa, abbronzato e con i capelli in perfetto ordine profumava di dopobarba. Si strinsero la mano. «Mi dicevi, allora, ancora Enzo Baiocchi?».

«Sempre lui».

«Quel figlio di buona donna». Si aggiustò il ciuffo con un rapido gesto della mano. «E cosa posso fare per te?».

«Mi serve sapere se ricordi qualcuno che lui frequentasse assiduamente».

«Qui dentro? Se c'è qualcuno che lo sa è un secondino, Luciano Domizi. È quasi in pensione, ma dei nostri ospiti conosce vita morte e miracoli».

«Dove lo posso trovare?».

«Vieni con me. È giù in ufficio. Senti, è un po' burbero, ma è una brava persona. Trent'anni qui dentro, non gliene puoi fare una colpa».

Gli uffici erano deserti. In una stanza piccola e con le pareti screpolate sedeva un uomo con un paio di baffi a manubrio e i capelli tagliati a spazzola. Stava rimettendo a posto una pila di documenti. Quando Selva e Rocco entrarono non alzò gli occhi. «Lucia', c'è il vicequestore Schiavone, vorrebbe parlare con te».

«Ecco, un attimo, io due mani ho!». Sbatté la pila di carte sul tavolo e le infilò in una cartellina. Poi finalmente sollevò lo sguardo. «Te sei Schiavone, quello che quel figlio di puttana di Baiocchi voleva ammazzare?».

«In persona».

Luciano guardò l'orologio appeso alla parete. «Io me ne devo andare a casa. Facciamo una cosa di giorno».

«Rapidissimo. Senta Luciano...».

«Diamoci del tu. Non ci riesco con il lei. Mica sono un signorino come voi che ha fatto le scuole. Io faccio lavorare queste» e alzò le mani tozze e scure. Selva sorrise, abituato alle reazioni poco diplomatiche del suo uomo.

«Va bene, Lucia'. Dammi una mano. Qui dentro, quando ospitavate Baiocchi, c'era qualcuno con cui lui legava?».

Luciano si alzò dalla sedia. Era parecchio in sovrappeso e quel semplice movimento gli causò un po' di fiatone. «Ce n'erano un paio. Uno sta ancora dentro, Damiano Mezzi, ti ricordi diretto'?».

Selva annuì. «Sì, deve fare parecchi anni. È un recidivo. Rapine, furti e omicidio colposo. Buona condotta, dà una mano in carcere».

Rocco si passò la mano sul mento. «L'altro?».

«L'altro è uscito da un sei mesi. Mino Coppetti. Ha girato le carceri di mezza Italia. Dice che a Velletri si trovava bene» e scoppiò a ridere. «Io non mi ci abituo a questa cosa. I carcerati ci hanno scambiato per un albergo. Danno i voti al vitto, alle stanze, ai cessi. Io gli sparerei in bocca a tutti, 'sti fiji de 'na mignotta».

«Coppetti. Che specialità?».

«Falsario. Ma mettici pure un paio di rapine, tanto per restare allenato».

«E con questo Coppetti, erano molto amici?».

«Stavano sempre culo e camicia. Io dico che qualche mignottata fuori l'hanno pure fatta insieme».

«Ed è uscito».

«E te l'ho detto, no? Che sei sordo? Sei mesi fa. Ha scontato».

«Ti ricordi di dov'è 'sto Coppetti?» chiese Rocco a Selva, parlare con il secondino cominciava a dargli sui nervi.

«No, io no».

«E chiedi a me, no? Che è, te faccio schifo?» intervenne Luciano. «Cividale del Friuli. Oh, quando parlava al telefono con la madre non si capiva niente. Parlano strano da quelle parti».

«Parlano friulano, Luciano» lo informò il direttore.

«Si può avere l'indirizzo di questo tipo?».

«Te lo rimedio io, Rocco» fece Selva. «Grazie, Luciano, sei stato molto utile».

«Prego, direttore. Ah, Schiavone, se rimetti le mani su Enzo, vedi di non portarlo qui».

«Fosse pe me lo lascerei 'ndo lo trovo» rispose Rocco.

«Mi piaci, vicequestore» e finalmente sorrise.

È facile perdere le cattive abitudini, e Rocco dopo mesi di Aosta aveva perso quella del traffico congestionato. Tornava verso Roma stretto in mezzo ad autovetture e luci posteriori rosse. Era dentro un enorme blocco di acciaio, plastica e vetro che si muoveva di mezzo metro ogni dieci minuti. Gli era tornato alla mente più di una volta Bernardo Valenti, e la faccia con il naso schiacciato di Carlo e Paolo. Gli scottava ancora sulla pelle, ma il fatto che lui all'omicida ci fosse arrivato nonostante i depistaggi era una vittoria, anche se tutta l'indagine aveva lasciato un livido che ci avrebbe messo del tempo a riassorbirsi. Fermo in mezzo all'imbottigliamento, mentre la radio mandava *El día que me quieras*, un tango argentino, come dalle acque della Dora riaffiorò nella mente il cadavere di Juana. Accanto spuntò quello di Castel di Decima, e l'ultima telefonata fatta con il vice Bonanni.

Honduras.

Perché gli era familiare? L'immagine arrivò come uno schiaffo. Le statuine precolombiane! Quando anni prima aveva fermato il traffico di droga nel quale c'era in mezzo il bastardo di Luigi Baiocchi, al porto di Civitavecchia, la cocaina era stata trasformata in finte statuine precolombiane provenienti proprio dall'Honduras. Una coincidenza? Poteva essere. All'epoca arrestarono sì il braccio romano di quel traffico, ma non riuscirono mai a risalire ai veri fornitori di droga. C'entrava quel nuovo cadavere ritrovato a Castel di Decima? Perché? E se nell'omicidio c'era di mezzo Enzo Baiocchi, che ancora latitante stava sicuramente cercando la fuga, c'era un anello che legava l'omicidio a quel vecchio traffico di cocaina?

Fermo sulla provinciale all'altezza di Ciampino stava pensando seriamente di fermarsi al primo albergo che gli capitava, tanto di andare a Monteverde non era aria. Suonò il cellulare. Conosceva quel numero. Inserì il vivavoce dell'auto. «Ciao Caterina...».

«Ciao Rocco. Dove sei?».

«Sto andando a Varese».

«Ti cercava il questore. Gli ho detto che ti eri preso una pausa. Non ha fatto una piega».

«Meglio così, meno lo vedo e meglio sto».

«Avrei voglia di parlarti...».

«Sei a casa?».

«Sì».

«Però al telefono non mi piace».

«Neanche a me. Baldi sta cercando una piccola vendetta, lo sai?».

«E cioè?».
«S'è messo a indagare sui conti di quel Berthod, il padrone di casa col negozio».
«Brucia anche a lui».
«Vedrai, ti chiamerà».
«L'ha già fatto, ma non mi va di sentirlo».
«Torni presto?».
«Non lo so. Credo di sì».
«Che c'è di bello a Varese?».
«Boh, mai stato».
«Ti raggiungo?».
«Lascia perdere Caterina...».
Ci fu un silenzio. «Allora ci vediamo appena torni. Lupa sta bene?».
«Poveraccia. Dorme sul sedile di dietro».
«Ti abbraccio Rocco» e chiuse la telefonata.

All'altezza del raccordo anulare il traffico s'era sciolto, e preferì proseguire per Trastevere e trovare un albergo lì. Dopo la doccia e la pappa a Lupa presa da un droghiere che aveva i prezzi di un negozio d'alta moda, andò all'appuntamento con gli amici. Lo aspettavano seduti a piazza Sant'Egidio. Forse perché la scottatura era ancora fresca, raccontò tutta la storia di Juana Perez. Impiegarono due Ceres a testa prima che finisse. L'unico commento lo fece Furio: «Fiji de 'na mignotta...», poi ordinarono la terza consumazione.
«Da dove cominciamo?» chiese Brizio sorseggiando la birra.

«C'è un tipo che frequentava Enzo. Tale Coppetti, uno di Cividale del Friuli».

«Perché da lui?».

«Perché se ci abbiamo visto giusto è laggiù che sta andando. Da lì la Slovenia è a un passo, e quell'amico magari può dargli una mano coi documenti».

«E se abbiamo sbagliato tutto il ragionamento?».

«Non lo pigliamo più» fece Rocco.

«Del cadavere, quello senza nome, s'è saputo qualcosa?».

«Addosso aveva una cinta fatta in Honduras».

I due amici lo guardarono interrogativi.

«E io ci ho pensato a lungo. E mi sono ricordato del 2007, la storia della coca e di quel pezzo di merda di Luigi Baiocchi...».

«Je possa brucia' il culo ovunque si trovi» disse Brizio alzando il bicchiere.

«È così. Be', c'erano quelle statuine fatte di droga, vi ricordate? Venivano dall'Honduras».

«Me pare un po' pochino» obiettò Furio. «Che vuoi fare?».

«Un salto all'ambasciata tanto per capire. Poi ci diamo una mossa e puntiamo su Cividale».

Furio sbuffò, Brizio invece si morse le labbra. «Ce l'abbiamo un indirizzo?».

«Al carcere me ne hanno dato uno vecchio, della madre, che però risulta morta da tempo. Voi sentite in giro. 'Sto Coppetti era un mezzo falsario. Secondo me in città lo conoscono pure. E comunque vedo con gli amici al commissariato se mi possono dare una mano».

«Vabbè, annamo a magna' che ci ho lo stomaco che parla» propose Furio alzandosi. Rocco lasciò i soldi sul tavolino, insieme si incamminarono verso il loro ristorante. «E comunque Seba continua a tenere il telefono spento» fece Brizio.

«Già. Ormai ho perso le speranze di sentirlo...».

«E a proposito di cellulari» disse Furio accendendosi una sigaretta, «a me ancora non torna il fatto che il morto aveva il tuo numero in tasca...».

La camera era piccola, poco pulita e piena di brutti quadri. Rocco li rigirò uno per uno, altrimenti non avrebbe preso sonno. Chiuse i battenti salutando Roma e Trastevere, poi se ne andò in bagno a lavarsi i denti. Fu nello specchio che la vide. Era lontana, il viso stanco e appannato. Non lo guardava, se ne stava di profilo come se nell'altra stanza ci fosse qualcosa di più interessante.

«*Non ci torno Marina. Non ci sto bene. Preferisco starmene in albergo. Stavo pensando seriamente di venderla. Vale ancora un sacco di soldi, semmai mi trovo qualcos'altro proprio qui a Trastevere. A me basta un buco*».

Il viso scomparve. Rocco sputò il dentifricio nel lavandino, poi si sciacquò la bocca. L'acqua di Roma sapeva di calcio. Tornò in camera da letto. Eppure era sicuro di aver chiuso le imposte. S'erano riaperte, e si era aperta anche la finestra. Si commosse quando nel cielo vide solo una stella farsi spazio fra due nuvole sporche, forte e luminosa. La luna era un filo d'argento. «Buonanotte pure a te amore mio».

L'addetto stampa arrivò trafelato. Un vestito di lino blu impeccabile, fazzoletto da taschino in tinta con la cravatta, sembrava pronto per un matrimonio. «Buongiorno, sono Alejandro Giménez» e gli strinse la mano. «Che cosa posso fare per lei?». Il suo italiano era perfetto.

«Chiedere al Comune qualche parcheggio per i visitatori» fece Rocco. «Qui è un vero incubo».

Giménez sorrise. «La fortuna di lavorare in un paese straniero, l'unica mi creda, è che almeno abbiamo il posto riservato. Gradisce un caffè, un tè?» e con il braccio destro indicò una scalinata che saliva al piano superiore. Una segretaria con un vestito rosso e i capelli ricci, seduta a un desk proprio sotto le scale, sorrise.

«Sono a posto, grazie».

«Allora...» l'addetto si strofinò le mani, «rimaniamo qui nell'ingresso o preferisce venire nel mio ufficio?».

«Stiamo pure qui».

«Almeno usufruiamo di quelle comodissime Frau» e fece strada in un angolo del salone d'ingresso dove, accanto a una finestra, due poltroncine rosse e un tavolino basso prendevano un po' di luce.

«Al telefono mi diceva della cinta...».

«Esatto. Può aiutarmi? So che quei fabbricanti di pellami...».

«Mario's Pura Piel. I migliori del nostro paese».

«Esatto, possono aver prodotto un regalo per voi. Una cinta».

«Guardi, mi sono andato a informare. Effettivamente due anni fa l'ambasciata ne ha ordinate un certo numero. E le ha usate per dei regali».

«È troppo chiedere a chi?».

Alejandro allargò le braccia. «Non è troppo ma è molto complesso. Si tratta di un regalo minore. Credo, ma ne sono abbastanza sicuro, che siano state usate per persone che collaborano con l'ambasciata, magari qualche giornalista, qualche fornitore di piante e fiori, oppure qualcuno del catering».

Il vicequestore si mise la mano in tasca. Tirò fuori la foto del cadavere senza nome trovato a Castel di Decima. «Lei quest'uomo non l'ha mai visto?».

«Me l'hanno già mostrata, dottor Schiavone. No, non so chi sia, e non l'ho mai visto. Era lui ad avere la cinta, vero?».

«Esatto».

«Ma sa cosa? Non è detto che sia una persona del mio paese. Sa come succede coi regali? Molti li riciclano».

«È vero. Dalle parti di Pisa sotto Natale si tirano fuori i regali peggiori e si mettono in palio. La chiamano la tombola dei troiai».

Alejandro scoppiò a ridere. «Ma non è il caso della cinta. Mario's Pura Piel fa cose eccellenti».

«Non lo metto in dubbio. Però, certo, qualcuno potrebbe aver utilizzato il regalo per sdebitarsi, insomma come diceva lei, riciclarlo. Ecco, mi viene in mente una cosa. Secondo lei, quanto può costare una cinta come quella?».

«Guardi, sono fatte a mano una per una. Anche se simili, sono tutti pezzi unici. Una quarantina di euro?».

«Me lo chiede?».

«No, non glielo chiedo. Direi una quarantina di euro».

«Allora mi viene in mente che, diciamo una persona non molto ricca, difficilmente riciclerebbe un regalo simile. Può essere?».

«A questo non avevo pensato. Sì, può essere».

«Mi segua nel ragionamento. Io ricevo dall'ambasciata questo regalo, non so che farmene perché di soldi ne ho parecchi, allora lo mollo a una persona che può apprezzare. Nel nostro caso il cadavere. Perché, ammettiamo che sia onduregno, non può averla comprata al negozio. Lei mi ha detto che Mario's Pura Piel non produce cinte».

«No, esatto, il ragionamento è plausibile».

«E allora, sempre ragionando per assurdo, lei mi può trovare qualcuno che ha ricevuto quella cinta e che magari può averla in qualche modo riciclata?».

«Aspetti» si alzò di scatto. Non era felice di quell'incombenza, ma lo nascondeva benissimo. «Carmen!» chiamò. «La nostra memoria storica!». La segretaria col vestito rosso si avvicinò. L'addetto stampa si mise a parlottare con lei. Quella non perse il sorriso e si inerpicò sulla scala. Alejandro tornò da Rocco. «Se abbiamo qualcosa, Carmen la trova di sicuro».

«Lei nel 2007 era qui?» chiese Rocco.

«No, ero al consolato a Torino. Perché?».

«Niente. Non ricordavo di averla conosciuta. Io venni per un brutto affare di droga, al porto di Civitavecchia, contattai l'ambasciata. Ma non risolvemmo nulla».

«Un brutto affare di droga?».

«Già. Fermammo un carico proveniente dal suo paese, avevano trasformato la coca in alcune statuine finte precolombiane». Il viso di Alejandro Giménez si oscurò. «Ho detto qualcosa che non va?».

«No... però si renderà conto che non è piacevole sentire una cosa simile. Un traffico di cocaina dal Sudamerica o dall'Honduras?».

«Dal suo paese».

«E come si possono controllare tutti i cittadini dell'Honduras, o tutti gli italiani che abbiano a che fare col mio paese. Solo a Roma sono migliaia».

«Lo so. Infatti ci fermammo. All'epoca parlammo con un suo collega. Meglio, era uno che stava nel gabinetto del viceconsole, mi pare di ricordare. Aspetti, il nome... Juan Gonzalez qualcosa...».

Alejandro schioccò la lingua. «Juan Gonzalez Barrio. Non era nel gabinetto del viceconsole. Teneva i rapporti con le piccole e medie imprese».

«È ancora qui?».

«Per carità!» disse alzando le mani. «No, non è più qui. Non c'è più da anni».

«Chissà dove è finito».

«Non lo so. Terminò il suo rapporto con noi e, credo, tornò in Honduras. Ricordo che aveva una moglie molto bella, ma poco altro. E a proposito di belle donne» e si voltò. Carmen scendeva dalle scale. In mano aveva un plico non molto spesso. Lo consegnò a Giménez che le era andato incontro. «Ecco qua. Vede ad avere una grande segretaria? Tutto al suo posto. Allora, l'ordine era del... del 2010, tre anni fa, mi correggo. Ce n'era uno precedente, di cinte intendo, ma risale al 2001. Troppo lontano, no? Sì, la fabbrica di pellami ci riforni di 35 cinte, 150 portafogli e 150 portadocumenti. Solo che io non ho i destinatari di quei regali». Abbassò il foglio. «Mi dispiace».

Rocco guardò la segretaria che se n'era tornata alla sua scrivania sotto la scalinata. I loro occhi si incrociarono e quella non li abbassò.

«Già. Era un tentativo».

«Le assicuro che se dovessi trovare qualche traccia...».

«Me lo farà sapere. O può comunicare col mio collega, vicequestore Bonanni. Anche se qualcosa mi dice che io e lei non ci sentiremo più».

«Non sia così pessimista».

«Sono realista, dottor Giménez». Il vicequestore si alzò allungando una mano. «È stato un vero piacere».

«Piacere mio, dottor Schiavone. E ci pensi a visitare il nostro paese. È meraviglioso!».

«Non lo metto in dubbio. Soprattutto se le donne sono tutte come Carmen!».

La donna sorrise arrossendo.

Non è che Rocco Schiavone fosse un profondo conoscitore dell'animo femminile, ma di quello umano sì. Sapeva leggere gli occhi e i movimenti del corpo. Da come una persona camminava, da uno sguardo, perfino dal modo in cui si aggiustava i capelli a volte traeva qualche conclusione utile. Quindi le diede dieci minuti, il tempo sufficiente per prendere una decisione e agire di conseguenza. Si era fermato al bar davanti all'ambasciata, seduto a un tavolino di ferro soffocato dalle macchine parcheggiate. Aveva preso un caffè e teneva d'occhio la finestra del primo piano. Carmen si era affacciata dopo tre minuti, e dopo sette la vide uscire dal portone. Mento sollevato, capelli al vento, forse si era anche data un'aggiustatina al trucco. Attraversò la strada e puntò verso di lui. Entrò nel bar salutandolo con un piccolo gesto del capo e sorridendo. Era la sua arma preferita, il sorriso, la pelle del viso si stendeva e gli occhi, grazie al contrasto con la dentatura perfetta, risultavano più grandi e luminosi. Rocco si alzò e la seguì. Passò alla cassa a pagare l'ordinazione. Poi si appoggiò al bancone, un piede intrecciato all'altro, in attesa. «Buongiorno Carmen» disse Rocco.

«Buongiorno dottor Schiavone» rispose puntandogli addosso i suoi occhi.

«È una giornata magnifica, non trova?».

Carmen si mise a ridere. Fuori nuvole acide ingrigivano la città. «Ne ho viste di migliori».

«Lei è la memoria storica dell'ambasciata, così ho sentito».

La donna non rispose. Mise le mani nella pochette nera che portava sotto il braccio e tirò fuori un foglio. «Queste sono le persone che hanno ricevuto la cinta in regalo. Magari le può tornare utile».

Rocco prese la carta senza guardarla. «Se il signor Alejandro dovesse accorgersene...».

«Non è cattivo. Ma lui per poter dare le informazioni deve passare attraverso tante di quelle persone che ci può fare notte».

«Lei non è italiana. Ma parla benissimo».

«Sono qui da venti anni» rispose Carmen. «Un tempo abbastanza lungo per imparare una lingua».

«Perché mi sta aiutando?».

Con un sorso finì il succo e poi poggiò il bicchiere. «Non se ne abbia a male se non rispondo. Diciamo che ci sono brutte persone con cui ho lavorato, che mi hanno anche fatto del male, e non vedo l'ora che ne paghino le conseguenze».

«Può essere più precisa?».

«No. Anche perché io non le ho dato niente e niente le ho detto».

«Perché si fida di me?».

«Ha gli occhi giusti. Hasta luego, dottor Schiavone» girò i tacchi e uscì dal bar.

Rocco prese il foglio, lo aprì. C'era una lista con una decina di nomi. Alzò gli occhi al cielo. Gli toccava cercare il solito ago nel pagliaio. Erano tutti uomini dell'ambasciata, il vecchio addetto stampa, un fotografo, due segretari di gabinetto. Ma il decimo nome gli fece rizzare i peli sul collo.

Era quello di Juan Gonzalez Barrio.

S'era perso e ritrovato a piazza del Popolo con il foglio in mano, come un rabdomante che cercasse acqua. E dire che la fontana di Della Porta acqua ne aveva da affogarci. Perché Barrio aveva richiesto quella cinta? Era poi quella che aveva indosso il cadavere di Castel di Decima? Non ci arrivava, non riusciva a fermare i pensieri, a trovare un solo binario dove convogliarli. I ricordi si confondevano con ricostruzioni azzardate. Cercò di richiamare alla memoria le indagini di quella partita di coca che aveva intercettato a Civitavecchia, del mobilificio, dei nigeriani, ma non ne usciva. I visi si sovrapponevano, parole, rumori. Chiuse gli occhi e cercò di isolarsi dalla città, dal frastuono delle auto e della gente che parlava. Dov'era la chiave? E dov'era Sebastiano? Poi si ricordò che aveva chiuso Lupa in macchina. Era ora di farle prendere aria.

Con il cane al guinzaglio, risaliva per Villa Borghese. Il cielo era sempre grigio e i taxi scendevano come bolidi. Il Muro Torto invece era un blocco di auto ferme. Mentre Lupa assaggiava l'erba lui si perse a guardare le macchine incolonnate. Ce n'era una che attirò la sua attenzione. Una vecchia auto verdina che scatarrava fumo dal tubo di scappamento. Gli ricordò quella di Michela Gambino, il sostituto con la testa piena di complotti. Ci pensò qualche secondo e gli venne l'idea.

«Dica pure...» era stato venti minuti in fila al negozio e finalmente era il suo turno.

«Mi serve un cellulare. Semplice. Con una carta e un nuovo numero».

«Ha preferenze?».

«Quello che costa di meno» rispose Rocco. Il commesso aprì una piccola vetrina. Tirò fuori una specie di citofono nero. «Ecco qui. È un'ottima marca, niente di che, però...».

«Lo prendo. Ci metta un numero nuovo».

«Vuole fare un contratto o una ricaricabile?».

«Ricaricabile, grazie».

Il commesso aprì un cassetto e si mise a trafficare con bustine e batterie. Lupa se ne stava stesa a terra a godersi la frescura del marmo. Non sapeva dire se la paranoia di Michela Gambino l'avesse contagiato, ma lasciare il suo vecchio cellulare in albergo e muoversi con quello nuovo che nessuno conosceva gli sembrò una mossa intelligente.

«Ecco, ci sono 10 euro di ricarica e...».

«Me ne metta 100!».

Il ragazzo lo guardò stranito. «Spende più di ricarica che di cellulare?».

Rocco annuì. «Già... ci posso vedere le mail?».

«Certamente. Glielo imposto?».

Brizio alla guida superava allegramente i 130 chilometri orari, limite di velocità consentito sulle autostrade. Rocco seduto accanto guardava fuori dal finestrino. Furio, sul sedile posteriore carezzava il cane. «Non è male 'sta Volvo, Rocco» fece osservando il cruscotto. Avevano preferito la macchina di Schiavone per via dei peli che Lupa avrebbe lasciato sui sedili nuovi della Rover di Brizio. «Certo la Range è un'altra storia, ma va benone». Nessuno gli rispose. «Dateme chiacchiera sennò m'addormo!».

«Che sei Nino Manfredi?» fece Furio. «Quanto ce vorrà fino in Friuli?».

«Boh... Rocco, che è 'sta faccia lunga?» gli domandò Brizio. «A che stai a pensa'?».

«Devo dirvi una cosa della lista che m'hanno dato all'ambasciata».

«La storia della cinta? Mbè?».

«Una delle persone che ha avuto quel regalo è Barrio».

Brizio guardò nello specchietto cercando lo sguardo di Furio che teneva gli occhi puntati sul poggiatesta di Rocco. «Chi è Barrio?» chiese.

«Lavorava all'ambasciata dell'Honduras, addetto ai rapporti con le piccole e medie imprese».

«Ancora non ci arrivo» fece Brizio.

«Io lo contattai tanti anni fa, nel 2007, e mi sembrò una persona a posto. Un po' arrogante, ma a posto. Però la faccia di Alejandro Giménez quando ho pronunciato il suo nome è diventata grigia come 'st'autostrada».

«Vabbè, magari je stava sur cazzo» concluse Brizio.

«Sarà... però 'sto tipo è stato allontanato dall'ambasciata».

«Avrà preso bustarelle, oppure scroccava».

«Oppure» disse Rocco «acchittava cose sporche. All'ambasciata in qualche modo è arrivata una voce e l'hanno cacciato».

«Boh» fece Furio che aveva afferrato le orecchie di Lupa per massaggiarle. «Me pare che stai a anda' troppo veloce».

«Ora, dico io, uno che ha a che fare con le piccole e medie imprese italiane ha un sacco di soldi che gli passano davanti, questo è sicuro. Che ci fa con una cinta?».

«Se doveva sdebita' con qualche sfigato» concluse Furio.

«Pure secondo me». Poi Rocco afferrò il cellulare nuovo. Brizio lo guardò appena e si sentì in dovere di commentarlo. «Ammazza, te sei fatto un capolavoro... quello te dura sì e no due giorni».

«E quello deve durare... come si fa a nascondere il numero?».

«Cancelletto poi 31 poi cancelletto. Ma perché?» disse Furio.

«Meno se sa il numero e meglio è». Rocco eseguì, compose un numero e poi attese.

«Che è tutto 'sto mistero?» chiese Brizio.

«Ci hai paura che te spiano?».

«Poi te lo dico Furio... Pronto? Uccio? Sono Rocco!».

«Uelà, m'hai letto nel pensiero. Chiami dall'ufficio che non vedo il numero?».

«Già. Dimmi se ci sono novità».

«E te lo dico sì. Sono ore che ti chiamo al cellulare ma ce l'hai sempre staccato. Ho una bella notizia, amico mio. Riguarda il cadavere ritrovato a Castel di Decima. Ho avuto l'intuizione, ci ho provato e ho fatto tombola».

«E dimmi un po'?».

Furio e Brizio cercavano di sentire. Rocco premiò i loro sforzi mettendo in vivavoce.

«Allora ho mandato le impronte digitali alla polizia di Tegucigalpa».

«E 'ndo cazzo sta?» chiese Brizio sottovoce.

«Honduras» sussurrò Rocco. «Vabbè Uccio, e allora?».

«Allora, ci hanno messo qualche giorno ma c'è stato il riscontro. Diciassette punti in comune con Ruben Montoro. Ti mando la foto con un sms così lo vedi. È lui, Rocco!».

«Ruben Montoro? E chi è?».

«Padre siciliano madre onduregna. Nel suo paese era ricercato per un sacco di reati. Credo fossero felici di saperlo cadavere qui da noi».

«Ruben Montoro... e da quanto era in Italia?».

«Stanno cercando, ma non ci sono tracce. Né quando è entrato e neppure se e quando è uscito. Capace avesse la doppia cittadinanza, doppio passaporto, documenti falsi, io che ne so? Però se vuoi ti faccio mandare la sua bella cartellina per mail. Così ti leggi i precedenti. Sempre che tu abbia una mezzoretta a disposizione».

«Va bene, mandami pure una mail con la foto di Ruben Montoro».

«Qualsiasi novità mi faccio vivo! Ad maiora!» e attaccò.

«Mi spieghi 'sta storia del cellulare?» chiese Brizio.

«È per evitare che mi rintraccino».

«Chi?».

«Te l'ho detto: qualcuno mi ha messo gli occhi addosso. E meno sa meglio è...».

«Daccelo pure a noi 'sto numero» fece Brizio, «se dovesse servi'. Oppure non te fidi?» e sorrise.

La suoneria annunciò che era arrivata una mail. Uccio era stato di parola. La foto segnaletica di Ruben Montoro non lasciava alcun dubbio. «Cazzo, è lui! Il cadavere di Castel di Decima...» fece il vicequestore.

«Cosa ha a che fare con Enzo Baiocchi?».

«Questa è la domanda principale, e io una risposta comincio a vederla. Mo' fermati al prossimo benzinaio sennò me la faccio sotto!».

«Figata!». Brizio per gli autogrill aveva un'attrazione irrefrenabile.

Mentre Brizio svaligiava gli scaffali e Furio appoggiato al banco era in attesa di un caffè, Rocco si era messo accanto ai bagni dove il cellulare prendeva. «Carmen, sono Schiavone, si ricorda?».

«Come potrei dimenticare. Posso esserle utile?».

«Parecchio. Ruben Montoro, lo ha mai sentito nominare?».

Ci fu un breve silenzio. «Sì, il nome non mi è nuovo. Lei è a Roma?».

«No, sono in viaggio».

«Mi chiami appena rientra, dobbiamo fare due chiacchiere ma non al telefono».

«Sicuro. Mi dica solo se la strada è quella giusta».

«Non al telefono» ripeté Carmen e chiuse la comunicazione. Rocco restò con il cellulare in mano. Brizio, carico di cioccolata, un pallone di peluche e altri giocattoli, si avvicinò. «Sono pronto, 'nnamo?».

«Spiegami che ci devi fare col pallone di peluche. Guarda qui, pure un trenino di plastica».

«Per il nipote di Stella. Ogni volta che mi vede mi dice: hai portato un regalo a Tommy? Ecco, gli ho preso pure il trenino. Bello, no?».

«Saresti un bel padre» gli disse sorridendo.

«Sei scemo? Io? Ma m'hai visto bene? No Rocco, certe cose è meglio che si chiudano».

«Che vuoi dire?».

«La storia del dna, me l'ha spiegata Stella. Io ci ho quello de papà, ti ricordi papà, no?».

«Poco».

«E certo, stava più a Regina che a casa. E pure nonno frequentava le stesse celle. E suo padre prima de lui. Insomma, 'na schiatta di gente marcia. Mo' con me basta, dico io. È ora di fermare la catena».

«Sei pessimista. Potrebbe prendere da Stella».

«Non credo. La mela marcia vince sempre su quelle sane, lo sai. Prova a metterle nello stesso cesto. Dopo du' giorni so' tutte fraciche. Col dna funziona uguale».

«Te l'ha detto Stella?».

«No, ce so' arrivato da solo».

Arrivarono a Cividale che erano le otto di sera. Il paese sembrava deserto. Riuscirono a trovare posto in un albergo che accettava i cani. Era pulito e accogliente, sul bancone accanto alle chiavi c'era una quantità di dépliant che illustravano le bellezze della cittadina ma a nessuno dei tre venne in mente di prenderne uno. Rocco non si fermò. Lasciò gli amici a farsi una doccia e uscì dall'albergo. Da via San Lazzaro a piazza Armando Diaz erano poco più di cinque minuti, come il solerte uomo della reception gli spiegò dandogli in mano una cartina colorata della città. Passò sul ponte del Diavolo e si perse a guardare le acque del Natisone. Le case che spuntavano dalle rocce a picco erano un bello spettacolo. Peccato non ci fosse il sole, pensò. Ma di fare il turista non era il momento.

Entrò nel commissariato. Un agente lo fermò. «Vicequestore Schiavone» disse Rocco.

«Chi cerca?».

«Vicequestore Cascone...».

«È fortunato, è ancora in ufficio». Prese il telefono. «Dottore? C'è il vicequestore Schiavone... questura di...?» e guardò Rocco.

«Aosta».

«Aosta, la sta cercando... va bene, riferisco» abbassò la cornetta. «Scende subito».

«Grazie mille».

Neanche un minuto dopo vide apparire un modello di Giorgio Armani. Sotto i quarant'anni, alto, biondo, spalle larghe, un cardigan che teneva aperto per mostrare una maglietta di cotone a V con il ritratto di Jimi Hendrix. Sul petto ciondolavano delle collane fatte con qualche seme essiccato. Il passo agile, portava delle vecchie scarpe nere da ginnastica. Aveva la faccia stanca e gli occhi azzurri erano cerchiati di nero. L'unica nota stonata che lo teneva lontano dalle passerelle di Milano moda era il naso, che qualche cazzotto gli aveva spostato. «Augusto, piacere» e gli strinse la mano.

«Rocco Schiavone...».

«Com'è da queste parti?» gli chiese appoggiandogli la mano sulla spalla mentre si incamminavano verso l'uscita.

«Dove andiamo?» gli chiese Rocco.

«Non so te, ma io tengo una certa sete e sono stanco morto. A quest'ora una birra non me la toglie nessuno».

Usciti in strada si diressero verso un bar che si apriva sulla piazza. «Senti Augusto, è una cosa facile. Sto cercando un tale Mino Coppetti, che è di queste parti».

L'uomo strizzò gli occhi. «Aiutami un po'?».

«Allora l'ultima residenza era la casa circondariale di Velletri. Precedenti di furto, falsificazioni, due tentati omicidi... anni 59...».

Augusto si grattò la testa. Poi aprì la porta del bar e fece entrare Rocco. C'erano parecchi tavolini inchiodati alle pareti rivestite di legno e due ragazze sui venti anni che servivano al bancone. L'età media degli avventori non superava i trenta. Appena entrato Augusto salutò con il suo vocione: «Grazia e Stefania, Augusto è arrivato!».

«E finalmente» rispose una delle due.

«Birra per me e il mio amico» disse. Una musica da ascensore finto orientale ottundeva i timpani. «Vieni Rocco, andiamoci a sedere lì» e presero posto ad un tavolo in fondo al locale facendosi spazio fra ragazzi che bevevano liquidi colorati e parlavano ad alta voce.

«Allora... Mino Coppetti. A me questo nome non mi dice niente. Hai una fotografia, qualcosa?».

«No».

«Allora ho l'asso nella manica» e gli fece l'occhiolino. Prese il cellulare e chiamò. «Uè, Dario, sono il vicequestore. Fammi un favore, vedimi in archivio se abbiamo qualcosa su Mino Coppetti... anni 59... sì ma ti devi sbrigare!». Si rimise il telefono in tasca. «È bello avere lo schiavo pronto. L'agente Dario Esposito. Sta qui da venti anni, è un'enciclopedia, tiene un quoziente di intelligenza bassino, ma a cercare è il numero uno. Pensa che se mi perdo qualcosa a casa lo chiamo e lui me la trova. Con uno così, che mi piglio moglie a fare? E dimmi un po', come si sta ad Aosta?».

«Ce l'hai un'altra domanda?».

«Qui sto in grazia di Dio. Mo' a luglio sono due anni e ti posso dire la verità? Non lo cambierei con nessun posto...».

Una delle ragazze si avvicinò con le due birre. «Ecco qui. Ci volete le patatine?».

«No Stefa', quali patatine. Magari porta Grazia e fateci un po' di compagnia!» e le sorrise.

«E al banco chi resta? Ci vai tu?» si girò di scatto e tornò al lavoro. Sapeva che Augusto e Rocco le avrebbero guardato il sedere, cosa che fecero all'unisono. «Maronna...» bofonchiò Augusto. «Mo' capisci perché qui mi piace?». Bevve un sorso. «Ahhh, sulla birra li devi lasciare perdere. Scusa, per caso ti ritrovi un preservativo?».

Rocco lo guardò serio. «Perché dovrei?».

«Sennò mi tocca arrivare alla farmacia, e non ho moneta».

«No Augusto, non ce l'ho un preservativo».

«Che magari di aids non ne parlano più, ma quello ci sta sempre. Io dico, facciamola finita di dare retta solo ai giornalisti. Sono come le mode, no? Quando non va più un argomento, ecco che non lo vedi sui giornali. Ma l'argomento c'è ancora, dico bene? Il preservativo serve sempre. E non solo per le malattie, tipo l'epatite, ma se ti inguai? Tu figli ne hai?».

«Non ne ho, Augusto».

«E sei sposato?».

«Augu', non so' venuto fino in culonia per farmi due chiacchiere con te. Io sto cercando una persona».

«Già. Come si chiama?».

«Mino Coppetti» disse Rocco spazientito. Il tempo di concentrazione del vicequestore Cascone era inferiore a quello di un bimbo di sette anni.

«E tu sei sicuro che sia da queste parti?».

«No».

«Ma posso sapere perché lo stai cercando?».

«Nemmeno».

«È bello parlare con te» e alzò il bicchiere in un brindisi ideale. Rocco sospirò, poi si alzò mettendo venti euro sul tavolo. «Stammi bene, Augusto».

«Be'? E mo' te ne vai?».

«Non ho tempo, figlio mio. Salutami Grazia e Stefania e digli che la birra è un po' troppo amara» e lasciò il collega al tavolino con la faccia spaurita.

Non tornò in albergo, ma in commissariato. Di nuovo dall'agente all'entrata. «Mi chiami l'agente Dario Esposito».

Quello eseguì. Poi gli passò la cornetta. «Dica?».

«Esposito, sono il vicequestore Schiavone, questura di Aosta. È a me che servono notizie».

«Venga, dottor Schiavone, faccia il piacere. Sono qui appiccicato al computer e...».

«Arrivo» restituì la cornetta all'agente. «Piano?».

«Quale piano, dotto', sempre dritto...».

Esposito lo aspettava davanti alla porta dell'ufficio. Aveva superato da un pezzo i cinquant'anni ma s'era tinto i capelli di un nero talmente esagerato che qualche ciocca dava sul blu cobalto. Le sopracciglia enormi e aggrottate, sulle guance un'ombra di grigio. «Dario Esposito, dottore» e inchinò appena la testa. «Il vicequestore mi ha detto che cerca Mino Coppetti, ma io l'unica traccia che ho di lui è la compagna. Cioè, c'è un vecchio indirizzo della madre che però è morta da anni. La casa se la sono ripresa i proprietari».

Entrarono nella stanza. Era piccola con un solo tavolo e un computer. Sulla parete di destra correva un enorme schedario di ferro. L'angelo della giustizia incorniciato e due disegni di qualche nipotino. «La compagna invece, Mariella Carimini, abita ancora qui. A Bottenicco. Via dei Gelsi. Lei deve superare Villa dei Claricini e prendere la prima... o la seconda a destra».

«Abita lì da sempre?».

«La residenza ce l'ha dal '78».

Rocco si mise una sigaretta in bocca senza accenderla. «E ci sono altri parenti? Suoi o della compagna?».

«La compagna ha solo una sorella, Renata, ma non si parlano da anni. Quella è sposata con un ex dirigente delle poste, e poco hanno da spartire con Mariella e con quel malacarne del marito».

«Mi dice qualcosa di Mino Coppetti?».

«Certo. È un figlio di buona donna. Soprattutto era amico di due altri personaggi, Renato e Carmelo Sabatini. Due fratelli che trafficavano oltre confine».

«Slovenia?».

«Già».

«Che fine hanno fatto 'sti due fratelli?».

«Carmelo l'ho arrestato io nel 2010 e mi sa che sta a Poggioreale. Renato è morto due anni fa».

«Esposito, lei è stato di grande aiuto».

«Si figuri, dottore, dovere. Me la toglie una curiosità?».

«Se lei ne toglie una a me».

«E certo. Allora, io volevo solo sapere che ci fa un vicequestore di Aosta da queste parti».

«Inseguo un criminale evaso di prigione tempo fa».

«Coppetti?».

«No, un suo amico. Ora tocca a lei. Perché il vicequestore dice che lei ha un quoziente intellettivo basso?».

Il poliziotto sorrise. «Perché per parlare con lui mi devo abbassare. E siccome sempre a proposito di altezze, lui è più alto di me, sia in centimetri che di ruolo, la cosa forse gli dà fastidio, ma chissene fotte».

«Lei mi farebbe comodo ad Aosta».

«Dotto', io fra qualche anno torno ad Acciaroli. Ho pure la barca e arrivederci e grazie».

Chiamò Alfredo De Silvestri mentre era a tavola con Furio e Brizio a fare colazione. «Se interessa, abbiamo un terzo furto presso un benzinaio. A Mortegliano, vicino Udine».

«E questa è una bella notizia, Alfre'. Sempre stessa faccenda?».

«Esatto. Il benzinaio è stato aggredito e stordito da un tizio. Dice che l'ha colpito con il calcio di una pistola. Dottore?».

«Dimmi, Alfredo».

«Ma lei chi sta cercando?».

Rocco ingoiò un pezzo di cornetto. «Lascia perdere Alfredo, è una storia lunga».

«Sempre a disposizione».

Appoggiò il telefono sul tavolo e guardò i due amici. «Mortegliano».

«Lontano da qui?» chiese Furio mentre Brizio s'era perso dietro i seni della cameriera.

«No, e io dico che siamo sulla strada giusta».

«E lo dico pure io. Annamo da 'sta Mariella, va'... Senti un po', Rocco, ci si può fidare delle guardie qui?».

«Mi pare di sì».

«E come la vuoi fare?».

«Se 'sta tizia sa qualcosa del marito, sicuro che non ce la dice. Brizio!» richiamò l'attenzione dell'amico che subito distolse lo sguardo dalla ragazza. «E 'nnamo, Brizio. Devo chiamare Stella?».

«No no, ascolto».

«Come no» fece Furio.

«Allora questa, se sa, non ci dirà niente. Quindi facciamo così. Voi imboccate dentro, io la faccio cacare sotto e voi vedete come reagisce».

«Chiaro. Beviti 'sto caffè Brizio, che sono già le otto».

C'erano tutti e sette i nani e pure Biancaneve, la fontana con un putto che pisciava acqua direttamente dal pisellino e due fenicotteri scoloriti accanto a un bambi senza una zampa. La villetta a due piani era rosa maiale, due colonne di finto marmo facevano la guardia alla porta di ingresso, protetta da una tettoia di vetro e ferro. L'alluminio anodizzato color ottone splendeva al sole. I fiori erano tutti morti. «Sì?» rispose una voce di donna al citofono.

«Mariella Carimini?».

«Sì?».

«Vicequestore Schiavone. Apra!».

Rocco passò il piccolo cancello di ferro nero e entrò nel giardino. Mentre superava i sette nani alla porta si affacciò la donna. Teneva un cucchiaio di legno in mano e lo stringeva come volesse spaccarlo. Aveva superato la sessantina. Portava una maglietta viola con degli strass che disegnavano la frase *Best girl in town*, i capelli corti e lisci biondo tinto e un paio di occhiali da vista argentati. Magra come un ramo, non sorrideva. Aveva l'aria preoccupata. «Dica pure, che succede?».

«Succede che mi sono rotto i coglioni di cercare suo marito. Dov'è?».

Gli occhi dietro le lenti diventarono ancora più grandi. «Io non lo so... e poi non è mio marito, non siamo sposati».

«Ecchisenefrega» fece Rocco. «E allora non abita qui?».

«No. Io e Mino ci siamo lasciati».

«E io non ci credo. 'Ndo cazzo sta, signo'? Non ho fatto centinaia di chilometri per famme imbotti' de cazzate. Quand'è l'ultima volta che l'ha sentito?» gridò.

«Non lo so... saranno mesi...».

«E dov'era?».

«A Napoli».

Troppo pronta, troppo precipitosa, mentiva. «A Napoli? E che faceva a Napoli?».

«Non lo so. Gliel'ho detto, io non lo vedo più».

«Che palle» fece Rocco. «Allora suo marito s'è messo nei guai seri, lo sa?».

Quella fece no con la testa. «Ora ne è a conoscenza. In più, signora Carimini, se lei sa dove si trova e me lo nasconde, finisce dentro e buttiamo pure la chiave».

«Ma perché? Che ha fatto?».

«Che gliene frega? Se le dico che voglio sapere dov'è, lei me lo dice senza se e senza ma. Sennò io comincio a sospettare che lei ne sappia di più, che non parla, che lo nasconde e allora andiamo dritti dritti nel penale. Mo' sono stato chiaro?».

«Io le giuro che non lo so. Quel disgraziato...» unì le mani davanti al volto. «Senta, le prometto che appena ho qualche notizia la chiamo».

«E chi ci crede?».

«Lei, no?».

«Appunto, io non ci credo. Torno con l'ordine del tribunale, le entro in casa, la metto sottosopra finché non trovo qualcosa. E allora la porto in catene fino in carcere. Glielo giuro. Ha fatto male a non collaborare» si girò e si avviò verso l'uscita. Poi davanti al bambi si fermò. «E butti 'sto coso de plastica. Non lo vede che ha una zampa di meno?» sbatté il cancello e sparì alla vista di Mariella Carimini che si precipitò in casa.

Superò l'ingresso e andò in cucina. Dal ripiano di marmo nero prese il cellulare. «Pronto? Pronto Mino? Ti stanno cercando...» disse. «Polizia. Non ti muovere. Vengo io, sta' tranquillo... arrivo subito, dammi il tempo, santa pace!» chiuse la telefonata. Se ne andò in salone a infilarsi un golf di cotone. Non si accorse che la finestra sul retro era aperta.

Uscì dal giardino e montò su una piccola auto giapponese.

Rocco aspettava in macchina a duecento metri dal cancello. Brizio s'era acceso una sigaretta. Lupa scodinzolava. «Eccola!» fece Furio. Aspettarono che svoltasse l'angolo, poi il vicequestore mise in moto e la seguì.

Attraversarono Cividale, poi la Mitsubishi puntò verso Ponte San Quirino.

«Pure troppo facile» fece Furio.

«Almeno accelerasse» disse Rocco tenendosi sempre a distanza con una macchina in mezzo per non dare troppo nell'occhio.

«Se sta nascosto un motivo c'è» osservò Brizio. «Mo' basta sape' qual è».

«Voi avete provato a chiamare Sebastiano?».

«Ieri sera, sempre staccato. Tu Furio?».

«Uguale» rispose giocherellando con una sveglia di ottone.

«E quella?».

«Carina no?».

Rocco alzò gli occhi al cielo.

«E vabbè, prima che la signora se ne accorge sai quanto ci mette».

Superarono anche Ponte San Quirino. Brizio controllava la mappa sul cellulare. Arrivarono alla frazione di Clenia dove Mariella parcheggiò ed entrò in un minimarket. Rocco, a una cinquantina di metri, fermò l'auto. La videro uscire con una busta. Poi, a piedi, raggiungere il bancomat lì vicino. Neanche un minuto per tornare all'auto. Salì, rimise in moto, lo stesso fece Rocco. Lasciò il piccolo paese e prese una strada che si inerpicava in mezzo ai boschi. Era deserta, Rocco non poteva starle troppo attaccato.

«Siamo su via del Klančič» fece Brizio. Furio guardava fuori dal finestrino. Erano in mezzo a un bosco, le fronde tagliavano la luce del sole che cercava di farsi largo fra rami e foglie. La strada attraversava la macchia con la sinuosità di un serpente. «Bello qui» fece, «vero Lupa? Te piacerebbe fa' una corsetta?».

«Ma 'ndo cazzo stamo!» fu invece il commento di Brizio. Rocco continuava a tenere d'occhio la carreggiata. Dopo una curva c'era un rettilineo, ma la Mitsubishi della signora Carimini era sparita.

«'Nd'è annata?».

Rocco rallentò. Superarono una carraia in terra battuta sulla sinistra. Il vicequestore fermò l'auto. «Ha girato qui...» fece.

«E noi? Seguiamo?».

«No. Quante case vuoi che ci siano da 'ste parti? Dammi un po' la mappa, Brizio...». L'amico gli consegnò il cellulare. La strada partiva dal paesello, attraversava la collina per finire in un altro paese, San Pietro al Natisone. «L'ha scelto bene il rifugio, con due vie d'uscita, ma noi siamo in tre. Sapete che facciamo? Uno si va a mettere dalla parte di San Pietro, gli altri due invece a Clenia. Così qualunque strada prendano, lo sappiamo».

«Ma scusa, non ci conviene muoverci ora?».

«No, aspettiamo e vediamo se ci sono movimenti» fece Rocco. «Se qualcuno cerca di andarsene lo seguiamo».

«Vabbè, portace a 'sto paese, io e Furio ci mettiamo lì». Rocco fece retromarcia e veloce accompagnò i due amici a Clenia. Trovarono un bar e si piazzarono a guardia della strada. «Ao', cellulari sempre accesi!» si raccomandò Rocco. Poi sgommando riprese via del Klančič. Riaffrontò le curve in mezzo al bosco, superò la stradina sterrata dove la macchina di Mariella era sparita e ridiscese fino a San Pietro al Natisone. Fermò l'auto davanti a un bel ristorante, proprio di fronte a via del Klančič. Scese con Lupa al guinzaglio e la vide.

Era nascosta dietro un enorme masso ricoperto di muschio.

La moto di Sebastiano.

Si guardò intorno. Un negozio che riparava computer, più in là una paninoteca. All'angolo l'insegna di un bar tabacchi. Il vicequestore si avvicinò, aprì la porta del locale e lo vide seduto ad un tavolino all'angolo, guardava fuori dalla vetrina e masticava lento una brioche. Sulla barba era nevicato lo zucchero della glassa. La faccia stanca, gli erano cresciute le rughe. Capelli sporchi, portava un giubbotto di pelle da moto rosso e blu. Quando alzò gli occhi e vide il suo vecchio amico sulla soglia non cambiò espressione. Rimase lì, a masticare lento. Non era sorpreso e neanche sembrava felice di rivederlo. Rocco si avvicinò al tavolo e si sedette senza dire una parola. «Te sto a cerca'».

«E m'hai trovato».

«È lassù?» gli chiese.

«Credo di sì» e bevve un sorso di caffellatte.

«Come ci sei arrivato?».

«Ho fatto dei giri».

Non lo guardava negli occhi, e questo feriva Rocco. Sebastiano sembrava una bomba ad orologeria pronta ad esplodere. Come un artificiere esperto, Rocco doveva provare a disinnescare l'ordigno. Facile nei film, un po' più complesso nella vita.

«Mi vuoi guardare per piacere?».

Finalmente Sebastiano voltò la testa. Aveva gli occhi rossi e stanchi.

«Io sto con te, Seba».

«Ma io voglio stare da solo».

«Brizio e Furio sono a Clenia, semmai lo stronzo provasse a scappare dall'altra parte».

«So' due giorni che sto qui e non sono mai usciti».

«Ma io ho dato un'agitata alle acque».

Sebastiano si passò la mano tra i capelli. «Ero dentro al bosco. Dormo lì».

«Per questo puzzi che accori?».

«Vuole qualcosa?» la voce estranea del barista fece sobbalzare Rocco. «Niente, grazie» quello sorrise e se ne andò. C'erano due slot machine e un vecchio flipper che sparavano le lucine a intermittenza. Un calcio balilla impolverato riposava in un angolo.

«Ti sei avvicinato alla casa?».

«Sì. È una catapecchia di legno in mezzo agli alberi».

«Perché stanno nascosti lì secondo te?».

«L'infame ha bisogno di documenti. E qui li fa solo 'na mezza stronza nana che però torna domani».

«Una stronza nana?».

«Sì, la chiamano Mélie Copete, ci ho messo du' ore a capì che era Amelia Coppetti. E ha pure un soprannome. La chiamano 'na cosa tipo falcon, che vuol dire coltellaccio, boh...».

«Te posso chiede come ci sei arrivato quaggiù?».

«Ti ricordi Flavio Buglioni? Quello che gli ha venduto la pistola?».

«Embè?».
«Ho fatto le poste e l'ho beccato. Ha parlato facile. Enzo era stato da lui il giorno prima, voleva dei documenti ma Flavio non glieli poteva procurare».
«E allora?».
«Hanno parlato della Slovenia. Voleva uscire da lì. E io a quello ci avevo già pensato. Ma per andarsene in giro e prendere un aereo per chissà dove, c'è bisogno di un passaporto».
«E poi?».
«Me so' informato. A fa' documenti falsi da 'ste parti so' boni in due. Uno sta a Udine, l'altra è la nana. Coppetti. La cugina de Mino».
Rocco scuoteva la testa. «Ma chi ti dice che veniva proprio da 'ste parti, come dici te. Se poteva pure ferma' ad Ancona, no?».
«Tu sei andato a Velletri, vero?».
«Come lo sai?».
«Perché pure io ho preso le informazioni da lì. Tu puoi parla' con il direttore, io ci ho radio carcere... e come vedi ce so' arrivato prima de te. E lo sai perché? Perché ci ho messo il cuore, Rocco. Io all'infame lo devo massacrare» e tornò a guardare fuori dalla finestra.
«Tu non mi hai cercato perché vuoi risolverla da solo o perché non ti fidi più di me?» gli chiese il vicequestore all'improvviso.
Sebastiano indurì le mascelle. «Io e te siamo amici da sempre. E solo il fatto di essere arrivati a questa domanda è una coltellata. Io di te mi fido, lo sai, ma lo voi capi' che è una questione personale?».

«Quando c'era di mezzo Luigi Baiocchi tu stavi accanto a me».

«E per fortuna. Sennò te sparavi in faccia».

«Mo' perché io non dovrei stare con te?».

«Sei cambiato...» gli disse.

«Io?».

«Sì. Forse sei più vecchio, forse a tante cose ci hai ripensato».

«Mi dispiace che la vedi così».

«Rocco, io Adele non me la scordo più. Lo sai che ci parlo?» gli occhi del bestione cominciarono a inumidirsi. «Mo' per esempio, prima che arrivassi te, stava qui fuori a prendere il sole su quella panchina. Ci guardo da un pezzo, ma se n'è andata. Sei passato a Prima Porta?».

«Sì».

«Hai messo i fiori pure a lei?».

«Certo che li ho messi, Seba...».

La lacrima trattenuta scappò via. Fu solo un attimo, perché Sebastiano se l'asciugò con la manica del giubbotto.

«Io sto qui, Seba. E sto con te».

Con la manona l'amico prese il bicchiere e finì il caffellatte.

«Noi stasera lo andiamo a prendere» disse Rocco.

«Noi?».

«Noi».

Suonò il cellulare di Rocco. «Dimme, Brizio».

«La signora è appena passata con la macchinetta. Stava con un uomo. Uno basso e pelato. Sarà quel Coppetti, mi sa. Novità?».

«Grossa quanto un orso» rispose Rocco.
«Nun me di'?».
«Sì, sta qui...».

Tornarono alla sterrata su via del Klančič. Lasciarono l'auto ben nascosta dietro la curva. Poco dopo arrivò Sebastiano sulla moto tenendo bassi i giri del motore. Sparì nella boscaglia. Ne riuscì a piedi e si avvicinò agli amici aprendosi la zip del giubbotto.

«Ciao...» disse.

«Ciao stocazzo» fece Brizio e partì rapido colpendolo al mento con un pungo secco e preciso. La testa di Sebastiano si girò e lui barcollò all'indietro. «Che sei scemo?» urlò con la mano sul mento.

«So' scemo io? 'Cci tua, so' giorni che te stamo a cerca'. Pensavo che eri morto, brutto coglione. Non mi vuoi parlare, mandame un cazzo di messaggio, no? Sta a fa' er misterioso 'sto rincojonito!».

«Ha ragione» fece Furio che non s'era staccato dal tronco dell'albero.

Sebastiano sputò per terra. «M'hai fatto usci' er sangue, Brizio».

«Pure poco» gli disse. «Lo sai? M'andrebbe de pijatte a calci la moto pe' quanto sto incazzato».

«Ecco, vi siete stretti la mano. Ci incamminiamo?» fece Rocco. I tre amici lo seguirono sulla sterrata. Lupa sembrava rinata in mezzo alla boscaglia. «Fa' una cosa, Rocco, levaje il collare. Così se la vedono la scambiano per un randagio» suggerì Brizio. Rocco eseguì. Dopo un centinaio di metri la carraia spariva sotto un manto di erba sul quale era evidente il passaggio di un'auto. Poi gli alberi si aprirono per lasciare spazio a un terreno incolto, un prato piuttosto ampio che una volta doveva essere un recinto per animali. C'erano rimasti solo vecchi pali di legno conficcati nel terreno e qualche metro di filo spinato. Alla fine del pratone una piccola casa, una baracca di pietre a un piano col tetto di legno vecchio. Due finestre buie affacciavano sul bosco. I quattro amici si fermarono dietro gli ultimi tronchi a osservare. «La casa è quella, doveva essere una stalla» disse Sebastiano. «Non ha alberi vicino. Se ci avviciniamo possono vederci».

«Infatti noi non ci avviciniamo» disse Rocco. «Bisogna aspettare che cali il sole. Diamo un'occhiata sul retro, sempre dentro il bosco, mi raccomando, a distanza...».

Misurarono tutto il perimetro. Altre case vicine non ce n'erano. Un fosso d'acqua correva a valle, a una ventina di metri. Il rumore di un'auto attrasse la loro attenzione. Si accucciarono tenendo stretta Lupa. Sbucò la Mitsubishi di Mariella, sobbalzando sulla sterrata raggiunse la casa. Scese solo l'uomo, un tipo bassino senza capelli. In mano teneva una busta. L'ometto aprì la porta e sparì all'interno.

«Quel piccoletto è Coppetti?» chiese Furio.

«Già».

Lo videro uscire poco dopo a mani vuote, accompagnato da Enzo Baiocchi.

«Eccolo!» fece Furio.

Coppetti scambiò due parole con il pregiudicato, salì sull'auto della compagna che ingranò la retromarcia e ripartì. L'auto percorse la sterrata e sparì nel bosco mentre Baiocchi rientrò in casa. Il rumore del motore si affievolì fino a sparire. Rimasero solo gli uccelli a cantare e il respiro affannato di Lupa.

«Enzo Baiocchi è solo?».

«Ora sì. Per aspettare il buio possiamo pure tornare sulla strada principale» disse Rocco.

Furio e Brizio s'erano offerti di andare al paese a prendere birra e panini. Sebastiano e Rocco erano di nuovo soli, seduti su due massi che spuntavano dal terreno. Fumavano e guardavano il cielo, mancava un po' al tramonto. Sebastiano aveva riacceso il cellulare che dopo qualche secondo si scatenò con una serie di suonerie. «Mo' ci metto una vita a leggere tutti questi messaggi».

«I vaffanculo sono i miei» disse Rocco. Sebastiano si concentrò nel lavoro. «La maggior parte so' rotture di palle» disse con gli occhi puntati sul display. Rocco spense la sigaretta, si alzò dal masso e andò ad appoggiarsi a un albero. «Sebastia'... hai mai sentito nominare Juan Gonzalez Barrio?».

«Chi?».

«Juan Gonzalez Barrio».

«Mai sentito, chi è?».

«È uno che una volta lavorava all'ambasciata dell'Honduras e che io contattai per il traffico di coca del 2007, ti ricordi?».

«E come faccio a scordarmelo, Rocco. Certo che me lo ricordo».

«Ruben Montoro, invece?».

«Oh, ma che me stai a fa' il terzo grado? No, mai sentito».

Gli lanciò il cellulare. «Apri le foto, l'unica che trovi è quella segnaletica di Montoro. Dimmi se lo conosci». Sebastiano eseguì. «Mai visto» e gli restituì il telefono. «Chi è?».

«Un cadavere che hanno trovato vicino a Castel di Decima. Gola tagliata. E aveva il mio numero in tasca».

«Perché lo dovrei conoscere?».

«Curiosità».

Sebastiano lo guardò. «Sei strano Rocco. Sei molto strano».

«Non sono strano, mi mancano un po' di dettagli e il quadro non mi è ancora chiaro, tutto qui».

Un rumore di foglie calpestate li interruppe. Sebastiano scattò mettendosi la mano nella cintola. Ma erano Furio e Brizio con due buste che scansavano rami e avanzavano nella boscaglia. «Arriva la pappa» fece Furio. Brizio guardò i due amici. «Abbiamo preso da bere. Ma non so se me la sento di fare un brindisi» e lanciò una birra a Sebastiano.

Finalmente il sole stava tramontando. Radunarono carte e lattine e lasciarono la piccola radura. Era scesa la temperatura, o forse era solo aumentata l'umidità, e Rocco ebbe un brivido mentre metteva Lupa in macchina a dormire. Si incamminarono sulla sterrata che portava alla baracca. Non dissero una parola. Avanzavano silenziosi. Il giorno si stava spegnendo come una candela a fine corsa insieme al canto degli uccelli. Per fortuna la luna alta nel cielo era poco più di un'unghia e non avrebbe disturbato la notte. Raggiunsero l'ultima curva prima della casa. Sebastiano li fermò con un gesto. «Da qui vado avanti da solo» disse.

«Che sei matto?» fece Brizio.

«Noi veniamo con te».

«No Furio, è una questione mia, e mia soltanto. Grazie che ve siete preoccupati, grazie Rocco che te sei dato da fa' a cerca' quel bastardo, mo' è una questione personale. Io devo resta' da solo con quell'infame. E non vi voglio vicino».

«Quando Rocco anni fa...» provò a dire Furio, ma Sebastiano lo interruppe. «Quando era il momento di Rocco io ci dovevo stare sennò non ce la faceva. Ma io non corro 'sto rischio. Io lo devo ammazza' con le mie mani, e voi ne state fuori. Giuratelo!».

I tre amici lo guardavano senza dire niente.

«Giuratelo!».

Il primo ad annuire fu Brizio. «È giusto, Rocco, ha ragione. Questa è una storia sua. Noi fino a qui ci siamo arrivati, ora tocca a lui».

«Pure secondo me».

Rocco strinse le labbra. Era arrivato al punto, al bivio e ormai doveva scegliere quale strada prendere, una decisione che aveva rinviato fino a quel momento. Lasciare che l'amico avesse la sua vendetta e diventare complice dell'omicidio, oppure seguirlo e tentare di impedirglielo? Qualche anno prima non si sarebbe mai posto il dubbio, consegnargli Baiocchi senza battere ciglio sarebbe stato un gesto naturale. Forse Sebastiano aveva ragione, stava invecchiando.

«Me l'hai giurato» disse l'amico che lesse l'indecisione negli occhi del vicequestore, «me l'hai giurato davanti al corpo di Adele. E le parole so' piombo, lo sai».

«Sì, lo so. E hai ragione, Seba. Vai e fa' quello che devi fare. Noi ti aspettiamo qui».

L'amico si incamminò da solo nella boscaglia.

«Oh» lo richiamò.

«Che vuoi?».

«La moglie di Coppetti li ha avvertiti che la polizia sta cercando il falsario. Quindi estrema cautela, capace che sta sul chi va là, Enzo è armato».

«Pure io» disse Sebastiano sfilando la pistola dalla cintola.

«Quel ferro lavora?» gli chiese Rocco.

«La ragazzina lavora, e lavora bene. A fra poco» e sparì dietro i tronchi.

«È giusto così» fece Furio. Si sedette su un sasso e si accese una sigaretta.

«Siamo venuti fino a qui, abbiamo scoperto dove sta nascosto l'infame, abbiamo visto che Seba sta bene, missione conclusa, no?» disse Brizio.

«Hai ragione, è giusto così» fece Rocco.

Sebastiano era arrivato al pratone davanti alla casa. Una luce fioca illuminava di giallo sporco la finestra accanto alla porta d'ingresso. Accucciato e silenzioso, avanzò correndo sul prato, allo scoperto. Era il momento più delicato. Un rumore, un solo sospetto e quello l'avrebbe visto. Giunto a metà strada, a una trentina di metri dalla baracca, la porta si spalancò. Sebastiano si gettò a terra fra l'erba bassa. La pistola nella cintola lo colpì sull'inguine, trattenne un'imprecazione e ringraziò Dio di aver messo la sicura. Sarebbe stata una fine poco nobile. Dalla casa vide uscire Enzo Baiocchi che fece un paio di metri, si aprì la patta dei pantaloni e pisciò guardando la notte stellata. Finita l'operazione se ne tornò dentro sbattendo il portoncino di legno. Sebastiano serrava i denti così forte che rischiava di scheggiarli. Si rialzò e veloce riprese la corsa. Finalmente si appoggiò alla baracca.

«Rega', comunque stiamo con gli occhi aperti. Semmai dovesse tornare Coppetti con la moglie lo blocchiamo» disse Brizio sgranchendosi il collo.

«Vabbè, e che problema c'è? Quello appena ce vede se la fa sotto. Anzi magari, così Rocco lo porta in questura e ci ha pure l'alibi».

«Questo è vero» fece Brizio. I rami smossi dal vento parevano mani enormi che afferravano l'aria. «Che silenzio» disse Brizio. «Non ci siamo abituati. Aosta com'è, silenziosa?».

«Abbastanza» fece Rocco. «I primi giorni non riuscivo a prendere sonno».

«Poi?».

«Poi uno si abitua. Pare che ci si abitui a tutto».

Sebastiano si affacciò lentamente alla finestra illuminata. E lo vide, seduto alla luce di una lanterna da campeggio, che controllava delle carte. Sul tavolaccio c'erano due bicchieri, un piatto con avanzi del pasto. Teneva la pistola, l'arma che aveva tolto la vita a Adele, poggiata accanto alla bottiglia di vino. La casa era spoglia e piena di ragnatele. Lontana si sentiva una canzone, forse da una radio. Sebastiano tornò alla porta. Si concentrò. Appena entrato doveva sparare mirando al petto, non al volto. Voleva avere il tempo di guardarlo morire e voleva che Baiocchi avesse i secondi necessari per realizzare che a ucciderlo era stato lui. Godersi ogni secondo dell'agonia fino a che avesse sputato l'anima dai denti, anche se l'anima Baiocchi non ce l'aveva e di questo Sebastiano ne era certo. Aveva aspettato tanto, e ora ce l'aveva, proprio dietro quella porta di legno, a pochi metri. Bastava aprire e sparare. Tolse la sicura alla pistola. Prese fiato per calmare i battiti del cuore. «Uno... due...».

Tre soli si accesero togliendogli la vista. Il bosco, la casa, tutto s'era illuminato a giorno sotto la potenza di fari che sparavano migliaia di watt squarciando la notte. Una moltitudine di insetti sorpresi nel volo notturno sfarfallavano nei fasci di luce. Sebastiano con la mano davanti agli occhi, accecati e indeboliti, cercava di capire cosa l'avesse colpito con quella violenza. Scorgeva tre ombre armate che avanzavano in silenzio. «Gettate le armi e incrociate le mani sulla testa» si udì riecheggiare nel bosco. Sebastiano obbedì lasciando a terra la pistola. Poi finalmente le ombre divennero uomini armati di MP5, scuri come il buio che li circondava, con il giubbotto anti-proiettile e il viso coperto dal passamontagna. Dalla casa uscì Enzo Baiocchi, già ammanettato, stretto fra due colossi con l'elmetto e le pistole in mano. Passò davanti a Sebastiano e gli sorrise. «Hai fatto tardi...» gli sibilò. Sebastiano scattò e gli si avventò al collo, ma l'intervento di due agenti impedì che gli strappasse la pelle dalla faccia. Ci volle l'aiuto di un altro uomo per bloccarlo. «Figlio di puttana, lasciame! Lasciame!» urlava. Ma Enzo Baiocchi, scortato dai due poliziotti, si perse nell'oscurità al limitare del bosco. Impotente, con gli occhi iniettati di sangue, stretto da dieci braccia, sputava bava sulla barba e sulla divisa di uno dei poliziotti mentre il respiro a fatica pompava aria nei polmoni.

Brizio, Furio e Rocco erano rimasti impietriti. Dagli alberi avevano visto i potenti fari illuminare la notte. «Che cazzo succede?» aveva detto Furio con la voce smozzicata.

Rocco fece per avvicinarsi alla fonte luminosa quando l'ordine «Gettate le armi e incrociate le mani sulla testa» riecheggiò per tutto il bosco. Furio lo bloccò per un braccio. «'Ndo vai? Fermo qui...».

«Le guardie?» chiese Brizio spaventato.

Rocco non capiva.

«Rocco, queste so' guardie. Le hai chiamate tu?».

«Io? Ma come te viene in mente, Furio...».

«A rega', poche chiacchiere. Via per ora, via!» veloci si persero fra i rami verso la strada. Saltavano radici, evitavano i tronchi. Un ramo schiaffeggiò Rocco sul volto, Furio inciampò ma si rialzò subito. Si precipitarono verso la strada. Finalmente la raggiunsero. «Alla macchina!» gridò Furio.

«No!» fece Rocco. «La macchina sta infrattata, non l'hanno vista. Aspettiamo qui». Si accucciarono fra i cespugli e attesero. Dalla carraia videro spuntare una prima auto che a velocità folle puntò dritta verso San Pietro. Era grigia con il lampeggiante spento e i vetri oscurati. Passarono due fuoristrada con la luce blu che invece a intermittenza illuminava le fronde degli alberi.

«Ma quanti cazzo so'?» chiese Brizio.

Infine un furgone. Poi quando anche quello sparì dietro la curva, tornarono il silenzio e i rumori del bosco. Lenti i tre uomini si alzarono in piedi.

«Rocco, ma che è successo?».

«Hanno arrestato Baiocchi. E pure Sebastiano».

«Come facevano a sapere che...» poi Furio si interruppe. Brizio concluse la domanda «... che stavano qui, eh, Rocco?».

«Non lo so, proprio non lo so».

«Hai parlato con qualcuno alla questura di Cividale, no? Ci avranno seguito».

«Ma quando mai» e ripensò all'agente Esposito e al vicequestore biondo che cercava un preservativo. «Quelli erano reparti speciali. Altro che questura di Cividale».

«Guarda, io me voglio fida'» e Brizio si accese una sigaretta. Nel buio le braci illuminarono di rosso i suoi occhi stanchi. «Se non hai parlato con nessuno, qualcuno però ha parlato di te».

«Su questo non c'è dubbio».

«Hai gli occhi addosso, allora. Di chi? Ma se sapevano che stavamo qui, che cercavamo Baiocchi, significa che ogni tua mossa, ogni tuo spostamento qualcuno lo conosce».

«Io devo andare da Seba. Non posso lasciarlo da solo».

«Rocco, ma che dici? Se vai in questura alzi un vespaio che non finisce più» obiettò Brizio. «Nessuno sa che siamo qui. Annamosene. A Seba ci pensiamo dopo».

«Concordo» si unì Furio.

«Nessuno sa che siamo qui? Ma che dici, Brizio. Mi hanno seguito, lo sanno che sono qui. Quindi giochiamo scoperti».

«Secondo me fai una pazzia».

«Non lo posso lascia' da solo» insistette Rocco. «Ci devo parlare, qualcosa mi invento».

Davanti alla questura di Cividale c'erano due auto parcheggiate che tenevano i lampeggianti accesi. La luce blu spettrale rimbalzava sulle facciate e sulle finestre dei palazzi intorno. Rocco salutò un paio di poliziotti ed entrò. Esposito stava scendendo le scale. Gli sorrise. «Dottore, ha sentito l'arresto a San Pietro?».

«No, mi chiedevo infatti di questo casino...».

«Se vuole su c'è il vicequestore. È arrabbiato nero».

«Immagino. Je tocca lavora'».

Ridendo Esposito lo superò e uscì sulla piazza. Rocco salì al primo piano. Agenti entravano ed uscivano dagli uffici. Si sentiva il ticchettio dei computer, voci al telefono. L'ultima porta era quella del vicequestore

Augusto Cascone, il modello Armani che aveva sbagliato carriera. Era aperta. «Permesso?».

Cascone era al telefono. Gli fece cenno di accomodarsi. «Sì... sì, per ora ho mandato gli uomini a controllare... sì, Coppetti. Sì, dottore, certo. Certo, non si preoccupi. Appena ho notizie la chiamo». Attaccò il telefono, si stiracchiò stropicciandosi gli occhi. «Schiavo', mannaggia alla miseria m'hai portato un casino, stavamo tanto tranquilli!».

«Io?».

«Eh sì... hanno appena arrestato un pregiudicato molto pericoloso, Baiocchi... che stava proprio da quel Coppetti che cercavi te. L'abbiamo beccato con le mani nel sacco. Dodici passaporti, due carte di credito. Quel Baiocchi era pronto a volare via e adesso se ne sta a Udine bello carcerato». Si tirò su le maniche del cardigan. «E noi che tenevamo d'occhio la cugina...».

«La Amelia Coppetti, detta il falcon?».

Augusto sgranò gli occhi cerchiati di rosso. «La conosci?».

«Te l'ho detto. Indagavo su quel traffico».

Cascone fischiò. «Però, sei un grande. Dammi il cinque» e si sporse sulla scrivania offrendo il palmo della mano. Rocco con imbarazzo alzò il braccio proprio mentre un agente scelto si affacciò alla porta. «Dottore, quando vuole Coppetti è pronto».

«Grazie Siniscalchi» e l'agente scelto sparì.

«Senti Augu', a parte che mi dispiace che la serata è andata a farsi fottere».

«Lascia stare, è pure rotta la macchina dei preservativi».

«Quando se dice la sfiga. Dicevo, oltre a Coppetti e a 'sto Baiocchi che non me ne frega un cazzo, hanno arrestato qualcun altro?».

Augusto dondolò la testa. «Sì, un bestione di Roma. Perché?».

«Sebastiano Cecchetti, vero?».

«Ma te sei una sorpresa continua, Schiavo'! Maronna del Carmine, un segugio. Sta di là. Aspettiamo il magistrato».

«Da collega a collega, mi ci faresti parlare un minuto?».

«E non lo so... prima dell'arrivo del magistrato...».

«Per favore. Mi risparmi una trafila. Un minuto!».

«Ma lui che c'entra?».

Rocco abbassò la voce. «È un mio informatore...».

Augusto aggrottò le sopracciglia sui begli occhi azzurri. «Un informatore?».

«Sì, ma non lo sputtanare... sennò mi rovini».

Il vicequestore si portò la mano al cuore. «E che sei matto? Solo che resta una cosa strana. Stava alla baracca armato. Che faceva?».

«È pazzo» gli disse Rocco. «S'era messo in testa di aiutarmi, ma ha esagerato. Fammici parlare, vedrai che mi conosce».

«Da collega a collega, ti do cinque minuti» poi chiamò: «Siniscalchi!».

Dopo pochi secondi si affacciò di nuovo l'agente scelto. «Dica?».

«Accompagnami il collega dal bestione romano».

«Subito. Venga dottore».

Rocco si alzò. «Grazie Augusto, ti debbo un favore».

«Ma figurati, se non ci si aiuta fra noi. Al magistrato la dico 'sta cosa dell'informatore?».

«E digliela» e seguì l'agente.

L'agente scelto gli aprì l'inferriata che proteggeva la porta, poi prima di afferrare la maniglia si raccomandò: «Sto qui fuori, dottore. Se dovesse servire».

«Stia tranquillo, è un amico» gli disse, poi entrò.

Sebastiano era seduto davanti a un tavolo. In alto una finestrella con le sbarre. L'arredamento era tutto lì. Aveva gli occhi arrossati. «Bravo Rocco, sei felice?».

«Io non ne so un cazzo!».

«Ah no? Non ne sai un cazzo? E chi ce l'ha portati quelli? Mi' nonno?».

«Se ti dico...».

Ma l'orso non ascoltava. «Quando era Luigi Baiocchi io ero con te! Con te! Tu invece m'hai accoltellato alle spalle, Rocco Schiavone. Hai ucciso Adele un'altra volta. Quel faccia di merda se n'è andato, vivo! E io sto qui a strilla' in cella! Era questo che volevi? Eravamo amici io e te, eravamo fratelli!».

«Seba, io non ne so niente, come te lo devo dire? Io non ho manco capito che è successo!».

«Eppure è facile. Quelli sono reparti speciali, e io non l'ho chiamati. E chi sarà stato? Sei una guardia, Rocco, e guardia resterai per sempre!».

Rocco si avvicinò ma Sebastiano scattò in piedi come se fosse in presenza di un serpente. «Nun t'avvicina', Rocco, che te metto le mani addosso».

Ma Rocco non ascoltò il consiglio.

«T'ho detto nun t'avvicina'!».

Arrivato a mezzo metro Sebastiano lo colpì con un cazzotto in pieno volto che fece cadere il vicequestore all'indietro. Lo guardava dall'alto, coi pugni serrati, il volto una maschera di odio. «Te l'avevo detto, giuda traditore. Ma come hai fatto? Come cazzo hai fatto?».

Rocco si rialzò. Si mise in piedi davanti all'amico asciugandosi il sangue dal labbro. «Non sono stato io, Seba. Tu mi devi credere».

Ma Sebastiano lo caricò come un toro con la testa sullo stomaco. Caddero a terra. Rocco cercava solo di scansare i colpi che Sebastiano menava senza logica, con rabbia. Il pavimento era freddo, l'amico grugniva, gli arrivò un colpo sul naso che gli accese un milione di stelle negli occhi. La porta della cella si aprì e entrarono l'agente scelto con un collega per fermare la rissa. «Fermi! Fermi!» urlò Rocco, ma i due avevano già afferrato Sebastiano per le spalle tentando di scioglierlo dal vicequestore. «Vi ho detto fermi!» urlò Rocco. I poliziotti riuscirono a disincastrare i due corpi e a portare Sebastiano a distanza di sicurezza. Rocco si alzò in piedi. «Lasciatelo. Vi ho detto lasciatelo!» urlava guardando l'amico negli occhi.

«Dotto', questo la massacra» gridò uno dei due.

«Meno male che era un amico» disse l'agente scelto.

«Fate come vi ho detto!».

I due agenti col fiatone piano piano mollarono il collo e le braccia di Sebastiano Cecchetti che respirava a fatica e non si divincolava più. Rocco con il sangue dal naso si rimise la camicia strappata nei pantaloni. «Uscite e lasciateci soli». I due poliziotti si guardarono senza capire, si rassettarono la divisa e finalmente lasciarono la stanza. Sebastiano puntò lo sguardo sul pavimento. Rocco si avvicinò all'amico. Lo abbracciò forte e finalmente Sebastiano scoppiò a piangere. «Perché m'hai fatto questo... perché?».

«Te lo provo che non c'entro niente!».

Sebastiano si liberò dall'abbraccio e si rimise seduto. Si prese la testa fra le mani. Poi con una voce bassa, cavernosa, disse: «Vattene Rocco, io e te non abbiamo più niente da dirci».

Schiavone aspettava fuori dalla porta che finisse la riunione. Era passata l'una di notte e ogni tanto la stanchezza aveva la meglio e un colpo di sonno gli faceva cadere il mento sul petto. Baldi era arrivato da mezz'ora e stava chiuso nella stanza col magistrato De Biase e il vicequestore Cascone. Avevano anche riso, ed era riuscito a sentire qualche brandello di conversazione. Poca roba, solo che Baldi e De Biase erano stati colleghi al tribunale di Bari qualche anno prima. Fuori il cielo era ancora scuro, ma questione di poche ore e l'alba sarebbe spuntata. Aveva la bocca secca. Era almeno riuscito a cancellare il sapore del sangue bevendo acqua e il pessimo caffè del distributore. Il viavai s'era calmato. Ora il commissariato era più tranquillo e s'erano zittiti i rumori delle stampanti e gli squilli dei telefoni. La serenità s'era interrotta solo quando due agenti avevano portato dentro un ragazzo magro e imbottito di roba tanto da non reggersi in piedi. Finalmente la porta si aprì, e uscì Baldi. Il viso era teso, la pelle tirata come un tamburo, gli occhi rossi e i capelli spettinati. Si infilò la giacca, prese Rocco sotto braccio. «Andiamo fuori, facciamo due chiacchiere».

Si incamminarono fra le strade del centro mentre la città dormiva. «Io le ho retto il gioco, Dio solo sa perché, ma adesso lei mi racconta un po' di cose».

Le ombre dei due si allungavano sul selciato di via Pellico.

«Come ho sempre sospettato, lei gioca su troppi tavoli. Mi corregga se sbaglio».

«Sbaglia, dottore, la verità è un'altra».

«E mi dica...».

«Io ero dietro Sebastiano Cecchetti, che lei ricorderà essere...».

«Il fidanzato di Adele Talamonti, sì, lo so, vada avanti».

«L'ho cercato e seguito finché ho capito che era diretto qui, a cercare Enzo Baiocchi in fuga».

«So dove vuole arrivare e la fermo subito. Lei voleva evitare che quello gli sparasse».

«In qualche modo sì».

Baldi scoppiò a ridere. «E io me la bevo?».

«Faccia come vuole. Ma è la verità».

«Cioè lei mi sta dicendo che non era alla caccia di Baiocchi bensì alla ricerca del suo amico».

«No, temevo per Sebastiano».
«Mi prende per scemo?».
«Allora risponda a questo. Se, come dice, ero dietro a Enzo Baiocchi, com'è che al momento dell'arresto di Sebastiano Cecchetti io non ero lì?».
La domanda prese in contropiede il magistrato.
«Non c'ero, e sa perché? Perché non ho fatto in tempo. Se avessi cercato Baiocchi a quest'ora io mi trovavo in cella insieme a Sebastiano Cecchetti. Invece sono qui e parlo con lei!».
«Quindi ringrazia i reparti speciali per averle tolto le castagne dal fuoco?».
«Dio benedica i reparti speciali».
Erano arrivati al ponte del Diavolo. Il fiume scorreva ancora avvolto nell'oscurità. «Lei sembra un grillo, di quelli che saltano di stelo in stelo e non li acchiappi mai». Si appoggiò al parapetto a guardare il paesaggio. «Già, un grillo. È bello qui».
«Non lo so, non ho avuto il tempo di girare la città».
«Vede laggiù? Là dietro c'è la stretta Cornelio Gallo. Io abitavo lì».
«Lei è di qui?».
«No, mio padre era direttore di banca. Ho vissuto un po' in giro. Qui a Cividale quattro anni. Ma ero piccolo, ricordo casa mia, il Natisone e la scuola elementare. Già, migriamo tutti, chi per lavoro, chi per affetto, chi per punizione» e lanciò un'occhiata sarcastica al vicequestore. «A proposito, lo sa che io avrei la soluzione per l'immigrazione africana nel nostro paese?». Baldi era tornato ai discorsi sui grandi temi socio-economici. Questo

mise Rocco di buon umore, era il segnale che il magistrato si stava rilassando. «La vuole sapere?».

«Certo».

«È molto semplice. Si fa una domanda all'immigrato appena sbarcato. A seconda di quale lingua parla, lo si manda nel paese d'appartenenza».

«Si spieghi meglio» fece Rocco.

«Parla francese? In Francia. Parla inglese? In Inghilterra. Portoghese? In Portogallo. Italiano? In Italia. Perché francese, inglese, spagnolo, non sono lingue native del Senegal, dell'Angola, della Nigeria, del Corno d'Africa. No. Quelle sono le niger-kordofaniane, le lingue fur, le semitiche. Se parlano quelle europee è perché un paese europeo per centinaia di anni ha occupato e sfruttato la terra dei loro nonni. Quindi il minimo che ora quel paese colonizzatore possa fare è ospitarli. Punto e basta. Si chiama indennizzo».

Rocco ci rifletté sopra. «Non è del tutto sbagliato, dottore».

«Ne conviene?». Poi guardò Rocco in viso. «Perché non s'è fatto aiutare?».

«Con il mio amico? Perché mi muovo più veloce da solo».

«Ora Baiocchi è agli arresti a Udine. Io non so perché si sono mossi con i reparti speciali, ma deve essere uno che sa un sacco di cose».

«Anch'io sono arrivato alla stessa conclusione, dottor Baldi».

«E soprattutto forse ora ci dirà cosa lo spingeva a farla fuori».

«Già, sono curioso anche io».
«Io mi sarei fatto un'altra idea. La vuol sentire?».
«Tempo ne ho».
«Lei conosce il motivo per cui Baiocchi la vuole morto, e chiudergli la bocca era una priorità. Lo cercava per azzittirlo una volta per tutte. La vuole morto perché nel passato lei gli ha fatto qualcosa. Ma se così fosse lei sarebbe una specie di giustiziere, un vendicatore. Diciamo pure un assassino. E io non credo di essermi sbagliato così tanto nei suoi confronti. Lei è un poco di buono, arronza, fa le cose di testa sua, ma non è un assassino. No, voglio credere alla storia che mi ha appena raccontato. Sarà che questa città mi riporta all'infanzia, sarà l'aria fresca di questa notte, sarà che ancora non digerisco Bernardo Valenti, ma le voglio credere. E a proposito di Bernardo Valenti...» alzò gli occhi al cielo. «No, sono troppo stanco. Ne parliamo ad Aosta, io sono andato avanti. Aspetto un paio di riscontri. Schiavone...?».
«Dica».
«È l'ultima volta che le salvo il culo, lo tenga bene a mente».

Brizio guidava. Furio, seduto accanto, ascoltava la radio a bassissimo volume. Le luci di un autogrill passarono veloci sui loro volti mentre il cielo si colorava di rosso. Superarono un camion che trasportava vitelli. Si vedevano i musi delle povere bestie che cercavano di rubare ancora qualche boccone di aria e di vita. Rocco steso sul sedile di dietro accanto a Lupa guardava fuori dal finestrino. Si sentiva sporco e freddo.

Uno straccio usato e lasciato sul pavimento di una stanza. Dove aveva sbagliato? Chi continuava a superarlo senza neppure mettere la freccia? S'era giocato anche l'amicizia con Sebastiano, uno dei tre esseri umani su cui poteva sempre contare. Qualche risposta doveva trovarla. E subito. Quel Barrio, quell'ex dipendente dell'ambasciata allontanato e quasi dimenticato dai suoi vecchi datori di lavoro era il nodo principale da sciogliere. E il commando dei Nocs, come era arrivato fino a lui?

Guardò le nuche dei suoi vecchi amici. Loro non potevano essere, non c'era neanche da pensarci. Passò ad Alfredo De Silvestri, il vecchio agente dell'EUR. Impossibile. Neanche era a conoscenza che stessero dando la caccia a Baiocchi. Il direttore del carcere di Velletri? Richiamando alla memoria il viso di Francesco Selva percepì una nota stonata. Con lui aveva parlato. La strada per Udine e dintorni l'aveva imboccata grazie alle informazioni avute dal secondino. Era lui la spia? Oppure l'agente di Cividale, quell'Esposito che gli aveva fornito l'indirizzo della compagna di Coppetti?

Difficile. In commissariato erano stupiti tanto quanto lui di quell'intervento dei reparti speciali.

Ombre.

Come la storia di Bernardo Valenti. C'era sempre l'ombra di qualcuno più veloce e preparato di lui che gli pesava sul collo. Ma il dettaglio che stonava di più era sempre lo stesso. E gli diede voce Brizio che per conto suo seguiva i suoi pensieri: «Sebastiano se la caverà?».

«Non lo so. Dipende da De Biase, il procuratore. Baldi mi ha detto che c'è il problema del tentato omicidio».

«Ma Seba non ha sparato. Cioè, mica si possono processare le intenzioni».

«Era lì con un'arma, Furio. Che stava a fa'? Una gita?».

«L'avvocato lo tira fuori secondo me» fece Brizio mettendo la freccia per superare un'auto. «Dirà che era lì per fermarlo ed era sua intenzione consegnarlo alla giustizia».

«E chi ce crede?».

«A Furio, ce devi crede tanto quanto al fatto che je voleva spara'!».

«Invece, Rocco, io vorrei sapere perché scomodano un commando dei Nocs per un pezzo di merda come Baiocchi?».

«Gli serve».

«Per cosa?» fece Furio.

«Non lo so. Ma deve conoscere cose interessanti».

Furio scosse la testa. «Non capisco, non capisco proprio. Baiocchi stava in carcere, avevano tutto il tempo di interrogarlo. Perché ora dopo la sua fuga?».

«Perché avranno indagato, avranno scoperto qualcosa su di lui, io che ne so?».

«È così» affermò Furio. «S'è mosso a Roma, pensava di essere invisibile invece gli tenevano gli occhi addosso».

«Ma secondo te ci siamo arrivati insieme al nascondiglio?».

«Può darsi di sì, Brizio. Oppure come dicevi te, qualcuno sapeva i miei spostamenti, e ha aspettato il momento giusto per intervenire. Così hanno inchiodato Baiocchi e pure me. Perché adesso mi tengono per le palle».

«Tu dici che tutto 'sto fango viene da Roma?».

«Il fango viene sempre da Roma, Furio...».

Tornò il silenzio accompagnato dal rumore del motore. Lupa sbadigliò. Rocco avrebbe voluto stare in un letto. A considerare come, in pochi secondi, la sua vita si era capovolta un'altra volta. Aveva pure la sensazione che i colpi dell'avversa fortuna non avessero ancora finito di martellarlo. Poi gli tornò alla mente Gabriele e i suoi problemi con la madre assente e la scuola che lo intrappolava. E Caterina e il suo corpo, dove avrebbe voluto nascondersi ancora per un po'.

Brizio parcheggiò vicino al ministero. Scesero, stanchi del viaggio. Trastevere era una bolgia. Furio si incamminò per recuperare l'auto e tornarsene a casa. Lupa andò a controllare gli pneumatici da innaffiare. «Be', ci vediamo» fece Rocco. Per tutta risposta Brizio si accese una sigaretta. «Che c'è?» gli chiese Rocco.

«Sta succedendo una cosa brutta» e Brizio tirò una boccata, «e solo il fatto che ci abbia pensato mi fa stare male».

«A che ti riferisci?».

«Vedi Rocco? Te vojo bene da quarant'anni, però quello che è successo m'ha stranito» si appoggiò all'auto che aveva ancora il cofano caldo per il viaggio. «Sto parlando di Sebastiano».

«Dove vuoi arrivare?».

«Io lo so che non c'entri, lo so che tu non hai giocato sporco, di te mi fido, mi fido da sempre. Ma...» fece un tiro alla sigaretta, sputò il fumo chiaro dalla bocca «... è successo». Guardò Rocco negli occhi. «E la domanda è: sarebbe successo lo stesso se tu non fossi stato con noi?».

Rocco incrociò le braccia. Scosse appena la testa, la sua era una domanda silenziosa. Brizio continuò: «Io dico di no, che non sarebbe successo. Perché tu sei un poliziotto, Rocco, noi no».

«E allora?».

«E allora che t'abbiano seguito o meno, sei tu la causa dell'arresto di Sebastiano. Solo per il fatto di essere un poliziotto. Basta quello. E prima o poi a questo punto ci dovevamo arrivare». Gettò la sigaretta a terra, la brace rimbalzò sull'asfalto. «Stiamo su due sponde diverse. E pure se ci vogliamo bene, se rispettamo, tu sei tu e io so' io. Mi capisci?».

«Quindi anche tu non ti fidi di me?».

«No, te l'ho detto. Io di Rocco mi fido e lo farò sempre. Ma sei pure il vicequestore Schiavone, e questo non lo puoi cancellare».

Rocco aggrottò le sopracciglia. «Fino ad oggi però 'sto ragionamento non l'hai mai fatto».

«Fino ad oggi è andato tutto pulito. Ora Seba è dietro alle sbarre. E sai che ti dico? Che forse quel bestione aveva ragione a volerci andare da solo a prende quel disgraziato di Baiocchi. Perché da solo, a quest'ora, la partita l'aveva già chiusa da un pezzo».

«Io di te ho bisogno» disse Rocco guardando per terra. «Di te, di Furio e di Sebastiano. Siete un pezzo della mia vita, siete come le braccia e le gambe, non mi fare questa cosa, Brizio...».

Brizio si allontanò dall'auto. Abbracciò il suo amico. Stettero in silenzio per qualche secondo. Poi si staccò. Aveva gli occhi umidi. «E il giorno che faccio una cosa brutta e tu lo vieni a sapere, quel giorno, che farai? Chiudi un occhio? Sei un poliziotto, Rocco, e non puoi».

«Questo lascialo decidere a me. Ti chiedo solo di continuare a essere come prima. Per quanto possa valere, ti dimostrerò che avevo ragione, che qualcuno mi ha tradito».

«Non c'è bisogno, io lo so già. Se sei un'aquila voli, amico mio, se sei un cavallo trotti. E né io né te possiamo farci niente».

L'auto con Furio a bordo si fermò lì accanto. Brizio mollò una pacca a Rocco. «Ciao...».

«Fatte 'na dormita, Rocco» lo salutò Furio. Poi insieme partirono e lo lasciarono lì, in mezzo alla strada.

Si svegliò di soprassalto al terzo squillo del vecchio cellulare che aveva riacceso prima di andare a dormire. Impiegò una decina di secondi per ricordarsi dove fosse: Roma, Trastevere, albergo Santa Maria, camera 62, primo piano. Allungò il braccio. «Chi è?».

«Dove sei?» la voce di Caterina.

«Ma che ore sono?».

«Mezzogiorno, Rocco. È dall'altro ieri che ti chiamo ed era sempre staccato. Ce l'hai la tv?».

Guardò la parete di fronte. Sì, ce l'aveva.

«Embè?».

«La stai guardando?».

«Stavo a dormi', che stavo guardando...».

«Sei di buonumore, vedo. A mezzogiorno dormi ancora? Accendi sul telegiornale. Ora, subito!».

Rocco trovò il telecomando sul comodino. Accese.

«Sul primo!» fece Caterina e chiuse la comunicazione.

Apparve il viso di un giornalista in giacca e cravatta. «Arrestato in un blitz nella notte il pregiudicato Enzo Baiocchi» e alle spalle dello speaker una foto che ritraeva due agenti col passamontagna che tenevano stretto il figlio di puttana. «... catturato in provincia di Udine. Enzo Baiocchi, evaso dal carcere di Velletri lo scorso maggio, era ricercato per numerosi delitti, non ultimo l'omicidio di Adele Talamonti avvenuto ad Aosta. Gli inquirenti lo ritengono persona a conoscenza di fatti fondamentali riguardo traffici di droga nella capitale. Al momento è a disposizione dei magistrati nella casa circondariale di Udine dove ha passato la prima notte di interrogatori. Le sue rivelazioni sono ancora protette dal segreto istruttorio...». Rocco spense la televisione.

Si alzò dal letto. Si accorse che s'era addormentato vestito. Non aveva tempo da perdere. Una doccia rapida e uscì dopo essersi raccomandato con la cucciola di restare buona, cosa che lei fece mettendosi ai piedi del letto. Appese il cartello «Non disturbare» fuori dalla porta e prima di uscire si raccomandò all'uomo della reception di portare da mangiare al cane.

Non era venuta da sola. Accanto a lei c'era Alejandro Giménez, l'addetto stampa dell'ambasciata. Lo aspettavano ai tavolini di un bar in piazza San Cosimato. Appena lo videro arrivare si alzarono in piedi. «Ben trovato, dottor Schiavone». Si strinsero la mano. Giménez era sempre impeccabile, stavolta in un completo di cotone color crema, Carmen aveva optato per un tailleur pantalone blu. «Allora, Carmen mi ha detto tutto. E siamo felici di poterla aiutare...» fece un gesto. La segretaria prese una cartellina di pelle e tirò fuori un foglio. «Ruben Montoro lo conosciamo, dottor Schiavone. Un bandito, uno che la polizia del nostro paese teneva d'occhio da tanti anni, ma è sempre sfuggito. Sapevamo che aveva a che fare con Barrio, forse addirittura lavorava per lui».

«Certo che lavorava per lui» affermò Carmen col viso serio. «Gliel'assicuro, dottor Giménez, faceva l'autista per Barrio. Solo che non riuscimmo mai a provarlo» disse rivolta a Rocco.

«Perché Barrio è stato allontanato?».

«Non aveva un buon odore» rispose Giménez. «Trafficava con gente come Montoro, e noi dell'ambasciata non ci fidavamo più di lui. C'era anche stato un mezzo scandalo con delle fatture poco chiare, così lo rimuovemmo».

«Capisco. Io questo Barrio lo devo vedere».

Per tutta risposta l'addetto stampa gli allungò il foglio che teneva in mano. «Questo è il suo indirizzo».

Rocco lo lesse. «Abita vicino casa mia... ora si spiega il bar di via Vitellia».

«Non la seguo».

«Montoro aveva uno scontrino in tasca del bar Mastrangeli a via Vitellia. Che è vicino casa di Barrio».

«Bene» fece Giménez alzandosi dalla sedia, subito seguito da Carmen. «Siamo felici che sia giunto a queste conclusioni. E speriamo riesca a mettere le mani su quella banda di farabutti. L'ambasciata sarà sempre a sua disposizione».

Anche Rocco si alzò. «Perché ora sì?».

Alejandro Giménez guardò Carmen che finalmente sorrise. «Sono le regole, dottor Schiavone. Non si sputa su un parente, a meno che qualcuno non ci dimostri che su quel parente faremmo meglio a sputarci».

«Anche se voi già sapevate che era un bastardo?».

«Anche se noi lo sapevamo già».

«Chiaro e tortuoso, dottor Giménez».

«Lo so. Un consiglio? Non intraprenda la carriera diplomatica».

«È un rischio che non corro, mi creda».

Aveva portato Lupa a fare la pipì per poi rimetterla in stanza a sonnecchiare. Risaliva via Garibaldi sul fianco del Gianicolo puntando verso Monteverde Vecchio. Roma era davanti a lui, rossa e gialla sotto un cielo azzurro solcato da piccole nuvole bianche di ovatta dove in mezzo ci correvano i gabbiani. La città ruttava con un rumore sordo e continuo, il mugghio di un branco di bisonti feroci. Avrebbe potuto prendere un taxi, invece decise che la giornata era bella e si meritava una passeggiata. Superò Porta San Pancrazio e proseguì su via Vitellia finché la strada ne incrociò un'altra, che scendeva ripida verso l'Aurelia Antica. Lì finiva il traffico e si sentivano solo uccelli. Sudato, Rocco proseguiva quella passeggiata. Era più lunga di quanto ricordasse, e ginnastica e moto erano solo un ricordo sbiadito. A destra e a sinistra solo recinzioni, nessun civico. In fondo sembrava ci fosse un cancello, e doveva essere di una villa perché ovunque girasse lo sguardo vedeva solo fronde di alberi e neanche una palazzina. Seguitò per altri trecento metri e finalmente arrivò al civico giusto. Un cancello di ferro.

Spalancato.

Il giardino enorme era curatissimo, seguì un viale che si perdeva fra alberi e cespugli per un pezzo, poi superati due pini arrivò alla casa. Sembrava un grande cottage, con le finestre bianche a quadretti. Davanti c'era un'auto con gli sportelli aperti. Non un cenno di vita. Rocco arrivò al patio, coperto da un tetto di tegole e legno. A terra dei cocci di un bicchiere. Le tre grandi porte-finestre erano spalancate. Delle tende bianche si muovevano pigre al vento. Entrò in casa. Il salone era gigantesco, non riuscì a contare la quantità di divani bianchi sparsi per la stanza. Un camino di ferro pendeva dal soffitto. «Lei chi è?».

Stesa su uno dei divani, un bicchiere in mano, una donna lo osservava. Aveva passato la quarantina. I capelli lunghi e neri cadevano ricci sulle spalle. Le labbra carnose e la pelle ambrata, il corpo risultato di molto allenamento in palestra si mostrava in tutta la sua perfezione grazie a un vestito giallo che lo fasciava come una seconda pelle. Alzò il viso. «Ho chiesto lei chi è?» disse con una voce roca da fumatrice.

«Vicequestore Schiavone».

«Lo avete appena portato via. Che altro volete?».

Rocco avanzò un paio di passi. «Ruben Montoro... lavorava per voi?».

«Chi?».
«Montoro. Faceva l'autista per suo marito?».
La donna alzò appena la spalla. «... autista...» borbottò scettica. Poi raggiunse un tavolino basso di legno nero intarsiato, aprì un portasigarette d'argento. Se ne infilò una in bocca e l'accese con un accendino pieno di brillantini che lanciò sul tavolo. Soffiò il fumo e guardò Rocco. «Perché lo vuole sapere?».
«Quello che mi piacerebbe sapere è il motivo per cui è morto col mio numero di cellulare in tasca, dal momento che non lo conoscevo».
«Affari di mio marito» e con un gesto di sufficienza si voltò incamminandosi verso una porta col passo incerto di chi ha già bevuto troppo.
«Vuole un caffè?».
«Volentieri».
«Anita!» gridò. «Ah, già, dimenticavo. Niente servitù. Sono spariti pure loro. Se vuole prenda pure da bere» e indicò un bancone con decine di bottiglie di liquori poggiati sopra.
«No grazie. Lei non mi sembra molto triste...».
«Dovrei?» e fece un altro tiro dalla sigaretta. «Ma la prego, si accomodi. Tanto oggi la palestra la salto. Diciamo che non è giornata...».
«Suo marito stava partendo?» chiese Rocco indicando la valigia ancora poggiata sulle piastrelle in cotto del patio.
«Scappando è il termine più appropriato» rispose la donna. «E non mi sono ancora presentata. Penelope».
Rocco sorrise appena. «Scappava?».

«Certo. Era davanti alla televisione, parlavano di quell'arresto di ieri notte, è impallidito e s'è messo a preparare i bagagli. Ma non ha fatto in tempo».

Rocco si sedette su una poltrona di pelle. «Lei sa cosa faceva suo marito?».

«Juan? Tante cose. Alcune pulite, altre molto sporche. E credo che lo abbiano cacciato per questo dall'ambasciata».

«E lei?».

«Lei cosa?».

«Ci viveva tranquilla?».

Scoppiò a ridere. Spense la sigaretta direttamente sul tavolino di fronte al divano. Poi scosse la testa. «Signor vicequestore, che Juan se ne andasse di casa era questione di giorni. Io e lui condividevamo questo umile tetto, niente di più» e con uno sguardo abbracciò il soffitto a cassettoni. «Sarà dura dirlo a mio padre, l'ha sempre odiato. Se l'immagina quanti *te l'avevo detto!* mi dovrò sorbire? Mio padre era un generale, sa? Tutto d'un pezzo! Come mio nonno e il padre di mio nonno, siamo una famiglia antica e un po' noiosa... e forse aveva ragione quando mi diceva di stare alla larga da quel Barrio... ma ero giovane, e da giovani si fanno sciocchezze». Con uno scatto della mano si portò i capelli all'indietro. Poi si alzò dal divano e riuscì ad arrivare al mobile dei liquori. «Juan e io facevamo due vite diverse» svuotò il restante whisky nel bicchiere e lasciò cadere la bottiglia sul tavolo di legno. «Mio marito si farà qualche anno di carcere, io pretenderò il divorzio, tornerò a casa mia, nel mio paese, e ricomincerò a vivere» e si lasciò cadere nuovamente sul divano felice di poter bere un sorso di liquore.

«Cocaina» fece Rocco e si sedette su una poltrona.

«Cosa?».

«Suo marito trafficava in cocaina».

«Già. Per i potenti...» e gli fece un occhiolino. «Se si mette a parlare ne sentirà di belle. Cocaina, sì. E io lo sapevo. Lei pensa che meriti il carcere anche io? Tutto sommato sì» e buttò giù un altro sorso. «Fino ad oggi guardi come ho vissuto, nel lusso. Sapevo da dove arrivavano quei soldi? Non era difficile intuirlo vista la gente che frequentava mio marito».

«Tipo Montoro?».

«Montoro... Ruben gli guardava le spalle, lo seguiva come un cagnolino fedele. Una volta era un militare, ma lo cacciarono dall'esercito. Un tipo violento, orribile. È morto?».

«Lei non ne era a conoscenza?».

«No. Erano giorni che non si vedeva in giro. Posso sapere come?».

«Sgozzato».

Penelope fece una smorfia che somigliava a una risata silenziosa. «Brutta morte».

«Forse lei mi può aiutare, visto che è così gentile».

«Non sono gentile, è che al momento non ho niente da fare e sono anche parecchio ubriaca».

«Mi piacerebbe andare a dare un'occhiata allo studio di suo marito. C'è uno studio, immagino».

«Faccia pure. Ma ci sono già passati i suoi colleghi. Sono suoi colleghi, vero?».

Si guardarono in silenzio. Rocco si alzò dalla poltrona. La donna allungò una mano indicando una porta. «Di là c'è un corridoio, in fondo trova lo studio. Faccia con comodo. Io non l'accompagno».

Tanto la casa era ampia, ricca, piena di quadri e mobili, tanto lo studio era microscopico, spoglio, essenziale. Una stanza monastica dove potersi concentrare senza essere distratti da orpelli e fantasie. C'era un piccolo tavolo sul quale giacevano cavi di un computer che era stato portato via. La libreria conteneva delle scatole di cartone aperte e svuotate, anche lì il contenuto era stato prelevato dai colleghi. A Rocco non rimase che aprire il piccolo cassetto dello scrittoio. Un caricabatterie, un vecchio portafogli pieno di biglietti da visita, penne, matite, qualche centesimo, un blocchetto di post-it ancora incartato, un temperamatite, un vecchio sigaro sbriciolato, un anello di poco valore, un contenitore di inchiostro per stampante vuoto, un dépliant di un centro sportivo. Prese il portafogli e cominciò a guardare i biglietti da visita. Autofficina Rosario, il pin e il puk di un cellulare, Marco Ierosi fabbro, Eusebio Valor giornalista dell'«Independiente», Motorcar, un carrozziere, un albergo Bellavista a una stella, Michele Servaggelli trasporti. Li controllò uno per uno. C'era una stonatura, l'aveva già percepita mentre li guardava con sufficienza, ma non aveva capito quale.

Albergo Bellavista, una stella. Via Pontina km 35. Era una zona di Roma che Rocco conosceva bene. Quel posto non era lontano da Castel di Decima, la Pontina ci passava proprio accanto. Cosa doveva farci il ricco Gonzalez Barrio con un misero e pidocchioso hotel a una stella sulla Pontina?

Penelope ancora sul divano parlava al cellulare. «Sì... sì, io ti aspetto. Vieni quando ti pare». Appena vide Rocco, chiuse la comunicazione. «Ha trovato qualcosa di interessante?».

«Sì, grazie. Arrivederci, signora Barrio».

«Gradirei che mi chiamasse con il mio nome vero, quello della mia famiglia. Barrio non lo voglio più sentire».

«Se me lo comunica, l'accontento subito».

«Penelope de la Vega y Fernández de Tejera».

«Non credo di poterlo ricordare. Ma c'entra nel passaporto?».

La donna scoppiò a ridere mostrando i bellissimi denti. «Allora mi chiami solo con il mio nome. Basta e avanza».

«Arrivederci Penelope. Buona fortuna».

«Sì, quella fino a oggi mi è mancata. Dottor Schiavone, lei mi ha fatto un sacco di domande, ora vorrei farne una a lei».

«Prego».

«Chi è veramente? Perché ci credo poco che sia un poliziotto».

«Sono un vicequestore della polizia, anni fa ho indagato su suo marito senza successo, e soprattutto uno che, negli ultimi tempi, pare arrivi sempre un po' in ritardo».

«Le va tutto storto, mi dispiace. Ha il viso così stanco, come mai?».

«Avere a che fare con gente come voi, mi creda, è molto stancante. E il patto era una sola domanda. Tanti saluti...».

Risaliva la strada con le idee più chiare nonostante avesse dormito poco o niente. Barrio arrestato per le rivelazioni di Enzo Baiocchi voleva dire che ci aveva visto giusto. I due si conoscevano, infatti stava emergendo il vecchio traffico di cocaina di Barrio e della banda di Luigi Baiocchi. Barrio aveva mandato un sicario ad eliminare Enzo, per zittirlo. E il numero di telefono che Ruben Montoro aveva in tasca? Forse Barrio, che era al corrente della storiaccia fra lui e i Baiocchi, l'avrebbe fatto contattare per chiedergli qualcosa in cambio. Tornò con la mente a Sebastiano. Il magistrato De Biase sembrava aver creduto alla storia dell'informatore, ma Baldi poteva metterci lo zampino. Tentato omicidio. Sebastiano rischiava il processo e il carcere. E la cosa peggiore era che l'amico lo considerasse il responsabile di tutto questo. Il discorso di Brizio aveva dato il colpo di grazia. «Un'aquila vola, un cavallo trotta».

E un crotalo non è responsabile del suo veleno, pensò, e io ne sono portatore sano.

Recuperò Lupa e la macchina e partì verso Roma sud.

Percorreva la Pontina nel solito traffico. Superò Spinaceto, Castel di Decima e finalmente lo vide. Un edificio a due piani, un parallelepipedo rosso con un balcone proprio sopra un distributore di benzina. L'hotel Bellavista non era un posto per turisti, neanche per commessi viaggiatori, al massimo poteva funzionare come scortico di bassissimo livello. Parcheggiò nel distributore, lasciò Lupa in macchina ed entrò.

Se la doveva giocare sporca.

Odore di muffa. Sulle pareti a metà altezza correva una boiserie di plastica marrone. La reception era un bancone di finto marmo, una grata con una decina di chiavi appese sovrastata da una brutta riproduzione di due putti del Tiepolo che si abbracciavano. In un vaso di vetro colorato c'erano delle spighe di grano rinsecchite e impolverate annodate in un nastrino di raso. Le pareti erano ciclamino e a terra una guida putrida e piena di macchie attutiva il rumore dei passi. Lo specchio sulla destra era coperto da decine di cartoline incastrate alla cornice. Da una porticina apparve un uomo. Portava i capelli lunghi ai lati, sulla sommità del cranio invece ne era privo. Un paio di baffetti bianchi accentuavano ancora di più le guance risucchiate. Aveva una maglietta azzurra che mostrava le braccia piene di tatuaggi. Si asciugava le mani su uno straccio sporco di grasso di motore. «Dica...» fece serio.

«Mi manda Juan» rispose Rocco.

Quello lo squadrò dalla testa ai piedi. «Juan chi?».

«Non fare il coglione. Lo sai».

«Non sei uno sbirro?».

«Si te do 'na crocca in mezzo all'occhi cambi idea o mi cachi ancora il cazzo?».

«Te manna Juan?».
«Sei sordo?».
«Che voi?».
«Non ho più notizie di Ruben» disse Rocco. L'uomo annuì. «...Vie' de qua...» gli disse facendogli cenno di seguirlo.

Passarono dalla porticina dalla quale era entrato l'uomo, e attraverso un piccolo corridoio scrostato sbucarono in una stanza che voleva essere una cucina. Ma della cucina aveva solo la macchina del gas e due scansie di formica marrone. Uscirono da una porta-finestra per ritrovarsi in un cortile sul retro dell'hotel. C'erano due macchine impolverate, dei pallet accatastati e un vecchio carrello della Conad. Su un lato la bocca di un garage nero di fuliggine vomitava una musica gracchiata da una radiolina. «Che voi di' che non hai più notizie?».

«Che voglio di'? Che non s'è più visto né sentito».

«Ao', stamme a senti'. Diglielo a Juan, io le chiavi gliel'ho date. Quello il lavoro l'ha fatto. Poi che cazzo ha combinato io non lo so».

«E dove l'ha fatto?».

«In mansarda».

«Portamece».

«Perché?».

«Fatte li cazzi tua e portamece!».

L'uomo alzò gli occhi al cielo. «Annamo» disse.

Rientrarono. Si fermò un attimo al bancone e prese delle chiavi da un cassetto. «Vie'» fece e cominciarono a salire le scale di marmo.

Al primo piano si affacciavano una decina di stanze. Ma l'uomo proseguì. «Sopra» disse. Rocco lo seguiva in silenzio. La puzza di muffa s'era tramutata in benzina. Il rumore del traffico sulla statale era assordante. Le scale terminavano in una porticina. L'uomo la aprì e passarono in un piccolo disimpegno dove si affacciava una sola stanza senza numero.

«Ecco...».

La camera era un buco con un letto singolo, niente bagno. Era in ordine e la puzza di varechina torceva le narici. «Stava qua?» chiese Rocco.

«Sì».

«L'hai pulita?».

«Eh?».

«T'ho chiesto se l'hai pulita!».

«Ao', cominci a cacarmi il caz...».

Una gomitata secca lo colpì sul setto nasale. L'uomo cadde a terra mugolando. Rocco gli fu addosso e gli mollò un cazzotto in piena bocca. «T'ho chiesto se l'hai pulita!».

Era una maschera di sangue. Cercava di tamponarselo, ma un altro cazzotto di Rocco sul naso lo fece quasi svenire. «Ultima volta, poi te apro! L'hai pulita?».

«S... sì...».

«Che è successo?».

«Che cazzo ne so? C'era sangue dappertutto, mannaggia alla...».

Rocco gli afferrò un baffo, tirò forte e strappò un ciuffo di peli. L'uomo gridò, poi cominciò a tossire per il sangue che gli andava di traverso. «Lo devi sapere che è successo!».

«Quello m'ammazza».

«Chi t'ammazza, coglione?». Gli stringeva la maglietta urlandogli a un centimetro dalla faccia ridotta una poltiglia. «Chi!».

«Quello che stava... qui...».

«Baiocchi?».

L'uomo non rispose. Rocco non ne poteva più. «Ripeto: Baiocchi?».

Non disse niente. Fece solo sì con la testa. Rocco lo lasciò andare sul pavimento. Poi andò al letto, strappò via la federa e gliela gettò. «Tiè, asciugate, pezzo de merda!».

Subito il cotone bianco divenne rosso di sangue.

«Perché non gliel'hai detto a Juan?».

«Se parlavo tornava e m'ammazzava».

«Non piangere, cazzo, e parla che te capisco. Baiocchi ti ammazzava?».

«Sì... j'ha preso la macchina, l'ha caricato e se n'è annato...».

«E tu zitto...».

«Io ho imparato a famme i cazzi miei».

«E hai fatto male. Come te chiami?».

«Io?».

«No, 'sta ceppa. Come te chiami!».

«Demetrio».

«Che nome è?».

«Mi nonno se chiamava così».

«Demetrio e poi?».

«Demetrio Seganti. Ma perché, me conosci?».

«Ma chi t'ha mai visto. Come esci da 'sta situazione Demetrio?» si sedette sul letto e si accese una sigaretta.

«Come esco perché?».

«Juan vuole Ruben. Tu l'hai visto cadavere e non hai parlato. Ma t'è annata male. Perché a Baiocchi se lo so' bevuto, invece noi semo qui. Hai tradito!».

Demetrio deglutì. «Io non ho tradito, diglielo a Juan».

«Ma non hai tradito una volta sola. Hai già cantato con qualcun altro, vero Demetrio?».

«No».

«Io dico di sì. Non so' il primo che viene a cerca' Ruben e Enzo, è così?».

«Sei er primo invece».

«Chi altro è venuto, Demetrio?».

Ma l'uomo dell'hotel Bellavista non rispose. Rocco gettò la sigaretta a terra e si alzò di scatto. Demetrio si riparò la faccia. «Te giuro, io non te dico bugie. Non è venuto nessuno!».

«Dimmi se è venuto uno grosso, capelli lunghi, barba che pareva un orso».

«No».

«È venuto sì o no?».

Demetrio tremava. Poi disse un semplice «No» che cadde dritto nello stomaco del vicequestore strappandogli un sorriso. Guardò la faccia tumefatta di Demetrio, si alzò e prese il cellulare.

«Pronto? Bonanni sei tu?».

«Schiavone caro, dimmi tutto!».

«Hotel Bellavista, al chilometro...» si rivolse a Demetrio: «Che chilometro è questo?».

«35» rispose con un filo di voce.

«Chilometro 35, c'è la stanza dove hanno ammazzato Ruben Montoro. Il testimone oculare è Demetrio Seganti...» lo guardò di nuovo «sei il proprietario tu?».

«Sì...».

«Che è il proprietario di questo grand'hotel».

«Grazie Schiavone. Chi l'ha ammazzato?».

«Baiocchi Enzo, arrestato stanotte vicino Cividale del Friuli!».

«Ma... puoi provarlo?».

«Quando vuoi. Ma ti basta il testimone qui...».

«Schiavone, come ci sei arrivato?».

«Storia lunga. Stammi bene, Bona'...» rimise in tasca il cellulare. «Ciao Demetrio...».

«A te nun te manna Juan!» fece quello continuando a tenere la federa ormai rossa premuta sul naso.

«Hai un certo intuito...» e prima di uscire dalla stanza si raccomandò: «Mo' vengono i colleghi. Tu digli le stesse cose che hai detto a me. E soprattutto che non hai parlato perché hai avuto paura di quei banditi. Ne esci pulito, Demetrio, non aver paura perché Barrio è dentro e pure Enzo Baiocchi. Anzi, fai la figura del bravo cittadino». Stava per uscire dalla stanza, ma si fermò ancora. «Dimenticavo. Avverti tutte le zoccole che ospiti al momento di sparire di corsa sennò te fai qualche mese dentro».

«E la faccia? Che je dico? Che so' cascato?».

«No, digli pure che sono stato io. Sai quanto me ne frega? Stammi bene e curati» e finalmente se ne andò.

«Grazie» disse Demetrio e si sentì un deficiente, come nonno buonanima non si risparmiava mai di ricordargli.

La schiena spezzata, gli occhi pesanti, in bocca un sapore dolciastro e zuccheroso, le palpebre di piombo lasciò la macchina sul lungotevere dove avrebbe preso sicuramente la multa. Ma di pensare non era più tempo, solo dormire. E lo fece cadendo in un pozzo senza fondo. Ne riuscì solo il giorno dopo.

Parcheggiò l'auto davanti all'ingresso della questura di Aosta che il sole stava tramontando. Barcollò fino alla sua stanza e chiuse a chiave la porta, si gettò sulla poltrona aprendo la finestra e finalmente si accese una canna. Non si era mai sentito così nella vita professionale. Forse solo quando era in attesa del suo trasferimento. Non erano le umiliazioni subite sul lavoro, la sconfitta di non aver chiuso il cerchio su Barrio all'epoca dei fatti di Luigi Baiocchi, quelle gli pesavano poco o niente. Dopo quel viaggio massacrante si portava sulle spalle tre sconfitte, amare e definitive. Aveva perso la fiducia di Sebastiano, e quella era la prima sconfitta. Gli occhi dell'amico, carichi di odio, il risentimento, le parole terribili che gli aveva sparato in faccia, assai più dolorose di pugni e gomitate. La seconda era il discorso di Brizio del giorno prima, che aveva tutta l'aria di un commiato, comunque un pezzo di vita che non c'era forse più. La terza sconfitta era quella di sentirsi controllato ad ogni passo. Diventare un batterio su un vetrino era una sensazione che a Rocco non piaceva per niente.

A quello pensava fumando la canna, senza che l'erba riuscisse ad alleviare le ferite. Qualcuno abbassò la maniglia della porta tentando di entrare. Rocco non gli diede peso. Ma quello insisteva, prese a bussare istericamente. Si alzò, gettò il mozzicone dalla finestra e andò ad aprire. C'era Italo, pallido e con i capelli spettinati. «Che c'è?».

«Dove sei stato fino a oggi?».

«In giro. Che vuoi?».

«Hanno arrestato Baiocchi» e gli mollò il giornale. Al centro delle pagine della cronaca, un bell'articolo della Buccellato che Rocco non volle leggere. Restituì il quotidiano all'agente. «Lo so. L'ho visto in televisione».

«C'è Baldi».

«Dove?».

«Giù. Davanti ai caffè. Ti aspetta e dice che tu lo sai».

Era la prima volta che il magistrato si scomodava per andare da lui. «Scendo» e lasciò la stanza.

Anche Baldi era pallido e spettinato, aveva le occhiaie e la barba incolta. Appena lo vide gli andò incontro. «Andiamoci a fare un giro» propose senza aspettare risposta. A Rocco non restò che seguirlo.

Appena usciti dalla questura Baldi allungò una mano: «Mi dia una sigaretta» gli disse.

«Lei non fuma...».

«Lo so».

Se l'accese e non tossì. Dal modo in cui aspirava si vedeva che il giudice un tempo era stato un buon fumatore. «Perché ricomincia?» gli chiese Rocco.

«Io non ho intenzione di mollare» esordì. «Su Valenti, voglio dire, non con le sigarette. Non ho intenzione di mollare. Ma devo andarci coi piedi di piombo. Ho riflettuto sul nostro incontro a Cividale, e va bene così. Ma da oggi le chiedo di essere pulito e trasparente con me. È un patto che si sente di fare?».

«Dottore, io sono sempre stato pulito e trasparente».

«Bene, è un patto che non ha intenzione di suggellare».

«Cosa le devo dire per dimostrarle il contrario?».

«Per esempio perché Enzo Baiocchi ce l'ha con lei. Cosa le ha fatto?».

Rocco alzò gli occhi al cielo. «E non è possibile, è la sedicesima volta che me lo chiede! Gliel'ho detto, ho incastrato suo fratello anni fa, quello è scappato e ci ha lasciato la pelle in Sudamerica. Lui mi ritiene responsabile. Tutto qui».

«Vabbè» fece Baldi sputando fuori il fumo. «Buona!» e gettò via mezza Camel. «Stanno facendo parecchi arresti, grazie alle rivelazioni di quel bandito».

«Così pare».

«Quindi le gole profonde servono sempre, non crede?».

«Spie e collaboratori aiutano, dottor Baldi. Lo sappiamo entrambi. Guardi cosa è successo qualche giorno fa con Valenti».

«Esatto. Parliamo di lui. Come le ho detto, aspettavo un po' di conferme. Ho acquisito informazioni». Attraversarono la strada. «È molto protetto, questo ormai lo abbiamo capito. Quello che non sapevamo era il suo vero nome. Pasquale Iovine, nato in provincia di Avellino nel luglio del '49. Fino al 2011 legato al clan Barbieri, collaboratore di giustizia da quella data. Almeno adesso abbiamo un quadro più preciso».

«Che non ci serve a un cazzo» rispose Rocco. «Sputa!».

«Come?».

«Scusi, dicevo al cane. Sputa!». Lupa depositò a terra un pezzo di ossobuco scovato chissà dove. Il vicequestore lo raccolse e lo gettò in un tombino. «Dove l'hanno portato a questo Iovine?».

«Non ci sono arrivato. Da qualche parte sotto altro nome. E se lo terranno stretto finché inizia il processo a quel clan che controlla un bel pezzo del casertano».

«Quindi che cosa vuole fare?».

«Io? Aspetto che non serva più. Poi colpisco duro».

«Dottor Baldi». Rocco si fermò in mezzo alla strada. Le macchine sfrecciavano lì accanto. «Quando questo accadrà, lei sarà in pensione, io chissà dove e del delitto di Juana Perez non se ne avrà più memoria. È stato un incidente e a noi è toccato andarci di mezzo. Lei mi ha sempre parlato del dovere, del rispetto morale verso le istituzioni. Ecco, applichi le sue prediche».

«Siamo di fronte a un criminale che deve rispondere di un delitto!».

«Ma i suoi superiori hanno già deciso per lei, e hanno decretato che un trans non vale un processo di camorra. Se ne faccia una ragione. Io ci sto provando».

«Quindi lei chiude gli occhi?».

«Io non chiudo gli occhi, Baldi. Non l'ho mai fatto. Ma a differenza di lei capisco quando la partita è persa».

«Sono un magistrato, Schiavone! E conosco l'amaro calice della sconfitta!».

«Questa partita era persa in partenza!» anche Rocco alzò un poco la voce. «Cosa pretende da me? Che raccolga ancora prove contro Bernardo Valenti o Pasquale Iovine o come si chiama quel vecchio alcolizzato con il suo volpino del cazzo? L'ho già fatto, ce n'è da riempire un camion con le prove. Ma le mie capacità si fermano qui. In mezzo a quel mare io non so navigare. Sono solo un vicequestore, niente di più. E lei è un magistrato del tribunale di Aosta». Poi i due uomini si guardarono per qualche secondo. «'Ndo cazzo annamo, dottor Baldi?».

Il magistrato strinse le mascelle e abbassò lo sguardo. Si guardò le scarpe. «Almeno facciamola pagare a chi l'ha protetto!».

«L'ha protetto lo Stato, i servizi, il ministero degli interni, quelli che stanno molto sopra di noi. Cosa crede, che a me faccia piacere prenderla in quel posto? L'avevamo sotto il naso, l'assassino, e ce lo siamo fatti scappare. A quest'ora chissà dov'è, come si chiama, dove abita e che vita conduce. Una cosa sola le garantisco, per quel poco che vale. Dovesse ricadere nello stesso errore non ci saranno servizi o ministeri a proteggerlo, ovunque sia lo inchiodo».

«Magari costerà un'altra vita umana».

«Ha ragione, ma non sono io che ho fatto le regole di questo gioco di merda».

Baldi cercò di pettinarsi i capelli passandoci una mano. «Le va di farla pagare almeno a Berthod, il proprietario dell'appartamento?».

«Certo. Le prometto che domattina vengo da lei con una bella idea e gli facciamo passare un brutto quarto d'ora».

«Sono d'accordo. È un po' poco... ma è meglio che niente».

Si lasciarono senza salutarsi, tornando alla loro vita di ogni giorno, con la rabbia in corpo e la frustrazione sulle spalle come fossero mostrine di un generale.

Spense il cellulare, non se la sentiva di parlare con nessuno. Voleva rimandare tutto al giorno dopo. Il questore, la squadra, le bugie, tutto. Era troppo stanco, era ora di tornare a casa a stendersi sul letto e farsi sorprendere dal sonno. Risaliva lento le scale cercando dal mazzo la chiave giusta. Arrivò sul pianerottolo ma prima che riuscisse ad entrare la porta del vicino si aprì. «Dottore?».

Era Gabriele. Stavolta aveva optato per una maglietta di qualche squadra di football americano e calzoncini da tennis. Ai piedi sempre le stesse scarpe sporche e slabbrate.

«Che vuoi?».

«Lo so che è stanco ma...».

«Niente latino, niente dialogo col preside, niente professori e niente mamma, per favore».

Gabriele sorrise. «No, è che... lei è andato via e non mi ha ridato il computer».

«Ah no?».

«No...».

«Scusami. Dai, vieni dentro che te lo riprendi» e carezzando la testa di Lupa entrò in casa.

Il computer era ancora lì, chiuso. Mentre Rocco si toglieva la giacca il ragazzo lo afferrò. «Ah, l'ha lasciato in carica, meglio!» disse.

Rocco andò a controllare la camera da letto. Caterina aveva rimesso tutto in ordine. S'era portata via il biglietto che le aveva lasciato.

«Ha già cenato?» sentì dall'altra stanza.

«No Gabriele. Non mangio. Voglio solo andare a letto» e tornò in salone. «Tua madre è a casa?».

«Sì. È appena tornata. Ci vuole parlare?».

«Non ce la posso fare». Si avventurò in cucina per dare la pappa a Lupa.

«Lo sa? Diego l'hanno dimesso dall'ospedale. Non aveva niente».

«Chi è Diego?» chiese Rocco bevendo acqua direttamente dalla bottiglia.

«Quello che ho picchiato. Ora mi sta lontano, lo sa? L'ho incontrato ieri alla sala giochi, neanche s'è avvicinato. Io ero pronto comunque, con il calcio alle palle e il martello di Odino!».

«Bravo. Ora se non ti dispiace vorrei andare a dormire. Sono distrutto».

«Vado, vado...» finì di avvolgere il filo del caricabatterie del computer intorno alla mano. «Se domani non ha da fare...».

«Ecco, sì, magari. Ci vediamo domani, Gabriele. E scusa per il computer. Me lo sono dimenticato».

«Non si preoccupi. Ho risparmiato qualche diottria».

«Ascolta, l'hai detto a tua madre?».

«Cosa?».

«Della rissa?».

«No. Muto come un pesce» e facendo l'occhiolino uscì dall'appartamento.

Si tolse le scarpe, i pantaloni, spense la luce e andò a gettarsi sul letto. Il riverbero di un lampione stradale dall'esterno colpiva il soffitto producendo strani disegni. Si perse a osservarli. Un cavallo che rampava, o forse era un uomo in guardia davanti a un avversario coi pugni chiusi e pronti alla scazzottata.

Chi mi ha tradito?

«Mi sa che ho perso il ritmo, Marina. Pare che nessuno è quello che è. E io mi sono stancato di inseguire le ombre. Non faccio altro da giorni. L'unica che vorrei prendere sei tu, ma non ti fai più vedere. L'hai detto, te ne sei andata, e non torni più».

Vorrei fare una doccia, ma non ce la faccio manco ad alzare un braccio. Se la casa andasse a fuoco rimarrei sul letto, come un vecchio guerriero vichingo, a bruciare con tutta la barca. Sono rimasto io e un cane. Bella prospettiva, no? Mi prendesse il sonno, almeno, me ne andrei per un po'. Ha ragione Baldi, altroché. Ci hanno preso per il culo e noi ce ne stiamo zitti ad abbozzare. Ed è pericoloso, perché neanche riesco ad arrabbiarmi su 'sta cosa. Invece dovrei. Un coglione che si mette a giocare con le corde, a fare il giapponese, e quella che ci lascia la pelle. Ma sono stanco. Sono troppo stanco.

Sul cuscino accanto c'era ancora il profumo di fiori che aveva lasciato Caterina qualche giorno prima. E non gli diede una sensazione piacevole.

«I still don't know what I was waiting for / And my time was running wild / A million dead-end streets...».

Eccolo Gabriele, rimette il disco, sa che lo sto ascoltando. Chissà, magari un giorno potremo parlare così. In faccia ci diciamo poco o niente, poi lui torna nella cameretta coi suoi film horror e mi manda un messaggio. Va bene Gabriele, bisogna cambiare, io questo l'ho capito, pure se ti ritrovi in mezzo a incroci con milioni di binari morti, ci devi provare lo stesso. Hai 16 anni tu. Io un po' di più. C'era una poesia, com'era? Del poeta e del bambino che aveva paura a chiedergli l'età. T'avrei risposto ottanta, come tu mi hai detto tre. Era più o meno così.

«Ch-ch-Changes / Turn and face the stranger, / Ch-ch-Changes / Just gonna have to be a different man».

I conti si faranno alla fine. A destra la colonna col segno più, a sinistra quella col segno meno e in mezzo quella enorme e vuota delle intenzioni e dei rimorsi.

Abbozzò un sorriso e si addormentò.

Quando si svegliò il sole era già alto. Ancora un sonno buio e senza interruzioni che non gli aveva dato riposo. Anzi, se possibile, si sentiva più stanco del giorno prima. Anche se aveva saltato la cena fame non ne aveva. Lupa sì. Già scodinzolava pronta. Si alzò e le dette la pappa. Gli toccava andare in ufficio, per quale motivo non lo sapeva. Per parlare con il questore? O per ascoltare Michela Gambino affermare che Jim Morrison non era mai morto e si era trasformato in Barry Manilow? Doveva venirgli un'ideuzza per farla pagare a Berthod, come d'accordo con Baldi. Avrebbe cominciato con gli affitti in nero per poi inchiodarlo con qualcos'altro. Prese il cellulare.

Appena entrò nella sua vecchia stanza ci fu un ululato che lo fece sobbalzare. Erano tutti lì. Italo, Antonio, Caterina, Casella e anche i fratelli De Rege, al secolo Deruta e D'Intino. Tutti a battere le mani sorridenti, pronti con lo spumante che Antonio sturò facendo volare il tappo addosso a D'Intino. «Mi sposo!» gridò quello mentre batteva le mani.

«Che è?» chiese Rocco.

«Per Baiocchi! L'hanno preso, dotto'!» urlò Casella.

«Brindiamo!» gridò Italo mentre Antonio versava lo spumante nei bicchieri di plastica.

«Che possa marcire dentro, quel figlio di buona donna» andava dicendo l'agente siculo marchigiano.

«A me poco» fece Deruta. «No, perché ho passato la notte al panificio e...» ma nessuno gli diede retta. Riempiti i bicchieri Caterina invitò tutti a un brindisi. «Alla squadra, al futuro!».

«Grazie, grazie» fece Rocco. «A tutti noi!».

«La Buccellato la cerca per un'intervista, dotto'!» fece Antonio che davanti agli altri tornava al lei.

«E falla cerca'... non ho niente da dirle».

«Anche Costa vuole vederla» aggiunse Italo. «Si vuole complimentare».

«E di che?» obiettò Rocco. «Io non ho fatto niente!» e guardò Caterina che gli sorrideva con gli occhi felici, luminosi.

«Però è un pericolo scampato, no?».

«Pura fortuna. L'hanno preso quelli vestiti di nero, quelli che sanno sempre tutto e agiscono per la nostra sicurezza e incolumità».

«Noto una certa ironia, dotto'».

«Dici, Antonio? Parrà a te. Be', adesso al lavoro, compagni. D'Intino e Deruta prendete!» andò alla scrivania, afferrò tre evidenziatori e li consegnò nelle mani dei due agenti. «Questi sono evidenziatori. Io ve li consegno per le pratiche di oggi. Mi raccomando, fatene buon uso!».

Deruta e D'Intino guardarono i grossi pennarelli colorati, li afferrarono e con un rapido gesto del capo salutarono per uscire dalla stanza.

«Perché fanno così con questi evidenziatori?» chiese Antonio.

«Non si sa, Scipioni» rispose Rocco, «nessuno può indagare le pieghe della mente dei nostri fratelli De Rege. C'è qualcosa di ancestrale in questo attaccamento agli evidenziatori. Ma nessuno saprà mai cosa. Casella! Tu oggi sei di riposo».

«Dice veramente?».

«E che scherzo? Vattene all'ufficio passaporti, al bar, fatti un giro per negozi. Tu oggi ti godi la giornata».

«Grazie, veramente, ne avevo bisogno». Prese il berretto e salutò: «Con permesso...».

Rocco era con la sua squadra. «Noi invece ci divertiamo un po'. Dobbiamo far vedere i sorci verdi a Carlo Berthod. Una piccola vendetta ci vuole, no?».

«Cos'hai in mente?».

«Una perquisizione nel negozio di Courmayeur...».

«Una perquisizione?».

«Già. Una cosa facile facile. Quello ha affitti in nero, schifezze varie e chissà quante ne combina col negozio. Io vado dal magistrato a prendere l'occorrente. Voi mi aspettate davanti al tribunale. Due macchine. Io con Italo e tu Caterina viaggi con Antonio».

«Ricevuto» fecero i poliziotti quasi in coro.

«Niente di personale, vero?» aggiunse Caterina.

«Personalissimo, invece!».

Prima di uscire dalla stanza Caterina si avvicinò: «Poi stiamo un po' insieme?».

Diretto al tribunale non si aspettava di incontrare Costa davanti al portone. Sembrava fresco e rilassato, la bella copia del questore dell'ultimo incontro. Sorridente si avvicinò per stringergli la mano che Rocco accettò con una certa riluttanza. «Non l'ho vista. Pausa di riflessione?».

«Diciamo di sì».

Un agente passò svicolando e salutò sottovoce i superiori.

«Pare che anche quel Baiocchi sia molto interessante per i magistrati. Questo non fa che convincermi che alla fine con Valenti abbiamo agito nel migliore dei modi, secondo coscienza».

«Dottor Costa, io non andrei a scomodare la coscienza. Diciamo che abbiamo agito come ci è stato chiesto di fare» rispose Rocco guardandolo negli occhi. «Sia come sia, a me resta un sapore di muffa in bocca, e non è piacevole. Detto questo l'argomento l'abbiamo già sviscerato in lungo e in largo».

«Già...» il questore guardò lontano, come se cercasse l'ispirazione. «Baiocchi ne avrà da dire anche su di lei?».

«Può dire tutto quello che gli pare. Ma vede, anche quando questa gente di merda si veste da santarellino e comincia a collaborare con la giustizia, ci sono le pinze...».

«Le pinze?».

«Sì, quelle con cui si dovrebbero prendere le parole che escono da quelle fogne. Va tutto controllato, provato. Baiocchi di me potrà dire il peggio. Ma c'è un fatto incontrovertibile, dottor Costa, lui si è introdotto in casa mia, lui ha sparato ad Adele Talamonti, non io».

«Già. Ma, come dice lei, sempre attenendoci ai fatti, io vorrei conoscere il movente di quell'omicidio».

«Ci gira intorno da tempo. E non si vuole arrendere» aprì l'anta di vetro per uscire dalla questura. Il rumore delle auto aumentò di intensità. «Ne ha la facoltà» gli disse. «Ora se non le dispiace, vorrei tornare al lavoro».

«Prego...» e con un gesto del braccio lo invitò ad uscire. «A proposito» lo richiamò, «la presenza del suo amico Sebastiano Cecchetti sul luogo della cattura, come la vede?».

«Ha fatto prima di me. E sa perché? Lui ci ha messo il cuore, io solo il raziocinio».

«Lei l'ha spacciato per un suo informatore».

«E lo è. Lo è stato e spero continuerà ad esserlo. Gli informatori, come i pentiti, servono. Oppure facciamo due pesi e due misure?».

Costa allargò le braccia, poi si strinse il nodo della cravatta. «Schiavone, sa cosa vedo quando la guardo?».

«Me lo dica...».

«Un'auto che sbanda sul ghiaccio e che, miracolosamente, riesce a tenere la strada. Ma non sempre va così».

«Ce l'ha messo lei il ghiaccio?».

«No, Schiavone, è sulla strada. È un fatto naturale».

«Allora se non è stato lei io dormo tranquillo. A presto».

Rocco uscì dalla questura.

Baldi era già pronto con l'autorizzazione. Felice di dare del filo da torcere a Berthod, un toccasana per la sua autostima che al momento viaggiava sotto il livello stradale. Impiegarono meno di mezz'ora per raggiungere Courmayeur. Parcheggiarono proprio davanti al negozio Mont Blanc in pieno divieto di sosta. Il vigile stavolta neanche si avvicinò. Entrarono nel negozio. Appena la commessa vide i quattro poliziotti impallidì e corse a chiamare il principale. Carlo Berthod, sguardo fiero e pomposo, si avvicinò con un sorriso falso stampato sul viso. «Ci rivediamo, dottor Schiavone!».

«Ci rivediamo. Come va?».

«Io bene. A cosa debbo l'onore?».

«A questa!» e mostrò il mandato del magistrato. «Dovremmo dare un'occhiata in giro, se non le dispiace».

«Mi dispiace sì...» fece il commerciante guardando il mandato.

«E sticazzi!» fece Rocco. «Giusto, Italo?».

«Sì, l'hai usato correttamente».

«E posso sapere il motivo?».

«Si ricorda quando le ho detto che non mi importava del fatto che lei affittasse in nero?».

«Embè?».

«Bugia. Mi interessa invece. Forza ragazzi, prima ci diamo una mossa prima torniamo a casa».

Antonio e Italo si diressero verso la cassa. Caterina restò accanto alla porta. Rocco invece superando Berthod gli chiese: «Ha anche un ufficio in questa splendida boutique? Posso dare un'occhiata alle fatture?».

«Mica siete della finanza!».

«Non si opponga, Berthod. Se un vicequestore le chiede una fattura, lei la fattura la tira fuori. E non si preoccupi: detto fra noi, ora che i ragazzi non mi sentono, è routine...».

«Cosa vuole da me, Schiavone?» gli sibilò tra i denti. «La storia di Juana Perez è chiusa, mi sembra».

«Appunto, le sembra. Forza, tempo non ne abbiamo!» e si diresse verso un angolo del negozio che immetteva in una stanza piccola e piena di cartelline, libri e faldoni. «Allora eccoci qua... Intanto signor Berthod, dia al mio viceispettore il quaderno con gli affitti che ci ha mostrato l'altra volta. Quello nero».

«Non ce l'ho!».

«Dobbiamo trovarlo noi?».

Berthod scosse la testa. «Non finisce qui, stronzetto» mugugnò, e se ne andò alla cassa. Afferrò il quaderno e lo consegnò ai poliziotti. «Ecco qua! Contenti?».

Antonio lo prese e cominciò a sfogliarlo.

«Che spera di trovarci, agente? La data della sua fine carriera?».

«Oh porca...» sentirono gridare Rocco dall'ufficetto.

«Che succede?». Italo e Antonio accorsero, anche Caterina e Berthod. Chiudeva la fila la giovane commessa ancora sconvolta.

Rocco era in piedi, di spalle all'entrata. «Caro Berthod, si ricorda le tanto millantate amicizie molto in alto che lei possiede?» poi si voltò. In mano aveva una busta gonfia di marijuana. «E mi sa che qualche telefonata lassù la deve fare!».

Alla vista della busta, Antonio e Italo sorrisero contenti. Caterina sgranò gli occhi. La commessa si mise le mani davanti alla bocca. Berthod era bianco come la vetta del monte di cui il negozio portava il nome. «Ma... ma... non è roba mia!».

«E com'è che stava qui, fra due faldoni di fatture dell'anno in corso, peraltro vuoti?».

«Io non uso quella robaccia!».

«Va bene. Lo spiegherà al giudice. Antonio, Italo, prendete questo galantuomo e portatelo in questura».

«Mi sentirà, cazzo se mi sentirà. Ce l'ha messa lei!».

Rocco divenne serio. «È sicuro di quello che ha appena detto? Ci sono quattro testimoni. Lei mi sta accusando di aver messo questa busta nel suo ufficio? Ci pensi bene, Berthod, fa il paio con il tentativo di corruzione dell'altra volta...».

«Io la farò spedire in Barbagia!».

«Dice? Io la Sardegna la amo... forza, muoviamoci, mica abbiamo tempo da perdere. Signorina!» salutò la commessa mentre Italo e Antonio scortavano il proprietario del Mont Blanc fuori dal negozio.

«Ma che ti salta in mente?» gli disse Caterina viaggiando verso Aosta.

«Niente. Un piccolo scherzetto che gli costerà in avvocati, ci rimetterà la faccia, e gli tolgo un po' di ore di sonno. Mica male, no? Mi pesa solo dover rinunciare a quasi un etto di quella roba che, credimi, è meravigliosa!».

Caterina scoppiò a ridere. «Quanto la vuoi portare avanti?».

«Lo facciamo solo spaventare un po'. Fondamentale è spargere la voce per Courmayeur che il nostro amico è sospettato di possesso illecito di sostanze stupefacenti. Basterà a dargli un sacco di problemi nella sua piccola e laboriosa comunità. Vedi Caterina, se avesse messo le mani su qualche appalto, se avesse giocato sporco con forniture e simili, se avesse rubato, parlo politicamente, nessuno dei suoi amici col cashmere avrebbe avuto niente da ridire. Così fan tutti, no? Invece la maria... che cafonata! Che scivolone per un membro del Rotary...».

«Certo se lo merita... Io però non so se me la sento» fece Caterina.

«E che? Adesso ti fai venire i rimorsi di coscienza?». Rocco si accese una sigaretta. «Non è il momento. Ricordati come ce l'hanno messa in quel posto qualche giorno fa! Non è stata una sensazione piacevole».

I due poliziotti non parlarono più fino all'arrivo alla questura di Aosta.

Camminavano per corso Battaglione Aosta, Rocco serio e pensoso, Italo che lo guardava e non capiva perché l'avesse voluto accanto mentre si dirigeva all'appuntamento con la Buccellato. Un camion rumoroso passò, veloce e assordante. Trasportava tronchi d'albero. A Italo parve che Rocco avesse aperto la bocca, ma non aveva sentito quello che gli aveva detto.

«Italo» gli disse a voce più alta. «Ma da quando sono arrivato ad Aosta, tu non hai notato niente di strano?».

«Ma di che parli?».

«Ascoltami bene, io di te mi voglio fidare. Mi conosci, e allora rispondi a questa domanda: chi è che mi controlla?».

La domanda scese pesante nello stomaco dell'agente Italo Pierron. «Ti controllano?».

«Ne sono certo. Vuoi sapere cos'è successo l'altro giorno vicino Cividale del Friuli?» e gli raccontò l'arresto di Enzo Baiocchi. Italo non ci credeva. Scuoteva la testa. «Com'è possibile?».

«È possibile solo se i miei movimenti sono stati controllati da qualcuno. Ogni volta che vado a Roma per gli affari miei, qui lo vengono a sapere. A grandi linee sanno perché vado e cosa combino. Lo sanno in questura e in tribunale, lo sanno Costa e Baldi. E allora ti chiedo: hai notato niente?».

«Mamma mia, Rocco, non è che la vicinanza della Gambino sta avendo una brutta influenza?».

Rocco si fermò in mezzo alla strada. «Italo, non sto scherzando».

Il volto e il tono di voce severo scossero Pierron. «Io non ho mai notato niente. Adesso ci penso, cerco di capire, ma non ho mai notato niente. Tu qualche sospetto ce l'hai?».

«No. Io non ce l'ho. Non mi sono mai guardato le spalle qui ad Aosta. E ho fatto male».

Ripresero a camminare. «Dopo quello che è successo con il caso Perez non mi stupisco più di niente» disse Italo. «Voglio dire, quella gente che ci ha insabbiato l'indagine viene da Roma, tu vieni da Roma, è possibile che ti abbiano messo gli occhi addosso dal primo giorno che sei sbarcato qui».

«Ormai ne sono certo».

«E allora se sei controllato, se questo ordine viene dalla questura centrale o peggio dagli interni, io guarderei in alto» suggerì Italo.

«Stai pensando al questore?».

«Anche. E a Baldi. Lui ha sempre chiuso un occhio, dava la sensazione di sapere sempre più di quanto fosse lecito. Non ci hai mai pensato? Ricordi la storia dei cingalesi che portammo a Torino?».

«Sì...».

«Ricordi anche la prova di Enzo Baudo?».

«Anche».

«Ecco, io ho sempre pensato che Baldi ti lasciasse fare, ma sapesse molto di più».

«Io sono sicuro che c'entra Baldi. Ma... c'è un ma... deve avere qualcuno dentro la questura che mi sta accanto e che mi guarda da vicino».

«E chi?».

«Tu?».

Stavolta fu Italo a bloccarsi in mezzo alla strada. «Ma sei matto?».

«Tu di me sai tutto. Potresti essere tu la spia».

«Rocco, ma non dire cazzate, per favore!» e riprese a camminare.

«Ti sei offeso?».

«Vaffanculo».

«Ti sei offeso».

Fecero un po' di passi in silenzio. «Deficiente, scherzavo» gli disse Rocco e gli mise un braccio intorno alla spalla. Il primo gesto di vero affetto dopo tanti mesi. Italo da principio lo scansò ma poi gli tornò il sorriso.

Sandra Buccellato lo aspettava al tavolino del bar.

«Che vi porto?» chiese Ettore un po' stupito nel vedere Rocco accanto alla donna che diceva di disprezzare.

«Una spremuta» disse la Buccellato.

«Io il solito caffè, Ettore».

Quando il proprietario del bar andò via, Rocco guardò la giornalista negli occhi. «Ho qualcosa da raccontarle che mi farebbe piacere vedere nelle pagine del giornale».

«Sono tutta orecchi».

«Abbiamo fermato Carlo Berthod, lo conosce?».

«Certo che lo conosco. E posso sapere perché?».

«Abbiamo trovato un bel po' di marijuana nascosta nell'ufficio del suo negozio. Eravamo andati lì per una perquisizione, sempre sul caso Juana Perez, per capire alcuni dettagli, e per caso ci siamo imbattuti in quel sacchetto».

«Oh oh» sorrise la Buccellato e gli occhi le luccicarono. «Bene, benissimo. Non le nascondo, Schiavone, che mi fa piacere. Era ora che qualcuno bucasse quel pallone gonfiato... e, se non è indiscreto, conosce il nome dell'avvocato che lo difende?».

«Petrulli, ovviamente».

«Perché ovviamente?».

«Suo figlio, affittuario di Berthod, è stato indagato all'inizio, sempre per il caso Juana Perez».

«Benissimo. Avrà l'articolo, però...» la frase della donna fu interrotta dall'arrivo di Ettore che poggiò le ordinazioni sul tavolo, lasciò lo scontrino e filò via senza neanche uno sguardo. Rocco prese la sua tazzina. La Buccellato non sfiorò la spremuta. «Però voglio una cosa in cambio».

«Quale?».

«Il caso era chiuso e lei è andato da Berthod solo per sputtanarlo. Lo capisco e l'appoggerò. Mi dia la sua versione su Juana Perez».

«Gliel'ho già detta».

«No, lei mi ha riferito pari pari quella del questore. Io voglio la sua, personale».

«Paul De Vries abitava a Châtillon da due mesi. Questo è stato appurato. Era un ricercato. Gli piaceva andare coi travestiti, ha tirato fuori la pistola nel momento sbagliato, è morto, era il colpevole».

«Quali prove a suo carico?».

«Impronte digitali in casa della Perez».

«Strano...» fece la giornalista e finalmente afferrò il bicchiere. «La sua collega, Michela Gambino, mi ha detto tutt'altro».

«Tipo?».

Abbassò il bicchiere. Aveva due baffi arancioni che asciugò con un tovagliolino di carta. «La casa era stata svuotata e non c'erano tracce di impronte digitali neanche a pagarle».

«È stata chiamata una seconda squadra da Torino, evidentemente più affidabile della Gambino. Lo chieda a Farinelli, è il capo. Lui ha trovato le evidenze».

Sandra Buccellato finì la spremuta, posò il bicchiere. «Sciocchezze» disse.

«Può darsi che la verità assuma dei tratti incredibili e a volte fantasiosi, ma è andata proprio così».

«Le dico come la vedo io?».

«Sicuro».

«Voi avete scoperto il vero assassino di Juana Perez, ma lo tenete nascosto per motivi a me ancora poco chiari. Avete trovato un colpevole qualsiasi e gli avete affibbiato l'omicidio. Mi dica se sbaglio».

Rocco finì il caffè. «Sbaglia. Ma è un paese libero, così dicono, e lei queste cose, se vuole, può scriverle sul suo giornale».

«E mi becco qualche querela?».

«Non da me» l'assicurò Rocco. «C'è altro?».

«Enzo Baiocchi. L'hanno preso».

«Un problema in meno».

«Ma non l'ha preso lei».

«No».

«Peccato» fece la Buccellato.

«Già. L'importante è che l'abbiano messo dentro. Sta parlando, stanno facendo arresti, insomma si è rivelato un tesoro, no? Sono importanti i pentiti e i chiacchieroni, per la giustizia».

«Cosa sta cercando di dirmi?».

«Semplicemente quello che le ho detto» poi il vicequestore prese il portafogli, lasciò una banconota sul tavolino e si alzò dalla sedia. «Buon lavoro, signora Buccellato» e si diresse verso il margine della piazza dove lo aspettava Italo col giornale in mano. I due si incamminarono verso la questura.

Si era fatto la doccia, una camicia pulita, si era sbarbato e spruzzato il profumo, ma la faccia era sempre quella. Almeno aveva l'aria pulita. «Vabbè Lupa, sono così, che ci vuoi fare?».

Aveva dato appuntamento a Caterina al Grottino solo per passare una serata tranquilla, per farsi due chiacchiere e alzare un po' il gomito. Poi chissà. Se erano rose sarebbero fiorite. Non che ne avesse voglia, ma una divagazione quella sì, di quella c'era bisogno. Chiuse la porta. Qualcuno saliva le scale. Era Gabriele, con la solita aria malinconica, la stessa maglietta della sera prima, le stesse scarpe sfondate e i pantaloni al ginocchio. «Le è piaciuto ieri sera? Le ho messo David Bowie».

«Apprezzato, grazie».

«Non si ricordava più la password, eh?».

Rocco lo guardò senza capire.

«La password del wi-fi. *Hey teacher leave the kids alone!*».

«Me la ricordavo eccome. Che stai dicendo?».

«Perché ho aperto il portatile e ho visto che è andato a cercare un'altra connessione. È arrivato fino alle poste!».

Rocco fece una smorfia. «Non ti seguo, Gabriele».

«Io le ho prestato il computer per andare su internet, lei non c'è riuscito da casa ed è andato giù in strada, s'è agganciato al wi-fi delle poste».

«Io non sono andato in strada» fece Rocco. «Non mi sono mosso da casa mia».

«Strano» fece Gabriele. «Le connessioni del computer parlano chiaro».

«Aspetta Gabriele, fammi capire questa cosa. Qualcuno ha usato il tuo computer ed è andato fino alle poste per cercare qualcosa su internet?».

«No, non ha cercato nulla. Era sempre sullo stesso sito. Cioè lei all'inizio la password la sapeva, ed è andato a vedere la strada che da Roma porta in Friuli, mi scusi se mi sono messo a ficcare il naso. Poi è tornato di nuovo on line, stavolta dalle poste, e ha aperto lo stesso sito, la stessa strada. Ecco perché non capivo».

Rocco sentì un brivido, nonostante la serata fosse calda. «Fammi ricordare». Tornò indietro con la memoria. «Quella mattina mi aveva chiamato Brizio, ci ho parlato, mi ha detto del bancomat usato in Umbria, poi tu mi hai dato il computer, io ho cercato una strada, ho parlato con De Silvestri per sapere delle rapine ai distributori... aspetta!» si voltò e riaprì la porta di casa. Gabriele lo osservava senza capire, scostandosi il ciuffo di capelli davanti agli occhi con un soffio. «Che fa?». Rocco si era accucciato a controllare la serratura. Ci passò sopra un dito. Poi guardò il legno della porta. «No, niente...». Si precipitò alla porta-finestra del balconcino. Era chiusa. Si mise a controllare anche quella. «Sta cercando di capire se qualcuno è entrato in casa sua?».

«Qualcuno deve essere entrato, Gabrie'!». Abbandonò il balconcino per ispezionare le altre finestre dell'appartamento. «Qualcuno che ha preso di nascosto il computer». Finì l'indagine sugli infissi e chiuse la finestra. «Qui non è entrato nessuno» e guardò Gabriele. Poi sussurrò: «Niente...».

«Come niente?».

«Niente, Gabriele». Gli occhi di Rocco avevano

perso la luce e il viso era diventato un cencio sporco. «Niente...».

Caterina lo aspettava fuori dal ristorante. Sorrideva con un filo di trucco sugli occhi. Rocco teneva la testa bassa. Lupa trotterellava al suo fianco. Appena la raggiunse il sorriso svanì dal viso della ragazza. «Rocco... che hai?».

«Entriamo...» e aprì la porta del ristorante.

Non c'era molta gente, il suo tavolo era libero e si andarono a sedere. Subito il cameriere gli lasciò i menu. «Acqua?».

«Liscia» rispose Rocco.

«Che ti succede?».

Il vicequestore alzò lo sguardo. «Sto male, Caterina. Ho un dolore allo stomaco, un pessimo sapore in bocca, e mi succede spesso di sentirmi così. E poi mi sento sporco. Sporco e marcio».

«Perché?».

«Non mi piace sguazzare nel fango. A cercare un assassino, un traditore. È una sensazione alla quale non mi abituerò mai».

«Lo so, l'hai sempre detto».

«Ma la cosa peggiore è quando il fango ce l'hai in casa».

«Non ti seguo...» fece Caterina preoccupata. «A chi ti riferisci? A Baiocchi?».

«Anche. A Baiocchi, a Valenti... a chi ti colpisce dove fa più male, dove non hai difese. E il dolore è doppio. A te è mai successo?».

«Tante volte, Rocco. L'ultima qualche giorno fa».
«A me stasera».
Il cameriere portò l'acqua. «Avete scelto?».
«No».
Se ne andò a servire un altro tavolo.
«Rocco, mi stai facendo preoccupare. Cos'è successo stasera?».
«La cosa peggiore che potesse accadere. E fa male». La guardò negli occhi. «Non l'avevo capito, sai? Sei stata brava, Caterina, veramente brava. Te l'ho sempre detto che sei una donna in gamba».
Caterina impallidì. «Io non capisco, proprio non ti capisco».
«A letto con me ci sei venuta per dovere o per piacere?».
Il sangue con una vampata improvvisa tornò a irrorarle le gote. «Ma che cazzo dici?».
«Almeno questo puoi dirmelo. Però, per una volta, dimmi la verità. Allora?».
«Ci sono venuta perché mi andava, Rocco, perché mi piaci, perché piano piano...».
«Perché piano piano mi sono fidato di te. Giorno dopo giorno. Ogni volta che andavo a Roma ti lasciavo Lupa, perché mi fidavo. E mi succede di rado. Sai tutto di me. Com'è morta mia moglie, chi sono i miei amici, e soprattutto sapevi chi cercavo e dove. O mi sbaglio?».
Caterina scuoteva lenta la testa.
«Deve essere stata brutta quando mi chiamavi e trovavi il cellulare sempre spento. L'avevo lasciato a Trastevere, in albergo. Andavo in giro con questo» tirò fuo-

ri il telefonino nuovo e lo sbatté sul tavolo. «Un numero che non conoscevi. Sarebbe stato tutto più semplice, no? Per trovare dove se n'era andato quel vecchio pazzo di Schiavone bastava controllare le celle alle quali il numero s'era agganciato. Vabbè, t'ho dato un po' di lavoro in più da fare...».

Caterina era a bocca aperta, non riusciva a parlare. Due fili di saliva le partivano dagli incisivi fino all'attaccatura delle labbra.

«Dimmi almeno se eri sola o ti aiutava qualcuno».

Gli occhi di Caterina si inumidirono.

«Puoi dirmi chi ti ha ordinato di starmi addosso?».

Il viceispettore scoppiò a piangere. «Non...» si asciugò una lacrima con la manica del maglione. «Rocco, non è così».

«E allora com'è? Dimmelo, sono qui che ascolto. E non vedo l'ora di crederti». Si mise a braccia conserte.

La ragazza poggiò i gomiti sul tavolo. Guardò il soffitto, le lacrime le impedivano di parlare. «Lo sai».

«Tu non ce la fai a parlare, io non ce la faccio ad ascoltare, Caterina. Dimmi solo se lo stai facendo dal primo giorno che sono arrivato».

«No... è successo dopo. Io devo molto a un uomo che sta a Roma, che mi ha salvato quando ero una ragazza, una bambina. Lui me l'ha chiesto e non potevo...».

«Sei stata tu a mandare a puttane il caso Perez...».

«No! Non c'entro niente. In quella storia ero con te!».

«Aveva ragione Brizio. Tempo fa mi aveva detto che un uomo della mia età non deve frequentare donne più giovani. Abbiamo poco da spartire, meglio, io ho poco da spartire, tu di cose da me ne volevi e tante. Vedi che avevo ragione? La vita è come la mattanza dei tonni».

«Per favore, dammi una possibilità di...».

«Vaffanculo Caterina Rispoli. Esci dalla mia vita, di' al tuo contatto di Roma, all'uomo che ti ha salvato da piccola, che non puoi avere più informazioni da questo stronzo e che la tua permanenza ad Aosta è inutile. Peccato, perché scopi bene». Si alzò di scatto dal tavolo e si avvicinò al cameriere. «Tutto quello che mangia la signorina lo metti sul mio conto». Diede un'ultima occhiata al tavolo. «Offre la casa! È l'ultimo regalo che ti faccio» e uscì dal ristorante con la morte nel cuore.

Se ne andò in giro per la città, senza una meta. Gli sembrava che i piedi affondassero nell'asfalto. Faticava a tenere il passo, ma non riusciva a fermarsi. Le orecchie piene di ovatta e i denti stretti mordevano l'aria e si maciullavano. Il dolore appuntito sotto al tallone tornò, ma non ci fece caso. Se c'era da zoppicare avrebbe zoppicato, l'importante era continuare a camminare. Non c'era spazio per piangersi addosso, neanche per andare a cercare qualche ricordo dolce. Solo camminare finché il fiato reggeva, finché le scarpe resistevano e il tallone non si sarebbe messo a urlare. Odiava quell'odore, cos'era? Qualche fiore, o ancora erba appena tagliata. Si accese una sigaretta per annullarlo, per scacciarlo. Ma la gettò alla prima boccata, era amara, stopposa. Si ritrovò in mezzo alle rovine, seduto sulla pietra scura che una volta doveva essere un'arcata che sosteneva le gradinate della platea del teatro romano. Dove spesso anche Marina veniva a trovarlo, ma ormai non ci sperava più. Non gli restò che guardare il cielo. Lupa gli saltò in braccio. Voleva essere abbracciata, carezzata sotto quel manto di stelle. La luna non c'era. Era sparita.

Epatta, gli tornò in mente quella parola. E così la vide. Marina, fresca e riposata, se ne stava seduta due pietre più in là a guardare il cielo.

«Hai imparato a contare?» mi dice.

«Sì».

«Le notti senza luna sono le più strane. Ci pensi ai marinai tanti anni fa?».

«Avevano le stelle».

«Sì, ma la luna è un faro. Le stelle mentono. Lo sai che un sacco di queste sono già morte?».

Mi viene da ridere. Anche io ci penso spesso a questa storia delle stelle già morte.

«Vieni accanto a me?».

«Accontentati che sono venuta» poi si gira e mi guarda. «Povero Rocco, a forza di inseguire le ombre stai diventando un'ombra pure tu. Devi stare attento».

«È vero. A forza di rincorrere le ombre, si rischia di perdere la sostanza».

«Mi dispiace che resti sempre solo».

«Non sono solo» le dico. «Ho Lupa. E ho te, quando vieni».

Sorride ancora. «Ce la fai?».

«Mi tocca. Mi sa che vendo la casa di Roma».

«E il limone?».

«Me lo porto qui».

«Non hai il terrazzo. E qui fa troppo freddo. Dallo ai miei».

«Ma se manco mi parlano».

«Lasciaglielo fuori la porta. Capiranno».

«E se te lo portassi?».

«Me lo pianti vicino? È una bella idea. Ma l'inverno chi lo copre?».

«Già». Mi viene da dire che morirebbe, e quel limone non deve morire. «È bella questa notte».

«Una volta su un gozzo a Positano mi dicesti che sapevi i nomi delle stelle».

«Li so ancora».

«E dimmeli un po'?».

Alzo un dito e indico la prima che mi capita. «Aldebaran, Sirio, Bentegodi». Marina comincia a ridere. «Navicella, Stupor mundi, Aileselassié, Rodolfo!».

E ci mettiamo a sghignazzare come due scemi. «Ciao Lupa. Ciao Rocco. Alla prossima luna che se ne va, amore mio».

«Alla prossima luna».

Hai visto, Lupa? È tornata a trovarci. Eppure la vita deve essere bella, lo sai? Se pure un vitello che ha fatto una vita schifosa chiuso in una gabbia piange quando lo portano al mattatoio, allora sì, allora deve essere proprio bella. È una lezione che dovrei ripetermi ogni giorno. Ma io oggi non riesco neanche a respirare. Tu non lo sai cucciola mia, ma un sacco di animali vanno in letargo quando arriva il gelo dell'inverno. Si accucciano in una buca sotto terra, chiudono gli occhi e muoiono per un po' di mesi. Quando tornano al sole sono nati un'altra volta e ricominciano a sorridere, a saltare, perché è vita nuova, piena di colori e di odori. Noi no. Noi a dormire non ci andiamo mai sul serio, e così invecchiamo e la pelle si raggrinzisce, come il sangue. Tutto si stanca, Lupa, si consuma e non torna più come prima. Mi guardi, con la lingua di fuori, e siamo soli io e te, un'altra volta, e sei tu che mi devi dare coraggio, amica mia, perché io non ce l'ho più. Stai qui, attaccata a me. Chiudi gli occhi. Dormi, Lupa. Sogna gli ossi e i prati dove correre. Vola pure. Io da qui ti guardo e aspetto di capire come si fa.

Ti giuro, appena ci riesco ti seguo.

Questo volume è stato stampato
su carta Palatina
delle Cartiere di Fabriano
nel mese di agosto 2017
presso la Leva srl - Milano
e confezionato
presso IGF s.p.a. - Aldeno (TN)

La memoria

Ultimi volumi pubblicati

633 Salvo Licata. Il mondo è degli sconosciuti
634 Mario Soldati. Fuga in Italia
635 Alessandra Lavagnino. Via dei Serpenti
636 Roberto Bolaño. Un romanzetto canaglia
637 Emanuele Levi. Il giornale di Emanuele
638 Maj Sjöwall, Per Wahlöö. Roseanna
639 Anthony Trollope. Il Dottor Thorne
640 Studs Terkel. I giganti del jazz
641 Manuel Puig. Il tradimento di Rita Hayworth
642 Andrea Camilleri. Privo di titolo
643 Anonimo. Romanzo di Alessandro
644 Gian Carlo Fusco. A Roma con Bubù
645 Mario Soldati. La giacca verde
646 Luciano Canfora. La sentenza
647 Annie Vivanti. Racconti americani
648 Piero Calamandrei. Ada con gli occhi stellanti. Lettere 1908-1915
649 Budd Schulberg. Perché corre Sammy?
650 Alberto Vigevani. Lettera al signor Alzheryan
651 Isabelle de Charrière. Lettere da Losanna
652 Alexandre Dumas. La marchesa di Ganges
653 Alexandre Dumas. Murat
654 Constantin Photiadès. Le vite del conte di Cagliostro
655 Augusto De Angelis. Il candeliere a sette fiamme
656 Andrea Camilleri. La luna di carta
657 Alicia Giménez-Bartlett. Il caso del lituano
658 Jorge Ibargüengoitia. Ammazzate il leone
659 Thomas Hardy. Una romantica avventura
660 Paul Scarron. Romanzo buffo
661 Mario Soldati. La finestra
662 Roberto Bolaño. Monsieur Pain
663 Louis-Alexandre Andrault de Langeron. La battaglia di Austerlitz
664 William Riley Burnett. Giungla d'asfalto
665 Maj Sjöwall, Per Wahlöö. Un assassino di troppo
666 Guillaume Prévost. Jules Verne e il mistero della camera oscura
667 Honoré de Balzac. Massime e pensieri di Napoleone
668 Jules Michelet, Athénaïs Mialaret. Lettere d'amore
669 Gian Carlo Fusco. Mussolini e le donne
670 Pier Luigi Celli. Un anno nella vita
671 Margaret Doody. Aristotele e i Misteri di Eleusi
672 Mario Soldati. Il padre degli orfani
673 Alessandra Lavagnino. Un inverno. 1943-1944
674 Anthony Trollope. La Canonica di Framley
675 Domenico Seminerio. Il cammello e la corda
676 Annie Vivanti. Marion artista di caffè-concerto
677 Giuseppe Bonaviri. L'incredibile storia di un cranio

678 Andrea Camilleri. La vampa d'agosto
679 Mario Soldati. Cinematografo
680 Pierre Boileau, Thomas Narcejac. I vedovi
681 Honoré de Balzac. Il parroco di Tours
682 Béatrix Saule. La giornata di Luigi XIV. 16 novembre 1700
683 Roberto Bolaño. Il gaucho insostenibile
684 Giorgio Scerbanenco. Uomini ragno
685 William Riley Burnett. Piccolo Cesare
686 Maj Sjöwall, Per Wahlöö. L'uomo al balcone
687 Davide Camarrone. Lorenza e il commissario
688 Sergej Dovlatov. La marcia dei solitari
689 Mario Soldati. Un viaggio a Lourdes
690 Gianrico Carofiglio. Ragionevoli dubbi
691 Tullio Kezich. Una notte terribile e confusa
692 Alexandre Dumas. Maria Stuarda
693 Clemente Manenti. Ungheria 1956. Il cardinale e il suo custode
694 Andrea Camilleri. Le ali della sfinge
695 Gaetano Savatteri. Gli uomini che non si voltano
696 Giuseppe Bonaviri. Il sarto della stradalunga
697 Constant Wairy. Il valletto di Napoleone
698 Gian Carlo Fusco. Papa Giovanni
699 Luigi Capuana. Il Raccontafiabe
700
701 Angelo Morino. Rosso taranta
702 Michele Perriera. La casa
703 Ugo Cornia. Le pratiche del disgusto
704 Luigi Filippo d'Amico. L'uomo delle contraddizioni. Pirandello visto da vicino
705 Giuseppe Scaraffia. Dizionario del dandy
706 Enrico Micheli. Italo
707 Andrea Camilleri. Le pecore e il pastore
708 Maria Attanasio. Il falsario di Caltagirone
709 Roberto Bolaño. Anversa
710 John Mortimer. Nuovi casi per l'avvocato Rumpole
711 Alicia Giménez-Bartlett. Nido vuoto
712 Toni Maraini. La lettera da Benares
713 Maj Sjöwall, Per Wahlöö. Il poliziotto che ride
714 Budd Schulberg. I disincantati
715 Alda Bruno. Germani in bellavista
716 Marco Malvaldi. La briscola in cinque
717 Andrea Camilleri. La pista di sabbia
718 Stefano Vilardo. Tutti dicono Germania Germania
719 Marcello Venturi. L'ultimo veliero
720 Augusto De Angelis. L'impronta del gatto
721 Giorgio Scerbanenco. Annalisa e il passaggio a livello

722 Anthony Trollope. La Casetta ad Allington
723 Marco Santagata. Il salto degli Orlandi
724 Ruggero Cappuccio. La notte dei due silenzi
725 Sergej Dovlatov. Il libro invisibile
726 Giorgio Bassani. I Promessi Sposi. Un esperimento
727 Andrea Camilleri. Maruzza Musumeci
728 Furio Bordon. Il canto dell'orco
729 Francesco Laudadio. Scrivano Ingannamorte
730 Louise de Vilmorin. Coco Chanel
731 Alberto Vigevani. All'ombra di mio padre
732 Alexandre Dumas. Il cavaliere di Sainte-Hermine
733 Adriano Sofri. Chi è il mio prossimo
734 Gianrico Carofiglio. L'arte del dubbio
735 Jacques Boulenger. Il romanzo di Merlino
736 Annie Vivanti. I divoratori
737 Mario Soldati. L'amico gesuita
738 Umberto Domina. La moglie che ha sbagliato cugino
739 Maj Sjöwall, Per Wahlöö. L'autopompa fantasma
740 Alexandre Dumas. Il tulipano nero
741 Giorgio Scerbanenco. Sei giorni di preavviso
742 Domenico Seminerio. Il manoscritto di Shakespeare
743 André Gorz. Lettera a D. Storia di un amore
744 Andrea Camilleri. Il campo del vasaio
745 Adriano Sofri. Contro Giuliano. Noi uomini, le donne e l'aborto
746 Luisa Adorno. Tutti qui con me
747 Carlo Flamigni. Un tranquillo paese di Romagna
748 Teresa Solana. Delitto imperfetto
749 Penelope Fitzgerald. Strategie di fuga
750 Andrea Camilleri. Il casellante
751 Mario Soldati. ah! il Mundial!
752 Giuseppe Bonarivi. La divina foresta
753 Maria Savi-Lopez. Leggende del mare
754 Francisco García Pavón. Il regno di Witiza
755 Augusto De Angelis. Giobbe Tuama & C.
756 Eduardo Rebulla. La misura delle cose
757 Maj Sjöwall, Per Wahlöö. Omicidio al Savoy
758 Gaetano Savatteri. Uno per tutti
759 Eugenio Baroncelli. Libro di candele
760 Bill James. Protezione
761 Marco Malvaldi. Il gioco delle tre carte
762 Giorgio Scerbanenco. La bambola cieca
763 Danilo Dolci. Racconti siciliani
764 Andrea Camilleri. L'età del dubbio
765 Carmelo Samonà. Fratelli
766 Jacques Boulenger. Lancillotto del Lago

767 Hans Fallada. E adesso, pover'uomo?
768 Alda Bruno. Tacchino farcito
769 Gian Carlo Fusco. La Legione straniera
770 Piero Calamandrei. Per la scuola
771 Michèle Lesbre. Il canapé rosso
772 Adriano Sofri. La notte che Pinelli
773 Sergej Dovlatov. Il giornale invisibile
774 Tullio Kezich. Noi che abbiamo fatto La dolce vita
775 Mario Soldati. Corrispondenti di guerra
776 Maj Sjöwall, Per Wahlöö. L'uomo che andò in fumo
777 Andrea Camilleri. Il sonaglio
778 Michele Perriera. I nostri tempi
779 Alberto Vigevani. Il battello per Kew
780 Alicia Giménez-Bartlett. Il silenzio dei chiostri
781 Angelo Morino. Quando internet non c'era
782 Augusto De Angelis. Il banchiere assassinato
783 Michel Maffesoli. Icone d'oggi
784 Mehmet Murat Somer. Scandaloso omicidio a Istanbul
785 Francesco Recami. Il ragazzo che leggeva Maigret
786 Bill James. Confessione
787 Roberto Bolaño. I detective selvaggi
788 Giorgio Scerbanenco. Nessuno è colpevole
789 Andrea Camilleri. La danza del gabbiano
790 Giuseppe Bonaviri. Notti sull'altura
791 Giuseppe Tornatore. Baarìa
792 Alicia Giménez-Bartlett. Una stanza tutta per gli altri
793 Furio Bordon. A gentile richiesta
794 Davide Camarrone. Questo è un uomo
795 Andrea Camilleri. La rizzagliata
796 Jacques Bonnet. I fantasmi delle biblioteche
797 Marek Edelman. C'era l'amore nel ghetto
798 Danilo Dolci. Banditi a Partinico
799 Vicki Baum. Grand Hotel
800
801 Anthony Trollope. Le ultime cronache del Barset
802 Arnoldo Foà. Autobiografia di un artista burbero
803 Herta Müller. Lo sguardo estraneo
804 Gianrico Carofiglio. Le perfezioni provvisorie
805 Gian Mauro Costa. Il libro di legno
806 Carlo Flamigni. Circostanze casuali
807 Maj Sjöwall, Per Wahlöö. L'uomo sul tetto
808 Herta Müller. Cristina e il suo doppio
809 Martin Suter. L'ultimo dei Weynfeldt
810 Andrea Camilleri. Il nipote del Negus
811 Teresa Solana. Scorciatoia per il paradiso

812 Francesco M. Cataluccio. Vado a vedere se di là è meglio
813 Allen S. Weiss. Baudelaire cerca gloria
814 Thornton Wilder. Idi di marzo
815 Esmahan Aykol. Hotel Bosforo
816 Davide Enia. Italia-Brasile 3 a 2
817 Giorgio Scerbanenco. L'antro dei filosofi
818 Pietro Grossi. Martini
819 Budd Schulberg. Fronte del porto
820 Andrea Camilleri. La caccia al tesoro
821 Marco Malvaldi. Il re dei giochi
822 Francisco García Pavón. Le sorelle scarlatte
823 Colin Dexter. L'ultima corsa per Woodstock
824 Augusto De Angelis. Sei donne e un libro
825 Giuseppe Bonaviri. L'enorme tempo
826 Bill James. Club
827 Alicia Giménez-Bartlett. Vita sentimentale di un camionista
828 Maj Sjöwall, Per Wahlöö. La camera chiusa
829 Andrea Molesini. Non tutti i bastardi sono di Vienna
830 Michèle Lesbre. Nina per caso
831 Herta Müller. In trappola
832 Hans Fallada. Ognuno muore solo
833 Andrea Camilleri. Il sorriso di Angelica
834 Eugenio Baroncelli. Mosche d'inverno
835 Margaret Doody. Aristotele e i delitti d'Egitto
836 Sergej Dovlatov. La filiale
837 Anthony Trollope. La vita oggi
838 Martin Suter. Com'è piccolo il mondo!
839 Marco Malvaldi. Odore di chiuso
840 Giorgio Scerbanenco. Il cane che parla
841 Festa per Elsa
842 Paul Léautaud. Amori
843 Claudio Coletta. Viale del Policlinico
844 Luigi Pirandello. Racconti per una sera a teatro
845 Andrea Camilleri. Gran Circo Taddei e altre storie di Vigàta
846 Paolo Di Stefano. La catastròfa. Marcinelle 8 agosto 1956
847 Carlo Flamigni. Senso comune
848 Antonio Tabucchi. Racconti con figure
849 Esmahan Aykol. Appartamento a Istanbul
850 Francesco M. Cataluccio. Chernobyl
851 Colin Dexter. Al momento della scomparsa la ragazza indossava
852 Simonetta Agnello Hornby. Un filo d'olio
853 Lawrence Block. L'Ottavo Passo
854 Carlos María Domínguez. La casa di carta
855 Luciano Canfora. La meravigliosa storia del falso Artemidoro
856 Ben Pastor. Il Signore delle cento ossa

857 Francesco Recami. La casa di ringhiera
858 Andrea Camilleri. Il gioco degli specchi
859 Giorgio Scerbanenco. Lo scandalo dell'osservatorio astronomico
860 Carla Melazzini. Insegnare al principe di Danimarca
861 Bill James. Rose, rose
862 Roberto Bolaño, A. G. Porta. Consigli di un discepolo di Jim Morrison a un fanatico di Joyce
863 Stefano Benni. La traccia dell'angelo
864 Martin Suter. Allmen e le libellule
865 Giorgio Scerbanenco. Nebbia sul Naviglio e altri racconti gialli e neri
866 Danilo Dolci. Processo all'articolo 4
867 Maj Sjöwall, Per Wahlöö. Terroristi
868 Ricardo Romero. La sindrome di Rasputin
869 Alicia Giménez-Bartlett. Giorni d'amore e inganno
870 Andrea Camilleri. La setta degli angeli
871 Guglielmo Petroni. Il nome delle parole
872 Giorgio Fontana. Per legge superiore
873 Anthony Trollope. Lady Anna
874 Gian Mauro Costa, Carlo Flamigni, Alicia Giménez-Bartlett, Marco Malvaldi, Ben Pastor, Santo Piazzese, Francesco Recami. Un Natale in giallo
875 Marco Malvaldi. La carta più alta
876 Franz Zeise. L'Armada
877 Colin Dexter. Il mondo silenzioso di Nicholas Quinn
878 Salvatore Silvano Nigro. Il Principe fulvo
879 Ben Pastor. Lumen
880 Dante Troisi. Diario di un giudice
881 Ginevra Bompiani. La stazione termale
882 Andrea Camilleri. La Regina di Pomerania e altre storie di Vigàta
883 Tom Stoppard. La sponda dell'utopia
884 Bill James. Il detective è morto
885 Margaret Doody. Aristotele e la favola dei due corvi bianchi
886 Hans Fallada. Nel mio paese straniero
887 Esmahan Aykol. Divorzio alla turca
888 Angelo Morino. Il film della sua vita
889 Eugenio Baroncelli. Falene. 237 vite quasi perfette
890 Francesco Recami. Gli scheletri nell'armadio
891 Teresa Solana. Sette casi di sangue e una storia d'amore
892 Daria Galateria. Scritti galeotti
893 Andrea Camilleri. Una lama di luce
894 Martin Suter. Allmen e il diamante rosa
895 Carlo Flamigni. Giallo uovo
896 Maj Sjöwall, Per Wahlöö. Il milionario
897 Gian Mauro Costa. Festa di piazza
898 Gianni Bonina. I sette giorni di Allah

899 Carlo María Domínguez. La costa cieca
900
901 Colin Dexter. Niente vacanze per l'ispettore Morse
902 Francesco M. Cataluccio. L'ambaradan delle quisquiglie
903 Giuseppe Barbera. Conca d'oro
904 Andrea Camilleri. Una voce di notte
905 Giuseppe Scaraffia. I piaceri dei grandi
906 Sergio Valzania. La Bolla d'oro
907 Héctor Abad Faciolince. Trattato di culinaria per donne tristi
908 Mario Giorgianni. La forma della sorte
909 Marco Malvaldi. Milioni di milioni
910 Bill James. Il mattatore
911 Esmahan Aykol, Andrea Camilleri, Gian Mauro Costa, Marco Malvaldi, Antonio Manzini, Francesco Recami. Capodanno in giallo
912 Alicia Giménez-Bartlett. Gli onori di casa
913 Giuseppe Tornatore. La migliore offerta
914 Vincenzo Consolo. Esercizi di cronaca
915 Stanisław Lem. Solaris
916 Antonio Manzini. Pista nera
917 Xiao Bai. Intrigo a Shanghai
918 Ben Pastor. Il cielo di stagno
919 Andrea Camilleri. La rivoluzione della luna
920 Colin Dexter. L'ispettore Morse e le morti di Jericho
921 Paolo Di Stefano. Giallo d'Avola
922 Francesco M. Cataluccio. La memoria degli Uffizi
923 Alan Bradley. Aringhe rosse senza mostarda
924 Davide Enia. maggio '43
925 Andrea Molesini. La primavera del lupo
926 Eugenio Baroncelli. Pagine bianche. 55 libri che non ho scritto
927 Roberto Mazzucco. I sicari di Trastevere
928 Ignazio Buttitta. La peddi nova
929 Andrea Camilleri. Un covo di vipere
930 Lawrence Block. Un'altra notte a Brooklyn
931 Francesco Recami. Il segreto di Angela
932 Andrea Camilleri, Gian Mauro Costa, Alicia Giménez-Bartlett, Marco Malvaldi, Antonio Manzini, Francesco Recami. Ferragosto in giallo
933 Alicia Giménez-Bartlett. Segreta Penelope
934 Bill James. Tip Top
935 Davide Camarrone. L'ultima indagine del Commissario
936 Storie della Resistenza
937 John Glassco. Memorie di Montparnasse
938 Marco Malvaldi. Argento vivo
939 Andrea Camilleri. La banda Sacco
940 Ben Pastor. Luna bugiarda
941 Santo Piazzese. Blues di mezz'autunno

942 Alan Bradley. Il Natale di Flavia de Luce
943 Margaret Doody. Aristotele nel regno di Alessandro
944 Maurizio de Giovanni, Alicia Giménez-Bartlett, Bill James, Marco Malvaldi, Antonio Manzini, Francesco Recami. Regalo di Natale
945 Anthony Trollope. Orley Farm
946 Adriano Sofri. Machiavelli, Tupac e la Principessa
947 Antonio Manzini. La costola di Adamo
948 Lorenza Mazzetti. Diario londinese
949 Gian Mauro Costa, Alicia Giménez-Bartlett, Marco Malvaldi, Antonio Manzini, Francesco Recami. Carnevale in giallo
950 Marco Steiner. Il corvo di pietra
951 Colin Dexter. Il mistero del terzo miglio
952 Jennifer Worth. Chiamate la levatrice
953 Andrea Camilleri. Inseguendo un'ombra
954 Nicola Fantini, Laura Pariani. Nostra Signora degli scorpioni
955 Davide Camarrone. Lampaduza
956 José Roman. Chez Maxim's. Ricordi di un fattorino
957 Luciano Canfora. 1914
958 Alessandro Robecchi. Questa non è una canzone d'amore
959 Gian Mauro Costa. L'ultima scommessa
960 Giorgio Fontana. Morte di un uomo felice
961 Andrea Molesini. Presagio
962 La partita di pallone. Storie di calcio
963 Andrea Camilleri. La piramide di fango
964 Beda Romano. Il ragazzo di Erfurt
965 Anthony Trollope. Il Primo Ministro
966 Francesco Recami. Il caso Kakoiannis-Sforza
967 Alan Bradley. A spasso tra le tombe
968 Claudio Coletta. Amstel blues
969 Alicia Giménez-Bartlett, Marco Malvaldi, Antonio Manzini, Francesco Recami, Alessandro Robecchi, Gaetano Savatteri. Vacanze in giallo
970 Carlo Flamigni. La compagnia di Ramazzotto
971 Alicia Giménez-Bartlett. Dove nessuno ti troverà
972 Colin Dexter. Il segreto della camera 3
973 Adriano Sofri. Reagì Mauro Rostagno sorridendo
974 Augusto De Angelis. Il canotto insanguinato
975 Esmahan Aykol. Tango a Istanbul
976 Josefina Aldecoa. Storia di una maestra
977 Marco Malvaldi. Il telefono senza fili
978 Franco Lorenzoni. I bambini pensano grande
979 Eugenio Baroncelli. Gli incantevoli scarti. Cento romanzi di cento parole
980 Andrea Camilleri. Morte in mare aperto e altre indagini del giovane Montalbano
981 Ben Pastor. La strada per Itaca

982 Esmahan Aykol, Alan Bradley, Gian Mauro Costa, Maurizio de Giovanni, Nicola Fantini e Laura Pariani, Alicia Giménez-Bartlett, Francesco Recami. La scuola in giallo
983 Antonio Manzini. Non è stagione
984 Antoine de Saint-Exupéry. Il Piccolo Principe
985 Martin Suter. Allmen e le dalie
986 Piero Violante. Swinging Palermo
987 Marco Balzano, Francesco M. Cataluccio, Neige De Benedetti, Paolo Di Stefano, Giorgio Fontana, Helena Janeczek. Milano
988 Colin Dexter. La fanciulla è morta
989 Manuel Vázquez Montalbán. Galíndez
990 Federico Maria Sardelli. L'affare Vivaldi
991 Alessandro Robecchi. Dove sei stanotte
992 Nicola Fantini e Laura Pariani, Marco Malvaldi, Dominique Manotti, Antonio Manzini, Francesco Recami, Gaetano Savatteri. La crisi in giallo
993 Jennifer Worth. Tra le vite di Londra
994 Hai voluto la bicicletta. Il piacere della fatica
995 Alan Bradley. Un segreto per Flavia de Luce
996 Giampaolo Simi. Cosa resta di noi
997 Alessandro Barbero. Il divano di Istanbul
998 Scott Spencer. Un amore senza fine
999 Antonio Tabucchi. L'automobile, la nostalgia e l'infinito
1000 La memoria di Elvira
1001 Andrea Camilleri. La giostra degli scambi
1002 Enrico Deaglio. Storia vera e terribile tra Sicilia e America
1003 Francesco Recami. L'uomo con la valigia
1004 Fabio Stassi. Fumisteria
1005 Alicia Giménez-Bartlett, Marco Malvaldi, Antonio Manzini, Santo Piazzese, Francesco Recami, Gaetano Savatteri. Turisti in giallo
1006 Bill James. Un taglio radicale
1007 Alexander Langer. Il viaggiatore leggero. Scritti 1961-1995
1008 Antonio Manzini. Era di maggio
1009 Alicia Giménez-Bartlett. Sei casi per Petra Delicado
1010 Ben Pastor. Kaputt Mundi
1011 Nino Vetri. Il Michelangelo
1012 Andrea Camilleri. Le vichinghe volanti e altre storie d'amore a Vigàta
1013 Elvio Fassone. Fine pena: ora
1014 Dominique Manotti. Oro nero
1015 Marco Steiner. Oltremare
1016 Marco Malvaldi. Buchi nella sabbia
1017 Pamela Lyndon Travers. Zia Sass
1018 Giosuè Calaciura, Gianni Di Gregorio, Antonio Manzini, Fabio Stassi, Giordano Tedoldi, Chiara Valerio. Storie dalla città eterna
1019 Giuseppe Tornatore. La corrispondenza

1020 Rudi Assuntino, Wlodek Goldkorn. Il guardiano. Marek Edelman racconta
1021 Antonio Manzini. Cinque indagini romane per Rocco Schiavone
1022 Lodovico Festa. La provvidenza rossa
1023 Giuseppe Scaraffia. Il demone della frivolezza
1024 Colin Dexter. Il gioiello che era nostro
1025 Alessandro Robecchi. Di rabbia e di vento
1026 Yasmina Khadra. L'attentato
1027 Maj Sjöwall, Tomas Ross. La donna che sembrava Greta Garbo
1028 Daria Galateria. L'etichetta alla corte di Versailles. Dizionario dei privilegi nell'età del Re Sole
1029 Marco Balzano. Il figlio del figlio
1030 Marco Malvaldi. La battaglia navale
1031 Fabio Stassi. La lettrice scomparsa
1032 Esmahan Aykol, Gian Mauro Costa, Alicia Giménez-Bartlett, Marco Malvaldi, Antonio Manzini, Francesco Recami, Gaetano Savatteri. Il calcio in giallo
1033 Sergej Dovlatov. Taccuini
1034 Andrea Camilleri. L'altro capo del filo
1035 Francesco Recami. Morte di un ex tappezziere
1036 Alan Bradley. Flavia de Luce e il delitto nel campo dei cetrioli
1037 Manuel Vázquez Montalbán. Io, Franco
1038 Antonio Manzini. 7-7-2007
1039 Luigi Natoli. I Beati Paoli
1040 Gaetano Savatteri. La fabbrica delle stelle
1041 Giorgio Fontana. Un solo paradiso
1042 Dominique Manotti. Il sentiero della speranza
1043 Marco Malvaldi. Sei casi al BarLume
1044 Ben Pastor. I piccoli fuochi
1045 Luciano Canfora. 1956. L'anno spartiacque
1046 Andrea Camilleri. La cappella di famiglia e altre storie di Vigàta
1047 Nicola Fantini, Laura Pariani. Che Guevara aveva un gallo
1048 Colin Dexter. La strada nel bosco
1049 Claudio Coletta. Il manoscritto di Dante
1050 Giosuè Calaciura, Andrea Camilleri, Francesco M. Cataluccio, Alicia Giménez-Bartlett, Antonio Manzini, Francesco Recami, Fabio Stassi. Storie di Natale
1051 Alessandro Robecchi. Torto marcio
1052 Bill James. Uccidimi
1053 Alan Bradley. La morte non è cosa per ragazzine
1054 Émile Zola. Il denaro
1055 Andrea Camilleri. La mossa del cavallo
1056 Francesco Recami. Commedia nera n. 1
1057 Marco Consentino, Domenico Dodaro, Luigi Panella. I fantasmi dell'Impero

1058 Dominique Manotti. Le mani su Parigi
1059 Antonio Manzini. La giostra dei criceti
1060 Gaetano Savatteri. La congiura dei loquaci
1061 Sergio Valzania. Sparta e Atene. Il racconto di una guerra
1062 Heinz Rein. Berlino. Ultimo atto
1063 Honoré de Balzac. Albert Savarus
1064 Alicia Giménez-Bartlett, Marco Malvaldi, Antonio Manzini, Francesco Recami, Alessandro Robecchi, Gaetano Savatteri. Viaggiare in giallo
1065 Fabio Stassi. Angelica e le comete
1066 Andrea Camilleri. La rete di protezione
1067 Ben Pastor. Il morto in piazza
1068 Luigi Natoli. Coriolano della Floresta
1069 Francesco Recami. Sei storie della casa di ringhiera
1070 Giampaolo Simi. La ragazza sbagliata
1071 Alessandro Barbero. Federico il Grande
1072 Colin Dexter. Le figlie di Caino